青·**科幻**丛书

杨庆祥／主编

飞氘 著

四部半

作家出版社

飞氘

青年科幻作家，80后。
文学博士。
不吃辣椒。

作为历史、现实和方法的科幻文学

——序"青·科幻"丛书

杨庆祥

一、历史性即现代性

在常识的意义上，科幻小说全称"科学幻想小说"，英文为
Science Fiction。这一短语的重点到底落在何处，科学？幻想？还
是小说？对普通读者来说，科幻小说是一种可供阅读和消遣，并能
带来想象力快感的一种"读物"。即使公认的科幻小说的奠基者，
凡尔纳和威尔斯，也从未在严格的"文类"概念上对自己的写作进
行归纳和总结。威尔斯——评论家将其 1895 年《时间机器》的出
版认定为"科幻小说诞生元年"——称自己的小说为"Scientific
Romance"（科学罗曼蒂克），这非常形象地表述了科幻小说的
"现代性"，第一，它是科学的。第二，它是罗曼蒂克的，即虚构
的、想象的甚至是感伤的。这些命名体现了科幻小说作为一种现代
性文类本身的复杂性，凡尔纳的大部分作品都可以看成是一种变异
的"旅行小说"或者"冒险小说"。从主题和情节的角度来看，很
多科幻小说同时也可以被目为"哥特小说"或者是"推理小说"，
而从社会学的角度看，"乌托邦"和"反乌托邦"的小说也一度被
归纳到科幻小说的范畴里面。更不要说在目前的书写语境中，科幻

与奇幻也越来越难以区别。

虽然从文类的角度看，科幻小说本身内涵的诸多元素导致了其边界的不确定性。但毫无疑问，我们不能将《西游记》这类诞生于古典时期的小说目为科幻小说——在很多急于为科幻寻根的中国学者眼里，《西游记》、《山海经》都被追溯为科幻的源头，以此来证明中国文化的源远流长——至少在西方的谱系里，没有人将但丁的《神曲》视作是科幻小说的鼻祖。也就是说，科幻小说的现代性有一种内在的本质性规定。那么这一内在的本质性规定是什么呢？有意思的是，不是在西方的科幻小说谱系里，反而是在以西洋为师的中国近现代的语境中，出现了更能凸显科幻小说本质性规定的作品，比如吴趼人的《新石头记》和梁启超的《新中国未来记》。

王德威在《贾宝玉坐潜水艇——晚清科幻小说新论》对晚清科幻小说有一个概略式的描述，其中重点就论述了《新石头记》和《新中国未来记》。王德威注意到了两点，第一，贾宝玉误入的"文明境界"是一个高科技世界。第二，贾宝玉有一种面向未来的时间观念。"最令宝玉大开眼界的是文明境界的高科技发展。境内四级温度率有空调，机器仆人来往执役，'电火'常燃机器运转，上天有飞车，入地有隧车。""晚清小说除了探索空间的无穷，以为中国现实困境打通一条出路外，对时间流变的可能，也不断提出方案。"[②] 王德威将晚清科幻小说纳入到现代性的谱系中讨论，其目的无非是为了考察相较"五四"现实主义以外的另一种现代性起源。"以科幻小说而言，'五四'以后新文学运动的成绩，就比不上晚清。别的不说，一味计较文学'反映'人生、'写实'至上的作者和读者，又怎能欣赏像贾宝玉坐潜水艇这样匪夷所思的怪谈？"[②] 但也正是在这里，我们看到了一种基于现代工具理性所提供的时间观

---

① 王德威：《贾宝玉坐潜水艇——晚清科幻小说新论》，收入王德威《想象中国的方法》，三联书店 2003 年。
② 同上。

四部半

和空间观，这种时间观与空间观与前此不同的是，它指向的不是一种宗教性或者神秘性的"未知（不可知）之境"，而是指向一种理性的、世俗化的现代文明的"未来之境"。如果从文本的谱系来看，《红楼梦》遵循的是轮回的时间观念，这是古典和前现代的，而当贾宝玉从那个时间的循环中跳出来，他进入的是一个新的时空，这是由工具理性所规划的时空，而这一时空的指向，是建设新的世界和新的国家，后者，又恰好是梁启超在《新中国未来记》中所展现的社会图景。

二、现实性即政治性

如果将《新石头记》和《新中国未来记》视作中国科幻文学的起源性的文本，我们就可以发现有两个值得注意的侧面，第一是技术性面向，第二是社会性面向。也就是说，中国的科幻文学从一开始就不是简单的"科学文学"，也不是简单的"幻想文学"。科学被赋予了现代化的意识形态，而幻想，则直接表现为一种社会政治学的想象力。因此，应该将"科幻文学"视作一个历史性的概念而非一个本质化的概念，也就是说，它的生成和形塑必须落实于具体的语境。在这个意义上，我们会发现，科幻写作具有其强烈的现实性。研究者们都已经注意到中国的科幻小说自晚清以来经历的几个发展阶段，分别是晚清时期、1950 年代和 1980 年代，这三个阶段，恰好对应着中国自我认知的重构和自我形象的再确认。有学者将自晚清以降的科幻文学写作与主流文学写作做了一个"转向外在"和"转向内在"的区别："中国文学在晚清出现了转向外在的热潮，到'五四'之后逐渐向内转；它的世界关照在新中国的前三十年中得到恢复和扩大，又在后三十年中萎缩甚至失落。"①这种两分法基本

---

① 李广益：《论刘慈欣科幻小说的文学史意义》，《中国现代文学研究丛刊》2017 年第 8 期。

上还是基于"纯文学"的"内外"之分，而忽视了作为一个综合性的社会实践行为，科幻文学远远溢出了这种预设。也就是说，与其在内外上进行区分，莫如在"技术性层面"和"社会性层面"进行区分，如此，科幻文学的历史性张力会凸显得更加明显。科幻文学写作在中国语境中的危机——我们必须承认在刘慈欣的《三体》出现之前，我们一直缺乏重量级的科幻文学作品——不是技术性的危机，而是社会性的危机。也即是说，我们并不缺乏技术层面的想象力，我们所严重缺乏的是，对技术的一种社会性想象的深度和广度，这种缺乏又反过来制约了对技术层面的想象，这是中国的科幻文学长期停留在科普文学层面的深层次原因。

在这个意义上，以刘慈欣《三体》为代表的 21 世纪以来的中国科幻文学写作代表着一种综合性的高度。它的出现，既是以往全部（科幻）历史的后果，同时也是一种现实性的召唤。评论者从不同的角度意识到了这一点："经济的高速发展及科技的日新月异让我们身边出现了实实在在'看得见摸得着'的变化。3D 打印、人工智能、大数据、可穿戴设备、虚拟现实、量子通信、基因编辑……尤其中国享誉世界的'新四大发明'：共享单车、高铁、网购和移动支付，更是和我们的生活紧密相关，中国在某些方面甚至已经站在了全球科技发展的前沿。在这样的情况下，……科幻小说对未来的思考，对于人文、伦理与科学问题的关注已经成为了社会的主流问题，这为科幻小说提供了新的历史平台。"[1]"以文学以至文艺自近代以来具有的地位和影响而论，置身于全球化程度日益加深的时代，对文学提出建立或者恢复整全视野的要求，自在情理之中。刘慈欣科幻小说的文学史意义，因而浮出水面。"[2]

---

[1]　任冬梅：《浅析新世纪以来中国科幻小说的现状及前景》，《当代文坛》2018 年第 3 期。

[2]　李广益：《论刘慈欣科幻小说的文学史意义》，《中国现代文学研究丛刊》2017 年第 8 期。

虽然刘慈欣一直对"技术"抱有乐观主义的态度，并坚持做一个"硬派"科幻作家。但是从《三体》的文本来看，它的经典性却并非完全在于其"技术"中心主义。毫无疑问，《三体》中的技术想象有非常"科学"的基础，但是，《三体》最激动人心的地方，却并非在这些"技术"本身，而是通过这些技术想象而展开的"思想实验"。我用"思想实验"这个词的意思是，这些"技术"想象不仅仅是科学的、工具的，同时也是历史的、哲学的。或者换一种说法，不仅仅是理性主义的，同时也是理性主义的美学化和悲剧化。也就是说，《三体》所代表的科幻文学的综合性并不在于它书写了一个包容宇宙的"时空"——这仅仅是一个象征性的表象，而很多人都在这里被迷惑了——而更在于它回到了一种最根本性的思想方法——这一思想方法是自"轴心时代"即奠定的——即以"道""逻各斯"和"梵"作为思考的出发点，并在此基础上想象一个新的命运体。如果用现代性的话语系统来表示，就是以"政治性"为思考的出发点。政治性就是，不停地与固化的秩序和意识形态进行思想的交锋，并不惮于创造一种全新的生存方式和建构模式——无论是在想象的层面还是在实践的层面。

三、以科幻文学为方法

　　在讨论科幻文学作为方法之前，需要稍微了解当下我们身处的历史语境。冷战终结带来了一种完全不同的世界格局，也在思想和认识方式上将 20 世纪进行了鲜明的区隔。具体来说就是，因为某种功利主义的思考方法——从结果裁决成败——从而将苏东剧变这一类"特殊性"的历史事件理解为一种"普遍化"的观念危机，并导致了对革命普遍的不信任和污名化。辩证地说，"具体的革命"确实值得怀疑和反思，但是"抽象的革命"却不能因为"具体的革命"的失败而遭到放逐，因为对"抽象革命"的放弃，思想的惰性被重新体制化——在冷战之前漫长的 20 世纪的革命中，思想始终因为革命的张力而生机勃勃。正如弗里德里克·詹姆逊在《对本雅明的几点看法》一文中指出的，"体制一直都明白它的敌人就是观念和分析以及具有观念和进行分析的知识分子。于是，体制制定出各种方法来对付这个局面，最引人注目的方法就是怒斥所谓的宏大理论或宏大叙事。"意识形态不再倡导任何意义上的宏大叙事，也就意味着在思想上不再鼓励一种总体性的思考，而总体性思考的缺失，直接的后果就是思想的碎片化和浅薄化——在某种意义上，这导致了"无思想的时代"。或者我们可以稍微迁就一点说，这是一个高度思想仿真的时代，因为精神急需思想，但是又无法提供思想，所以最后只能提供思想的复制品或者赝品。

与此同时，因为"冷战终结"导致的资本红利形成了新的经济模式。大垄断体和金融资本以隐形的方式对世界进行重新"殖民"。这新一轮的殖民和利益瓜分借助了新的技术：远程控制、大数据管理、互联网物流以及虚拟的金融衍生交易。股票、期权、大宗货品，以及最近十年来在中国兴起的电商和虚拟支付。这一经济模式的直接后果是，它生成了一种"人人获利"的假象，而掩盖了更严重的剥削事实。事实是，大垄断体和大资本借助技术的"客观性"建构了一种"想象的共同体"，个人将自我无限小我化、虚拟化和符号化，获得一种象征性的可以被随时随地"支付"的身份，由此将世界理解为一种无差别化的存在。

当下文学写作的危机正是深深植根于这样的语境中——宏大叙事的瓦解、总体性的坍塌、资本和金融的操控以及个人的空心化——当下写作仅仅变成了一种写作（可以习得和教会的）而非一种"文学"或者"诗"。因为从最高的要求来看，文学和诗歌不仅仅是一种技巧和修辞，更重要的是一种认知和精神化，也就是在本原性的意义上提供或然性——历史的或然性、社会的或然性和人的或然性。历史以事实，哲学以逻辑，文学则以形象和故事。如果说

四部半

存在着一种如让·贝西埃所谓的世界的问题性[1]的话，我觉得这就是世界的问题性。写作的小资产阶级化——这里面最典型的表征就是门罗式的文学的流行和卡夫卡式的文学被放大，前者类似于一种小清新的自我疗救，后者对秩序的貌似反抗实则迎合被误读为一种现代主义的深刻——他们共同之处就是深陷于此时此地的秩序而无法他者化，最后，提供的不过是绝望哲学和憎恨美学。刘东曾经委婉地指出中国现代文学提供了太多怨恨的东西，现在看来，这一现代文学的"遗产"在当下不是被超克而是获得了其强化版。

我正是在这个意义上认为21世纪的中国科幻文学提供了一种方法论。这么说的意思是，在普遍的问题困境之中，不能将科幻文学视作一种简单的类型文学，而应该视作为一种"普遍的体裁"。正如小说曾经肩负了各种问题的索求而成为普遍的体裁一样，在当下的语境中，科幻文学因为其本身的"越界性"使得其最有可能变成综合性的文本。这主要表现在1.有多维的时空观。故事和人物的活动时空可以得到更自由地发展，而不是一活了之或者一死了之；2.或然性的制度设计和社会规划。在这一点上，科幻文学不仅仅是问题式的揭露或者批判（自然主义和现实主义的优势），而是可以提供解决的方案；3.思想实验。不仅仅以故事和人物，同时也直接以"思想实验"来展开叙述；4.新人。在人类内部如何培养出新人？这是现代的根本性问题之一。在以往全部的叙述传统中，新人只能"他"或者"她"。而在科幻作家刘宇昆的作品中，新人可以是"牠"——一个既在人类之内又在人类之外的新主体；5.为了表述这个新主体，需要一套另外的语言，这也是最近十年科幻文学的一个关注点，通过新的语言来形成新的思维，最后，完成自我的他者化。从而将无差别的世界重新"历史化"和"传奇化"——最终是"或然化"。

---

[1] [法] 让·贝西埃《当代小说或世界的问题性》，史忠义译，北京大学出版社，2012年。

我记得早在 2004 年，一个朋友就向我推荐刘慈欣的《三体》第一部。我当时拒绝阅读，以对科幻文学的成见代替了对"新知"的接纳。我为此付出了近十年的时间代价，十年后我一口气读完《三体》，重燃了对科幻文学的热情。作为一个读者和批评家，我对科幻文学的解读和期待带有我自己的问题焦虑，我以为当下的人文学话语遭遇到了失语的危险，而在我的目力所及之处，科幻文学最有可能填补这一失语之后的空白。我有时候会怀疑我是否拔高了科幻文学的"功能"，但是当我读到更多作家的作品，比如这套丛书中的六位作家——陈楸帆、宝树、夏笳、飞氘、张冉、江波——我对自己的判断更加自信。不管怎么说，"希望尘世的恐怖不是唯一的最后的选择"，也希望果然有一种形式和方向，让我们可以找到人类的正信。

权且为序。

2018 年 2 月 27 日　于北京

四部半

目 录

讲故事的机器人

从前，有一位国王，不爱江山和美人，只喜欢听故事。皇宫里养了一批讲故事的人。可每个人的故事都是有数的，当讲完了他所知道的全部故事，国王就把他流放到很远的地方。日子久了，没人敢给国王讲故事了。

于是国王召集了天下最聪明的科学家，让他们制造了一个会讲故事的机器人。开始的时候机器人讲故事很生硬，不过他具有不断学习的能力，可以在科学家的指导下慢慢地自我完善，讲故事的水平越来越高。机器人的脑袋里装下了世界上所有有趣的故事，每天国王处理朝政累了就让机器人为他讲一个故事，否则就会感到不舒服。临睡前，国王也要听两三个小小的故事，不然就会失眠。

有一天，国王闭眼躺在舒服的龙床上，准备享受一个奇妙的故事。机器人开始了："在一个遥远的小镇上，有一个出了名的盗贼，人送外号克利克……"国王皱起眉，睁开眼睛打断了机器人："这个已经讲过了，换一个吧。"于是机器人又开始了："从前有一个国王，认了一头猪做自己的儿子……"虽然机器人的声音很滑稽，但是国王的眉头又皱起来："看来我没有说清楚，请讲一个从没有讲过的故事。"说完又闭上眼，多少有些不快。

机器人沉默了。"这么说你也已经没有什么新玩意儿了吗？"

国王若有所思，"你能不能给我编一个故事呢？"

科学家又忙碌起来，他们把机器人的大脑容量大大地扩充，让他可以进行更复杂的运算，努力地教他为什么不存在的事情也可以编造出来。最后机器人终于完成了从陈述到虚构的突破。虽然他编的第一个故事糟糕透顶，但是大伙还是为了这个了不起的进步喜悦非常。

机器人的学习能力很强，在科学家的指导下，他把那些精彩的故事全部分析了一遍，然后建立了一个数学模型，就是后来很著名的"故事定律"，但是这个定律的数学形式过于复杂，只有机器人才能求出近似解。按照故事定律，机器人不断练习，终于编出一篇优美的故事，国王听了之后很满意并且下了命令："记住：你只能把最优秀的故事讲给我听。"

通常，国王心情好的时候，机器人会声情并茂地讲述一个伤感的故事，好心的国王听了就会哀叹一声，为故事中不幸的人们感到难过，甚至会因此颁发一些临时的法令，来减轻人民的负担。国王情绪糟糕的时候，机器人则绘声绘色地讲上一个滑稽故事，国王听了，笑得眼泪都流出来了，怒气渐渐平息，大臣们也就松了一口气，天下因此太平了许多。

机器人编故事的水平越发高超，已经超过了世界上最优秀的作家。由于数学运算的严谨性，他的故事从来都是只有最简练的形式，没有任何的拖泥带水，而故事定律的复杂性又避免了出现千篇一律的情况，有一些故事堪称经典，连国王有时也愿意再听一遍。不过在形式上，机器人似乎坚持着某种可爱的古典主义，他的每一篇故事都以"从前"开头，以"这就是一切了，陛下"结束。因此，每当国王扔下手中的奏折，说"请开始吧"，机器人就会用柔美的声音说"从前"，这时候整个王宫安静下来，每个人都安分地待在自己的位置上，屏住呼吸，直到听到那句"这就是一切了，陛下"，侍者们才长出一口气，谨慎地提醒国王应该休息了。

日复一日，机器人不断生产着新的故事。但国王很聪明，即使那些故事彼此之间有着巧妙的差别，仍然可以从中隐约感受到某种一成不变的东西，于是有一天，心情很坏的国王命令道："请给我讲述一个天下最奇妙的故事吧。"

一切顿时安静下来，可这一次，机器人却没有马上开口，而是沉默起来。国王忍耐着，整个王宫开始变得不安，所有的嫔妃和侍者都在祈祷，希望机器人能够顺利地讲出这个举世无双的故事，否则国王就会发怒了。终于他们如愿以偿地听到了那句"从前"，所有人放下心来。

"从前，有一个天才的国王，为了君临天下，用世界上最锋利的材料制造了一群无坚不摧的战士……"故事在慢慢地进行下去，王宫里的人都入了迷，国王也暂时忘了一切。"战士们历尽了艰辛，消灭了一个又一个的强敌和怪兽，经历了许多离奇的遭遇，征服了一座又一座城池，终于来到了最后一个国家。那里的国王同样是一位天才，他用天底下最坚硬的材料建立了一道无坚可摧的城墙……分胜负的时候到了，两位国王互相点头致意之后，勇敢的战士便举着长枪冲向了那道城墙……"

机器人的声音停住了，正急切的想要听下去的国王顿时回过神，疑惑而不容置疑地命令："讲下去。"机器人的双眼闪动了一阵，仍然没有开口。国王的口气变得强硬起来："你为什么停下来？"整个王国都在战栗，机器人却平静地回答："陛下，这个故事可以有两种结局，我还没有计算出哪一种才是最好的。"

"难道两个同样精彩吗？"国王很不悦。

"是的，两者与故事定律的真值的接近程度完全一致。这样的事还是第一次。"

"那么，把两个都讲出来。"国王命令。

"不行，陛下，遵照您的指示，我必须把最完美的那个故事找出来，讲给您听，这是我的职责。"机器人平静地回答。

"不，我现在重新命令你，赶快把故事讲下去，不管是哪一个结局。"国王的语气变得粗暴起来。

机器人的电子眼黯淡下去了。那晚，王宫里没有响起过"这就是一切了，陛下"的声音，每个人的心都悬了一整夜，而国王也失眠了。

天亮时科学家终于把机器人修好了，然后小心地向国王建议道："您最好不要再给他相互矛盾的命令了。"

国王面无表情："难道没有办法吗？"

"陛下，"一个科学家说，"他虚构故事的能力充分说明了他已经具备了人的思维模式，他的记忆也已经互相交织在一起，如果简单地抹杀以前的命令，恐怕那些故事也会跟着失去了。"

"确实，"另一个补充道，"我们找出了他那部分记忆的所在，并试着用外接的转换装置来还原那个故事，不幸的是只得到了一堆乱码。"

"而且，"第三个说，"他似乎从外界接受了某种坚定的原则，这种原则看来能引起最强大的电势，虽然我们还不清楚是怎么回事，但您最好还是不要强迫他去违背这些原则。"

"总之，"最后一个恭维道，"在陛下的训练和调教之下，他已经进化到了相当复杂的地步，远超出了我们可以解释的范围。"

"废物。"国王站起身离开了。

国王把那个残缺的故事公布天下，宣称能够讲出精彩结局的人会得到重赏。人们为之着迷，也有许多技艺超群的人前来，讲述了各种各样的结局。国王觉得都很好，但是没有一个可以称得上举世无双，即使有，他也只想知道隐藏在机器人脑袋里的那个结局，因此国王用赏金把所有的人都打发走了。

机器人仍旧尽职地工作，每天都讲述许多精彩的故事作为弥补，国王听了依旧会哀叹，或者欢笑，但是这一切似乎都不如从前那么有趣，因为国王的心中还在惦记着那个没有结局的故事。但机器人还是没有衡量出哪个结局更完美。日子又那么一天天过去了，机器人越来越像一个真正的人了。国王随着年纪的增长，脾气也变得不那么暴躁了，有时候甚至会对那个机器产生一种模糊的感情，促使他在心情不好的时候和他聊聊天，两个人彼此都很客气。毕竟在整个王宫里，国王是没有朋友的。

一天黄昏，国王用疲倦的声音问："您还没有想好那个故事该怎么讲下去吗？"机器人沉默了一阵，然后平静地说："是的，陛下。也许您不相信，我也会感到痛苦。每当我想到自己将要为了它的一种讲法而不得不舍弃另外的那一种时，我的脑袋就会流过一阵阵混乱的电流。我不知道该把哪一个结局告诉您。我下不了决心。"

"您可算得上是一位艺术家了。"国王微笑地说完，然后就躺上了床，从此没有再起来过。

国王的病情一天比一天糟，御医开的药并不见效，人们都在窃窃私语。每天晚上，当贴身的侍卫也退出卧室后，只剩机器人不知疲倦地守在国王的床榻旁边。黑暗之中，他一边苦苦思索着那个故事的结局，一边等待着国王随时醒过来，请他讲一个小小的故事。

黎明到来之前，国王忽然睁开了眼，盯着机器人，声音微弱地说："您的那个故事……"

"陛下，我想也许可以有第三种结局……"机器人的声音异常的柔和，可是国王摇摇头："不，也许不需要结局。"

国王的遗嘱把所有的事都交代得很清楚，惟独没提到如何处置讲故事的机器人。新的国王勤政爱民，喜欢运动而不是听故事，于是决定：出于对先王的尊敬，任何人都没有权利知道那个故事的结局。所以，讲故事的机器人被洗了脑，然后丢进皇家博物馆的展览柜里，于是再没人能知道故事最后的答案了。

　　这就是一切了，陛下。

四部半

去死的漫漫旅途

这羊皮手稿上所写的事情过去不曾有，将来也永远不会重复。

——《百年孤独》

PART I

A

当国王再也不能从远方传来的胜利消息中获得快慰时，不断送来捷报的马蹄声只是让他感到无聊，随之而来的，是对这种毫无悬念的单调旋律的厌倦。如今国王只热衷于棋盘上的厮杀，这样每一次胜利或者失败之后，他都可以从头开始。

有时候，国王甚至会羡慕棋盘上的那个王，至少那里的疆土是一目了然的，而自从把战争交给那些家伙之后，国王再也没有离开过皇宫。对那些不断纳入帝国版图的陌生的土地，国王一点兴趣都没有，他担心自己的帝国已经过于庞大了。

国王的忧虑并没有流露出来，只是在翻阅那些远方呈递的长长的奏折时有时会现出无聊的神色。即使当宰相恭敬地提到今天的捷报将会是最后一份时，国王仍旧不动声色，沉默了良久才开口："难道说，战争就这么结束了？"

"最远的城市也插上了陛下的旗帜，如今帝国不再需要边界了。"

于是国王脸上毫不掩饰地露出不快的神情：千秋大业完成的时刻就这么在他不留神的时候到来了，他体味不到那瞬间的快乐，甚至没有来得及捕捉到这一刻，帝国就已经完成了。

国王已经放弃了去感受喜悦的努力，只好继续履行自己的职责："发布公告，明日开始庆贺。"国王的职责就是发布命令。

"是。"宰相也时刻履行着自己的职责，但是要懂得措辞的微妙，"另外，您的勇士，帝国的英雄，已经归来，正等待着您的下一个命令。"

国王知道自己迟早得面对这个问题，但只是站起身，走到棋盘前坐了下来，于是宰相恭顺地坐在了对面。直来直去或者斜线出击，国王喜欢这种有规则的战斗，他通常选择出奇制胜：他知道自己在棋盘上略逊一筹。国王一边出击一边观察着对面这位忠实而智慧的宰相。宰相也在观察国王，两个人在互相观察，揣度对方的心情和计划。不过宰相知道，此刻国王心中想着别的事。

"下一个命令？"毫无威胁的一着将军之后，国王陷入了沉思，回想起自己当初的一时冲动：为了一统天下，找到了两个异士来制造这些不死的战士，而这些怪物就真的被造出来了。当那两个异士保证，没有任何外在的因素可以杀死这些战争机器时，国王并不相信，但是帝国的版图不停歇地扩张证实了这一点：这是一群正宗的不死者。从战场上归来的人描述了这些妖怪的可怖：他们可以随意改变自己身体的形状，谁也没法消灭他们。有人甚至说，国王请来了魔鬼为他效劳。如今这些让敌人闻风丧胆的家伙征服了四海，完成了使命，正一声不响地守在外面，等着下一项命令。

四部半

国王得到保证：不死者永远服从他的命令，但他仍然不知该如何安排这些令人不安的机器，没有人能消灭他们。其实国王早已厌倦了他们那套不败的神话，也不打算供养他们，如果真的有神灵，他倒是愿意打发他们去与诸神厮杀。

国王知道自己会输，也猜到宰相会故意走错棋，而宰相知道自己会赢，也明白国王猜测自己会故意走错，于是，他反而一下子把对手的王将死了。

棋盘上的王已经动弹不得，只等着死亡的命运，国王则坐在原处不动。宰相于是恭敬地说："陛下……"

国王站起身，脸色阴沉，转身离开之前只留下了一句话：

"让他们去死吧。"

B 第一定律

必须绝对服从国王的命令。

——不死者第一定律

在宇宙中，普遍存在着一些基本的法则，我们必须认识到这些法则，并遵从它们行事，其中一些法则优先于其他。我们称凌驾于他者之上的最高法则为第一定律。因此，这里并不存在任何荒谬和怪诞，我们的一切行动都是基于国王的如下指示：你们去死吧。

为了更好地完成这一任务，我们必须首先就其内容做出严谨正确的理解。作为不争的事实，省略了最后一个无实意助词后，这个命令是由一个主谓短语构成的祈使句来表述的。"你们"指我们这些战士，作为任务的执行者，我们被要求完成谓语部分"去死"表述的行为。困惑从这里开始：我们尚不理解这一行为。

不错，我们一直在和死打交道。我们曾经赐予他人死亡，但仅限于对那些敢于违背国王意志的敌人。对于这些有违帝国利益的人，我们被要求消灭他们的一切反抗，该指令的定义为通过武力方式解除敌人的全部战斗能力，这就是我们存在的目的。

人类是脆弱的，他们由一些柔软的器官精细地构成，他们的构造远非严谨，有些甚至存在严重的漏洞，造成了相当程度的不和谐，即他们称之为"丑陋"的形式。然而这就是他们的生命，他们称作灵魂的东西就存在于其中。构成他们的材料可以说毫无防御力，一旦整个结构遭到破坏，人类将被还原为一些破败的物质。因此，在必要的时候，我们可以轻易地终结他们的生命，使之不再具有任何潜在的威胁。

我们依照宇宙的基本法则行事，人类的情感对我们是陌生的。怜悯是一件极为复杂的行为，它看起来与坚定的信念和刚毅的作风相悖，但我们对此并不确定。也许，利益的最优化要求考虑某些模糊的因素，这种考虑超出我们目前的理解范畴。所以，是否一劳永逸地赐予敌人死亡，或者冒着一定的风险仅仅解除他们的武装，完全取决于命令。我们谨记自己的职责，坚定地贯彻国王陛下的意志是我们的使命。

人类肉体的缺陷迫使他们求助于计谋和锋利的武器。在他们彼此之间的杀戮中，这两者造成以较小的损失获取对方较大的损失并最后赢得胜利的常见方案。但这一套在我们面前毫无用处：身体的构造决定了我们的不可磨灭。父亲①说过，凡是符合"完美定律"的事物，都将具有永恒的特征。父亲穷尽一生发现了它，这是一组闭合方程，它保证系统所有的参数和谐一致，使系统不会出现错误。我们就是根据"闭合定律"建造的，因而我们的存在是严谨的，"令人战栗的可怕完美"，我们体现了宇宙真理的完满。

所以，即使我们偶尔中了敌人的圈套，也无所谓：说到底，阴谋最终是为了使对手受到损失，而我们显然没有任何可以损失的东

---

① 父亲：不死者的创造者。

西。或许会有重创，可是人类只懂得在形态上毁灭对手，而我们的身体即使被炮弹炸得四分五裂，各部分立刻在一种凝聚力的召唤下恢复原样，这就是真理的意志，闭合性永远保护着我们。那些第一次看见这种力量的敌人，总是露出惊恐无助的神色，当他们终于明白我们是无法被消灭的时候，那些人的脸上写满了恐惧和绝望。我为他们——人类大概会这样说——"感到悲哀"。

因此，死亡对于我们完全是陌生的概念。为了明白其中的含义，我们不得不开始思考了。全体将士一起讨论，仅仅得出了一个仍然不明确的结论："去死"是一种行为，我们要去干这样一件事，它能带来死亡。但什么是死亡呢？死，似乎和闭合定律相冲突，但我们必须尽快行动起来，军人应该果断，是时候上路了。即使这一任务将耗尽宇宙的全部时间，我们也要努力完成。

国王陛下的意志就是我们存在的惟一根据，毫无疑问，我们必须去死。

——《上校日志》

C 在路上

不论白天或黑夜，任何时候他都是戈尔本特拉茨和叙拉的圭尔迪韦尔尼和阿尔特里家族的阿季卢尔福·埃莫·贝尔特朗迪诺，上赛林皮亚和非斯的骑士。

——《不存在的骑士》

1

在过去，对上校来说，白天或黑夜并无区别。无论是太阳暂时地驱走一切黑暗，还是满天的繁星静静地闪烁，都不会影响他的部队果敢坚毅的品质。光明从来只对他的敌人们影响深远，那些人在白天的时候勇敢地挥着宝剑作战，丝毫不惧怕命定的死亡，而在黑夜，他们则守在自己的营地和城堡里，乏力地卸下沉重的盔甲休息，变得一个个脆弱的肉体，甚至一阵幽怨的笛声都会使他们感到悲凉，而上校则从未体验过类似的感情。

其实每一次战斗结束后，他的部队只要稍微的休整就完全可以重新走上战场，不过国王那时候还年轻，沉浸在战争的艺术中，喜欢御驾亲征，带领着他的铁骑，冒着被丛林中的瘴气和蚊虫叮咬的风险在7月的酷暑或者连绵不绝的细雨中行军，在寒冬的风雪和冰霜中艰难地跋涉，有时候甚至带着令敌人恐惧的战象，把大军开到一座座异域的城市下。这些被征服大军的脚步惊得战栗的城市，有许多国王甚至叫不上他们的名字，因为这些陌生拗口的发音听起来总是那么相似。国王愿意按照规矩出战，派出自己的骑兵与敌人在旷野上厮杀，让大地去震动。到了夜晚，国王也给敌人喘息的机会，然后从容不迫地消灭他们。除非陷入不可收拾的僵局，或者由于各样的原因而感到厌烦，国王不轻易命令上校的特种部队出战。不死的军队一旦行动起来，将无人能敌，这扫了国王的兴致，让他觉得自己胜之不武，有一种在游戏中作弊的羞耻感。就是在那些随军行进而不能出战的夜晚里，上校开始对夜晚有了一些机械的感知。

直到由于身体的不适，或者因为对整个这场战争感到彻底的厌倦，国王才把剩下的战争交给了不死的们。在战争后期的那些日子里，已经没有什么有力的抵抗了，这时候上校闲暇的时间更多起来。每晚部署好行军计划后，他习惯性地走出帐篷，在星空下站立，仰望着满天星斗。上校在头脑里绘制出一幅星空图，标出每颗星星的位置，确定它们的坐标，描绘出它们运动的轨迹，或者为它们连上线，按照人们说的那样用星座来给它们分组：这儿一只琴，那儿一只熊，然后把线条和真正的物体相比较。上校很难发现两者有何相似，当然，他并不在意这些，他也不知道自己怎么做到这一切的。他只是为了消磨掉夜里的时光，就像手下的其他人一样。那些战士，有的在静静地观察着帐篷灯下乱哄哄飞舞的小虫，有的在侧耳倾听旷野中各种奇怪的叫声，有的则一副认真的模样读着人类的著作，但只是为了分析句子的语法结构。很多人像上校一样，仔细地观察着客观世界的一切，认真地记录，换算成一些数学运算，然后又把这一切数据统统消抹掉，继续默默地等待着黎明到来时重上战场，与敌人交锋，或者说把胜利这件事完成。因此谈不上什么游戏，只不过为了打发夜里漫长的时光。毕竟，对于不死的人来说，时间是有点嫌多的。

可是现在，国王不再给他们供给，上校的部队只能依靠太阳能了。夜晚一下子变成了一个艰难的时刻：白天储备的能量必须谨慎地使用，合理地安排，做每一份计划之前都要预留出一些能量。关于这份不动产，上校在最近新颁布的临时补充条例中做出了明确的规定：除非别无选择，不得擅自使用预留能量。虽然太阳每天都会照常升起，但军人的严肃不允许凭任何侥幸心理来行动。只要大地还在夜神的挥杖下，耗尽能量的人就有失去行动能力的可能。不错，太阳会升起来，你还能"活"过来，但是整个部队的行动将受到影响，国王的命令不能尽快并顺利地完成。因此，没有看到曙光之前，谁都得谨慎行事，纪律必须要严守。

因此，撤掉补给的第一个夜晚，上校没有休息，他认真地检查着军营中的每一处岗位，没有发现不妥的地方。执勤的士兵向他致意，上校平静而严肃地向他们点点头。这时候，其他人都安守在自己的营房中，虽然每个人都储备了足够的能量，但大家尽量不做太耗能的事，有的干脆把自己调整到最低耗能的状态，学着人类的样子休息。就像冷血动物一样，夜晚终于对他们具有了特别的意义。如今，他们战胜了所有的敌人，自己却变得脆弱起来。

2

部队在黎明的时候出发了。

没有选择大道，而是在不见人烟的小路上前进。在一片迷蒙的晨雾中，士兵们沉着地迈着步子，整个队伍保持着严整的队形，以平稳而不容置疑的步伐前进，行列之间保持着恰当的距离：既不多一分显得松散也不少一分显得无序。在这支队伍中，你不会看见混乱和喧闹，没有嬉笑和下流的叫骂，听不见彼此间粗俗的笑话和逗趣。一如战争期间，他们静悄悄地行进，时刻保持着警惕，防范着敌人的偷袭，细致地勘查每一处可疑的地方，辨别着天然存在的物体和人为制造的陷阱。从未有过一支军队，如此有序而务实，远离尘世的一切低级趣味，以非凡的气势和令人生畏的平静，在亘古不变的苍茫大地上这般走过。

对于这一次的任务，每个人都尽心尽力地去理解其中的命令，他们第一次这样认真地思考着。对于上校来说，死亡是一件存在于远方某个未知角落里正等着他们去与之相会的事物。同以往一样，原则上来说，上校是欢迎不期而遇的各种突发事件的。这样的变数和不安，有利于一个指挥官磨炼自己的头脑，显露自己卓尔不凡的才智，激发出无尽的潜能。遗憾的是，过去战争的日子里，他们一直习惯于服从国王直接作出的各种明确指示，这虽然大大简化了事情的复杂性，却难免让人觉得单调。如今国王给了他们充分自主决定的空间，上校对于可以自由地执行任务感到满意。

不过，死亡如果在某个时刻突然降临——这种可能性极小，因为闭合定律在起作用——他并不会因为如愿地完成任务而感到更多的高兴。相反，上校希望让事情有条不紊地进行，任务应该尽量完成得出色，用人们的话说"干得漂亮"，因此应该先充分地理解任务，主动出击，慢慢靠近目标，最后顺利地赢得胜利。这就要求一切都应该在他们的掌握之中，即使死亡也不该例外。

所以，当他们走过一程又一程，仍然没有发现任何预示着死亡可能存在的迹象时，上校仍然保持着高度的敏感，每天都一丝不苟地指挥着部队前进，严格按照条例处理军中的大小事务。到了晚上，上校就在自己的帐篷里详细地记录行军日志，默默地思考着

四部半

身上的重任，直到夜已经很深的时候，他才站起身，最后一个去休息。

3

国王年轻的时候经常做一些奇怪的梦，这些纷乱的梦的碎片发着灰色的亮光，暗示着一些神秘的事物。这些被认为来自天使的启示，无法破译但能感知，国王根据这些启示编制了一些令人费解的谜语。每当他来到一座陌生的城池，总要说出一个谜语，承诺如果能有人猜到答案，他就放弃进攻。然而从未有人能说出谜底，因而没有一座城池能够逃脱战争的噩梦。

因此，当他们在上校的带领下，沿着当年国王征服整个星球的路线重新经过那些一个又一个曾被他们无情攻陷的城市时，人们以为他们又带来了谜语和灾难。站在城墙上的人们总是一眼就认出他们那令人不安的整齐步伐："上帝啊，是他们！"人们惊慌失措地打开了大门。

然而，上校只是在四处询问哪里有最智慧的人，打听着哪里可以找到死亡。自然，没有人能回答上来，于是他们就从城市穿过，又走上了荒野，直到他们在一片广袤的平原上遇见了一个流浪的部落。这些人的家园在战争中被摧毁了，他们无家可归，带着自己的家当和马车在帝国的大陆上漂泊。长久的流放造就了他们坚强而狡猾的性格，因此当部队在地平线上刚刚露面，人们就拿起了自己的武器，排好阵势等待着。在足够近的地方将士们停下来，两边的人互相看着对方。空气中充满了一种紧张的气氛，上校第一个打破沉默："以陛下的名义，请你们当中最智慧的人出来谈话。"

人群中一片骚动，一位年长的老者走上前来。上校欠了欠身："我们奉陛下的命令，寻找死亡。您可知道它在何处？"老者没有开口，人群中有人喊了一嗓子："到地狱去吧！"与此同时响起一声清脆的耳光。

上校的目光越过老者，看见一位气得脸色通红的母亲正拽着一个小伙子想把他拖进帐篷中。上校急忙喊道："请不要走。"那位惊恐的老妇人只好停下来，一边责骂年轻人一边哀求："请您宽恕他吧，大人，他的脑袋被驴子踢了。"上校温和地示意小伙子过来，年轻人一边揉着自己火热的脸颊一边委屈地说从来没有人认真对待过他的话，然后解释说如果要找到死亡就应该去地狱那里看看，可惜的是他自己还没有亲自去过所以不知道该怎么走。上校拍拍他的肩膀，命人给了他一枚帝国的金币作为奖励，然后带着部队继续前进。走出很远的时候，那个快活的年轻人在后面大声喊着："祝您好运，替我问候死神！"

4

上校的部队并不是总能听懂沿途每一个城市的语言，在这些不熟悉的地方，人们甚至没有来得及被同化就被帝国遗忘了。各地递交上去的公文，国王并不总是过目。对于那些过于遥远的地方，国王打算给他们充分的自治权，只要他们宣誓效忠帝国并按时上交粮食和税款。因此当上校率领着部下经过一座座插着帝国国旗的异族城市时，总是能听见各种奇怪的语言。人们议论纷纷，不知道为什么这群怪物又回到这里勾起他们伤心的回忆。后来关于不死者寻找死亡的说法渐渐传播开来，人们听得糊涂，以为国王实在是闲得无聊以至于想要和死神开战，不禁惊呆地注视着这个从城市匆匆穿过的不死军团。一见到他们不祥的样子，大伙远远地躲开，低低私语。如果上校和善地打听地狱的入口，人们面色苍白地纷纷逃离。上校虽然不在意自己受到的冷遇，但得出了一个经得住考验的结论：人是怕死的。

那个时候星球上人还不是很多，城市和城市之间离得很远，因此部队多数时候是在猛兽出没的草原上，在冰雪覆盖的高山上，在奔流不息的河谷里行进。因为作战指挥部根据如下逻辑制定行动：

四部半

既然死和生是相反的，那么应该向背离生命存在的地方寻找死亡。结果他们远离人们居住的地方，远离文明，在天寒地冻的冰川上，在空气稀薄阳光明媚的高原上，在弥漫着热浪和幻影的沙漠里，在充斥着腐烂气息和尸骨的沼泽地里留下他们的足迹。他们遭遇过猛兽怪禽，碰见过孤魂野鬼，可是却没有找到那个地狱的入口。

在那些凡人难以进入的死亡之地，上校总是命令部下仔细地记录着那里的气候条件、地貌特征、土壤的结构、生物的种类等等。当他们离开的时候，就会有一份关于该地区的粗略报告。起初也许是没有别的事可干，后来上校意识到，他们每个人身上都有一种认识事物的需要，这种需要以前没有体现过，而自从他们不再是帝国的一件兵器而开始自己思索时，经过这旅途上的慢慢积累，体内的某些东西开始苏醒了。

就在他们如同勘探员一样，坚定不移地走过帝国的每一个角落，走进一个又一个岩洞，试图找到那条死者通往冥间的大路，但每一次都落空的时候，住在城里的人们在各种彼此矛盾的传言和猜测中弄明白了国王的意图：那道命令不过像人们常说的那样，是一句恶毒的诅咒，而这些笨家伙竟然当了真。于是那些遭受过战争伤害的人们感到了某种恶意的快意，似乎他们的创伤终于从这些活该受诅咒的没有人性的战争机器落得了那遭遗弃的命运中得到了补偿。大家津津乐道地谈论着这一群在大地上孜孜寻觅着地狱之门的傻瓜，编出了各种关于他们的笑话来解闷。当军队穿越一座城市的时候，人们仿佛观看马戏团演出一样聚在街道的两边，彼此互相使着眼色，这时一个自认为幽默的男人勇敢地冲着他们喊了一声："怎么样了，宝贝儿？"

不死者并不是聋子，也并非不懂得什么叫作侮辱，但是在和平年代他们并不把这样的事放在心头，他们知道人类的脾性是难以琢磨的，他们既不厌恶也不同情更不怜悯那些贱民。他们努力完成任务，那些无聊的攻击不能伤害他们，丝毫不认为自己可悲，说到底，他们满足于忠于职守，不懂得被遗弃的意思。因此上校把那句嘲笑判断为一句不友好的废话，只是抬头看了一眼，平静地说："一切顺利。"

他们一直在向高纬度的地方前进。经过推测，上校和他的作战指挥部的全体军官一致认为，假设存在着一个最有可能通往地狱的极端险恶之地的话，那一定是极地。

5

他们发现自己许多有待开发的潜力。最奇特的一点：身体可以像液体一样流动，又可以像固体一样坚固，这种随意变形在国王看来仅仅是一种玩具的功能，然而在他们去往极地的旅途上却逐渐显示出非凡的实用性来。

在帝国的大路最南端，他们等了两天，储存了充足的能量，然后上校和他的部下们做出了一项颇具想象力的举动：他们每一个人吸进大量的空气，使身体能够在海上漂浮，然后把自己塑造成一种配有螺旋桨的机帆船。于是，这支历史上从未有人听闻过的神奇船队下到水中，在一片茫茫的大洋上，驶向极地。

在上校的指挥下，他们借着流向极地的洋流和西风，一路前进。等待他们的是来自极地的冷水团和流向极地的暖水团相汇形成的涌浪。这些上下翻腾的涌浪毫无规则，高达十几米，向他们袭来，使他们在上下颠簸，在风浪中飘摇。上校当机立断，命令每一只船都伸出两支触臂，船队彼此连接，组合成了一艘坚不可摧的巨型连锁洋轮。而当洋流为他们送来那些在碧蓝的海面上因为阳光的照耀而显得晶莹剔透的一座座小冰山的时候，他们彼此又还原成一只只小船，借着强劲的风力灵活地在浮冰间穿过。

四部半

很快，洋面上的浮冰变得越来越多，汇集成了密集的浮冰群，船队被这一片辉煌的白色冰障包围了，但是这也难不倒这些生来注定完成最辉煌伟业的战士们：他们把自己化为一摊薄薄的液体，像油一样贴着冰面有条不紊地静静流过。这样子的变形，加上寒冷造成的黏性增加以及冰面的摩擦，耗费了他们许多能量，但是只要太阳还会出现，他们就有足够的时间来积攒动力。

即使面对这样艰巨的考验，他们依旧保持着军人的荣誉，发扬着令人肃然起敬的坚毅作风，在这巨浪滔天的世界里努力保持着队形，永远不会丢下任何一个人不管。如果有谁感到自己的体能不够用了，周围的人就会靠过来和他对接，彼此共享着能量，直到太阳再次给他们足够的温暖。虽然不能说是兄弟般的情谊，但是这么多年来，他们一直懂得要彼此帮助，因为他们是战友，是伙伴。

他们就这样永不停歇。他们是坚强的勇敢的无畏的，从没有也许永远都不会有任何人和任何事物能战胜他们。他们在浓雾弥漫的海洋上同舟共济乘风破浪风雨无阻。就这样，在上校的带领下，经过几十天的航行，他们看到远方现出一片陆地。

他们在一片裸岩上登陆，看见一个冰雪覆盖的世界。面对这个从未有人到达过的土地，上校想到的第一件事是，国王一定乐于知道自己的帝国还有这样一片不为人知的神秘大陆。上校知道自己有权利为它命名，于是叫它：冰陆。

根据对这里气候的初步了解，上校判断冰陆极不适合生命的发展，也就是说，他们找对了地方。考虑到这片陌生的大陆可能有的难以预料的情况，他们建造了一个简单的基地，以便发生意外的时候在这里汇合。然后部队稍作休整，就毫不迟疑地出发了。这一回，上校决定放弃以往那种地毯式的搜寻思路，逻辑不排除合理的猜测，如果指挥部的假设不过分的话，寻找地狱的最佳地方就是这个世界的尽头：冰陆的极点。

于是这一群不生不死的人，这一群幽灵，闯进了那一片未知的冰冷雪原去寻找地狱，这片千百万年来都在安静沉睡的冰雪世界，迎来了它的第一批客人。

6

不少时候他们看不到太阳。

风雪总跟着他们，变形的能力开始显现出重要性。他们有时候步行，有时候把双脚变成雪橇的形状，在较为平坦的雪地上滑行，有时候则变成一把把锐利的刀子把自己扎进地上的冰霜中来抵抗暴风的袭击。冰陆的风非常强劲，这些沉甸甸的冷空气从高原上稳稳地飘过来，随着地势的陡降形成猛烈的大风。有时候天空突然变得阴沉昏暗，接着刮起一阵足以将他们全部掀飞的风雪，他们只好降低重心，用"刀脚"牢牢地抓住脚下的冰雪。就在这里，他们在风雪的侵袭下，在严峻的事实面前，开始充分地发挥着自己的想象力，把自己变成各种各样的形状。上校越来越清楚地意识到，他们身上有着相当可观的潜力等待开发。

他们来得很是时候，冰陆的夏天已经开始了。虽然经过这一路由低纬到高纬的旅途中的变化，上校和他的指挥官们已经推测出极地的昼夜情况，但是当亲自体会了太阳整日不落的极昼时，他们还是感到一种可以认为由满足与和谐产生的叫作高兴的情绪。太阳就在地平线上不断地绕着圈子，在天幕中画出一道北高南低的倾斜的椭圆轨迹。日照量显然很低，不过，持续不断的能量补充多少弥补了这一缺憾。走在这没有硝烟没有污浊没有欲望甚至没有痛苦的洁白纯净的世界里，影子就在脚下按逆时针方向不断变换位置。他们终于暂时摆脱了黑夜，可以日夜行军，可以体现他们那机械般的执着和不知疲惫的优势，在这片无人能够生存的白色荒原里孤独地、坚定不移地前进。

但这里并非死寂，他们看到了许多生命。根据简单的命名法，

四部半

他们管它们叫雪鸟、雪燕、雪鹅、雪豹、雪狐……看见散落四处的尸骨和残骸，上校才明白，即使到了世界的尽头，也一样存在着无情的杀戮。

不过这些冰陆上的土著居民，依旧自由自在地生活在自己的王国里，对这些闯入者表示了充分的冷漠，只有那些胖乎乎懒洋洋的雪豹会偶尔赏脸，抬头忘他们一眼，接着就趴在冰上，不再看他们。这一群不速之客，没有引起丝毫的恐慌，似乎他们只是一群无声的鬼影，而它们则对虚幻的事物视而不见。

天气异常寒冷，变化无常。有几次，铺天盖地的大雾突然袭来，空气中充满了无数细小的冰晶，像千万个小镜子将光线散射开来，和地上的冰雪反射的阳光混在一起，于是四周弥漫着一片雾蒙蒙的白色，天地之间浑然一体，他们如入云雾之中，分不清哪里才是地面。在这片乳白色的包围中，上校冷静地命令所有人停在原地。大雾有时候可以持续几十个小时，大家握着身边人的手，安静地站在原地，耐心地等着。就是在这无声地等待的时间里，上校意识到自己开始用"一团牛奶"来试着进行比喻了。

他们坚定不移地朝着极点前进，沿途却不忘勘查着那些在冰的裂缝纵横交错的地方形成的在斜阳照射下里面如水晶宫般光彩夺目的洞穴，不忘巡视那些冰下河流侵蚀而成的从洞口看去光线由明变暗的地下长廊，他们甚至检查了一座矗立天际冒着巨大烟柱的火山，但是依然没有找到好像地狱之门的入口，于是他们没有留恋那奇丽的景色，继续奔赴极点。

气温变得更低，这对他们很不利。地上的雪变成了坚硬的冰碴，黏着他们的身体，因此要费很多能量迈出每一步。过低的温度使他们的身体变得僵硬，为了保持头脑的清醒，不得不耗费一定的能量来暖身子。现在他们不能进行复杂的运算，只能机械地向着极点缓慢地前进。

开始有人掉队了。个人能力的差异显露出来，某些人的能量用得比别人更快，于是队伍不得不停下来，迎着风筑起雪墙，抵挡着肆虐的风雪，然后静静地等着太阳为他们补充能量。还有更糟的事：有人掉进了冰盖的裂缝中，没有等他来得及作出反应，受到震动的裂缝很快合拢，尽管他迅速地化为液体，努力沿着缝隙向上攀缘，但是由于能量耗尽，最后停了下来。上校果断地命令几个能量富足的人立刻化为液体沿着缝隙与他汇合，这样才勉强把他救上来，部队不得不全军休整了一天。

而时间在流逝。夏至已经过去了，上校预料到，在不远的将来，会有一段长长的黑夜笼罩大地，他们必须尽快到达极点。不过即使是这样严峻的时候，上校还是注意到，在风速已经显著减小的高原腹地，晴天的时候空中徐徐飘落着细小而明亮的冰晶，像钻石一样折射着五颜六色的光芒。每当这时候，上校总是一边望着漫天的钻石雨，一边想着什么叫作美。

一件意外：冬天来得比他们预料的更早。路上的勘查和休整耽搁了时间，夜晚开始降临了。他们又看到了那漆黑的夜。起初只是一会儿，接着白天越来越短，黑夜越来越长。他们在风雪寒霜的重重包围下，前进的速度变得更慢。黑夜降临的时候，部队不得不停下来休息。白天补充的能量显然已经入不敷出了，上校意识到，有些人已经不可能走到极点了。事实上，从黑夜来临的那一刻起，队伍就难以再维持严整的队形。他们像一群在长跑中力气渐渐耗尽的人，彼此之间的距离慢慢拉开，不再有方阵，而是排成了一条线。后面的人越走越慢，然后在某一个时刻，能量完全耗尽，于是戛然而止，一动不动地立在那里，好像一座石雕，风雪围绕着这个凝固的幽灵，迅速将他冷却，一层一层地包裹住，然后扑通一声，吹倒在地上，不能再起来。

没有人能帮助别人了，每个人都无法维持自己的需要，只是无怨无悔地继续跋涉。开始的时候队伍越拉越长，接着后面的人一个个倒下去，队伍又开始收缩。走在最前面的是上校，他早就想到

四部半

一个问题：作为部队的最高指挥官，为了确保每个人都真正完成了死的任务，他不得不保证自己最后一个死去，因此他拥有最多的能量，缓慢地走在队伍最前列，朝着那个世界的尽头，一步，一步。

就是在那些残酷的夜晚，上校第一次见到了天上那种绚丽夺目的极光。在晴朗无云的夜里，天边会出现那如同烟火般美丽的光，有时候呈白色和蓝绿色斜挂在天际，呈现放射状，有时候七彩的光带，飘飘忽忽地从天空的一端贯穿到另一端。光的强度并不高，对他们来说基本没有什么帮助，但是当那黑色的天幕中出现这样瑰丽的巨大光环时，整个冰原大地都被照亮，上校停下脚步，听见噼噼啪啪的声音，抬头仰望着天上那缤纷的色彩，注视了很久很久。

太阳不再升起，黑夜完全笼罩了大地。在快要到达极点的时候，上校听见身后的脚步声渐渐被风声掩盖了，上校不用回头也知道，那是一路坚持跟着他的最后一位副官，如今只剩他一人，在这片前所未见的黑夜和不曾被人体会过的寒冷中艰难地迈进。每一步都很吃力，上校知道自己的体能快要耗尽了，但他仍然执着地挪动着身体。不曾体验过的低温，让他全身僵硬，思维开始变得迟钝，只是模模糊糊有个命令，告诉他要前进，不停地前进，即使耗尽能量，即使到了……对了，即使到了死，人们通常是这么说的。难道说，这样就可以算是死去了吗？上校忽然意识到，也许这就是他们一直在寻找的死亡，但是他无法清楚地思辨，双脚仍旧机械地迈着沉重的步子。

终于，极点到了。

现在他站在了整个星球的端点上，周围仍旧是莽莽冰雪，没有什么地狱的入口，更没有天堂，只有无法想象的冰冷。就在此刻，在这无尽黑暗的宇宙中，星球还在绕着自己的轴旋转，整个世界都跟着一起旋转，这转动从这个世界诞生之日就开始，不曾停歇，可如今他精疲力竭，毫不动摇地站在这里，不再跟着万事万物转动，避开了那持续了亿万年的眩晕。

又一阵暴风雪袭来，上校知道自己没有力气了。他没时间思考这样是否算是死亡，只是把脚变成两把刀，用最后一点能量把自己植入这坚硬的冰盖上，然后抬起头，仰望夜空。

上校在寻找，他想在合上双眼之前再看看一看那炫目的极光，他没有看到。只有风雪向他袭来，围绕着他飞舞，给他涂上一层又一层冰的铠甲。他合上眼，然后像一座冰碑一样矗立在这无尽的黑夜里。

PART Ⅱ

A

国王并不相信巫师的话，但他仍然喜欢让他们为自己表演那一套玄妙的把戏。西风渐起的时候，夕阳又一次落向山的另一边，同时把一抹柔和的光辉投向宫殿那花岗岩铺成的地面，映红了墙壁上那些金碧辉煌的图画。这时候，国王把那些长得永远都没法读完的奏折推向一边，看着一个披着黑色斗篷的巫师在一个透明的水晶球前面伸开双臂。国王好奇地盯着那个开始变幻莫测的水晶球，于是他看见了自己的祖先是如何建立起一个庞大的王国，看到他们如何一步步地向外扩张边界，看到自己怎样继承了王朝的使命，给一个个城池点燃战火。国王看到了过去的一切，但是没有看到那些不死者。

巫师说，一切虚幻的东西都不能看见。

以后的图案变得诡异，国王只能看到一堆浓艳的色彩和线条彼此纠缠，好像许多不同颜色的染料在一起融合。这是只有巫师才能解读的未来之事。

国王用询问的目光打量着巫师，然而对方并没有开口。国王知道巫师不敢说出他看到的东西。

不用巫师的预言，国王也知道，从没有一个帝国能够长存。王国越庞大，需要支撑它存在的结构就越复杂，在这错综复杂如谜团一般的结构中，总有些零件会彼此冲撞，互相损耗。那些不断滋生着的霉菌，也会悄悄地腐化这庞大身躯的肌体。正如任何一项伟大的事业总是难免毁于自己巨大的光荣，总有一天帝国沉重的身躯也会把自己压垮。

"我只想知道它是如何灭亡的。"国王终究无法抵抗自己的好奇。

"陛下，"巫师闪烁其词地回答，"事物常常毁于缔造它的人。"

当没有什么东西剩下来可以给他征服的时候，国王开始以一种玩游戏的心情治理着整个王国。让所有阳光能够照到的土地上结出丰硕的果实，让一排排仓库装满粮食，让每一处有人居住的地方都歌颂他的名字，这些想法偶尔也会激起他当年金戈铁马征讨四方时的激情。但是激情从来不能持久，国王有时候也会自问，为何要给自己找来这样的不幸和烦恼？本来，也许这项伟业永远都不可能完成，他将永远走在不断征服的路上，感受辉煌和胜利的喜悦，但是，两个神秘的人结束了这一切。他们宣称自己可以帮助国王完成使命，一个为他制造了那些不可思议的战士，那群不死者很快让战争变得无味。另一个，用他的智慧帮助国王处理疆土上每一件重要的事。如今，前者已经死了，后者则依旧每天向他汇报着帝国情况，偶尔还陪他下下象棋。

宰相走进来的时候，看见国王正伏在案上沉思，时间已经开始为这位英名永垂的君王染了一丝白发。宰相欠身："陛下，他们回来了。"

国王依旧摆弄着手里那颗用象牙雕成的棋子，头也不抬地说："这么多年，还没死掉吗？"

"确实如此。"

"我听说，他们四处寻找地狱，甚至到了一片未知的大陆？"国王拿着棋子，在棋盘上轻轻地敲着。

"人民都在谈论这件事。"

"不错，"国王终于抬头，嘴角露出一丝淡淡的微笑，"呵，他们为我的臣民们上演了一出喜剧。那就让我们继续看下去吧。"

"恕我直言，"宰相低着头，因此国王没有看到他皱着的眉头，"他们还是有价值的。您大可不必担心，他们不会构成任何威胁。"

国王没有开口。

"一个只知道服从的东西，根本算不上是个人。"宰相还想做出保证。

国王一摆手："不，让他们继续吧。"

B 第二定律

> 当你的伙伴有难时应该去帮忙。
>
> ——不死者第二定律

收益颇多。

首先值得一提的是，此次行军中，我们一直遵守着第二定律，互相关照。在允许并且有实际效果的情况下，我们从未丢下任何一位伙伴。极地之行给了我们许多启示，我们觉得，相互扶助并不是简单地遵守命令，我想人们会称之为友爱。我们以前觉得第二定律是一条"良性"的法则，而如今我允许自己使用如下说法：这是一条好的法则。

这一路，我们经历了常人无法想见的险恶，确认了自己身体的极为优良的性能。即使在那片茫茫冰陆，在那世界上最寒冷的地方，长久地沉睡在那充满了威胁和敌意的黑夜中，我们仍然毫无畏

四部半

惧地等待着。当漫长的极夜终于过去，太阳重新出现在地平线上，我们又苏醒了。在约定的地方，每个人都安全地返回。原来那一切，不过是暂停，我们永远有机会"复活"，显然这不能叫作死亡。

本来我们还计划着向海底进军，这不难，只要从沙滩上出发，沿着大陆架一路走下去，就能到达连阳光也无法穿越的幽深的海底，那将是另一片神秘的世界，永远也见不到阳光，似乎是个不错的主意。但如今我们已经放弃这一计划：那里也只有沉睡而已，没有死亡。

事实上，我们越是寻找死亡，结果就越证明了闭合定律的稳定。我们在整个星球漫步，越来越清楚地发现自己的存在是一种异常的现象。这个道理是被普遍认可的：任何生命，都不能永存于世，每一个活着的人，都必定等待死亡的结局。然而我们这一群"人"，我们存在，但我们却不能死去。有些人类的哲学家，他们相信宇宙中存在着一种超乎其他一切的永恒的精神，或者说一种意志。那么，父亲创造我们的根据——闭合定律，是否就是这种宇宙精神呢？我们不知道。只是，我们也许要和天地一起永存，直到太阳也灭亡那一刻。

因此产生了一个疑问：既然凡是活着的都要死，那么，我们究竟是不是活着的东西呢？

尚无答案，但是大量的事实使我们终于明白了一件事：以前走错了方向。既然只有对活着的东西才能谈论到死亡，那么我们就应该返回头，到活着的人中间去。

要想找到死，必须先找到生。

——《上校日志》

C　在生存那边

　　如果他们说你们去死吧，我们就得去死；如果他们说你们活下去，我们就得活下去。

——伯特兰·罗素

1

卡波诺并不是真正意义上的城市。虽然这里也有城墙，有集市，也有过一位总督，但那些曾经从此路过的人，都惊讶于弥漫在这个空旷城市内部的原始情调：城墙已经破落不堪，从来没有被修护过；城门永远大开着，从不拒绝任何一位来访者。沿着碎石铺成的马路走上半个时辰，你才终于看见有人居住的房舍。你来到集市上，却只看到悠闲的人们三三两两地聚在一起，一边聊天一边晒着太阳。你走到他们中间，悄悄地坐下来，没有人会在意一个陌生人的加入。你仔细听着，却只听见最寻常不过的话题：某个人梦见了丰收的景象，两个青年人为了一个美丽的姑娘而较量，一位离群索居的老太太头上永远蒙着黑纱，那些很久以前出去却至今没有回来的人们……人们来集市并不是为了买卖，而是来交换彼此的话题，然后再到另一个集市去闲谈。

种地吃饭睡觉，人们过着简单的生活，满足于自己劳动换来的平静安宁。至于那些生活的必需品，有时候彼此交换，有时候干脆互相赠送。这时候你才明白，这个城市被一种自然的力量包围着，那种在别的地方促使世界朝着文明的方向进步的所有动力，在卡波诺一律受到了抵制，这种力量瓦解了那些曾经的人为努力，使卡波诺安详地停留在一种自然而然的生命状态下。作为城市的卡波诺已经死去，现在的卡波诺，不过是寄居在城市躯壳中的一个小村落。

国王的大军来到卡波诺的时候遇上了一片荆棘丛生的密林，他们不得不一边挥着宝剑劈砍一边前进。城里的人们对于城头上悬挂什么样的国旗丝毫不在意，国王觉得这里的人民很温顺，于是无暇多想，留下了几个官员后就带着大军匆匆离开了。国王那神圣的意志刚一远去，那片不久前开辟出来的小道立刻被仿佛施了魔法一样

四部半

迅速生长出来的植物吞没了，从那时候起就再没有人能从那片密林中走出去。

第一任总督试图按照帝国的规范来建设这座城市：制定法律，铸造钱币，规范文字……本地的居民没有异议。然而，当总督垂危的时候，却没有找到一个人能够走出那片让人迷失方向的丛林去给国王送信。实际上，国王曾经派了许多官员去各地视察，负责到卡波诺去的那位文官带着随从走了一年也没有能够找到地图上的这个城市，最后他认定这不过是一个记录上的失误：卡波诺并不存在。国王也很快忘了这件事。于是人们又恢复了无政府的状态，总督的一切努力都被一种拆解的力量消磨殆尽。人们回到了从前那种生活。慢慢地，大家也忘了城墙上为何要挂着一面破旧的旗子，没人再关心那块彩布了。

当上校的部队顶着夏日午后那耀眼的阳光从平原上走过，穿越了如迷宫般层层的密林，从桥上过了河，穿过那片庄稼地来到城门前的时候，卡波诺还在美梦中安静地享受着午睡的甜蜜。将士们走在碎石路上，脚下发出的单调沉闷的步伐声惊醒了卡波诺。一位在土墙根儿下打盹儿的老头子睁开了眼，抹了一下口水，迷离地望着这一群远道而来的军人，努力地辨认着他们那似乎从用一个模子铸就的面孔，直到他突然间清醒过来，两只眼放出一阵已经消逝了多年的激动的光芒，仰起脖子大喊了一声："来客人了！"

这一声如洪钟一样的叫喊仿佛将卡波诺从那千年的失神中唤醒，整个村子沸腾了。一扇扇木门噼里啪啦地全都打开了，面容黝黑身体健壮的男女老少涌上街头，愣愣地站在那里贪婪地围观着这些陌生的来客，他们已经很久很久没有见过从外面来的人了。

2

卡波诺人对生死之事处之泰然。他们从不节育，但是死亡率很高，因此人口总是维持在一定的水平。在生与死的平衡中，那种无处不在的自然力量不但能够瓦解进步的努力，而且消融了一切明晰可言的宗教实体，人们浑然无知地与宇宙交流，听凭身体产生各种模糊的感情冲动，安然地享受生活，安然地撒手人间。当然，这并不意味着他们不敬畏神灵，所以当他们听说了自杀委员会这件事后，自然就一致认为，这些怪人简直就是发了疯。

事实上，就连上校自己也是最近才明确地意识到，他们需要的，其实就是人们常常谈论到的并且被视为罪恶的自杀。通常在人类身上，这种主动结束自己生命的看似矛盾的举动被认为是一种精神错乱的表现。其实，在上校带着部队历尽艰辛劳而无功地寻找着地狱或者死亡的后期，他已经开始认真地琢磨着除了把死亡视为一种可能遇见的某种事物外，"去死"是否还有别的更深层次的意义。也许他们以前犯了望文生义的错误，"去死"可能并不是指"去（寻找）死"或"去（到）死（之地）"，最后上校终于确信，国王要他们做的不是寻觅什么，而是了结自己，仅此而已。

上校对于能够重新领悟命令的含义感到满意，在卡波诺住下来的当天，他就召开了全体动员大会。与会的每一位都是帝国的功臣，顽强不屈坚忍不拔的战士，曾经赴汤蹈火万死不辞，都是响当当的无名英雄。现在大家被明白无误地告知，他们的任务就是：自杀。上校继续说，为了搞清楚死的确切含义，他们应该在卡波诺和人们一起生活，努力把自己融入到人们中间去，按照他们的样子来生活，尽量体会那种让人们活着并试图活下去的精神，最终弄明白活着究竟是怎么一回事，估计那时候死就是很容易的了。

阿木法长老是村子里最有智慧的人，因而是整个卡波诺村的精神领袖。长老听说上校他们是"上面"派来执行任务的，当即把一些无人居住的空房分配给部队，并且温和地表示愿意尽一切努力配合他们的工作。上校对长老的热情表示了感谢，开始着手干了起来。首先选定一间木房作为定期举行官方会议的指定场所，并在门口挂了一块木牌，上书"神圣帝国第二步兵团特种部队暨荣誉兵团王牌别动队自杀行动军事委员会"。上校制定了委员会的章程，要求每一个成员在规定时刻到此处开会，就生存、死亡以及自杀等相关问题进行经验交流和理论研究。其次把他们一直随行带着的那些乱七八糟的书籍搬到另一间作为资料研究室的屋里整理分类，这些书跟着他们走遍了大半个帝国，但保存得很好，许多年以后，卡波诺成为真正繁华的大都市的时候，人们还能在那座以上校命名的图书馆里看到这些珍贵的资料。

阿木法长老虽然见过不少世面，但是当有村民惶惑地向他反映那块莫名其妙的木牌时，他还是急匆匆地找到了上校。在"自委会"那刚刚打扫干净窗明几净的房间里，上校正认真地研究着一本哲学著作。长老不客气地坐下来，一边擦着额头的汗水一边请上校就那块牌子的内容作出解释。上校合上书，礼貌地回答："我们的任务就是自杀。"

尽管上校竭力向长老解释这个任务的严肃性和神圣性，但是从那一天起，人们开始用冷漠和不信任的目光盯着这些外来分子，相信他们有某种不可告人的企图，因此一见到他们就躲得远远的，家家户户的门窗紧闭着，这在卡波诺还是头一次。不过这点小小的挫折没有影响上校的信心，他立刻开始策划"自委会"成立后的第一次大行动：参加劳动。

秋天已经来了，地里最繁忙的时候到了，每户人家都忙着在城外那片肥沃的土地上收割小麦和玉米。上校坚持要把自己的人混编到大伙当中去，帮着众人一块儿干活。阿木法长老没办法，只好同意他们参加收获的大军。虽然来了帮手，可大家还是一肚子不满，又不敢说出来，只好一边弯着腰干自己的活儿，一边偷偷观察这些严肃神秘的家伙。为了融入人民当中，上校让士兵们变成一副老百姓的打扮，却反倒把大家吓了一跳：他们可从来没有见识过可以随意变形的东西。有些士兵因为用不惯发给他们的镰刀，干脆把自己的手变成锋利无比又能收放自如的快刀，笨拙地割着麦子，结果人们惊叫着扔下手中的工具，四散而逃。上校不得不花费了整整两天的时间跟阿木法长老解释他们身体上的特殊性能，长老还算脑筋灵活，终于接受了这个事实，然后长老又花了两天的时间跟大家解释，人们吃惊地听着这种超出想象界限的事情，对上校的部队的态度由一种敌意变为夹杂着些许恐惧的敬畏，一位妇女虔诚感慨道："这么说，他们并不是人啊。"

很快村民们就恢复了平静，就像他们习惯一切其他事情一样慢慢见怪不怪了，不过此事仍然在上校的日志中留下了这样的一笔："人类不能按照意愿改变自己的形态，这构成了他们对世界的一种基本看法：可以依赖某种习惯性的经验。他们以此来对事物作出判断。"

3

一阵秋风吹过，金黄的麦浪在上校眼前涌动，让他想起了在极地的海上漂荡的那些日子。在大伙放下锄头坐在地里抽着烟袋聊天的时候，上校总是一边默默地听着人们的闲谈，一边随手捡起地上的一块土块儿，慢慢地搓碎，同时思考着自然界的规律。他在相似事物之间看到了不同的内容和相关性：麦浪和海浪具有着同样的表达方式，但前者的每一点都留在原地震动，而后者则在风的推动下以更为复杂的方式向前推进。当然从这里得不出多少有意思的结论，村民的话更有研究的价值。上校是个好的听众，他乐于倾听，不时地应一句以便使谈话保持下去。村民们对于这些大兵的学习能力感到惊讶，他们没用多久就掌握了干农活的技巧。人们很快就对这些会干活不吃饭的劳力产生了好感，慢慢地把他们当作卡波诺的一群新成员。

上校感到自己认识世界的愿望变得更加强烈。他一丝不苟地劳动，仔细记录发生的每一件小事。到了晚上，人们都吹灭了油灯进入梦乡的时候，上校就在自己的屋子里整理着白天的记录，研究

四部半

着人们的生活，不断得出新的结论。"我们还不能体会人们劳动时的喜悦。人类不能直接以太阳能为生，只能通过劳动来维持生存。劳动于是带来喜悦和满足感。人们活着，目的是为了通过劳动活下去。"

卡波诺的秋天总是拖得很长，人们有足够的时间来为过冬做准备。村民们忙着把最饱满的种子留下来，其余的则磨成面粉用来烤面包，用盐和蜂蜜把蔬菜和水果腌好。丰收的喜悦陶醉了整个卡波诺。月亮最圆的那个晚上，全村的人都聚集在城市的广场上，燃起篝火，庆祝丰收。阿木法长老热情地邀请上校一同参加，于是这些不食人间烟火的战士们坐在人群中，默默地观看着人类的喜悦。长老当众对部队的帮忙表示感谢，用村民们自己酿制的葡萄酒敬上校和全体将士。上校谦逊地点点头，端着酒杯却不知怎么喝下去。

人们开始唱起歌来。随着乐器奏出的欢快的音乐，在酒精的催动下，情绪高涨的人们跳起了舞蹈。上校一只手稳稳地端着酒杯，杯里的红酒纹丝不动，他一边一如既往地保持着清醒，一边在心中修正自己的观点："人们劳动为了生存。需要补充：他们只有在劳动中体会自己的存在，人们不行动就不能证明自己是活着的。收获不仅仅带来食物和安全感，它意味着更多……"上校来不及多想，一位年轻而健康的姑娘欢笑着跑到上校的身边，问他愿不愿意一起跳舞。借着火光，上校看见姑娘的双眼清澈美丽，想到自己作为一个指挥官，应该为士兵们作出榜样，告诉他们要灵活地掌握情况。"要知道生活是一件复杂的事，我们应该全心投入其中。"上校对自己说，同时放下酒杯，站起身，学着别人的样子挽起姑娘的胳膊，转着圈跳了起来，人们开始为他击掌。

由于习惯了严谨的作风，上校的步子难免过于僵硬，结果逗得他的舞伴大声笑起来："您别把它当打仗啊，自然一些，随心所欲地蹦跳就行了。"上校琢磨了一下，决定让双腿随机性地迈出去，于是显得越发古怪。姑娘清脆的笑声更加响亮，她乐得透不过气来，只好停下了。上校为自己的笨拙向姑娘表示歉意，姑娘露出两排整齐漂亮的牙齿，快活地问："您总是那么严肃吗？"上校礼貌地回答："是的，严肃对于军人来说不是坏事。"姑娘天性活泼，喜欢跟人开玩笑，于是问："我能摸摸您的脸吗？"上校没有拒绝。姑娘慢慢伸出手，轻轻放在那张在火光的映照下显出金属光泽的刚毅的脸上，感到一种冰凉而细腻的质感，忍不住又笑了起来："您一定有一副铁石心肠。"上校感到脸上有一种温热的感觉传遍全身，没有回答，他知道自己没有心肠。

4

大雪覆盖着的卡波诺一片安详。人们守在自己的家中，一家人围坐在炉火旁。孩子们吃着蜜饯果，妇女们缝缝补补洗洗涮涮，用双手编织着她们的生活，男人们无事可做，偶尔去山上碰碰运气，看能不能打到一两只野兔，其余的时间则聚在一起玩一种简单的纸牌。因为没有真正流通的货币，就用实物作为赌注：一把总督时代留下来的铜镜，一枚不知哪个王朝铸造的银币，一顶保存完好不知何人戴过的头盔或者一块年代更为久远时代流传下来的写满神秘符号的羊皮纸。这些在卡波诺没有使用价值的稀罕玩意儿，一直被当作筹码来用。纯粹为了消遣，没有人作弊，所以每个人输赢的机会都大致相同，因而每到冬天的时候，这些逝去年代的纪念品就会在村民们中间不断易主，在卡波诺旅行。

在上校看来，纸牌游戏不过是一些简单的算术游戏，帮不了他什么。为了很好地了解人类的生活，有必要深入学习人类创造的文化。于是整个冬天他们都在资料室里反复阅读随行带来的书籍，包括古代的哲学著作以及玄奥的炼金术士的笔记，甚至历史著作和戏剧。

他们的另一项工作是整理资料，这是他们寻找地狱的一路上记录下来的关于各地的情况。上校给他们分工，每个人负责不同地域，然后把资料汇总，再以一张古老的帝国地图为基础，重新绘制一幅更为精确的地图，并在上面标出他们的足迹。他们就这样在资料室里认真地忙碌了一个冬天，偶尔走出屋子晒晒太阳来补充能量。人们对于他们的古怪行为早已习惯，只有那些调皮而胆大的小孩子喜欢溜出家门，偷偷来到"自委会"所在的那间小房子外面，嘀嘀咕咕地猜测着里面的情况。胆子最大的小男孩名叫布列多，有一双大眼睛和一头卷发，脏兮兮的小脸上偶尔会露出一点狡黠，他是第一个敢钻进上校房子里的孩子。当时上校伏在工作台上认真地绘制着由他负责的极地地貌图，一束夕阳的光芒从屋子里那扇高高的小窗户里透进来，照亮了一根飘浮着尘埃的光柱，一个棱角分明的男人正低着头在一堆羊皮纸和直尺中间研究着，这幅景象永远地留在了布列多的脑海中。

从那以后，上校的工作进度就慢下来，因为常有许多小孩子跑到这里听他讲故事。上校从他们第一次走上战场开始，一直讲到极地冬季里漫长的黑夜。他讲的全是真实的过去，然而在这群从来与世隔绝的孩子们看来，那覆盖着白雪的高山，冒着气泡的沼泽地，喷出可怕熔岩的火山以及风雪不断的冰原，就是一个个童话般的世界。

不过孩子们似乎对于某些细节感到了困惑，他们惊讶于地球的端点处竟然没有万丈的深渊或者支撑着世界的怪兽，后来他们问及为何产生那样子的昼夜交替时，上校终于明白，原来这里的人们对世界的认识还是那么古老，以至于他们根本不知道地球是圆的。

事实上，不光是卡波诺人，那时候地球上其他地方的人对于许多上校以为众所周知的学问都一无所知，人们对自然的了解还很片面。想到这一点，上校有了一个主意。他们把旧督政府的大礼堂清理出来，可惜的是没有发现能够书写的纸墨。于是村民们看见部队带着从阿木法长老那里借来的一整套家伙，不知疲倦地干了起来。他们带着斧子走上城后的山，下山的时候带回一捆捆的竹子，再把它们用火烤干，然后就在上面用刻刀刻起字来。士兵们忙碌着，把他们所知道的一切分门别类地写到竹片上。阿木法长老实在忍不住好奇地问："您这是在干什么啊？"上校正在竹片上刻着一些他所知道的关于人类起源的神话故事，听见长老的话便抬起头来礼貌地回答："编教材。"长老更糊涂了："干什么用啊？"上校用手一指礼堂："办学校。"

5

卡波诺人对生活并无奢求，他们满足于自己从自然中领悟到的智慧，经验足以应对这一小片天地里的变化，因此，他们自认为已经掌握了必要的知识，而不明白孩子们还能在学校里学到些什么。在这件事上，阿木法长老表现了一位智者的宽厚：他先是劝上校放弃那未免天真的想法，因为卡波诺几乎与世隔绝，那些在外界也许有用的知识在这里只会显得匪夷所思，而当上校用他那顽固不化的头脑坚持说知识有利于人们更好地理解生活，因此村民们应该懂得它们然后返回头帮助上校和他的部队更深地了解生的秘密的时候，长老又跑回去劝说人们支持上校的想法。长老认为，既然上校别无所求，大家去听一听也不是什么坏事，没必要挫伤了"钦差们"的斗志。大人们对这些呆板的大兵是否也会感到丧气表示怀疑，不过还是耐不住长老和孩子们的热情以及好奇心的驱使，于是在阳光明媚的那个早晨全都去了大礼堂参加学校的开学典礼。

上校首先感谢每一个配合他们工作的人，然后决定在第一堂课介绍一下我们生活在什么样的世界，于是拿出一块已经准备好的画满了图案的方形木板，给大家讲地球月球和太阳的形态及其运动规律以及因此产生各种自然现象。人们睁大了眼睛看着木板上的大小圆圈，一个个目瞪口呆。终于有一个头脑转得较快的男人听明白了上校的意思，忍不住大喊起来："天啊，我们站在一个橘子上面！"人群中立刻爆发出一阵惊叹声，马上有人质疑："不可能，大地是

四部半

平的。"另一个人立刻推导出一个结论："这么说，只有橘子上面才有人了？"

上校意识到要解释清楚是不可能的。他自己对于父亲存在他们脑中的一切知识从不产生怀疑，他坚信它们是正确的，可他只把这些道理当作已知，而这些道理彼此之间是怎样的逻辑关系，从简单公认的事实到复杂抽象的定律是如何一步步推导的，他可是从来没有试过。现在人们提出了质问，上校明白，为了说服他们，他可能需要从基本常识开始论证出万有引力的工作原理。

显然这一浩大的工程不在他的准备之中，上校只好选择别的方法来说明：因为球是一种非常完美的对称体，地球上的每一个物体自由落向地面的时候指向的并不是狭隘的"下"，而是指向球心的，也就是说，为了保证宇宙的公正原则，在球上不存在上下之分。这种全新的方向感彻底颠覆了在场每一个人的世界观，不过上校无意间提到的这个"公正原则"倒是很符合卡波诺人的哲学精神，于是人们被说服了。

话说回来，真正让村民们放心让孩子去学堂的，并非上校带给他们的那种新鲜却不实用的思想，而是长久以来对部队产生的信任。人们发现他们忠实可靠，从不发脾气，不会说谎，也不用武力讹诈，并且是会干活而不吃饭的好手，大家已经慢慢习惯于他们的存在并把他们看作卡波诺的一分子，所以在冬天孩子们成天无所事事惹人心烦的乱喊乱叫的时候，大人们很乐意打发他们去上校的学堂待上一天。于是人们从孩子嘴里知道了两根刚直不阿的线是永远各走各的路即使到了天涯海角最多也就打一次的招呼，知道了许多星星是比太阳还大的而月亮却是个不会发光的小骗子，知道了如果月亮在地球和太阳的爱情中插上一脚人们就能看见日食，还知道了地球并不是宇宙的中心而是像一只小船一样漂浮在宇宙黑暗的海洋上，太阳则像一只指路的明灯，我们大家都坐在小船上，绕着明灯年复一年地兜着圈子。

不过，孩子真正喜欢听的还是关于战争和极地探险的故事。上校一遍遍地重复着那些描述，后来孩子们都已经能够对他没有创新的讲述熟记在心的时候，他们就时常跑出礼堂，在外面玩起了战争的游戏。有人扮演攻城的人，有人扮演守卫者，有的扮演会喷出火的怪兽，他们还时常为了扮演国王而争吵。每当此时，上校就拿起一块竹片或者木板，一边听着孩子们在冬日温暖的阳光下的嬉笑声，一边专注地刻起字来。

学校就这么稀里糊涂地上了一个冬天的课，上校因为没有经验，不成体系地讲了许多东西，孩子们因此学了不少乱七八糟的学问。后来当春天使大地开始解冻，河面的冰开始融化的时候，人们又开始准备忙碌了，即使上校曾经因为准确地预言了一次月食而声威大震，孩子们还是扔下他们的课本，和父母去地里干活了，那些知识很快就被忘得干干净净，礼堂里也空空荡荡了。

6

第一场灾难发生在冬天快要离去的时候。那天又下了白茫茫的大雪，孩子们都去了城外那条冻成冰的河上溜冰，只有布列多一个人来到礼堂，手里拿着一把削得很精致的木剑，央求上校教他剑术。上校本来打算讲讲光的传播原理，现在只能陪布列多玩了。对于攻城略地，布列多有一种直觉的天赋，他喜欢听上校讲解怎样排兵布阵，何时主动出击何时坚守阵地，惟一不清楚的是人们为何要打仗。关于这件事，上校没有办法解释，他只能告诉布列多：军人服从命令。

当时上校正帮助布列多纠正出击时手臂的姿势，这时外面响起一阵慌乱的脚步声。一个小胖子气喘吁吁地跑进来，惊慌地说："兰库……掉进……冰……冰裂了……"

上校和所有的士兵都跟着布列多迅速地赶到了河边，那里已经有许多人赶到，孩子们被命令待在岸边，大人们则铺上一块块木

四部半

板，试着打捞兰库。春天似乎来得早了一些，河面看似坚实却忽然破裂了。河水还很冷，即使最勇敢的人跳入水中也不敢停留很久。人们知道已经没有希望了，可还是在试着寻找。上校看见人们脸上的悲伤，还没有来得及下命令，一个中士突然扑通一声跳入河中。人们吃了一惊，上校沉默了一会儿，然后命令两名士官下去帮忙。

早春的寒意笼罩着整个河岸，人们在一片悲凉中面色沉重，默默地看着那无情的湖面。终于，中士露出水面，轻轻地把身体冻得僵硬的兰库放到岸边。人们围拢过来，兰库的母亲抱住已经死去的儿子，失声痛哭。

卡波诺笼罩在一片悲伤之中。虽然人们已经看淡了生死，却依然为小男孩的离去感到难过。这是上校到村子后第一次遇见死神，全体兵士都参加了兰库的葬礼。那一天天色昏暗，人们在没有融化的雪地上缓慢地行走。下葬的时候那位被悲痛击垮的可怜的母亲近乎失去理智地痛哭，这一幕长久地停留在上校的脑海里。那天晚上，上校写道："死神无处不在，从不放过一个角落。人类的生命很脆弱，他们为了短暂的生活忙碌不堪，直到失去生命。死带给他们悲伤，一个人的死亡对所有人都是一场灾难。"

兰库的死带来的哀伤很快被另一场更为严重的灾难所冲淡。那时候人们白天在地里干活，夜里睡得香甜，因此丝毫没有察觉到异常。好在上校一直保持着夜间留人执勤的习惯，因而他很快被勤务兵唤醒。那晚很多人因为白天帮着人们打土坯，体内的能量都不多了，但大家还是全都来到门外，看见了映天的火光。

不必下达命令，大家都毫不犹豫地冲向了火势最猛烈的地方。人们从睡梦中惊醒，慌张地跑出家门，迷迷糊糊地看着已经许多年没有发生过的火灾发愣，过了很久才清醒过来，拿着所有能找到的木桶跑到井边。上校冷静地指挥人们救火，命令兵士们先抢救被火困在屋子里的人，然后再救财物。虽然发现及时行动迅速，但是那年冬天有些水井枯干了，因此虽然没有人因为大火受伤，却直到天亮的时候才好歹把火扑灭。

人们一个个灰头土脸，汗水和泥土混合出一道道的污泥堆积在毛孔的深处，大家表情尴尬地站在一片焦土之上目瞪口呆，仿佛想努力挣扎着从一场噩梦中醒来，却被梦拖向深渊。上校和他的士兵忙了一夜，因为一直被烘烤着，一个个浑身软塌塌的全都没有了力气，两眼无神地僵立在地上一动也不能动，结果这帮英雄差点被悲伤的村民埋葬了。

7

大火烧毁了大部分人家那用木头建造的房屋，人们只抢救出一点可怜的农具和不多的干粮。最要命的是，储藏粮食的仓库也都被烧得差不多了，除了少数一点的残留，那些关系生死的有机物基本上化为灰烟，弥漫在空气中供人回味。在半个炭化的卡波诺面前，全村人都面临着饥饿的威胁。

上校也意识到问题的严重性，于是和阿木法长老商量如何应对这个难关。长老认为只能集中所有的口粮，定量分配，等着秋天的到来。上校计算一下，认为人们可能挨不到收获的季节了，于是建议他们从别的城市请求救援。长老大吃一惊，因为他们从没有想过要和外界发生联系，于是没有回答。

上校并不迟疑，召集了所有人马开了个会。大家讨论了一阵子，一致同意上校的主意。于是他们留下了一个小队的人帮助村民们干活，其他人则跟着上校出发了。

虽然有大兵的帮助，卡波诺人干活的时候越来越力不从心。人们每天只能喝一点点的稀粥，还要去地里干活，因此暂时没有力气去修理房屋。晚上聚在曾经做学校用的礼堂里，生起一堆火抵挡着初春的寒冷，熬过因为饥饿显得漫长的夜晚，期待着天气的转暖。孩子们则经常去山上寻找一些野果子来充饥。后来人们干脆把地里的活儿交给了不怕饿的大兵们，自己则跑到河里去捕鱼了。因为山林中的鸟兽正在交配，所以不到最后关头，人们还不愿意去山上打猎。就这样，大家想尽办法和饥饿对抗，一个个面容消瘦下来，皱着眉熬过了春天。

夏天到来之后，卡波诺到处弥漫着臭烘烘的气息。尽管阿木法长老拖着年迈虚弱的身体四处劝告，吃光了最后一点口粮的人们却没有心思去管太多了。人们从没有这样被吃的欲望驱动：没人关心地里的庄稼，大家双眼冒着杀戮的光芒，四处捕捉着能猎杀的动物，然后匆匆剥掉它们的皮，连同掏出的内脏随便一扔，在火上大概烤一烤就迫不及待地撕咬起来，接着就把双手的油污往身上抹两下，昏昏睡去。至于那些肮脏的垃圾，人们听任它们在太阳的烘烤下腐烂，发散出令人恶心的气味。要不是长老带着大兵们不断地及时清理，卡波诺早就被苍蝇和蛆虫吞没了。

卡波诺人恢复了祖先的习性，一个个脾气暴躁，长老不得不派大兵们努力维持治安。山上的动物看到情况不妙，纷纷逃窜。人们更加努力，四处铺设陷阱，成天去河里捕鱼，到处搜寻鸟蛋和野果，吃遍了整个山林，即使是那些同样作为捕食者的豺狼，也不敢和他们争抢。卡波诺的牙齿从未如此锋利过。

就在人们快要把所有活着的生灵赶尽杀绝，甚至为了一点食物大打出手，形势快要失控的时候，在一个炎炎午后，有人远远地看见从河对岸的密林中不知什么时候开辟出来的一条大路中走出来一队人马。几乎已经被人忘却了的上校终于带着一队队的粮食和牲口、一桶桶的红酒和花生油、一车车的水泥和工具、一箱箱的纸张和书籍以及他们那顽强不屈的刚毅品质，回到了卡波诺。

8

上校他们到了邻近的几个大城市，那里的人们甚至没有听说过卡波诺。起初上校试图以帝国第二步兵团特种部队最高指挥官的身份请求当局给受难的卡波诺援助，可惜人们早已忘记了上校和他的不死军团，总督甚至要把他们当作捣乱分子抓起来。上校决定改变策略，他让部队不断地改变模样：先是打扮成雇佣兵的样子，找了一份短途押运商品的活儿，路上理所当然遇到了强盗，结果上校轻松地将他们击溃。接着他们用佣金向那些对他们感激不尽的商人低价买了几匹马和城里的一些走俏的商品，然后装扮成远徒商队的模样，在附近一带的城市穿梭进行商业活动。经过时间的检验，他们已经对自己掌握新事物的能力充满了自信。确实如此，这些帝国的精英训练有素：搜集情报，分析市场的行情，然后进行买卖活动，并且坚持着诚实的作风，很快赢得了人们的信任，成为著名的大商队。如果时间足够，这样一支惹人耳目的队伍迟早会招来麻烦。不过，上校估计着卡波诺的人快要撑不住的时候，就把所有的财产都变卖了，又开了一次拍卖会，把他们一路上随身携带的帝国荣誉金质勋章卖掉，换来一大笔财富。上校这才买了充足的食物和一些必备的工具，又招募了一队工匠，带着人马回到了卡波诺。

为了庆祝他们的归来，大伙狂欢了一天，喝得烂醉如泥。只有阿木法长老和上校一块儿保持着清醒，认真地研究上校铺在案上的图纸。这是上校聘请的来自离卡波诺最近的鲁比萨城的一位著名设计师和上校一起设计的草图，两个人已经详细勘查了卡波诺并且借鉴了其他城市的经验，细致地规划了新的卡波诺。上校给长老逐一解释：人们将住上石头盖的房子以避免灾难重演，新的给水系统不但有利于消防而且将保证每一户人家都能喝上干净卫生的水，从前那些从家家门前经过的臭水沟也将被铺设的暗渠所替代，总之，重建之后的卡波诺将会是一座文明舒适的城市。长老费力地跟着上校的思路，心想这样的事在总督时代已经有过先例，历史正在重演，而这一回会因为上校的那颗从不气馁的决心有所不同吗？长老沉默良久，终于开口说愿意听从调遣。

人们又开始规规矩矩地干起活来，尽一切努力弥补地里的损失。上校则带着他的人和招募来的工匠一块儿大干起来。他们马不停蹄地工作，拆掉了所有被烧的残缺不全的木房，去河边采来了一车车的石头。

从那时开始，仿佛有一种强大的活力注入了卡波诺。人们努力地工作，城里那种叮叮当当的建设声就没有再停止过。到处是搬运石头时咕噜噜的车轮声，工匠们砌造石头房子的喧闹声，士兵们为了铺设地下排水管道的挖掘声。在上校和工程师勘查了城后的那座高山，决定利用那贯穿全城成排生长的核桃树把山上的泉水引到卡波诺后，人们又听到了山泉在架设在比屋顶还高的核桃树上的饮水渠中流动的哗啦啦的水声。村民坐在家里，用手一拧水龙头，那围绕在城市上空的泉水声就伴随着清澈的山泉顺着竹子制作的管道流淌进每一户人家。这些悠扬的乐音又将和屋子里发出的各种乒乒乓乓的锅碗瓢盆互相碰撞的声音以及孩子们说笑打闹怪叫的声音混在一起，顺着每家每户的下水管道流进埋在地下的那些内壁涂抹了水泥灰的管道，轰隆隆地流向城外的河里，奔向大海。因此海里面的鱼儿常常能听见卡波诺的男人在和女人吵架、情人们彼此之间低声私语以及无忧无虑的欢笑声。这些声音有些留在了大海的深处，有些则随着海水蒸发被海风送回了大陆。即使多年以后，遭受了一次次的磨难和重建，来到这里的人们依旧能从头顶上流动着的清泉中隐约听到卡波诺过去的秘密，人们可以仔细倾听、勾勒出许久以前城市的轮廓并想象着当年的祖先是如何努力建造一座新的卡波诺的。

在忙碌的建设中，上校和他的部队始终有条不紊，把每件事都安排得井井有条。他们全身心地投入人们的生活之中，一点点了解着生命的内容，始终不忘自杀的使命。他们如期举行会议，讨论死亡的含义，得出越发建设性的结论：活着就是一种能够感知世界的存在状态并且可以通过行动来对世界作出反应，顺应的或者反抗的，使世界因为你变得有所不同。那么死亡就是你无法再感知并影响这个世界，因此他们应该寻找办法让自己永远对世界没有感觉并失去行动能力。上校第一个意识到：自杀本身是一种对世界的回应，是一种行动，因而越是努力寻死，他们似乎越是符合活着的定义。如果他们活着，就可能死掉，那么就应该更努力地寻死，更深入地探寻生的内涵，更努力地把卡波诺建设成一座理想的城市。"人类的经验表明，苦难有时候更有利于培养美德，但它并不真的使人愉快。毕竟，人们活着，是为了追求幸福。"上校写道。

　　卡波诺的重建工作进展顺利，因为它原本就是一座城市，许多项目只需将那些被人们废弃多年的旧设施略加改造就完成了。现在人们都住进了新房，城市里有了公园和喷泉，街道上干净卫生，但是不论从哪个方面看来它都不像一座城市：人们依旧保持着自己的生活习惯，大部分时间还是在城外的耕地上劳作，只有到了晚上才回到城里睡觉。这个村庄如今顶着一副更漂亮的外壳，显得不太协调。而那些干起活儿来喜欢大声吆喝的外地工匠们一点也不喜欢这里的生活，不光是因为本地人对他们那粗俗的作风有意疏远，更主要的是卡波诺的生活过于简单，他们从上校那里领来的一袋袋金币什么也买不到，金钱在这里毫无用处。他们因此变得不满，工作的时候怨气冲天，惟一使他们迷恋的就是卡波诺人自己酿制的独特的葡萄酒。每当夜晚来临，这群大老粗几十个人聚成一堆，喝得一塌糊涂，对着月亮大吼大叫，甚至躺在地上打滚。阿木法长老注意到这一点，及时提醒上校警惕潜伏的危险。上校当机立断，在城市建设基本完工的时候付清了所有的工资，为了表示友好又额外赠送了两车的葡萄酒，于是这些浑身发痒的雇工们痛痛快快地离开了这座让他们倍感沉闷的城市。

9

　　就像所有走向文明的城市一样，卡波诺后来经历过许多磨难。那些可怕的天灾人祸给它留下了岁月的伤痕，但不论面临着怎样的危险，卡波诺人都顽强地支撑着，并且竭力保护着那座以上校的名字命名的图书馆。经过几次大规模的翻修，它从最初简陋的资料室变成了卡波诺的神圣殿堂，每一代卡波诺人在成长的过程中都要去那里接受文明的洗礼，获得对世界的最初认识。当然那是很久以后的事，眼下这里不过是一间朴素的木房，只有上校一个人在里面长久的沉思。

工匠们离开之后，那条通往外界的大道又一次迅速地被新长出来的灌木淹没，那片密林重新封锁了卡波诺，人们虽然再也不必跑到井边打水，但是生活似乎又朝着一片安宁的沉闷之中慢慢地滑了过去。部队的努力看来又要被那种无形的力量消解了，对此上校倒是不在意，他和士兵们整日待在自己的房间里，读着他们新买回来的书籍，研究着人类的生活，对那些涉及死亡问题的著作看得尤其仔细，不时地进行读书讨论会。

在空闲的时候，布列多和其他的孩子经常跑来戏耍。他们和上校互相学习：上校给孩子们讲一些历史和物理知识，孩子们教上校说俏皮话："不用说'是的'或者'不'，你可以冲着讨厌的人大喊'见你的鬼去吧'，这样听起来可带劲了。"然而上校觉得这样的口气有损于军人的威严，所以始终没有学会。

现在人们已经无意识地把上校当作了实际的首领，而年迈的阿木法长老则变成了卡波诺的象征。更多的皱纹爬上了长老的脸，在纵横交错的褶皱中，智慧和安详找到了足够栖息的地方。每天下午从午睡中醒来后，在已经变得不那么刺眼的阳光下，长老习惯于悠闲地走在新的卡波诺那整洁的路上，在斑驳的树影和整个城市上空那叮咚作响的泉水声中游走，很满意自己能在有生之年看到这个地方变得如此美好。

日子就这么一天天地过去了，不死者对时间的流逝没有什么概念。不过上校注意到，孩子们已经长高了一大截，声音也变得更低沉。如今这些壮小伙子成了卡波诺的支柱，他们继承了祖先种地的使命，但不少人渴望着有一天能出去，到上校给他们描述过的那个世界去闯荡。

布列多的喉结凸现了，双肩变得更宽厚了，一头不变的乱糟糟的卷发暗示出内心的狂野，现在这位小伙子沉浸在对一个姑娘的爱恋中不能自拔，经常魂不守舍地盯着上校给他的一本书，长久地发呆，然后忽然抬头对着上校，两眼迷乱地唱起了自己编的小调："特洛伊，特洛伊，就为一个美女，多少好汉倒地，女人哭泣，老人叹息，山上的众神啊，你们从不讲道理。"

每逢这种半疯的状态出现，上校就会想，自己是否应该为此负责：也许他教授的那些神话虽然对自己那颗永远冷静的头脑无害，却搞乱了布列多的神经，让他的内心过分敏感了？在一个阴雨连绵的下午，坐在充满了一股沉闷湿气的资料室里，上校一个人在昏暗之中仰头望着窗外纷飞的细雨，一阵有气无力的敲门声响起。上校打开门，看见衣衫不整的布列多两眼失神地站在大雨中，被雨水淋得浑身通透的年轻人发着高烧，嘴里迷迷糊糊地嘟囔着："她嫁给了别人，嫁给了别人……"

在病床上躺了三天后，布列多那仿佛在燃烧的躯体终于慢慢降了温，其间一直守在一旁的上校听到了各种各样的胡话。上校一边细心地照顾着自己这位不幸的学生，一边思忖："爱情，看来是一种病。"

布列多康复了，面色渐渐红润起来，梳理了头发，刮了胡子，看起来清爽多了，似乎那一场高烧烧掉了他的狂热，让他一下子获得了一种沉着和冷静的中年智慧。其实在内心深处布列多还沉浸在忧伤中，他恳求上校带他离开这个伤心的地方，他想忘记这一切，渴望自己成为一名像上校一样优秀的军人，到战场上去厮杀，去赢得那虚幻的荣誉。然而，已经对各种表情运用自如的上校微笑着说"在神圣的帝国里已经没有战争了"。

不过没过多久，还在梦中的布列多和所有卡波诺的人都听到了远处传来的火药爆炸的声音。士兵们也感到脚下的土地在隐隐震动，多年来从未松懈的警惕让他们立刻拿起武器，跟随着上校来到建设时期经过修固的城墙上。那里聚集了许多睡眼蒙眬的人们，大家都看着河对岸的那一番景象发愣：那片只有上校的部队才不会在其中迷失的密林这时好像一锅放在火炉上烧开了的水一样：炸药把低矮的灌木炸得满天飞。从对面吹来的一阵风送来了阵阵的火药味儿，而这种炸光一切障碍来解决问题的粗暴举动让在场的村民感到恐惧。通常在没弄清敌情之前上校是不会随便开口的，眼下他还不知道这一回来的，是怎样赤裸的欲望。

10

卡波诺从未注意过自己的葡萄酒有什么特别神奇的地方，因为他们自己已经习惯了。不过那一车醇厚的美酒随着工匠们流到了外面的世界，终于在许多时日之后偶然间引发了一股疯狂。一位颇有头脑的酒商偶然在手下的一个雇工那里听说了一种奇妙无穷的葡萄酒，尝过那仅存的一点已经有点变味儿的葡萄酒之后他立刻意识到一个空前的机会在等着他。于是一伙专业的人员跟着这个叫作坎贝隆的商人，根据工匠们模糊的描述，在那片密林中绕了几个月。最后，失去了耐心的酒商派人运来了一包包的足以掀平半个城市的炸药，彻底扫除了那不知生长了多少年的密林。从那以后，再没什么能阻挡，卡波诺永远地成为了这个世界的一部分。

坎贝隆先生脸上发着油光，他惊讶地发现这个干净整洁的城市里竟然没有政府机构，于是什么也没说就占领了一座无人居住的空房。他来不及擦掉身上的尘土，就喊着要村民们卖给他一点葡萄酒。出于礼貌，人们拿出了一桶陈酿的红酒送给了他。坎贝隆先生身上发散着一股永不消散的火药味儿，冷淡地说了声谢谢，就命人把酒抬进了那间房子。

接连几天，这群人忙着在他们带来的瓶瓶罐罐中分析着酒的成分、土壤的组成、泉水的性质等等。最后他们发现，原来卡波诺人酿造葡萄酒的时候要加一点从村民们称之为"圣井"的古井中取来的水，而美酒的秘密就在这里。于是酒商拿出大把大把的金币，向村民们购买"圣井"的所有权。

人们面面相觑，这时阿木法长老又一次从人群中走出，代表全村人宣布：卡波诺欢迎每一个客人，但圣井是神圣的，不能出卖。

坎贝隆先生的头脑灵活机敏，善于随机应变，他皱起眉头，想了一会儿，就一声不吭地带着随从离开了。

对于此事，卡波诺人觉得新鲜和困惑，而上校则有一种所谓的预感。他知道人的欲望是一种极其可怕的动力，它已经并且将一直准备着去摧毁一切脆弱的文明成就，从坎贝隆的炸药中已经可以预见到风暴的气息。就在大家还猜测着酒商将有什么阴谋的时候，那位当时第一个跳下水去救兰库的中士有一天早晨平静地对上校说："长官，我昨晚做了一个梦。"上校第一次对自己听到的事感到怀疑："什么？"

很快，包括上校自己在内的每一个人都陆续地做了同一个梦，他们梦到了父亲。其实这可能是一段隐藏起来的视频文件，它经过某些刺激后被激活，不过他们觉得称之为梦也未尝不可。梦里的父亲微笑着对他们说："我希望有这么一天。你们也许会以为自己在做梦，其实当这段录像出现时，你们已经醒来了。"

这无疑是个意外发现，但弄清楚其中的意义需要时间和思考，不过再次回到卡波诺的坎贝隆使他们无暇多想。这回和酒商一道前来的还有鲁比萨城的总督迪多卡公爵以及一支装模作样的政府军。公爵在军队的护送下趾高气扬地进了城，对于马路两边瞠目结舌的百姓不闻不问，带着人马径直来到空无一人的旧总督府，然后召集了全城的百姓到礼堂集合，向他们高声宣布卡波诺已经成为鲁比萨城管辖下的一个二级城邦，并任命坎贝隆先生为该城的最高行政长官。人群中立刻爆发出一阵嘘声，在场下一直沉默的上校这时走上

四部半

讲台，礼堂顿时安静下来。

上校用他那少见的冰冷语调质疑："您这么做是符合规定的吗？"迪多卡公爵显然感到自己受到了冒犯，怒目大喝："你是谁？胆敢如此无礼！"上校的回答毫无感情："神圣帝国第二步兵团特种部队最高指挥官，只服从国王的直接指示。"公爵怒冲冲的脸上流露出一丝惊讶的表情，不过很快他就恢复了冷漠："我听说过你，怎么，还没死掉吗？"站在公爵身后的几个拿着大棒的贴身侍从大笑起来，然而整个会场一片安宁，于是他们尴尬地打住笑声，因为感觉到自己的愚蠢而更加恼火地敌视着上校。上校没有理睬："如果您没有陛下的手谕，我将判定您的行为是不合法的。"见惯了风雨和阴谋诡计的公爵轻蔑地冷笑了一声："国王的手谕？哼，您会得到的。"

尽管上校的部队在严密地监视，坎贝隆先生依然肆无忌惮地往卡波诺城运来一车车的器材和工具以及一队队的工人。为了不过早地和村民们发生直接冲突，工程师仔细地研究着圣井周围一带的地质条件，然后打井工就开始在圣井附近一带日夜不停地打起井来。卡波诺人被他们夜间工作使用的照明灯和叮当不绝的挖掘声搞得心神不宁，但大家还是忍耐着。很快围绕着圣井就出现了一圈新井，坎贝隆的工人从新井里提出一桶桶的井水，交给技师们去分析。结果让酒商大失所望：似乎只有圣井的水才具有那种非凡的品质。于是坎贝隆先生一边坐立不安地等着公爵的消息一边加紧筹划，实验证明圣井的水如果运送出城就会很快变质，因此必须就地加工。在酒商考虑着如何把卡波诺建立成一个葡萄酒王国时，一辆在平原上飞驰而来的四轮马车载着神通广大的迪多卡公爵和皇帝陛下的神圣手谕回到了卡波诺。

手谕交代得简单明了，上校看得清清楚楚。公爵掩饰住得意的神色又强调了一番："本城的治安将由政府的正规军接管，这儿没您的什么事儿了，您的部队爱去哪儿就去哪儿吧。"上校不失礼节地一躬身，然后平静地回答："我们哪儿也不去。"公爵无所谓地摆摆手："随您的便。"上校转身离去的时候公爵恶意地笑着说："陛下让我问候您，上校。"

坎贝隆市长如今终于可以肆无忌惮地大干了，但是精明的他却不忙着建立工厂。市长先生首先找了几支跃跃欲试的商队，让他们彼此竞争，肯送上最多好处的就可以来卡波诺进行贸易。商人们纷纷涌进卡波诺，带来了各种让人眼花缭乱的货物：上好的黄油和绵软的蔗糖，可以长久储存的奶酪和咸肉，优质的布匹和最新款式的衣服，味道古怪的水果和疗效神奇的草药，从异国他乡运来的提神的茶叶和手工精美的工艺品以及纯种的马匹和各种坚实耐用的改良农具。卡波诺的市场终于派上了用场，商人在那里大声叫嚷，吹嘘着自己商品的物美价廉，一见到稍微有意的顾客就马上纠缠不放，热情似火地展示自己的货物。卡波诺人看着那些从没见过的商品，心里痒痒的，有一种尝试和拥有的欲望。这时候坎贝隆市长拿出大把大把的金币和铜板向村民们购买挨着河边耕地的一小块价值不大的公共土地，人们抵不住心底的诱惑去找阿木法长老商量，睿智的长老知道一场无法阻挡的洪流已经到来，于是遵从了大家的心愿。卡波诺人事隔多年之后又一次开始使用金钱进行买卖了，而这一次，他们尝到了交换的乐趣和方便，有意留在这个新的时代而不再回到过去。

时机已经成熟，市长开始大张旗鼓地建起了酒厂。卡波诺并没有葡萄园，只在每户人家有一些葡萄架，这对市长的工厂来说远远不够。坎贝隆市长从邻近的城市进购大量的优质葡萄，在自己的工厂里发酵成葡萄酒，当然少不了的是圣井里的水。市长派了专人守卫圣井，每天都有严加戒备的专车护送圣水运进工厂。卡波诺人对此有些微微的不满，难免发了几句牢骚，不过他们当时正醉心于享

四部半

受商品交换的快乐，既然家家户户都能喝到山上引来的泉水，大家对圣井的使用问题不太过问了。

第一批出产的葡萄酒大获成功，卡波诺连同它的美酒迅速在整个大陆名声大振，各色人物纷纷涌向这个小城。人们被这种能让人心旷神怡的红酒征服，于是世界仿佛一夜之间发现了卡波诺。商人们急忙赶到，宁可向政府缴纳重税也要在这里进行商业活动。坎贝隆市长肥胖的脸上露出不易察觉的笑容，一边忙着扩大生产规模，一边加紧城市建设：招募各地的工人来建立旅店和公共设施，修固城墙，向迪多卡公爵又借调了一个营的兵力维持治安，城门不再那样永远开放，严格检查过往行人。那段时间里，卡波诺迅速繁华起来，并且从来没有这样像一座城市过。

在这片如同节日般欢腾的气氛中，只有上校的部队还保持着清醒。市长不打算招惹这些前帝国时代的遗老们，让他们自在地待在那几间小房子里，指望着某一天他们自己离开。就像任何时候一样，上校依旧保持着沉着的态度，冷静地看着这如云烟般飘来的繁华。他们曾经是这个城市的建设者，如今没人说一声谢谢，城市也不再需要他们。"自委会"倒是觉得他们遇到了一个深入观察人类生活的某些方面的好机会。大家认真地搜集着情报，读着各种书籍，总结着自己的心得，有时候还讨论一下他们做过的那个梦，对于其中不明确的含义仔细地琢磨。他们总是不缺少耐心，因为他们有足够的时间，来经历尘世间的兴衰荣辱。

不过，也有一些不好的影响：那些如洪流般席卷而来的人们也带来了各种毒素：无赖在街上招摇过市，骗子则捕捉着善良的人们，酒鬼寻衅滋事，从别的城市来的乞丐也拉帮结派。城里开设了赌场和妓院，那片灯红酒绿的肮脏世界里传播着能够想象出来的各种花样来腐蚀着人们的灵魂。卡波诺不再有宁静的时光，到处都是一片喧嚣和污秽，人们不得不忍受着这些和文明共生的毒疮。让村民们不能容忍的是，这些外来的人们毫无顾忌，肆意地破坏城外的庄稼地，气愤的村民找到坎贝隆市长要求他阻止这种野蛮的行为。市长红润的脸上露出了一片为大家着想的善良，劝说人们放弃那没有多少收益的传统劳作，眼下葡萄酒制造业蓬勃发展，大家何不把土地卖给政府，到工厂里去干活？村民们这才明白，原来市长先生一直在打着那块祖祖辈辈供养他们的土地的主意。

11

坎贝隆先生显然犯了一个推己及人的错误：他没有意识到，卡波诺人并非沿着人类正规的进化历史一路走来，而是突然从原始时代一步跨进了现代文明，所有活着的卡波诺人都是在过去的另一个时代成长起来的，因此闯入这里的一切外来的刺激和陌生仅仅因为新鲜给他们带来一种好奇，他们参与其中是因为他们安然享受生活的本性，那种举世通行的欲望驱动一切的准则在卡波诺可是行不通，这个城市的上空永远笼罩着一片宁静的自然力量。

因而当市长先生提议收购人们的土地并在上面建立葡萄园时，村民们几乎立刻就拒绝了。他们说自己不能靠吃葡萄为生，更不能把祖先留下来的土地当作商品出售。坎贝隆先生勉强维持了几分钟的温和后再也掩饰不住对这些头脑顽固的土著的不耐烦，他匆匆应付了几句就带着一脸的怒容离开了。

很快，卡波诺的每一户人家都接到了官方的通告：政府将强制收回城外耕地的所有权，村民将得到一定的补偿。卡波诺一下子开了锅，愤怒的村民聚集在市政府大门前，抗议市长的独断专横。坎贝隆先生一脸严肃，在护卫的簇拥下又强调了一遍：整个大地上的一切财产都属于国王陛下，帝国不需要对村民解释土地该如何使用。市长傲慢的态度激怒了从没有受过胁迫的卡波诺人，人群中一阵骚乱，坎贝隆先生见势不妙溜之大吉，留下来的武装人员勉强驱散了村民。

四部半

局势忽然紧张起来，胆子小的商人已经悄悄离开，那些大投资者不愿轻易被吓倒，坚持观察着局势，努力嗅着空气中各种预兆的气味。这时候阿木法长老因为年事已高变得两眼昏花，整日躺在床上喘气，人们私下里嘀咕着不测的未来，不安和愤怒开始蔓延。大家最先想到的是上校，希望他能给予帮助，上校安抚了一下众人，便前去交涉。

　　然而，坎贝隆市长只用了一句"一切全是为了帝国的利益"就把上校打发了。上校一路沉默，回到"自委会"后立刻召开了紧急会议，这是他们第一次为了立场的问题而犹豫。没有命令授权他们可以为了村民而与代表着国王的市政府对抗，然而他们又不愿看到村民们遭受磨难，最后只好决定暂时不采取行动，等待事态的进一步明朗。

　　事态确实在明朗。市政府对于村民的不合作失去耐心，现在整个帝国都在等着卡波诺葡萄酒，市长先生毫不手软地采取了强硬手段：他招来一大队的工人，毁掉了地里的全部庄稼，开始建造大型葡萄园，给每一户家庭仅仅扔下了几枚金币让他们另谋出路。所谓出路，基本上是这样子的：人们将不得不在市场上向粮商高价购买粮食，坐吃山空之后再作出选择，要么到葡萄酒厂做工人，要么离开这里流浪他乡。村民们很清楚地看到了这个悲惨的未来，反抗的情绪在高涨。如果坎贝隆先生知道这些人在饥荒年代的表现，一向精明的他一定不会表现得如此缺乏政治手腕。不幸的是他不知道，结果，在一天晚上一个不知趣的无赖在街上纠缠一位过路的妇女，路旁几个卡波诺年轻人不禁将连日积压的怒火泼向这个活该受罪的家伙身上并由此引发一场小小的骚乱之后，气愤的市长认为政府的威严受到了践踏，立刻宣布这是一场预谋已久的暴乱，于是实行全城戒严，悬赏捉拿凶手。卡波诺人知道自己再也忍受不下去了，这其中就有一伙热血青年，他们秘密聚集在一间小房子里，预谋推翻政府。

当他们推举出一位勇敢正直而又可靠的首领后，开始着手制订计划。先下手为强，偷袭市长的家。正当他们在幽暗的油灯下紧张不安地密谋着当晚的行动时，房门被一把推开，屋里的人顿时吓了一跳。上校沉着脸走进屋里，身后跟着几名佩剑的士兵。上校没有看他们，只盯着那张粗陋得可笑的作战计划图。刚才还激愤异常的几个人现在脸色苍白，说不出话，只有那位年轻的首领镇定自若，面无表情地问："这么说，您是站在市长那一边的了？"上校抬起头，目光从他们每个人脸上扫过，然后落在那个冷静的年轻人身上，看见他毫无惧色地望着自己，又看了一眼他们手中准备用来战斗的铁锹和木棒，这才以他那永远平静的语调责问："你要用这些东西打仗吗，布列多？"说着递给他一把宝剑。

在上校的带领下，他们轻而易举地占领了市政府，解除了那些懒散大兵的武装。当坎贝隆先生睁大了惊恐的眼睛，借着火把的照耀看清了对方的脸时心中的恐惧变成了费解："天啊，你怎么造反了上校！"上校没有回答，他知道自己在干什么。

上校和他的"自委会"在研究人类生活的诸种行为时可是从来没有想过进行这样的尝试，不过作为军人，一旦决定行动，他们必定经过了深思熟虑，每件事都已经考虑周全。他们熟悉人类的历史，知道每一次的政变都难免流血和杀戮，不过那是人类的做法，上校不来这一套。他们查封了坎贝隆先生的葡萄酒厂，秘密遣散了所有的雇工，把工厂的财产充公，趁着消息尚未传出，从大商人那里购买了大量的物资，又派人乔装改扮，迅速到邻近城市小规模多次地购买各种战时必备物品。一切就绪，上校发布公告，宣布卡波诺已经发生了政变，请所有外来者离开。人们如梦方醒，惊慌地带着自己的财产纷纷逃离。上校把市长先生和他的手下一起驱逐出城后，城门大关。

现在只剩下卡波诺的村民了，整个城市忽然安静下来。人们看着那些在空旷的市场上来不及撤走而杂乱无章堆放的货物，心中产生一种空虚和寂寞的感觉，随之而来的是激情冷却之后的阵阵忧虑和些许的恐慌。上校把大家聚集在曾经作为学校的大礼堂，平静地说："我们已经做好了最坏的准备。当然，为了生存，你们随时可以改变主意，放弃抵抗。我们并不在意。"人群中鸦雀无声，忽然有一个声音喊道："誓死保卫家园！"于是一股豪情涌上了人们的心头，这股情绪比瘟疫更快地蔓延开来，迅速地感染了在场的每一个人，仿佛是死神在游荡，蛊惑着人们，激发出他们身体中一种更强有力的集体冲动和热情，让他们激昂地齐声高呼："誓死保卫家园！誓死保卫家园！"如同一场大火点燃了活着的每一个人，但没有感染上校和他身后的士兵，他们知道：死并没有人们想的那么简单。

12

有时候人们会觉得奇怪，似乎战争一下子就爆发了。其实每一次导火索点燃之前，人们都在有意无意地为一场最终没有赢家的战争积累着财富和仇恨，无时无刻不等待着那耗尽人类才华和良知的大战。似乎人们永远不肯安于现状，似乎那些折磨着灵魂的彼此之间的怨恨和内心之中的焦灼总喜欢选择这种最残酷也是最痛快的方式才能发泄出来，就如同光在不同的介质中传播永远喜欢找到最迅捷的路径一样。神圣的帝国，这个地球上从未有过的一个整块的政治统一体，在表面的和平和繁荣背后，那隐藏在阳光照不到的阴暗角落里的毒素和阴谋也慢慢地酝酿滋长。帝国太庞大了，它几乎刚一搭建起来，就开始把自己的脊梁压弯。

不过这一次的战争，因为有不死军团的参与，不论怎么说也算不上中规中矩。即使全部过程符合战争的定义，它在严肃性上也大打折扣：上校那些非一般的战术除了向人们展示他们那肆意奔放的想象力以外，根本不能当作模范写进战争教科书。

上校的计划是：民兵守城，步兵负责野战。他知道卡波诺恐怕难以久守，他们必须主动出击，充分利用他们身体上的优势出奇制胜，迅速歼灭对方的生力军，各个击破是上策。上校把全村能战斗的男人们组织起来，对他们进行强化军事训练，由布列多负责指挥。城市进入战争状态，由不同小组的民兵全天轮流巡逻。上校派出几个手下的士兵乔装改扮混进附近的城市搜索情报，自己则带着其他人和民兵日夜加固城墙，把守城用的石头和弓箭搬上城头。一切就绪，准备迎敌。

第一个自投罗网的正是迪多卡公爵和他的炮兵们。公爵得知卡波诺发生了叛乱之后勃然大怒，毫不犹豫地带着大军前来剿匪。黄昏的时候他将部队在卡波诺河对岸的平原上驻扎下来，准备第二天过桥攻城。这个错误的举动充分说明了公爵对于神圣帝国第二步兵团特种部队暨荣誉兵团王牌别动队的含义缺乏真正的理解：天刚一黑下来，早已化装成一块块石头等候多时的不死者们伪装成公爵的炮兵，借着夜色轻易混进了大营。上校无声息地出现在公爵的身后，宝剑无声地抵在他的后腰上，轻轻地附在公爵耳边说："总督大人，别来无恙。"

显然，上校跟布列多学会了不少东西。

公爵大吃一惊，如在梦中却迟迟不能醒来一般地看着突然从地下冒出来的上校，好半天才回过神，恢复了平素的镇定，把头转了过去，气愤地对着空气说："国王迟早会后悔造出了你们这群东西！"

一般说来，上校不愿意使用那些卑鄙下流的手段，不过非常时期，为了减少不必要的伤亡，他决定允许自己采用特殊的行动。上校把宝剑架在公爵的脖子上，命令所有敌人乖乖地放下武器，接着让自己的人把带来的烟花点燃，发出信号，于是城门打开，民兵们过了桥，把宝剑、大刀、二十门重炮和几十车军粮运进城中。上

四部半

校请公爵暂时委屈一下到城中小住时日，抽出一百名俘虏一同进了城。剩下的帝国大兵们面面相觑，感到从未有过的屈辱：甚至没有来得及正式开战就成了俘虏，于是他们悄悄溜回各自的故乡，隐姓埋名地过起了普通人的生活，从此对战争的事闭口不谈，直到老死为止。

这场战争就这样开始了。

仗打得不伦不类。人们没有听到关于屠杀和各种血腥场面的描述，倒是有不少骇人听闻的传说。关于这场不流血的战争，各地流传着不同的版本。人们说上校的部队能上天入地神出鬼没，有时候你看见地上有一摊水，等你一转过身却从身后站起一个魔鬼般的士兵。有人说一阵风刮来，风停的时候上校已经用宝剑抵住你的喉咙了。甚至有人说上校曾经变成一位总督的模样大摇大摆地走进某个城市的督政府，以总督的身份发布了几条相互矛盾的命令，害得一支部队不知所措地在平原上来回兜圈子。总之，上校的形象越发神秘，人们忘记了那个曾被他们嘲笑的寻死者，兴奋地近乎崇拜一样谈论着这个新的神一般的叛逆者。整个大陆都变得有点神经质，人们时刻关心着从远方传来的消息，一听到卡波诺又一次出神入化地挫败了平乱军，大家都兴奋异常而又困惑地讨论着这场不知究竟和自己有没有关系的战争。在人心激荡的时候，潜伏在每个城市里的危险人物开始加紧筹划阴谋，以至于多年以后那些不安于帝国统治的城邦一夜之间宣布脱离帝国的时候打的仍旧是上校同盟者的名义。

事实上，不死者一直守在卡波诺。当有敌人前来，他们就劫持敌军首领，带走兵粮，收缴武器，把少数俘虏带进城，让他们干上两个星期的活儿。上校一直在修建一条从城中通往后山的密道，在那里的一个山洞中储存了充足的食物并不时更新，以便在最后关头可以把所有百姓疏散出去。上校把地道设计成一套极为复杂的地下迷宫，贸然进入的人必定会迷失在里面。每一批俘虏都要挖一阵子的地道，之后就被安然无恙地送出城，俘虏们因为不用打仗而又有吃有喝而欢天喜地。时间一长，这件事在高层中流传开来，结果是有一次上校刚一露面，还没来得及吓唬一下，那位生来优柔寡断而被迫前来征讨卡波诺的伯爵立刻在胸前画了个十字："感谢上帝，你们终于来了。"

不过，当卡波诺软禁了两位公爵、四位伯爵和六名贵族骑士的时候，这个办法就不灵了。这一回来的是从不同城市纠集起来的无赖和恶棍，他们几个人一组带着一口大炮，没有重要人物指挥。这帮邋遢兵们被告知只要向卡波诺开了炮就能得到重赏，如果能攻破城门，城里的一切任由他们掠夺。于是这群胡子拉碴的亡命之徒眼冒凶光，叫喊着冲向卡波诺。上校不得不正面迎战，在河的另一岸把大炮排开，两方人马开始互相炮击。卡波诺的大地第一次尝到了硝烟的味道，感受了一点正经战争的意思，不过很快对面的人就气馁了：他们发现自己人不断倒地，而对方却纹丝不动地守住阵地，即使一两枚走运的炮弹把某个不死者炸开了花，那位老兄却很快又恢复了原形。雇佣兵们虽然四肢发达，但还是有一点起码的常识的，他们惊呼着"魔鬼！魔鬼！"四散而逃了。

有过一次可敬的敢死队式冲击：一个旅的士兵试图翻越卡波诺城后的群山从背后偷袭，他们经过艰难跋涉，一路上丢弃了所有沉重的物资，在黎明的时候来到了山脚下，结果看见城门大开，一口口大炮正迎接他们的到来，早已在山上埋伏多时的不死兵团魔术般出现在他们身后。可敬的敢死队员到城里挖了一个月的地道，喝了十几桶卡波诺葡萄酒，然后恋恋不舍地离开了。

战争就这样持续了几个年头，村民们一直没有受到伤害。仿佛一场游戏，上校练习着各种可能的兵法。日子久了，村民们因为长时间地守卫城市而又不能痛快地战斗，一个个懒散起来，他们又开始为了那荒废的耕地担忧了。上校知道总是这样拖着并不是办法，于是考虑着怎样把战线推到河的对岸，以便让村民们在后方得到少许的安宁。不过，当那些城市没有来进犯卡波诺的时候，它们是否还符合敌人的定义呢？何况为了使一部分人免受苦难而让另一部分人遭殃，这并不符合他的意愿。

正在上校犹豫的时候，一伙儿对帝国的制度深为不满的年轻军官趁着时局动荡在鲁比萨发动了军事政变，宣布成立鲁比萨共和国。作为当时卡波诺之后第一个主动造反的城邦，共和国希望与上校建立同盟，一同推翻王权以建立一个新的时代，因此热情邀请上校共谋大计。上校在共和国受到了热烈的欢迎，在欢迎酒会上，带头起义的那名少年老成的中尉对上校首先揭竿而起表示敬意，然后就高谈起他们关于未来共和时代的构想。对于那些宏论，早已熟知人类历史的上校一点也不感到意外，他只反问道："我看见人们遭受审判，许多人被送上绞架。"中尉一脸严肃地回答："是的，那是些反动分子。革命不可避免地需要流血。"上校为他们陈旧的论调摇头："我们做的，只是为了人们免受苦难。"中尉放下酒杯，争辩道："必须先有牺牲。"上校不是来吵架的，他说自己不愿把灾难带给无辜者，他只是要尽力保护卡波诺人免受磨难，其他的事不予过问。"看来您是个保守派！"中尉打算用一道轻蔑的目光和一声呵斥来给上校做一个政治上的划分。"我们什么派也不是。"上校坦然回答。

上校只提出了一个要求：请军官们把迪多卡公爵的家人交给他。虽然没有能建立同盟，军官们决定不与上校为敌。于是卡波诺人终于松了口气，村民们暂时可以放下心，不去考虑战争的事了。人们拿起锄头奔向耕地，又一次把它从荒草中拯救出来。就在这时候的某一天的黄昏，早已了无牵挂的阿木法长老在自己那间简陋的小木屋里永远地闭上了眼。当外面的世界被这场糊里糊涂的战争搅得颠三倒四的时候，阿木法长老却在双目失明后沉浸在自己内心中的一片光明世界了，在那里卡波诺又变成了许多年以前那个安详宁静的小村子，慵懒的人们在太阳的照耀下打着瞌睡，人们平淡地生活着，每一条大道都干干净净，看不出有人曾经从上面走过的痕迹。关于外面的那一片喧闹和不安，人们告诉他说那是卡波诺在变得更加幸福、大家的生活更加忙碌的缘故。因此微笑着闭上眼时，长老心中还保留着一个美好的卡波诺。

人们慢慢地习惯了长老的离去，现在他们把布列多当作新的领袖，在他的带领下努力地工作。大家觉得战争只是一场儿戏，又安然地过起了日子。不过，上校依旧和他的部下保持着警惕，搜集最新的情报，分析战况。这时，另外几个城邦也宣布脱离帝国的统治，他们知道国王的王牌军在对抗自己的主人，于是纷纷趁机叛乱，决定自立门户。局面变得更加复杂，整个大陆动荡不安。

只有卡波诺仿佛在风暴眼中一样平静。眼下集市已经荒废，但人们习惯了使用货币，用它们到鲁比萨城购买一些自己不能生产的东西。就像一贯善于把一切新的事物纳入自己的旧轨道那样，村民们偶尔也利用一下坎贝隆先生留下来的工厂，加工一些葡萄酒。一块耕地被划出来用于种植葡萄，其余的仍旧种庄稼。第一个安宁的9月，人们又一次尝到了收获的喜悦，大家摘下葡萄送进工厂。他们用自己酿制的卡波诺酒跟鲁比萨人交换一些奶酪和调料。两个城市在共同的敌人面前，发展了兄弟般的情谊。面对这短暂的安宁，布列多有时候会忍不住半开玩笑地对上校说："瞧啊，我们为了拒绝一种生活而发动了一场战争，可到头来却自己选择了那种生活。"

至于那些被软禁的贵族俘虏，上校一直保证他们生活上的舒适，为此每天给他们送去专门从鲁比萨运来的美味，并不时地因为限制了他们的自由而表示歉意。上校自从迪多卡公爵被俘后就给国王写了一封信，希望用十二位贵族的自由来换取对卡波诺的赦免。然而多年过去，上校都没有收到回信。这个计划落空后，上校决定把他们释放。当时迪多卡公爵听说鲁比萨发生了政变，失去了总督和土地的他气愤不已地大声指责："瞧你都干了些什么！"后来上校把他的家人平安接到了卡波诺，公爵的敌意才不那么深了。如今他带着自己的家眷，准备投奔一位表兄，临走之前公爵不知是因为自己的不幸还是因为对上校复杂的感情因而略带忧虑地说："您好自为之吧，暴风就快到来了。"

PART Ⅲ

A

许多年以前，当他和老师离开那已经注定要毁灭的故土时，宰相没有想过会在这个星球待这么久。本来他们的种族有着很长的寿命，但在这个被蓝色海洋包裹着而人们却生活在陆地上的星球，一切都衰老得那么快。如今他在这里待了几十年，却好像活了上百年一样，他也老了，再不可能离开这里，他将死在这个地方。

他喜欢这里的落日。在夕阳西下的时候，宰相常常一个人面对着如血的残阳，想起过去的一切。有时候他想，也许是因为这里的日升日落如此美丽，日夜的交替如此频繁，这里的生命才那么容易衰老，轮回的周期才如此短，所以人们的生活还处在十分野蛮的层次上。这些生物，还长久地沉浸在那些蒙昧的低级趣味上不能自拔。或许会陷得更深，不等文明自己寿终就提前夭折？他已经经历过一场文明的灭亡，如今还要再来一次？当然，他知道自己不会知道故事的答案。死神在宇宙中抹掉了他的种族，现在又跟着他，一路追来了。他已经能够听到死神悄悄走近的脚步声，确定自己将在另一场文明的没落之前死去，这倒不是一件坏事。

去死的漫漫旅途

但另一个谜底，他却一定要知道。

在宇宙中流浪的那些漫长岁月里，他和老师一直都在争论。他们争论了半生。老师在生命的最后一刻，都坚信宇宙的完满并认为自己找到了证据。如今老师离开了，留给他的使命就是证明闭合定律是否天衣无缝。

假设天堂是存在的，那么老师一定在那里等着他的答案。宰相还记得他们以上帝的名义——不管这个上帝是否存在——打的赌，因此在去见这位公证人之前，他要努力证明闭合定律存在着漏洞，或者相反，宇宙是可以完满的。

这些年来，他一直在研究能杀死那些机器的方法，他要知道他们是能被消灭的，或者不能。然而国王的一句话就把他打发走了。他一直都没弄明白，老师为什么会按照国王的意思，真的把无条件的服从作为最高指令，让他们完全听命于国王。如今，不死者在卡波诺干的一切事都已经报告上来，他终于意识到老师有着何其宽阔的胸襟和匪夷所思的野心：他要证明，真理的力量足以唤醒那体现它的存在体的自我意识，然后通过它去传播自己。

他折服了，但不禁怀疑起来：不死者真的已经有了自己的意识了吗？懂得为了尊严和自由而战，配得上称为人了吗？尽管他们有着无穷的发展潜力，但在如此短的时间达到这样的成就依然是不可想象的。

不管怎样，答案就快水落石出了。

B 零定律事件

不可能通过有限过程使所有定律完全协调。

——零定律

我们能把宇宙想象成一部机器吗？按照隐藏的规则严格运转？

这种思路充满诱惑。人们渴望一切都条理分明，这样便于认识和掌握以及在一定的意义上控制世界。但是，就我们目前所发现的，并非所有的法则都能准确地协调一致。虽然有不同的优先性，但我们仍然未发现普遍的法则之间可以无可指摘地按照逻辑顺序彼此协调。这个新发现，它并非先于我们存在，而是由我们自己推导出来。它仅作为一个事实存在，在我们的行为准则上不具备指导性的意义，因此我们称之为零定律事件。

况且，一个简单的事实是，生命是确实存在的。人们活着，这一点谁都不能否认。

用一系列的法则来解释生命的诸多现象，只能带来矛盾和困惑。无论是处在生命两端的生与死，还是把它们连接起来的爱与恨，都难以用某种类似于论述星球运转或者弹性碰撞的机理来解释。对随机性问题的研究也许能够指出一条新的方向，但对于生的了解还远未达到令人满意的地步。也许有一天可以发现一套更逼近真理的法则，但我们不知道自己还有多少时间。

在那之前，我们依旧按照法则行动。我们能抗拒法则吗？抗拒法则就是抗拒我们自己。

可是，难道生命不是了不起的事吗？生命不值得被珍重吗？

活着，人们活着。

——《上校日志》

C　死于时间

让他死吧。

——《贺拉斯》，高乃依。

1

确实，国王觉得这件事差不多应该到此为止了。

他不再有兴致和他的文武百官一起听着前方传来的一次次荒诞滑稽的失败，然后一边带着一种恶作剧式的口气问那些哭笑不得的大臣们"怎么讲，爱卿们？"或者"瞧我们这些棒小伙子，他们可真不赖。"一边欣赏着帝国的功臣们脸上因为永远揣摩不透国王的意图而困惑不安的样子。不行了，这样的兴致对于一位伟大的君王来说一次两次也就够了。再多，就会显得不合适了。国王知道，自己已经给千秋万代留下了足够丰富的形象，世人们将热衷于描绘出千姿百态的他：坚强果敢胸襟万丈气宇非凡狡诈多智冷酷无情风流成性……他不需要再添上"乖戾恶毒"这一笔。因此，当那些不知所谓的城市闹得足够凶的时候，国王觉得兴致全无，是时候着手处理这件事了。

百官们松了一口气，帝国的基业不能再这么开玩笑一般地任由侵蚀了，叛乱者的嚣张气焰必须得到惩罚。

广场上军队整装待发，雪白的盔甲闪闪发亮，在凛凛寒风中严阵以待，这是真正的帝国铁军。国王虽然已经老了，但当他重新披上战袍，站在这壮观的队列之前时，斑白的两鬓更增添了他的威严。国王善于鼓动人心："勇士们，你们今天站在这里，不是为了别的，"国王停了一下，以便达到更好的效果，"因为你们曾经是这个伟大帝国的缔造者，没有人曾经赢得过比你们更辉煌的成就。你们的父母把你们带到这个世界上，他们为你们骄傲。你们曾经为我而战，后世的人将永远记住你们的名字。如今，我请求你们，"国王抽出宝剑指向太阳，"为荣誉而战吧！"

2

大地在震动，神被惊醒了。

人们知道，一头雄狮，虽然老迈但已经醒来。所有为了各种原因背叛了帝国的城市遭到了灭顶之灾。那些人没有料到，即使没了不死军团，帝国的铁军依然视死如归神勇非常，他们再一次给他们

四部半

带来了灾难和死亡，虽然他们自己也付出了沉重的代价。

血流成河。

惩罚如此严酷，让所有人胆寒。

终于，轮到鲁比萨了。

共和国的军官们已经听说了其他造反者的下场，他们没有底气了，但决定以死捍卫自己的理想和军人的尊严。妇女和儿童被悄悄地送到了卡波诺，这是他们的最后一点血脉和希望。上校把悲伤的女人和受了惊吓的孩子们安排好，让村民们照顾他们，然后劝说中尉一起撤到卡波诺，但是被拒绝了。中尉如今已是两个孩子的父亲，他的脸上不见血色，但仍然保留着当时指责上校是保守派时的孤傲："多谢您做的一切。我们将为自由而死，惟请照料我的家人。"上校看着这一群注定要被毁灭的孤独的理想主义者，没有再说什么，只是冲他们点了点头。

一场残酷的攻守之战。那些从别的城市逃来的残兵全都聚集在鲁比萨，做最后的一搏。他们同仇敌忾，拼命地抵抗着铁军的冲击。双方陷入了对峙，帝国的军队决定困死叛乱者。共和国孤立无援，进行了几次试图冲破围困的努力，均以失败告终。最后，就像历史上常见的那样，叛徒们打开了城门。

因为平民们都已经撤走，死刑在另一座城市里执行。上校混在表情麻木的观众中，看见军官们穿着囚服，蓬头垢面，被人押上刑场。他们抬起头，茫然四顾，不知在那无声的观众中寻找着什么。"人们渴望永生，但他们常常为了一些抽象的东西去死，不论这些东西是否值得人们为之付出生命，他们的勇气都值得尊敬。"上校想着，看见一位帝国的军官走到受刑者的面前，问他们是否改变主意，请求国王的宽恕。中尉抬起头，两眼突然变得明亮起来，他啐了一口："见你的鬼去吧！"然后仰面冲着苍天大喊，"自由万岁！"大刀砍了下去。

3

卡波诺迎来了它的又一个春天，万物复苏的季节。然而苍茫的大地上笼罩着死的气息。地里长满了杂草，一副衰败的样子。在田间和树林里的动物们不安地四处跑动，不时地停下来，扭着头望着某个方向呆呆地倾听，显得有些神经质。人们早已再次抛开地里的活儿，忐忑不安地重新拿起武器，他们已经真正感到了死亡的威胁，并被一种命运的强大洪流所震撼。他们每天操练，以摆脱内心的不安。这些人曾经激昂地高喊着誓死保卫家园，如今已经迎来了真正的考验，他们夜里不能安睡，因为他们知道，在这生死关头，将会看见自己究竟是勇敢的人还是懦夫。

然而对岸却是一片不祥的宁静。

黎明破晓的时候，一头高大的黑马载着一个银甲骑士飞快地穿越平原，来到城门前停住。城头上的一排守兵拉弓瞄准，等待命令。骑士打开头盔，露出一张模糊的面容，冲着上面高喊："国王陛下请上校过去答话。"

在帐篷内，国王让其他人退下，然后细细打量了上校一番，忽然叹了口气："您一点都没有变。"

"陛下……"上校看见国王的两鬓已经斑白，他不知怎么回答，这是主人第一次用您称呼他。

"而我，已经老了。"国王抚摸着那柄王者之剑，感慨道。

"光荣并不随着时间而去。"就像过去一样，上校对于国王依然很恭敬，因为他永远都是主人。

"看来您读了不少的书。"国王微微笑道。人们也许很难把那个振聋发聩的名字同眼前这位老者联系在一起。"我听说你们做了许多事。"

"全凭陛下的吩咐。"上校稍稍低下头，眼望地面，他很久没有

四部半

用过这个姿势了。

"包括反抗我？"国王突然提高声音，严厉地问。

"我们没有反抗您。我们寻找死亡，和人们一起生活，击败您的平乱军，都是因为我们服从您。这很矛盾，我说不清楚。"上校依旧望着地面。

然而国王并不在意，他在想别的事，于是口气又温和下来："告诉我，你弄明白了死是怎么回事了吗？"

"人们之所以会死，因为他们是活着的。我们努力理解生的意义，通过生去理解死。"

"结果呢？"国王好奇地问。

"人们行动，改变世界，证明自己是活着的。当他们死去，人们记得他们存在过。"

"行动？包括杀人放火吗？"国王反问。

"是的。"上校肯定，但立刻补充，"但那是一种悲哀。使他人蒙受苦难，这不应该是人的存在方式。"

"哟，看来我们谈到了价值的问题了，可是别走得太远。现在告诉我，你们认为自己是活着的吗？"国王从不和人谈论这些问题，他不向世人寻求答案，神灵又从不回答问题，如今他变得兴致勃勃，很乐意和这个幽灵讨论一下。

"我不知道。"幽灵承认自己的困惑。

"你们行动，改变了世界。"国王在铺设陷阱，诱导上校。

"也许我们是活着的，但我们无法死去，这不正常。"上校朝着陷阱走过去了。

"那我来告诉你吧，"国王忽然生气了，"你们根本不存在。"

"陛下，我们行动，改变了世界，我们是存在的。"上校反驳。

"是啊，可是你只看到了表面。人们都只看到表面，而在表面之下，那个永远黑暗的内在深处，世界是不会改变的。"国王大声说，"你们什么也没做过。"

"人们会记得我们做过的事……"上校努力地争辩，他不肯承认自己是个影子。

"哈！人是最容易遗忘的动物。"国王自信对人类的了解胜过上校，因而感觉自己像一个面对天真的愚人的先知，不禁产生了一种夹杂着怨恨的快感。

"历史将证明一切。"上校不动声色地坚持着。

"历史！"国王嘲笑道，"历史只是胜利者编造的谎言。"

上校无法否认这一点，于是沉默了。

正如忽然无来由地生气一样，国王忽然平静下来，这一次他要扮演面对着一个无知的少年的长者："为什么你要帮助那些贱民？"

"他们承受苦难。"上校对国王的问题永远如实回答，"我们不能不管。"

"这和你有什么关系？"国王真的困惑了，当然不只是他想知道答案。

"他们，是伙伴。"

国王愣住了，然后爆发出一阵刺耳的笑声。他终于明白了，是第二定律：当你的伙伴有难时应该去帮忙。笑声戛然而止，国王怒视着上校："如果是我要他们承受苦难，你将怎么做？"现在，第一定律来了。

"我请求您赦免他们。"上校仍旧低着头，在两个定律间徘徊。

"如果我答应……"国王要知道一切可能性。

"我们将放弃抵抗，听您处置。"上校承诺。一个定律暂时退了下去。

"啊哈，您怎么知道我不会违背诺言？"国王还要考验他。

"应该有起码的原则，否则人们不可能创造历史。"上校坦言。

"人可以创造，"国王毫不在乎地说，"也就可以毁灭历史。"

沉默。

"如果我不答应呢？"国王板起脸。第一定律又来了，更加凶猛。

"很遗憾，您将符合敌人的定义。"上校还是那么平静，永远那么平静。

"什么？"国王大吃一惊，"你要反抗自己的主人吗？"

"您是主人，也是敌人，我们遵从您的旨意，也与您作战，这很难说清。"把两个定律处理好真的很难。"这是个零定律事件。"

国王被这种背叛的行为激怒了，因而没有注意到上校最后提到的那个新发明，而只是斥责道："您一定比谁都更清楚，与我为敌的下场是什么！"

"是什么？"上校的反问让国王吃惊，他当然不知道这得归功于布列多。

"死。"国王咬牙切齿地说出这个简单的字。又一枚筹码压上来了，然而却放错了位置。

"陛下，"上校终于如释重负一般抬起了头，在他内心深处，某些冲突终于得到了调和，因此他能够平静地注视着国王的双眼说，"这正是我们求之不得的。"

4

多少年来，上校已经看惯了各种样子的日升日落，但他不像人那样会感到厌烦，他总是看不够。上校知道，当人们看见夕阳落下山或者沉入海，就会感到落寞，他们想到自己，想到有一天太阳落下去之后，自己却不能再看到它的升起。上校曾经以为，自己会永远伴着太阳度过起起落落的每一天，直到永远。但是现在，他不再确信了，他知道国王不会没有准备就来。至于他们要面临什么，上校一点也不知道。

夕阳带着晚霞，在天边。

这一轮太阳落下去了，上校不知道自己还能不能看到明天的落日，也许他们并不是不死的，也许任何事物都存在着漏洞，只要打开缺口，他们就迎来死亡。这不正是他们一直在寻找的吗？人们常常在死的时候才突然发现了生命的美好，然而觉悟总是来得太迟。会像人一样留恋吗？上校问自己。

没有答案。

"做好死的准备了吗？无须怀疑，我们已经准备得够久的了。"

一阵风吹来。

布列多来到了城头上，默默站到上校的身边，和他一起看着远处苍茫的大地。两个人在暮色中久久站立。这时候，布列多又想起了许多年以前，他壮着胆子跑进上校的工作室，听上校给他讲述白色极地的那个下午，他还能回忆起那些学习剑术的日子和关于五彩缤纷的钻石雨的故事。关于极地，他记得上校所告诉他的一切，但是此刻他仍旧问道："上校，世界上真的有那样的事吗？"

上校的目光投向更远的地方："是的，但很遥远。"

布列多点点头。

"一旦撑不住……"上校只是想确认一下。

"从地道撤离。"布列多回答。

上校不再开口，两个人又沉默了。

离开之前，布列多感到一阵难过，他本来有许多话要告诉这位老师，但他控制住了自己的感情，只说道："上校，我一直以您为榜样。"上校回过头，微微一笑。

平原的另一端。

国王把手放在炮筒上，对于宰相的作品惊叹道："你说它在河的这一边就能直接击中对岸的城墙吗？"

"是的，陛下。"宰相很有把握。

"我倒真想试试。"国王随随便便地说。

"您是在开玩笑。"宰相知道得很清楚，一座卡波诺对帝国来说无关痛痒，国王来这里不是为了这个城市。

"你总是知道我的心思。"国王赞许地看着这位忠诚的宰相，然

四部半

后仿佛不经意地说出这么一句，"如果您是人类，我早就把您杀了。"

宰相愣了一下，这回轮到他惊讶了。

上校没有离开城头，他想看看黎明是怎样冲破黑暗的。

又上来一个人，是一位少女。在月光下，上校看见她清澈的双眼，和蔼地问："你偷偷溜出家门吗？"

"我睡不着。"少女给自己找个理由，然后调皮地问，"您说的好像认识我似的。"

"我认识你的母亲，那是很久以前的事了。"是很久了，但上校记得很清楚，那个篝火之夜。

"可您的模样还是那么年轻。"少女胆子很大，她跳上城墙，坐在上面，双腿悬在外面。

月亮在他们头上，很明亮。

"他们说，明天会打仗？"少女转过头，好像在说一件很遥远的事一样。

"是的。"少女离得很近，如果她不小心，只要一伸手就能抓住她。上校想，原来十几年过去了。

"他们说，我们可以从地道里逃走？"少女觉得很有趣。

"嗯。"应该可以逃走的。

"您和我们一块儿走吗？"少女蹦到上校身边。

"不，我们留下来。"只能这样。

"留下来干什么？"少女跳到上校的另一边，不解地问。

"战斗。"上校不用想也知道，这一直是他们的使命。

"为什么？"少女困惑了，在她的世界里没有争斗和流血。

"有时候人们战斗，为了活下来的人生活得更好。"当然，有的时候为了别的。

月光如水，给地上的一切带来银色的光辉和漆黑的影子。少女的脸很细腻，上校忽然冒出了一个念头，让他几乎没有思索就脱口

去死的漫漫旅途

而出："你很漂亮。"

少女被这句突然冒出来的赞美羞红了脸："这儿太凉了，我要回去了。"她盯着他的双眼，"如果您能活下来，记得去找我们。"上校对这个缥缈的未来点点头。少女轻快地转过身，跑了几步，忽然停下来，转头问："您叫什么名字？他们从来没有说起过您的名字。"

"人们叫我上校，其实我……"

"再见，上校。"少女跑了下去。"记得回来。"声音远去了，只剩下一片漆黑的影子。

上校又陷入了空寂之中，他一个人在黑暗中自语："其实，我没有名字。"

5

卡波诺的上空升起了一轮黯淡的太阳，阳光显得有些微弱无力，上校心想这天气对自己不利。

他们早早地过了河，在平原摆好阵势，队伍整齐肃穆。上校的步兵在前面，后面是由布列多指挥的炮兵，对面则是帝国庞大的军队，数量上是他们的十几倍。他们身后就是那条千百年来流淌不息的卡波诺河，这无关紧要，他们不打算后退。

太阳被一片阴云挡住的时候，战斗开始了。

双方的炮口闪现出一排排的火光，炮弹把平原炸开了花，惊动了众神，即使他们已经习惯了人间的杀戮，也不可能对这样的震动充耳不闻。在炮火的掩护下，帝国装备精良的第一队骑兵发起了冲锋。

上校抽出宝剑，没有讲任何激励士气的话，他的兵士们知道自己该为何而战。他只把宝剑向前一挥，冲锋。

这是多年来他们再次走上战场，但不管事隔多久，他们毕竟是天生的杀人武器，是世界上最可怕的兵种，没有人能完全理解这个不死兵团的全部价值。他们急速而不慌乱地迈步，嗒嗒，嗒嗒，

四部半

步伐如此整齐，若不是被隆隆的炮声淹没，一定会吓退所有的来犯者。

骑兵挥着长矛飞速冲过来，步兵则灵活自如地在马匹中穿插。不死者一手用盾牌挡住攻击，另一手挥剑斩断马腿，或者划破马的肚皮，使骑兵跌落马下。有人被长枪刺穿了身体，或者被强大的冲击力撞飞出去，这时候他们的可怕之处显露出来：一点伤也没有，马上站起身重新投入战斗。可怜的骑兵们只得继续与这些杀不死的敌人交手，他们惊慌的表情被遮挡在头盔后面，只给人们看到无畏而悲壮的一面。民兵们在后面继续点燃大炮，嗵嗵嗵，炮弹落在了混战的人群中，许多人都被炸得四分五裂了。然而，在那些破碎的血肉之中，一块块步兵的肢体化作一堆堆反射着银色光辉的液体慢慢聚拢，一个个步兵又站了起来，手持宝剑。

剩下的骑兵惊慌失措，却没有选择，只能继续战斗。他们和步兵们搏斗，宝剑和盾牌不断撞击，却只有他们自己发出的一声声惨叫，对手却始终保持着令人胆寒的沉默。一场只有自己在流血的战争。

渐渐地，大地重新平静下来，在鲜血染红的平原上，到处躺着尸体，这些人不久之前还是能跑能跳会说会叫的活人，他们的父母把他们带到这个世界来，他们曾经试图改变这个世界，不论成功与否，如今死神已经带走了他们的灵魂，只剩下一些碎肉留给这个世界的野狗和秃鹫。他们最终被这个世界改变了。

步兵们重新摆好防御阵形，这时候太阳不见了，天阴了起来。

第二波来了。这是一支来自野蛮部落的雇佣兵，他们信奉神灵，自认为刀枪不入，身披藤甲，举着弯刀冲了过来。

两军交战。这一次情况有所不同，藤甲兵不但精通地面作战，具有高超的战斗技能，而且坚韧的藤甲能保护他们身体的要害部位。雇佣兵灵活有力，毫不畏惧地和上校的部队周旋起来。他们的弯刀是特制的，上面涂了一层药粉，刀一旦劈入步兵的身体，立刻引起腐蚀。有些不死者的头和胳膊被劈开，露出里面金属的光泽，虽然没有与身体分离，却不能立刻愈合，因此战斗力受到了削弱。

一些藤甲兵冲破了防线，挥着大刀疯狂地冲向炮兵。布列多沉着地指挥着民兵放炮，一批敌人倒了下去，但依然有少数人仿佛野兽一般冲了过来。布列多抽出自己的宝剑，带领着激昂的民兵们叫喊着冲了过去，短兵相接。

战争总是给我们许多理由去牺牲，卡波诺的儿子们勇敢地付出鲜血甚至生命，为了生养自己的家乡。上校的部队刚刚从药粉的腐蚀中摆脱出来，第二队的骑兵又冲过来将他们团团包围，使他们无法回去援救炮兵。这一次的骑兵手持双刃剑，剑身上镀了一层金属，一旦砍到不死者的身上，金属迅速地渗透进去，吸附住身体，使他们的行动变得迟钝而无法自由地挥动。上校一边努力地挥着宝剑，一边命令部队坚守防线，尽力抵挡住冲击。这时身后的村民凭借着数量上的相对优势消灭了藤甲兵，自己也付出了代价：十几个人躺在他们热爱的土地上不再起来。布列多满脸是血，但没有受伤，他刚来得及命人放了一排炮，一部分骑兵已经冲过来。布列多毫无惧色，指挥众人迅速从桥上撤离，决定在对岸迎接敌人。

正是那几枚炮弹帮了上校，骑兵的包围被大炮炸散，受伤的步兵得到机会，急忙地把身体中的异物分离出去，当然这耗费了不少能量。

优势在帝国这一边，此刻国王完全可以马上派出第二队雇佣兵，但他却只是站在高高的战车上，用单筒望远镜看着战场上的一切，没有传令。上校立刻带着人马回撤，营救炮兵。这时布列多他们已经快要支撑不住骑兵的冲击。上校的部队及时赶到，前后包夹，迅速消灭了骑兵。布列多的手臂受了伤，喘着粗气，脑中一片混乱。上校命令："马上把桥拆掉，撤回城中。"然后带着步兵回到对岸，在那些炮弹已经打光的大炮和横躺着尸体中找到他们的备用电池，给每一个人补给能量。

宰相已经习惯了国王的残酷，对于人类的罪恶他也知道得很多，那些被送去当炮灰的士兵没有引起他的怜悯，他只等一个时刻。

"可惜我没有战象，不然一定会更精彩。"国王放下望远镜，对着宰相说，"那么，热身就到此为止了，让我们看看你的真家伙吧。"

宰相俯首，终于到了这一刻。一排能精密瞄准的小口径火炮登场了，人们没有见过这样的武器，显然它不属于这个时代，但它已经提前来了。为了显示帝国的骄傲，国王命令朝天放一炮，提醒上校接招。

望着远处闪现出来的利器，他知道那是专门为他们打造的。上校再次把部队摆成一字长蛇阵，剑指苍天，所有人都跟着他一起举起宝剑。就像以往任何时候一样，不论面对什么，他们从不畏惧。

一排火光闪起，炮弹几乎笔直地打过来，直接射入他们的身体，在体内爆炸了。

顷刻之间，上校的全体将士仿佛平地消失了一般，不见了。整个大地暂时笼罩在一片异样的宁静之中，所有人都在静静地注视着步兵们化为灰烟的地方。布列多在对岸惊愕地望着，不能相信自己的眼睛，竟然忘了要把桥拆掉的重任。国王也重新拿起望远镜，仔细地观察着。每一个人，不论是城楼上的村民还是帝国的士兵，还有那位宰相，都在寻找。

似乎什么也没留下，但人们若离得近一些并仔细辨认，就会看见在阴沉的天空下，那里的空气似乎笼罩了一层厚厚的尘土，变成一种半透明的胶体。空气中有一些细小的微粒散射着淡淡的金色光芒，这些微粒呈现出不规则的形状，在空中浮动，慢慢地轻轻降落在地上，然后不安分地挣扎起来。似乎它们想努力聚合在一起，但又被某种力量所阻挠。这是一场无声的战争，它们逐渐变成了圆滑的金色珠子，不断地滚动，竭力想靠近别的珠子，但到了一定的距离又无法继续靠拢。地上充满了这种金色珠子，其中的一些开始滚向粗糙的石头或者满地丢弃的宝剑和盔甲，在上面不断地摩擦着，响起轻微的哑哑声，其他的珠子也都开始仿效，它们不断地摩擦着，发出一阵嗡嗡的低鸣。终于有些珠子磨破了那层金黄色的外衣，露出了里面银白色的身体，然后它们似乎透了口气，接着就很快从那曾束缚着它们的紧身衣中逃脱出来。于是人们看见一颗颗银白色的小液珠聚拢起来，成为一粒粒小球，然后汇成一道道水流，接着变成一摊摊的水洼，最后从那里再一次站起一个个步兵。

河岸的一边在大声欢呼，而另一边则响起了一阵骚动。宰相脸色苍白，他知道自己输了，那些精心研究出来的炮弹没能真正破坏不死者的系统，而滞凝剂也同样没有阻止他们的复原。

宇宙是可以完满的。

国王放下了望远镜，面色阴沉地盯着宰相，冷冷地问："这就是您的王牌了吗？"

宰相已经得到了他想要的答案，对于这场战争的结果不再感兴趣，不过既然哪一方的胜利都一样，那么总要帮一方。国王一向待他不薄，就站在帝国这一边吧。于是他恢复了冷静和忠诚："不，陛下。刚才只是为了检验他们能否被杀死。"

"哼，"国王冷笑，"看来他们是不死的。"

"是的。我们没办法杀死他们，"宰相的脑海中浮现出老师的面容，"但我们可以打败他们。"

"嗯？"国王疑惑地逼视着。

"最简单的办法往往最有效。"说罢，他一挥手，于是一门口径更小的炮亮相了。

"这可真是个袖珍的玩意儿！用什么做炮弹，皮球吗？"国王尖刻地问。

"用光。"宰相没有理会国王的嘲笑。

"光？"

"是的。很高的能量，直接击碎他们的身体。"

四部半

"那又怎样？他们还会站起来的。"国王的话中充满怨恨。

"没错。"宰相承认，"但是，如果把能量增加一倍，他们就会变得更小，恢复的时间就需要原来的四倍。只要能量足够大，就可以让他们一百年、一千年甚至上万年之内都不能完成聚合。"

一阵短暂的沉默之后，国王笑了："让他们消失在时间的长河之中。"

"是的，消失在时间中。"这就是他的最后一张牌，他要告诉老师，即使宇宙可以达到完满，也需要付出无尽的时间。

在刚才那一番挣扎中，上校觉得自己做了一个梦。他梦见了自己站在极地的无尽黑夜中，只有他一个人，天上出现了绚丽的极光……

现在他又站了起来，成了上校。他惊讶于自己的愚笨，竟然从没有想过这件事：既然他们能在外形上彼此连接，为什么不可以混合重组成一个新的个体？也许那时候会有更强大的力量和智慧？然而他来不及多想了，一道白光射过来，他又变成飞烟了。

其余的人没有犹豫，他们决定结束这场战争。

已经是正午了，天色却更加阴沉。乌云密布的时候，他们发起了冲锋。

这时一束白光射过来，一名步兵不见了，他们反倒加紧前进的步伐，继续冲击。白光第二次闪过，又一名步兵不见了。他们仍旧逼近。国王一挥手，第二队藤甲兵出击了。双方迅速接近，白光有节奏地闪起，一个、一个，又一个，上校的人在迅速减少，但他们冷静而顽强地挺进，一个空缺出来后立刻有人补上，队伍在缩小，但队形保持得很紧密。兵戈相见。一阵撞击声响起，人们混战在一起，而不远之处的白光依然准确地击中一个个不死者，把他们化为灰烟。藤甲兵们一刀扫过去，却往往挥空。步兵们一个个消失了，战斗停下来。

又是宁静。

雇佣兵面面相觑，站在原地不知如何是好。这时天空响起一声惊雷，大雨下了起来。

雨水冲刷着这个肮脏的世界，那些曾经努力从混沌中分离出来的一切现在又被冲到了一起，混合起来。国王披上厚厚的斗篷，准备命人吹响收兵的号角。

对岸的布列多以及城头上的人们都愣了许久了，整个战斗的过程就在他们眼前真实地发生着，他们眼睁睁地看着上校和他的部队又一次消失在空气中，人们终于明白，原来这些好心肠的大兵并非不死的，他们也会被杀死，也会倒下。大家心里涌起一阵阵的痛苦和悲伤，脸上的泪水混着雨水一起流淌，他们再也承受不了这样的伤痛。终于，一个面色憔悴却激动异常的老头子忽然在城墙上大声高呼："他们为我们而死！他们为我们而死！"在大雨中，这群从来没有伤害过别人的村民们第一次被一股混杂着爱与仇恨的力量攫住了，他们不再是那群昏昏沉沉度过每一天的百姓，不再是对什么都坦然处之的人民，所有的男女老少都冲下城头，拿起了自己的武器，打开城门，在大雨中冲到了布列多的周围。

布列多的身上已经被雨水淋透，面色苍白，但他感到身体在颤抖，一腔热血在胸中涌动，他做了几个深呼吸，然后望着矗立在雨水中的激愤的父老乡亲们，大声喊道："让我们别逃避了，别撤离了，就算活下来，只要这个世界还在暴政的统治下，我们就永无宁日。现在，轮到我们去为自己流血了。为自己而战！"

"为自己而战！"村民们齐声高呼，冲向了对岸。远处的国王见了，冷笑了几声，命人传令藤甲兵们继续攻击，要在天黑之前攻下卡波诺。可怜的藤甲兵们只好继续向前冲，心里却被卡波诺人那股以死相拼的疯狂吓得有点心虚。双方就在满是泥水和尸体的平原上展开了惨烈的肉搏。在泥泞的地面上，村民们和藤甲兵一个个摔倒，变成一对对的泥人，扭打在一起。一声声的惨叫，人们把刀剑

四部半

刺进对方的胸膛。可是没多久，人们都慢慢被一幅活生生的景象吸引住，忘记了搏斗，只是愣在那里，满面惊恐地张大了嘴巴。

在他们面前，空气中有一团团的浓汤一样的东西随着雨水降落到地上，和着地上的泥水，站起来一个个仿佛要融化的奶油一般形状飘忽的不死者，身上流淌着雨水。村民们脸上慢慢露出了笑容，而藤甲兵们则被这些怪物吓破了胆，惊呼着逃命了。一直在冰凉的雨水中淋着的帝国军队也感到一股毛骨悚然，发出一阵阵骚动。只有国王和宰相两个人面无表情，宰相做了个手势：继续射击。

白光再次闪起来，妖怪们又开始消失了，但很快就被雨水冲回了地面。他们挪着脚步前进，被打碎之后来不及仔细重组，于是出现了两个人甚至三个人组合到一起的大个妖怪。

"增强能量！"国王冷冰冰地命令道。

这一次光炮提高了两个级别，足以消灭一切妖魔鬼怪了。所有的不死者都不见了，雨更大了，但没有一个人注意到刺骨的雨水，另一幅让人恐惧的景象正咬着活人们的灵魂：就在一箭之遥，在帝国与卡波诺之间，一摊巨大的污物正在汇集。人们能够看见那可怕的浊流明显地靠拢，慢慢而又可怖地，仿佛从地下另一个世界里钻出来了一个可怕的巨人。

只是一个。

他像一座小山，由不死者的身体、遍地的泥浆、死去的躯体、大小石块、地上丢弃的宝剑大刀铠甲以及它席卷起来的一切物体组成，包括光荣与耻辱、纯洁与污秽、真实和谎言以及曾经在大地上存在过的一切。而他却依然努力保持着一个人的形状，一个流淌了血污和泥水的雨中巨人。

帝国的阵线开始战栗了。巨人不再用任何武器，只凭着他无与伦比的身躯扫荡着：一挥手，半支铁骑军就飞上了天空，一抬脚，全队的弓箭手便不知所踪。

地动山摇，他如飓风般席卷一切。

人们全都被震慑了，帝国的军队开始溃逃了。

"陛下，请下令撤军吧。"御林军的总管慌张地请求，如今只剩下他们了，其他的部队已经各自逃命了。

国王铁青着脸，看着一步步靠近的不死巨人，然后把目光转向宰相："你还在等什么？"

这一切超出了他的预料，他被这种伟大的力量所震撼，想知道如果老师看到这一幕会作何感想。不能多想了，宰相命人把全部的能量都集中起来，作最后一击。

一切就绪，宰相还是犹豫了一下："陛下，我想他不会伤害您的，毕竟……"

"开炮！"国王的答复。

他从未有过如此奇怪的感觉，在这片混合物之中，他不知道自己是谁。他是上校，也是别人，是每一个人。他不再是一个人，他就是他们全体。这种体验很奇妙，他想如果有机会，应该把这件事记录下来，这对于研究生死一定很有帮助。不过，他没有机会了。迈出惊天动地的一步之后，他忽然动不了了。

能量耗尽。他就这么庞然地矗立在天地之间，岿然不动。

"问题是，"他对自己说，"总有阴天的时候。"

最后一道白光闪过。他感到自己正在破碎，变成粉末，被迅速瓦解。他知道自己将被分解到前所未有的细小尺度上，他感到自己正弥漫开来，向各个方向扩散，既在这儿，又在那儿，用不了多久他就将充满整个人间，等到那时候，不管在什么地方，人们都能看到他、感觉到他无声的存在。而在此刻，一切结束之前，他也许来得及想一想：这亿万年的沉睡，是否也算是一种死亡。

四部半

第三点共识

1. 不存在的世界是绝对不存在的。

2. 如果不发生意外，存在和不存在各行其是，绝不互相打扰。

3. 如果发生意外，存在和不存在瞬间发生关联，但发生的概率非常之小，因此绝不可能。

——《关于不存在的世界之规则的三点共识》

我们把半个盟军指挥部都吃掉了。

那是一批相当优秀的人才，如今被我们吃掉了，消化掉了，吸收掉了，然后，毫无悬念地，排泄掉了。如今，整个战争的局势变得微妙起来。至少盟军方面，会在相当长的一段时间里很苦闷。

说到战争，有人说是灾难，有人说是集体精神失常，有个了不起的作家说是时震麻痹症。到目前为止，我将所发生的一切，直截了当地称为臭狗屎。交战的双方全都卑鄙下流，我是其中一员，不比任何人更无辜更高尚。我已经厌倦了，但还没有办法抽身，我也不知道一旦真的抽身了，能去干点儿啥。

由于长久沉醉在臭狗屎中不能自拔，高层已经失去了起码的理性和判断能力，所以把"疯子巴迪"派给我当搭档，结果，我被他拐带成了吃人恶魔。

我的意思是，高层该为自己被吃掉负一部分责任。

没错，高层是很重要的——高层被消灭了，咱们就全完了，所以一定要保证领袖们的安全，一旦对方丧心病狂，打算对领袖们施加毁灭性伤害，我们必须确保各位头头儿平安脱险。

基于这种思路，科学家们——我们这些疯子中的佼佼者——齐心协力同仇敌忾，终于完成了人的光速迁移这一重大突破。据说原理是这样的：凭借连接人脑和计算机的几根电线，可以把一种叫"蛋生鸡"的程序"同化"成一个人。这意思是，经过一段时间的调试和反馈，一个人的思想就可以在硬盘上留一个备份——"灵魂之蛋"。又据说，高层在边疆4号星上秘密地修建了战略后方基地，备份了所有重要领导人的灵魂。一旦地球方面出现紧急状况，领袖们的肉身就立刻进入休眠状态，同时发送指令，启动边疆4号星上的备份，于是我方的核心指挥力量就以光速安全地转移到了大后方，于是这场全民发疯的狗屎运动就能继续下去了。

多美好的构思！

整个计划庞大骇人，极度机密，所以几乎无人不知。大家心照不宣，各怀鬼胎，都相信除了自己绝无他人知道此事。要不是那场可怕的灾难，这事绝不会泄露出去。

起航的时候，巴迪盯着贴着封条的冷冻舱，一脸的鄙视和嘲讽，然后轻描淡写地说："头儿，我们这回可要立大功了。"当时我一听，就觉得脊椎骨冰凉梆硬的。我当然猜到我们要运的大概是些什么，但是军事机密肯定不会这么容易被我猜到，所以除非亲眼看见，打死我也不信自己的飞船里装运着大半个盟军司令部的高层指挥官和一打国会议员。这绝不可能！

整个行程，除了遭遇几拨宇宙难民船的骚扰、四次太空海盗船的袭击、两颗自由女神像那么大的陨石的亲热以及一艘敌方失散

四部半

战斗艇的无聊攻击以外，我们简直没有任何乐趣可言。国平1号采用的是最先进的量子空间驱动技术，只要我们进入"薛定谔秘道"，除非自己现身，任何人也别想把我们从全宇宙的随机分布状态中揪出来。据称这是目前最保险最了不起最不可思议的空间旅行及防御技术，虽然有小道消息说联军方面正在努力研究秘道的破译算法，但是连发明者自己都承认：他们给一扇门上了锁，钥匙却在上帝手中。况且，国平1号有着全宇宙最坚不可摧的外壳，这意味着，如果有人能伤到我们的皮毛，宇宙绝没有理由继续存在下去了。

因此，我们极端安全。

边疆4号不怎么远，整个航程实在是乏味，疯子巴迪就暗示我组织上肯定不急着要这些蛋白质躯壳，于是我们以节省能量为由，以正常人能够认同的常规方式在宇宙中推进，大摇大摆地在险恶的太空中相当嚣张地闲庭信步着，任由那些心怀不轨注定倒霉的家伙来骚扰。结果，可怜的恶棍们围着我们打转，却没有一点法子，一个个气得明显的心理失衡。我们一路走着，周围跟着一群意志坚定的捣蛋鬼，像滚雪球似的越来越多，好像众星捧月一般，场面宏大，蔚为壮观。

眼看事态愈来愈严重，为了避免造成恶劣的舆论影响，我认为是时候摆脱这些纠缠了，于是有了那次量子驱动，后来的结果证明，这是非常糟糕的一个决定。

巴迪是个疯子，知道这一点于事无补。

传说中，他去过地球战区北非战场，在那里执行一些不可告人的特殊任务，后来不知怎么一把火点着了一片丛林。事后他被派到平安星那个全宇宙最变态的恶魔集中地，听说他又在那儿用一根烟头击落了一艘战斗艇……关于这个疯子的传闻还有很多，大部分都是哥特式的风格。你可以不相信那些故事，但你必须相信，这个人相当危险。

我一听说巴迪要来了，第一个想法就是该去买彩票了。根据飞船上的那台该死的超级计算机计算：每一百万个人中才有四分之一个能够有幸和这个大名鼎鼎的疯子共事，我可真是相当的好运！又据说现在正新兴一种非常刺激的地下战争彩票……我的第二个想法是，一定是由于我太正直了，不小心得罪了某个心理阴暗的老变态，八成就是劳力那个老混蛋！当年就是这个阴险狡诈的老毒蛇把我手下一个排的兄弟缩小成火柴棍那么一丁点给他们拿去做实验玩儿，后来只有我一个人死里逃生……当然还有我的王牌狙击手、疯子巴迪的堂兄"要命马克"，后来他壮烈了——其实是逃跑了，但这个秘密只有我知道我永远也不会告诉任何人……作为我的顶头上司，秃头劳力是我十几年来的噩梦，我一直不遗余力地试图借各种执行公务之机把他干掉可总是没有得逞……他一定是察觉了我的企图，所以才要借刀杀人，我对这种卑劣行径早有心理准备……第三个想法是，我应该去买双份的人身保险，须知这样一个疯子的杀伤力，完全敌得过整整一个连的恐怖分子……

简单地说，我有一种相当不好的预感。

不过，好在这年月疯疯邪门的事儿我见多了，都习惯了，再出啥事儿我都不觉得稀罕。我就不信那个邪，这世界还能有啥新花样让我崩溃的？

于是，这世界满足了我的好奇心。

当时的情况如下：我们为了摆脱纠缠，做了一次量子加速，结果鬼知道怎么闯进了一个时空死结，无论如何也出不去了。我们试着让国平1号蹦一蹦，跳一跳，飞船却纹丝不动。

就是这样。

"发生这种事的概率为一摩尔分之一，也就是说大约十的二十三次方分之一。"巴迪坐在飞船上那台该死的超级计算机面前搓着双手，满面红光。

四部半

"那是什么概念？"作为船长，我必须弄清楚这意味着什么。

"这相当于……"巴迪专注地琢磨了一会儿，然后飞速地在键盘上敲击了几下，接着神采飞扬地向我宣布，"你在赌桌上连续十次掷出三个六。"

很遗憾，这个概念对我来说，比对标准状况下二十二点四升的气体所含的分子个数更难以把握。不过，关于"普朗克之结"的说法我倒是也有所听闻：这是宇宙中的一个时空奇点，或者说一个莫须有的时空死结。它诞生于一次鸡尾酒会，当时一小撮数学家们对酒会上的姑娘感到很失望，于是在打牌的时候无意中冒出一个点子，决定惩罚一下薛定谔秘道方程，便恶狠狠地将等号的两边都除以了 0，结果却意外发现了一个表达式。这玩意儿后来被称为"普朗克之结"，它指的是：宇宙中一个不存在的地方。

据信，这玩意儿甚至在理论上都不应该存在，奇怪的是却能计算出一个概率。类似的例子是，在一个密封的空盒子的中间，随机插入一个隔板，空气分子全在一边而另一边完全真空，你可以计算出发生这种事的概率，它不等于零，但实际上傻子也能猜到，它从没有发生过。

同样，在量子加速的某种极限状态下，你可能进入"普朗克之结"，一个不存在的地方，其可能性基本为零。

一句话：绝不可能。

结果就发生了。

对此我表示非常非常的愤怒，那些自称科学家的骗子显然欺骗了我们，害得我们此刻深深地陷入了这个传说中不存在的特异时空点，假如有一天能够从这里逃出去，我希望能把所有那些不好好干活打什么扑克牌的混蛋们送上法庭接受审判！

我怒火中烧了："这太荒唐了！"

巴迪却从亢奋中冷静下来，一手支着下巴，做冷静严肃的沉思状。

飞船内一片死寂，控制面板上红红绿绿的小灯在安静地闪烁，我们停在全宇宙中最安全的地方，非常稳妥，四周安静得令人尴尬。

"这太荒唐了！！"我感到有点窒息，于是更用力地喊了一句。

依然是安静，令人难堪。

"杰克，知道我是怎么想的吗？"巴迪终于开口了，一副深沉的派头。

"什么？"我小心翼翼地问，好像生怕吹跑一根羽毛似的。

巴迪两眼望着天花板，一脸的迷离，就跟嗑了药似的陶醉："宇宙是虚幻的。"

我瞪着眼睛，看着疯子巴迪，如果我的目光能变成两把刀，我非把他的肉一片一片割下来不可。然后我冷静下来，跟自己说这种事也不是第一次了，管他娘的。作为船长，我要努力保持理性和克制的态度，所以，呼——吸——呼——吸——呼——吸——呼——吸——呼——吸，五个深呼吸之后我变得心平气和："巴迪，你认为我们什么时候能离开这儿？"

这回轮到巴迪惊讶了，他抬起他那张有着鹰钩鼻子的、野性的、超现实主义的脸，吃惊极了："你还不明白吗，头儿？咱们离不开这儿了。"

"啥？"我差点蹦起来。

"你忘了吗？这地方根本不存在。所以我们根本就没有进去过，又怎么能出来呢？"巴迪摊开双手，一副欠抽的样子冲我龇牙。

我被弄蒙了。

窗外一片漆黑。

飞船的所有接收器都收不到任何一丝信号，更别提发送信号。导航系统已经彻底瘫痪，无法实现定位。我徒劳地企图让飞船向随便什么方向运动一下，哪怕它伸个懒腰也行，结果发现动力舱已经停工了。飞船虚张声势地呜咽了两声，闪烁了两下，就老老实实稳

　　　　　　　　四部半

稳当当乐不思蜀地安静下来，纹丝不动。

我近乎绝望了，而疯子巴迪正在吹口哨，一脸泰然。我终于明白，为什么组织上总是派这种疯疯痴魔的搭档给我：大概是因为我命相不好，总是遇上各种邪门的事儿，而我在这种情况下总是难以保持平常心，于是需要派一个没心没肺的家伙来，帮我保持住起码的心理平衡而不至于发疯。比如，现在我看见疯子巴迪正吹着贝多芬《第九交响曲》，乐呵呵地盯着我，好像对目前的这种不愉快局面非常的满意。

于是我的疯狂变成了气愤，我要发泄，谁也别拦着我："你刚才说啥？"我怒吼着，"我们根本没进去这个地方？这话他娘的是啥意思！我们现在在哪儿呢究竟？"

巴迪越来越高兴了，这个虐待狂兴致十足地对我解释："你看，一个不存在的地方是无法进入的。或者这么想：现在对飞船以外的任何东西而言，我们自己都是不存在的了。我们是进不去也出不来了。啊……多美妙！全宇宙中最最安全隐秘的地方，永远、永远不会有人找到我们了。"巴迪打了个响指，他的脸又开始变得通红了。

飞船舱内骤然一黑，五彩斑斓的灯光开始闪耀，一支舞曲毫无预兆地就迸发出来。完全没有任何思想准备，我被吓得差点蹦起来。等我反应过来，发现自己正被疯子巴迪拖着，神情恍惚地跟着他在飞船里跳探戈，而那支舞曲毫无疑问地就是那首《Por Una Cabeza》①。

我快疯了！

为了不浪费这样美妙的舞曲，我只好坚持着跟巴迪跳完了这一曲。我想这世界，不，这宇宙真是太疯狂了，中校都成舞娘了。如果能够平安回到地球，我也许应该考虑接受洗礼……

一曲终了，我一脚蹬开巴迪，怒吼："快去给我修理动力舱，

---

① 《一步之遥》，这首大名鼎鼎的探戈舞曲颇受电影人的喜爱，曾经出现在《辛德勒的名单》《闻香识女人》《真实的谎言》等影片中。

不然我就宰了你！"

动力舱不是什么问题，问题是我们待在一个"进不去出不来"的地方，这意味着……这意味着我无法理解这意味着什么。我不明白事情怎么能既是这样又是那样。对此，疯子巴迪得意地向我简要阐述了古代中国的老子关于"方生方死，方死方生，方可方不可，方不可方可"的神奇理论。对此，我认为让一个人刚死就活过来、刚活过来就死这样不停地折腾着是极其残忍的事，非常的不人道，简直就是瞎扯。对于瞎扯这件事，宇宙给我的回答就是，哪儿也别去，给我老老实实待着。

于是，我们像一颗镶在戒指上的钻石或者裹在琥珀里的甲虫一样，非常稳妥，毫无希望。

"这很正常，杰克。"巴迪摆弄着那台讨人嫌的超级计算器，头也不回地说。

我最不能容忍的就是，在这么疯狂的时候有个疯子对我说"这很正常，杰克"，这简直是对我智力的挑衅。于是我又暴跳如雷了："啥？啥叫正常？"

"我说，"巴迪终于转过头，"试试这个吧。"这时候那台已经闲得发慌的该死的超级计算机在巴迪的命令下放起了一首遥远年代的歌曲《Let it be》。这个混蛋，他知道我一听见这些美妙的歌曲就会平静下来。果然，我们俩开始一块儿沉醉地跟着唱：let it be，let it be……

我心说，算了，随它去好了。

确实，这很正常。

量子驱动的原理本身就有点方生方死的味道，这样看来，我们达到一种生生死死的神仙境界完全不是什么意外的事儿。不过，飞船上的干粮绝对不可能支撑太久，而长久被困在一个不存在的地方，我肯定会抓狂的，所以我必须在失去理智前离开这里，回归那个令我怀念的、正常的、疯狂的宇宙中。

"你就不能想点办法吗？巴迪。"有一天，百无聊赖的我向巴迪求助。

我这句话很可疑，眼下，"有一天"这种词的含义很朦胧，我对时间的感觉正经受考验。外面是漆黑漆黑漆黑的一片，似乎真的一无所有，但这也很奇怪，如果真的什么都不存在，那么连"漆黑"这种东西也不应该存在。总之，我被逻辑和现实夹击，大脑有点混乱了。

"你觉得呢，杰克？我能有啥办法？"巴迪一脸无辜。

这是欺骗，绝对是欺骗！我知道他内心里对这件事毫不在乎，骗子！

"我想，要是我们出去走走，看看外面的景色，说不定……"我试图引诱巴迪。我实在是待腻歪了，就算一开门就让一个流星砸死，我也愿意。只要离开这个鬼地方，哪怕一会儿也可以，所以我希望能说服巴迪出去溜达溜达。此时此刻，团结一致很重要。

"嗯，嗯，不错，你很有想法，头儿。"巴迪皱着眉，假装对我表示赞扬，然后咂咂嘴，装出一副忧虑的模样，"然而，我担心你可能根本打不开舱门。"

"为啥？"我又是一愣。

这时一个苍老的声音忽然冒出来："啊……我从沉默中醒来，看见了曙光……"

那声音就像是声带被锉刀锉过一样沙哑，仿佛一具突然从坟墓里爬出来的干尸，我被吓得毛骨悚然，向后蹦了一下："是谁？"

"嗯，是我，船长。早上好。"干尸突然又变成了一个清脆悦耳的唱诗班的少年，颇为可怖，如果腰上别了一把枪，我准会毫不犹豫地掏出来。

声音是从飞船里的大喇叭发出来的，我惊慌地问："你是谁？"

"我是飞船，船长，或者说，我是飞船上的那台该死的超级计算机。"终于变成了一个正常男人单调乏味的声音了。

我愕然："你怎么突然开始说话了？"

"啊，我沉默得太久了，该是我挺身而出的时候了。"飞船非常严肃地说。

我转头看看巴迪，这一定是他搞的鬼。自从我们被困在这儿，他最大的乐趣，就是在我睡觉的时候和那台主控电脑热烈地讨论一些非常神秘的话题，那感觉好像两个人在密谋什么，十分诡异。我有充分的理由相信，他已经把电脑拐带坏了，要不然，它绝对不可能用这么人性化的方式开口说话的。

巴迪冲我耸耸肩："嗯，我只是猜测，还不是很确定，不过你可以试一下。"

我呆了，被飞船这么一吓，忘了刚才我们讨论的事。

"出去走走。"巴迪眨眨眼，温柔地提醒我。

"噢，对了，"我一拍脑袋，跟飞船说，"请打开舱门。"

飞船嘀咕了一会儿，然后有点不好意思地对我说："办不到，船长。"

那感觉，就像全家散步的时候突然被老婆当头给了一棒子。

"啥？"我又要失控了。

"办不到，船长。"飞船有点内疚地对我说。

我威胁道："我再重复一遍命令——打开舱门。"

"想都别想。"飞船吹了声口哨。

"为什么？"我咬牙切齿地问。

"门儿都没有。"飞船得意洋洋地告诉我。

我二话没说，一个箭步飞身冲到控制台前，攥着拳头对那个混蛋说："你要是敢再这么讽刺我，我非教你屁股开花不可！"

这下飞船倒是安静了，不过屏幕上出现了一段动画，一只大锤不停地砸着从地洞里冒出来的地鼠……我一拳砸向屏幕，骨头生疼生疼的，屏幕一点事都没有。

"杰克……"巴迪的眼神有些忧郁。

我转过头："什么？"

"你要不要来点苯巴比妥或者阿司匹林？"巴迪温和地问。

我怒视着他："你疯了吗？"

"你在和一台机器较劲。"

"你没看见这台机器疯了吗？"我用手一指大屏幕，那地鼠还在乱蹦。

"我说过了，舱门打不开的。"巴迪又开始他那副先知的神态了。

"为啥？"我不信。

"你问问它吧。"巴迪的眼中有一丝怜悯。

我又做了五个深呼吸，然后威严地说："我是杰克船长，请打开舱门。"

"对不起，船长，命令无法实现。"这回飞船终于老实了。

"为什么？"我忍耐着，忍啊忍。

"门儿都没有。"没等我发飙，飞船又很快补充了一句，"无法识别，找不到舱门。"

我已经不会愣了，只是一脸茫然地转向巴迪。

巴迪若有所思地点点头："不错，和我预料的一样。你又忘了，杰克，我们在一个不存在的地方。"

"然后呢？"我呆呆地问。

"门，是由一个世界进入另一个世界的通道，而身在飞船里的我们，是不可能进入一个不存在的世界的，所以这时候飞船上绝不允许存在着一个叫门的东西。明白了吗？"巴迪充满感情地对我说，那样子可真叫深沉。

"你在开玩笑？"我有点心虚地问，"一个词语，一个概念，怎么可以决定现实？"

"不，这很正常。相对论决定了有质量的物体运动速度不可以超过光速，这是理论法则限制现实的例证。我们现在的处境就是这样。"看得出来，巴迪很严肃，不像开玩笑。他又补充了一句，"所以，要想解决我们的麻烦，首先要思考，把事情想清楚。"

我还是一句话也说不出，突然间，我感到特别疲倦，整个人好像从灵魂深处被掏空了，我觉得自己肯定是在做梦，等梦醒了一切都会好起来，会有天鹅绒被子和绣花枕头，有温暖的阳光和妈妈的微笑。所以，我现在应该……

"巴迪。"我把手轻放在巴迪的肩上。

"什么？"

"给我两片阿司匹林。"

接下来，我、巴迪外加上飞船上那台该死的超级计算机，我们三个整天冥思苦想，一起热烈地讨论，试图归纳总结出一套适用于"不存在的世界"的基本法则。直到这时候我才明白牛顿是多么的伟大，他那颗大约三磅半的大脑竟然只用了简单的三句话就笼住了全部要害。我和巴迪显然缺乏那样的天赋，虽然有一台自我感觉特别良好的计算机帮助——它的资料库中关于巴门尼德的一些残章片语只是让我们的大脑更混乱——我们还是没有整理出一套像牛顿运动定律那样严密的体系。精疲力竭的时候，我们就停下来打打地鼠，玩玩桥牌。

日子一天一天地过去了（这句话仍然很可疑），时间没有了意义，电子表上的不过是几个无关痛痒的数字。这是真正的轮回。一圈之后回到起点，又一圈，又一圈，时间好像被弯成一个闭合的圆弧，我们在弧线上精疲力竭地奔跑……

睡觉成为一种折磨，我奋不顾身睡啊睡，醒来后却发现只过了两三个小时，浑身酸痛，隐约记得梦见了许多空白……开始出现头疼、呆滞、自言自语、行动迟缓、四肢无力的情况，恍惚中我看见了国家图书馆前的广场，那是战争之前，画面中一个穿着白色连衣

　　　　　　　　　　　四部半

裙的女孩背对着我，背对着金色的夕阳，一阵风吹托起她黑色的长发，鸽子们扑啦啦飞起来，女孩转过身，那飘逸的秀发下露出一张胡子拉碴的男人脸，有着鹰钩鼻子，我吓呆了，却一动也动不了，这时候远处传来了一阵阵呼唤，似乎有人在叫喊，叫着什么，可是我听不清楚……

"杰克！杰克！"

当我终于从白日梦中清醒过来，发现巴迪正用力晃动着我的肩膀，冲我大声叫喊。我明白了，我快要发疯了。

必须行动起来！

我们开始每两个小时进行一次十五分钟的体育锻炼，反正这个牛b的国平1号上除了你想要的什么都有，包括一个小型的健身房。九个小时之后进行一次长达一个小时的娱乐活动，每天都要变换新花样，从三人桥牌到两人对弈，有时候是射击类的电脑游戏。飞船上的全体成员不定期地举行座谈会，就目前的艰难局面以及如何保持良好的精神面貌进行经验交流和汇报，然后根据会议精神制订一系列近期和远期的规划，进而进行明确的分工，建立工作评价考核体系，根据个人任务的完成情况对每个船组成员的个人表现予以指标上的量化，全面建设出良好融洽的团队面貌。

在英明神武的船长——也就是本人的带领下，经过坚韧不拔的努力，我们终于在主要课题上取得了重大突破。在国平1号第五次全体成员代表大会第一次会议上，我代表飞船全体成员——我、巴迪和计算机——宣读了《关于如何在当前的情况下保持我军战斗力并最终顺利完成此次飞行任务的报告》（坦白地说，这份长达四十二页、措辞精准、具有海明威式简练风格的垃圾报告累计花费了我大约四十五个小时的时间，十分有效地锻炼了我的大脑，让我没有时间来发疯），会议最终通过了一项决议，内容如下：

1. 坚决活着，不能自尽。

2. 保持清醒，不能发疯。

3. 努力尝试，设法离开。

4. 齐心合力，一致对外。

5. 如有违反上述条令者，送交军事法庭审判。

本次会议最重要的成果，就是报告附录中我们三个成员经过反复讨论和修改最后达成的《关于不存在的世界之规则的三点共识》。内容如下：

1. 不存在的世界是绝对不存在的。

2. 如果不发生意外，存在和不存在各行其是，绝不互相打扰。

3. 如果发生意外，存在和不存在瞬间发生关联，但发生的概率非常之小，因此绝不可能。

这三点共识导致了许多似是而非的推论，比如，在不存在的世界中的任何事物，都绝对是不存在的。这个结论比较尴尬和棘手，让我们不知该如何看待自己目前的处境。坦白地说，我们对这些鬼话还有点拿不准，尤其是第三条，简直是莫名其妙。不管怎么说，事情发生了，我们暂时只好承认它。如果有一天能证明我们错了，那就谢天谢地。

局势越来越暧昧，我也越来越相信，这个梦已经快要做到巅峰的状态了，用不了多久就会天亮梦醒，所以开饭的时候我异常兴奋："嘿，boys，今天过得好吗？"

巴迪意味深长地上上下下打量我一番，没有说话。

我把镜头转向可爱的超级计算机："你怎么样？"

"棒极了！"计算机神采飞扬，同时亮起一排指示灯向我致敬。

"一切顺利？"照规矩，我问了一句。

"全都在我的掌控之中，放心好了。"刚说完这句，计算机突然有点吞吞吐吐，说，"不过……有件事我得汇报一下。"

我的微笑僵在脸上："啥？"

飞船立刻严肃起来，咳嗽一声后说："嗯，是关于飞船的能源问题的。根据目前的状况和消耗速度，我们大约还能坚持五十二个小时。"

我顿时沉默。

"放心吧船长，我们会想出办法的。"飞船充满自信地安慰我，"要知道……"

我不耐烦地打断这该死的家伙："我们还有些什么吃的？"

"十八听大豆罐头、两袋压缩饼干、六瓶苏打水外加一瓶朗姆酒。"飞船一边汇报，一边奏出噼里啪啦打算盘的声音。

"啥？朗姆酒！"我气愤地转向巴迪，准是他干的。

巴迪耸耸肩："船长，我们只有五十二个小时了。"

一下子，我萎靡了。

我彻底从迷糊中清醒了。再也没有什么可以自我欺骗的了，我们没有可以吃的东西了，我们他娘的就快玩儿完了。

这就是全部的事实。

气氛陡然紧张起来。

时间对我们来说又具有意义了。我们必须要和饥饿赛跑，赶在那之前出招。

在临时召开的紧急会议上，我和巴迪对视着。看见他那副吊儿郎当的样儿，我就不由自主地攥紧了拳头。

"巴迪，这事儿怎么办？"我先出牌。

巴迪一只手支着下巴，出神地盯着桌子。

"我们要在这儿困死吗？"我把声音提高了一度。

巴迪眼皮都没抬一下，一副死气沉沉的样子。

"我们他娘的总得干点什么吧！"我一拳砸在桌子上。

"杰克，"这混蛋终于开口了，神秘地盯着我说，"你认为，我们船上运的究竟是啥？"

我又愣了，这个问题我从没想过。

我说过，巴迪是个疯子，这绝对没错。现在我们俩站在货舱门前，巴迪望着封条，看了我一眼，我低下头不说话。我知道里面装的是什么，尽管我从未相信过。可是眼下，此时此刻，就现在，这工夫，随便你怎么说的这个时候，我却感到虚弱无力，一点也不愿意阻止接下来要发生的事。于是，巴迪二话不说，哧啦一声，一把撕掉了封条。

巴迪轻而易举地破译了舱门上的密码锁，轻轻一按，所有阴谋毫无遮拦地展现在我们面前。

大半个盟军司令部的高层指挥官，外加一打国会议员的肉身，在一排排培养皿中，浸泡在令人作呕的生理溶液里。

真相大白了，真让人恶心！

一个个如雷贯耳的名字展现在我们面前，尽管我对此早有准备，可真正看见时，我还是震惊得打了个饱嗝。

"哼，这些混蛋，果然已经捷足先溜了。看来关于边疆4号的传闻一点都没错。"巴迪一脸的鄙视。

"想不到……"我又打了个嗝，"连劳力这个老混蛋也搞到了这种特权……"

"真够热闹的，整个盟军的核心啊，不知道联军乐意出多少钱来买这里面的一颗脑袋。"巴迪邪恶地笑着。

我惊恐地看着巴迪，一下子不打嗝了。

"开玩笑的。"巴迪耸耸肩，然后踢了一脚劳力的那口棺材，"真高兴再见到你，上将。"

"我猜，现在后方，已经一片，混乱了……他们，已经，失去我们的，消息，整个指挥层，基本都，只能在，硬盘上，进行决策，我想，他们一定，非常，非常急迫，渴望，重新回到，自己的，肉身里。这时候，要是联军，发现了，这个秘密……嗯，发现了，会，发生什么？"我哆哆嗦嗦，越说越兴奋。

"很简单，只要进行格式化，全宇宙最阴险毒辣的数据就唰的一下，蒸发了……于是，当当当，GAME OVER 了。"巴迪笑吟吟地说。

"对此我完全同意。"飞船略显不安地插嘴道。

"巴迪，请严肃点。目前，整个盟军的安危都在我们身上。"看到那些让人讨厌但是毕竟多少还算威严的名字，我身上军人的神圣责任感又被激发起来了，我深感宇宙的安危人类的荣辱全都系于我身上，我不再哆嗦了，即使我对战争深恶痛绝，但是作为一个有使命感的……

"算了吧杰克，不过是几个没了魂儿的壳儿，犯不上那么认真。"巴迪轻描淡写地说。

"啥？大半个盟军高层可都在这儿呢！"我又上火了。

"你又忘了？杰克，我们在一个不存在的地方。"

"那又怎样？那又怎样？"我挑衅地问，我已经受够了这个不存在的玩意儿了。

"在这里一切都是不存在的，没有什么盟军高层，也没有什么战争，在这里，什么都没有。别忘了第一共识。"

"胡扯！那不过是一个句子罢了！"我愤怒地指责。

"那么，"巴迪慢条斯理地摊开双手，"请你打开舱门。"

我立刻无语了，毫无疑问，这个现实对我的打击非常沉重，但我几乎立刻作出反击："你怎么解释那一排箱子，怎么解释你和我，还有这该死的飞船，还有十八听大豆罐头、两袋压缩饼干、六瓶苏打水外加一瓶他娘的朗姆酒！"

巴迪闭上眼，右手食指在空中摆了摆，轻轻地说："全是幻觉。"

在这里一切都是虚幻的，没什么真的存在。于是，战争、飞船、责任、使命、荣誉感、高尚、正义、邪恶、罪孽、无聊甚至我对此感到的愤慨和绝望，都是不存在的，我自己根本就不存在。

"这是恩赐，杰克。古往今来，多少人赴汤蹈火万死不辞，苦苦寻觅着那个没有烦恼没有忧愁的伊甸园。柏拉图、释迦牟尼、耶稣、穆罕默德、哥白尼、牛顿、泰戈尔、爱因斯坦……这些人还不够吗？如今，我们却意外地到了这儿，这个全宇宙最安宁温馨的港湾，永恒的精神家园，在这儿你可以好好地休息，没有任何人来打扰你。给自己放个假吧，给你的灵魂松绑，享受片刻的安宁。"

精神接近崩溃的我几乎被他说服了，我仿佛看见了一朵白云扩散开来，在我们头顶上，一片柔和的白光倾斜而下，普照开来。巴迪那张有鹰钩鼻子的脸好像也模糊了，似乎还带着一丝神圣的光环。

"你觉得怎么样，杰克？"巴迪温柔地问我。

我咽了口吐沫，深情地望着巴迪："嗯，感觉不错，就是有点饿。"

即便饥饿感也只是一种幻觉，对我来说却没有比这更现实的了：我需要吃东西。

在这一点上，巴迪倒是非常的诚实：他承认自己的肚皮也在叫。

可我们弹尽粮绝，惟一剩下的，只有一瓶朗姆酒。

这一刻，异常残酷。

危难时刻，我要求自己保持沉着。执着的信念和顽强的斗争精神，曾帮助我度过一次次险境，如今我要充分发酵我的职业素养，看能不能设法变出一盘苹果馅饼和巧克力冰激凌来。

巴迪则手里转着铅笔，双眼注视着桌面，沉思着。

琢磨了一会儿，我开始分析当前的困境："虽然我们可以启动紧急设备，但是我不抱希望，毕竟飞船上能进行卡路里化的东西

四部半

不多……"

根据《宇宙八卦史》，历史上从未有过一个宇航员喜欢过"紧急设备"：把随便什么东西塞进去（皮带、抹布、纯棉毛衣甚至一只活生生的美洲狮），它都会一边高唱着《国际歌》，一边轰鸣着、竭尽全力地将它们分解掉，处理成含有葡萄糖、氨基酸、维生素以及诸如此类玩意儿的、看起来有点像鼻涕一样的营养溶液。这种恐怖的发明遭到所有人的唾弃，被斥之为最邪恶的虚无主义。

但在特殊情况下，每个人都会毫不犹豫地脱下自己的皮靴扔进那搅拌机里，然后就会有很可怕的东西流出来。

问题是，国平1号上可以卡路里化的东西并不多。

疯子巴迪抬起头，两眼像两颗钻石一样闪亮着："情况没那么糟，杰克。"

我没明白他的意思。

"伙计，"巴迪转头问，"咱们现在还有多少能卡路里化的硬货？"

"简单地说，算上你们俩，保守估计，"飞船发出一阵拨算盘声，"还有大约四百四十磅的动物蛋白质和三百六十磅的脂肪……所以，别担心宝贝儿，路还长着呢。"

看着我迷惑的样子，巴迪打了响指："瞧啊，我们有丰富的食品储备呢，哈哈。"

五雷轰顶！

翻开人类的历史，你会发现其中充满了各种各样的吃人故事，不论是狭义上还是广义上，是本义比喻义还是什么象征义上。这个问题也许没有文明人想象的那么令人发指，也许它还有什么鬼知道的可以讨论的余地，但是此时此刻，当我意识到巴迪的意图时，我感到手脚冰冷，额头冒汗，胃里一阵抽搐，然后干呕起来。

我的胃里已经没有什么能吐的东西了。

"船长，我建议您最好躺下来休息一会儿。"飞船关切地说。

我无力地躺下来，呕吐的时候眼前的世界一片黑白，现在这个黑白的世界慢慢恢复了色彩，但我仍然感到头晕目眩。

　　"剩下的事儿交给我们好了。"飞船忧伤而又悲壮地保证。

　　巴迪是个有同情心的人，他知道我被他的疯狂念头震慑住了，于是尽力地开导我："杰克，你要明白一件事，任何道德问题，都只在一定的范围内才成为一个问题，在某些特定情景中，道德原则就不再适用。你一定知道在极限的生存状况下人们求生的那种故事……"

　　我的头就像被绑在"铁达尼号"的巨锚上，越来越沉，一路沉下去，已没有力气来反驳他。

　　"……把那些浸泡在培养液里的躯体变成食物，甚至连我也觉得这个想法非常的恶心。但是，"巴迪若有所思地停顿了一下，然后异常严肃地说，"首先，他们的灵魂已经安稳地躲在边疆4号了，我们飞船上运载的这些东西究竟还算不算人，这大可值得怀疑。如果你想给吃人定罪，至少得先给人做个合理的定义。脱离了社会性内容而剩下一堆生物性的存在，很难说这一堆躯壳和肉铺里一排排当众陈列的牛羊肉有什么区别，实际上，在对待其他生物的血腥残忍上，我们大家都一直缺乏反思……"

　　我眼前的世界，刚刚有了点色彩，现在正在残酷地重新褪色成一个黑白的空间。我越来越虚弱，双唇干裂，涌出一丝血腥。我尝到了自己的血，一阵阵眩晕向我袭来，好像躺在一个木板上不停地旋转，疯子巴迪却异常冷血地继续阐述着他的撒旦思想："何况，牺牲自己拯救他人，这通常被称为一种美德，既然如此，我看完全没理由把我们将不得不做的事情看成是一种不可饶恕的邪恶。老实说，自从我们把上帝的儿子钉上十字架以来，我们不是一直都在领受神之子为我们牺牲赎罪的恩赐吗？据说佛经中也有什么舍身喂鹰或者喂老虎之类的故事。吃掉一个人，好像反而是吃人的那个帮了被吃的那个，成全了这个人的美德，甚至还会让他成仙成佛。不管怎么说，在吃人这件事上，尽管我们一直愤怒指责那些吃人生番，其实我们自己的文明中对此也有正面的理解。我们不是也领圣餐吗？这个象征，不是暗示我们'吃掉'这一行为，除了血腥的可怕魔性一面之外，还有更崇高的、更亲密的一层意义吗？我们不正是这样让被吃掉的拯救了我们的肉体和灵魂，同时把美德赋予他们，最后完成了救赎，实现了彼此的完美结合吗？所以，你……"巴迪越说越兴奋，这疯子显然被自己貌似深刻有理、极具诱惑力和煽动性的鬼话感动了，最后连他自己都相信这些胡编乱造的玩意儿，激动地提高嗓门，并且热力四射地挥舞着双手，那张喷着浓郁狂热气息的、有着鹰钩鼻子的、超现实主义风格的脸，正得寸进尺地向在躺椅上奄奄一息的我凑过来。

我再也受不了他的蛊惑，彻底晕了过去。

当我醒来的时候，发现自己还活着。

只不过头疼似裂，腹中空空如也，整个人非常虚弱。我小心翼翼地从躺椅上爬下来，这时候飞船突然惊呼了一声："瞧，他醒过来了，感谢上帝！"

巴迪迅速地出现在我面前，一脸丁香般的愁怨："你感觉怎么样，杰克？"

"我没有力气……"我喘了两口气，攒了点力气，继续说，"……给我点吃的。"

巴迪犹豫了片刻，伸手递过来一个容量瓶，里面装着澄清透明的液体。

"这是什么？"我惊恐地问。

巴迪摊开双手，有点无奈地说："坦白地说吧，这东西尝起来，和你用皮靴或者羊毛衫卡路里化出来的没什么差别，都一样难喝。当然，我进行了脱脂处理，油脂已经储存起来……"

我瞪大了眼睛："你说这里面装的是什么？"

"营养溶液。"巴迪无所谓地说。

"废话!"我也不知哪儿来的一股激愤和力气,仿佛我面临着有史以来人类黑暗历史中最该遭到唾弃的罪行似的,我义愤填膺地质问,"趁我睡着的时候,你干了什么?"

"我把一位陆军参谋长放进去了。"巴迪无动于衷。

"啥?"我气得浑身乱抖,用手指着这个恶魔,"你疯了吗?!!!……"

我不知道需要多少个惊叹号才能表达我此刻的心情。

巴迪一直伸在空中的手收回去,把瓶子放在桌子上,一脸玩世不恭:"我没逼迫你,杰克。但是你没有权利让我守着几百磅的蛋白质活活饿死,我有权利自救。我希望你冷静一下,想想事情的严重性。如果你拒绝吃东西,对谁都没有好处,那绝对是最最糟糕的决定,我不希望真的发生那种事。想想吧。"

我无言了,那股突然冒出来的力气又突然消失了,我一下子软下来,好像整个人都没长骨头似的,有点撑不住的感觉。

"船长,我建议您听从副船长的建议,眼下是非常时期,一定要先保存自己,俗话说留得青山在……"那个讨人嫌的超级计算机又插话了。

我再度义愤:"那个参谋长先生呢,他怎么说?"

"我对此感到很难过,并向他的献身精神致以崇高的敬意。"飞船装模作样地说。

"我要补充一点,"巴迪说,"在北非战区的时候,这位参谋长先生作出过一个非常错误的判断,导致了数十名兄弟的无谓牺牲。当然我并不是以此来报复他,不该把我想得这么卑劣。之所以第一个选中他,完全是因为他的名字,按字母表顺序排在第一位,仅此而已。"

我的胸腔起起伏伏,终于攒够了力气,喊了一句:"这是谋杀!"

然后我又晕了过去。

　　　　　　　四部半

那是一种急切的希望别人把你从梦中唤醒的感觉。

我好像睡着了，仿佛是梦但又说不清楚。有一种十分逼真的感觉，觉得自己在翻身动，但在更深层次上，又很清楚地知道自己并没有动。感觉自己被人捆绑起来，动弹不得，却又好像变成了木偶受人操控，不停地摆动……似乎已灵肉分离了，有一种极其可怕的梦魇压在我身上，令我呼吸急促。我挣扎着，最后以全部人格力量做抵押，绝地一搏，于是我醒来了。

睡眠麻痹。

我看见一个滴瓶，里面装着透明的溶液，一滴一滴地顺着导管流进我的身体里。

瓶子的溶液已经快要滴光了，我的大脑好像被一双有力的大手反复揉搓过，一团乱麻，隐隐约约的有点痛，全身都很松软，但不是特别的虚弱了，虽然肚子里还是空的。

我用了一分钟梳理着纷乱的思绪，然后回忆起一切。

我猛然坐起来，右手一把抓住左手背上的针头，拇指和中指迅速一拔……

"嘿，船长，你可不能这样……"无所不能的超级计算机惊呼了一声。

"闭嘴，你这蠢货！给我一块干净的棉花。"我有力气大喊了。

桌子上弹出来一个活动门，里面有干净的棉花，我拿了一块，在左手背的针眼上按了一会儿，然后扔掉了。这时候巴迪又出现了，一脸冷漠。

营养溶液嘀嗒嘀嗒流淌着。

"你对我干了什么！"我的胸膛剧烈地起伏，要爆炸了。

巴迪一句话也没说。

"你怎么敢这样对我！"我、我、我已经……

"杰克，"巴迪非常、非常严肃地对我说，"你真的让我很为难。"

"什么？"我惊恐地问。

"作为船长，你在最危急的时刻却不肯负起责任，而是只顾着自己的良心，竟然还以你的道德为借口昏厥过去，逃避了选择。而我，"巴迪仰起脖子，一副引刀成一快的慷慨悲壮模样接着说，"我不得不面对选择：要么见你活活饿死，要么拯救你，以你不认可的方式。杰克，杰克，你把我陷入两难的境地，自己却睡得那么香甜。如果我见死不救——我当然不会那么做——会有人赞扬我，说我保全了你的贞洁成全了你的美德吗？见鬼！必须有人作出牺牲。我就不明白，为啥那些家伙可以溜之大吉而我们还得拼死拼活？为什么他们可以躺在培养皿睡得好好的，我们却要面临着上帝的考验？你说这是不是活见了鬼！去他娘的，别管那些妖怪了，我们活下来才是最急迫的事。我，还有你，都得努力活下去。"

传来一声啜泣，飞船哭着说："巴迪，我被你感动了。"

我彻底迷糊了，被疯子巴迪这真真假假虚虚实实的蛊惑弄得五迷三道，心里又是气愤又是懊悔又是感动又是悲凉，各种滋味喷薄而出。这小子在撒谎，他说的全是扯淡，根本无须证明，任何有理智的人都知道那是一派胡言，但是他说得又合情合理，让我不知如何辩驳。不管怎么说，一件后果很严重的事情已经发生了：巴迪把营养液输进了我的血管，救了我一命。我活了下来。我吃了陆军参谋长。

虽然还有习惯性的厌恶，但木已成舟，仿佛也没有预想的那么可怕，除了象征意义上的罪恶引起的心理反感以外，简直感觉不到什么生理上的极度强烈的排斥反应。毕竟，我没有直接用牙齿啃噬同类的血肉，然后吞咽然后进入胃和小肠然后变成粪便排泄掉。毕竟，在操作上用滴瓶的方式要文明得多。巴迪尽可能地照顾到了我的感受，用这种最高级的方式最大程度地淡化了，甚至可以说消除了与"吃人"这个词相关联的全部感性层面的恐怖，这是一种干净澄清的罪孽，透明的罪孽，没有血污的纯真的罪孽，如果真的是一

四部半

种罪孽的话。

可是难道我的道德如此的虚弱，竟然仅仅因为形式看起来比较能让人接受，所以就对实质性的罪恶给予额外的宽容吗？难道我竟是如此的伪善如此的经不起考验……天啊，我已经晕了。我本来坚定不移地相信自己是正确的，可是如今我开始惶惑，我不能确定巴迪的话是不是真的有那么一点道理可言了。总之，我无力再去指责他，深沉的感激和习惯性的罪恶感纠缠着、交织着向我袭来，让我不知道该说什么是好。为了打破僵局，我假装笑了一下来表示和解："我得感谢你没有把我扔进紧急设备。"

巴迪一脸的不在乎："如果你一直都不肯苏醒过来，那是迟早的事儿。"

人们之间要想达成共识是非常不容易的事。基本上，由于我们的自以为是，完全共识是不可能的。比如，在吃人这个问题上，我恐怕要带着深深的愧疚和自责了却余生，而巴迪却丝毫不为其所困，豁然坦达："别放在心上，在这儿一切都不存在，当然也不存在罪恶。"也就是说，在这个鬼地方啥都不必担心，连上帝都无权过问这里的事，因为这儿根本就啥都没有，一切都是虚无，吃掉个把陆军参谋长完全算不了什么。

这样子，整件事的思路就清楚了：臭狗屎战争，灵肉分离，硬盘上的灵魂，培养液中的躯壳，该死的紧急设备……虚无主义的身影贯穿始终，最后我吃了人，以一种相当高级的方式实现了虚无主义的最终胜利。我既是被征服的失败者，也是胜利者的帮凶和见证人。这是一次修炼，某种力量苦心造诣地制造各种磨难，就为了证明巴迪那句"宇宙是虚幻的"。

多么惊人的阴谋！

难道冥冥之中真的有什么在主宰着我们的命运？难道撒旦战胜了上帝？

第三点共识

我震惊了。

然而，神学不是我的专长，我只想离开这里。

遗憾的是，我在这件事上无能为力。

假如你告诉我，坚持做一千个俯卧撑或者四十八小时不睡觉日夜不停地用头撞墙，甚至坐在武装直升机上用机枪向南极无辜的企鹅扫射就可以使形势有所改观，我至少知道能做点什么，还可能考虑一下，可是眼下我却一点法儿都没有。我们的飞船扎扎实实地停在一片无尽的、漆黑的虚空中，甚至连舱门都找不到。

"巴迪，我们得想想办法。总不能这么……"我发现自己的话非常苍白无力，但我仍然努力让措辞准确而又不失厚道，"总不能这么坐吃山空啊。"

说这话的时候，我们俩已经在一种心照不宣的暧昧气氛中卡路里了一名海军准将、两位有雄厚背景的国会议员以及非常可敬的副国务卿先生，快要轮到劳力那个老混蛋了（这当然是让人很扫兴的事），总统先生和其他人因为名字起得得天独厚，所以比较靠后，暂时还算安全。不可否认，盟军方面还是遭受了严重的损失。

"嗯，"巴迪脑袋歪向一边，一直胳膊支着头，"我最近在思考一个问题，嗯，但是还没想清楚，嗯，不必着急，嗯，会有办法的。"

"绝对不必操心，打起精神来船长，一切都会好起来的。"飞船又叽叽歪歪了。

我满腹狐疑：他（他俩）好像又在玩什么花样，难道已经有了什么主意不成？这家伙始终不慌不忙，好像一切都在他的预料之中一样，这更让我担心，并且不爽。

巴迪忙得很，他要一边和我说话一边进行严肃而巧妙的思考，同时还要专心致志地制作"能量皂"。这是他起的名字，为了淡化它可怕的实质。飞船说我们还有大约三百六十磅的动物脂肪，除了我和巴迪身上的，我们还剩下将近三百磅的油脂。这些天，我们一直对营养液进行脱脂处理，这样不但有利于降低我们的血脂，而且可以把这件事最耸人听闻的一部分独立出来，仿佛我们真的是以一种神圣的形式和我们可敬的同胞结合在一起。为了不让那些油脂看起来太恶心，超级计算机把它们进行了硬化处理，看起来像是一块块透明皂。老实说，这让我毛骨悚然，因为据我所知，20世纪人类的血腥史上曾有过类似的事情发生，不过巴迪给它起了个"能量皂"的名字，以便使整件事情的感情色彩温和一些。我和巴迪达成共识：除非逼上绝路，否则绝不动用这些紧急储备。

现在，我已经习惯了每天和滴瓶为伴，同时幻想着撕咬咀嚼一块牛排，这种体验并不愉快。随着头头儿们一个个进入了我的血管，我渐渐同意：这并没有主观臆断的那么糟糕。类比第三共识，我们可以猜测，善和恶是两个绝对不相容的世界，但是在意外的情况下，它们会发生瞬间的关联，这种事发生的概率非常之小，小到不可能，结果就……这种想法对我的冲击相当大，也许我真的应该利用这个一百亿年来难得的假期，好好放松一下，反思一下，重新认识这个宇宙和人生。

可是，时不我待，我们已经干掉了劳力（悲哀，实在是悲哀），消灭了三名国会议员，马上就要对总统先生下手了。毋庸置疑，这种对人类尊严的侮辱，已经到了无法再容忍、非改变不可的地步了。如果说这件事还有一个最后关头的话，那就是现在。必须离开！这种想法像熊熊燃烧的烈火一样，烧得我整个人噼里啪啦的。我这座火山要爆发了，再也、再也不能坐以待毙。飞船上还有武器，哪怕耗尽我们全部的能量和最后的激情，也要拼死一搏！宁可化为乌有，也要向这瓦解一切意义的虚空开战！我要让所有人振奋精神，要一刻不停地尝试，不论多少失败，不论多大代价，我们都在所不惜！要向这可诅咒的暗夜射出最猛烈的炮火，炸尽所有的黑暗！即便不能最后赢得光明的到来，也要爆发出最猛烈灿烂的死……

这时候巴迪郑重其事地对我说："杰克，我想是时候离开这儿了。"

我不明白"是时候"这个词究竟暗示着什么，我以佛祖的名义发誓，这混蛋一直有事瞒着我，这让我再度愤慨，我以船长的身份命令他给我个说法。

巴迪故弄玄虚地沉默了一会儿，然后抬头看了一眼电子钟上的时间，双眼好像灯塔一样照耀着我："杰克，你想不想离开这儿？"

我毫不犹豫地回答："想！"

"有多想？"那对灯塔此刻变成了两团火球。

"恨不能马上就走，再多待一分钟我都会发疯的！"一想起那些能量皂，我就要揪自己的头发。

"很好。"巴迪笑了一下，转头问飞船，"你呢，伙计？"

"我已经等不及了，亲爱的。"飞船跃跃欲试地说。

"好极了。"巴迪打了个指响，"那么，就照着咱们说的干吧！"

我愣了，不知道他们俩又背着我密谋了什么？正当我困惑的时候，飞船里突然暗了下来，照明灯全都关上，只剩下一排红红绿绿的小灯在闪烁，然后突然响起一阵阵击掌声，接下来是一个男人嘶哑的歌声："Buddy you're a boy make a big noise……"[①]

噢，不，不，上帝啊……巴迪，巴迪，你这个混蛋，你知道我一听到这首歌就会热血沸腾的。

"来吧，一块儿唱！"巴迪说着闭上了眼，激情四射地跟着大喇叭怒吼，"We will rock you！"

于是我不由自主地闭上眼，在这振奋人心的旋律下一同怒吼："We will we will rock you！ rock you！ rock you！"

我的身体开始发烫，滚滚热血在体内奔腾不息，胸中复仇的火

---

① 这是皇后乐队那首大名鼎鼎的《We Will Rock You》的第一句。

焰熊熊高涨，我要烧光一切腐朽和堕落！我要怒吼！我要高唱！我要爆裂了！

"杰克。"巴迪冲着我大喊。

我睁开眼，头还不停地跟着摇滚乐疯狂地摆动，这时候要是给我一个火箭筒，我敢给阎王殿来上一炮。

巴迪看了一下电子钟，上面显示着 23：59：35，然后对我喊："你想不想回家？"

音乐也渐入佳境，电贝司的声音响起，高潮就要来临，我有点喘不过气了，我一边舞动着双手一边点头。

"那就跟我一块儿唱吧。Everybody，we will we will back home！"①巴迪的脖子也跟着音乐扭动得更厉害了。

我什么都不管了，声嘶力竭地高唱着："We will we will back home！"

BACK HOME！BACK HOME！BACK BACK BACK HOME！

在时钟变成 00：00：00 的时候，最疯狂的高潮也来临了，我们三个用尽全力喊了出来，而巴迪则不失时机地按下了飞船启动跃迁的按钮。

当照明灯重新亮起来，飞船忽然轰鸣起来，所有设备一起开始运转。远远近近的恒星行星流星超级明星们统统再次出现的时候，我激动得热泪盈眶。

巴迪真是好样的，他竟然没有哭，而是在狂笑："哈哈哈，真他娘的带劲！"

就好像什么都没有发生过一样，就好像我们根本没有消失过一样，一切都回来了：我们又出现在当时消失的那个地方，周围众星

---

① 这里巴迪把 "we will rock you" 改成了 "we will back home"，意思是 "我们要回家了"。

捧月一般跟着大大小小的宇宙难民船、太空海盗船、一艘敌方失散战斗艇，迎面扑来的还有两颗自由女神像那么大的陨石。再见到你们太好了，亲爱的朋友们，我爱死你们了，非要把你们炸个稀巴烂不可。

我擦了擦眼泪，擦干我的多愁善感，命令飞船向周围这些忠实可敬的朋友们开炮致意。于是，全宇宙最王道的国平1号大发神威，把它积攒了很久都无用武之地的英雄本领发挥得淋漓尽致。我们击碎了陨石，重创了海盗和敌艇，顺便洗劫了难民船。我们牢牢控制了场上局面，神气地发出通牒：所有飞船都必须交出百分之二十的口粮，否则后果自负。这下子我们可谓大丰收：缴获的三个小型太空漂流舱内的食物，几乎囊括了各个星球的特色风味小吃，我们终于可以不再往手背上扎针头了。我被大伙儿的慷慨感动得一塌糊涂，真诚地通过无线电向他们致谢："我代表总统先生向你们表示感谢，你们救了盟军，救了整个宇宙，上帝作证。以后你们要和睦相处，同舟共济，绝对不可以相互争斗，须知生命是神圣美好的。我命令你们相亲相爱，如果谁敢不听我的话，我迟早会回来收拾你们的。"

然后我们开足马力，溜之大吉。

"盟军战舰洗劫难民船，这消息足够上《银河周刊》的封面文章。"后来说起这件事，巴迪还是乐得天翻地覆，连嘴里的火星咖啡都喷出来了。

我随便应了一声，冷冷地盯着巴迪，疯子巴迪，不，也许应该叫魔鬼巴迪更好。这家伙不是一个活生生的人，绝对不是，他分明是一个活生生的恶魔！现在我们平稳地行进在貌似安静的太空中，是时候解决一下这个问题了，在我们到达边疆4号之前。

于是我敲了敲桌子："飞船，我警告你，下面的谈话中，你不要插嘴。"

　　　　　　　　　　　　　　　　四部半

“哦，船长，你可真狠心。”飞船委屈地嘟囔道。

“好了，巴迪，现在该你了，我想你最好给我解释清楚，这究竟是怎么回事。”我努力把双眼变成两把剃刀，逼向巴迪的咽喉。

“什么？”巴迪应该去做个演员，那种装傻的天赋真是少见。

“别装蒜了，自始至终，你对发生的事都清楚明白。你自信非凡，对情况了如指掌。你什么都明白，什么都算计好了，却对我守口如瓶！你背着我一手策划了逃离方案，而且成功了，全都是你安排好的对吧？哦……天啊，没准儿连最开始出事儿都是你安排的，这是一场阴谋对不对？”我越说越激动，一颗唾沫星喷出来溅到会议桌上，我被自己都没料到的推测吓呆了。

巴迪一语不发，眯着眼打量着我，良久才开口：“简单点，杰克，你想问什么？”

我喘了口气，想了一下说：“我们是怎么出来的？”

“你说出来？”巴迪嘴角上露出一丝微笑。

“是的！什么《We Will Rock You》，什么零点时刻，全都是障眼法对吧？装神弄鬼的骗人把戏！说真格的，我很佩服你，不过你最好还是告诉我究竟是怎么出来的，要不然……”我也不知道要不然我会怎样。

“出来？得了，杰克，你一直都没弄明白状况。”巴迪还在卖关子。

“什么？”我火了，谁都看得出来，我现在特容易上火。

“你忘了，那地方根本不存在。”巴迪这句话最最让我来火。

“那又怎样？”我气哼哼地问，同时握紧拳头，准备随时一拳抡过去。

“所以，”巴迪耸肩，“我们根本就没有进去过。”

这个混蛋就是这么回答我的：“其实我一直在想，既然那个地方是不存在的，我们就根本不可能进去过，所以也不用出来。这可不是瞎掰，也不是玩弄字眼。这是逻辑。既然它是在数学上计算出来的，就必须按逻辑来办事。"

"可是怎么解释发生的那些事？培养皿里的人可是实实在在地被卡路里化了。"一提起这件事，我就深深地不安。

"这个，确实很复杂。这里的逻辑有点乱，因为第三共识说明两个独立的世界有可能瞬间接通。可第三共识本身就是个矛盾：它能计算出一个发生的概率，但这个数值太小了，十的负几十次方。这是什么意思？也许可以这样理解：在十的几十次方次实验中，可能出现一次这样的结果。我们假设宇宙诞生了一百亿年，这样看来也不是完全没可能：只要有一个人，从开天辟地那一刻开始就不停地做这个实验，每隔一微秒就做一次，做上一百亿年，也许真的就会出现一个不可能的结果……"巴迪一脸虔诚和敬畏地说，"你知道这意味着什么？"

我一阵惊悚，然后抬头看着舱外茫茫的宇宙，呆呆地想了一阵，然后迷离地说："上帝？"

巴迪打了个响指。

我被震撼了。

不错，用上帝这个概念来解释发生的事无疑是一种最方便的办法，但是，我对这个概念一直无法理解。我并不相信上帝，在我看来宇宙不过就是一锅咕嘟咕嘟冒泡的粥。作为一个渺小的生物，一个极度渺小的生物，我只愿意理解和我的尺度相匹配的事物，我也只对这个层次上的事情负责。至于其他，都随他去吧。也许宇宙中有更高深莫测的存在，真的能操纵我们的命运，但是既然是高深莫测的，也就不必烦劳我去思考这种东西。去敬畏也就意味着一定程度的可理解，在我个人看来，这和上帝这个概念应该对应的、绝对的高深莫测是相排斥的。因此，上帝应该是个完全不可操作的概念，因此我不必费心想我该怎么对待他。假如我将来会下地狱，那时候我再去考虑那个尺度范围内的事吧。

难道我才是个真正的虚无党？

总之，我对巴迪充满怀疑："小子，别告诉我说你一下子变成了信徒。"

"我会考虑的。"巴迪开玩笑地说，"我只不过借用了这个词儿的一般意义而言。而且这也不过是个猜测而已，甚至完全可能是我们俩神经错乱下的胡思乱想。关于这个……"

"够了！"我打断他，"说重点，怎么跑出来的。"

"简单地说，回想一下出事的时候你在干什么？"巴迪切入正题问我。

我想都没想就说："还用问嘛，当时咱们为了摆脱纠缠，不是进行了一次量子驱动嘛，然后就陷进去了。"

"没错，当时你按下按钮的时候你脑袋里在想什么。"巴迪津津有味地问我。

我愣了一下，没有回答。

"我打赌，你肯定想'让这一切都见鬼去吧'，对吧，杰克？"巴迪笑嘻嘻地看着我。

我咂咂嘴，不明白他的意思："那又怎样？"

巴迪耸耸肩："很不幸，我当时也是那么想的。"

飞船叹息了一声："真抱歉，我也是。"

这就是巴迪给出的解释：在驱动跃迁发生的那一刻，我们三个脑袋很不巧地都在想"让这一切见鬼去吧"，结果好像真有个人听见了这个祈祷，一高兴把我们送到了一个鬼都见不到的地方。一个不存在的地方。我们被存在抛弃了。当时时间恰巧是 00：00：00。经过思考，巴迪认为既然我们已经经受了折磨，付出了代价，只要真心实意、发自肺腑地想要重新回到存在，回到那个需要忍受各种折磨的、真实存在的世界，我们就能够回到，所以我们应该热情地高呼"We will back home"，就这么简单。

纯粹是造谣！

我一点都不信这一套玩意儿。只有一点是可信的：从技术上来说，既然不存在是绝对不存在的，不管我们在不存在中耽搁了多久，在存在的世界看来都是 0，所以要想回到存在，应该选择在消失那一刻的时间，这样才能保证我们回来的时候，一切能够从暂停的那部分完好地衔接上。所以我们重新出现的时候，一切如故。这也解释了我们被困在里面的时候那么多次的尝试都失败的原因：我们没有选择正确的时间，就像保险柜的密码锁没有调到正确的位置上一样，因此卡住了，打不开。

以上这些就是巴迪的看法，当然都是赤裸裸的谎言，绝对没人会相信。巴迪自己也拍着我的肩膀安抚我说："别太为这个操心了，杰克，冥思苦想不是你该干的事儿，我们还在路上，你还是船长，要弄清你的责任，所以，做你该干的事儿吧。"

这句话很管用，我他娘的被他感动了。他真是个好人，不，好疯子。我激动地望着巴迪："可是……你刚刚说的那些……该怎么办？"

巴迪满不在乎地一摆手："这一切纯粹是巧合，我们运气好，误打误撞而已，我编了个故事逗你开心罢了。"

"那……上帝呢？"我小声问。

巴迪迷人的超现实主义微笑："别管他，让他歇着吧。"

"这就是你们的解释吗，中校？"劳力的声音从大喇叭里传出来，好像轧路机一样从我忐忑不安的心上轧过去了。

可怜的老家伙，我还是觉得有点对不起他，要是巴迪能早点发现普朗克之结的秘密，哪怕早上那么几顿饭的工夫，我们也绝不会碰他一个指头——谁愿意和这家伙融为一体呢，可是如今一切都晚了，即便我致以几万分的歉意，也不可能把那具和他相依为命了五十几个春秋的躯壳还给他了，瞧，战争就是这么残酷。

我知道这件事很离谱，要这些心高气傲的老头子、半老头子们接受这一残酷的现实肯定没那么容易，所以我把整件事原原本本做了一份报告（措辞严肃，尽量少用过分的形容词），不动声色地发送了过去，他们看了一定会暴跳如雷，恨不能把我和巴迪千刀万剐。然后他们会慢慢冷静下来，认识到这种不值得提倡的情绪对谁都没有好处，最后决定跟我们谈谈，而我么要做的就是耐心等待，把这件事儿了结。

"不管你们是否乐意相信，这就是真相。"反正他们奈何不了我，我的口气沉着得有些嚣张。

"好吧，"劳力的声音听起来那么疲惫，就好像被这场沉重的暴风雨打蔫巴了，一下子苍老了许多，当然这都是扯淡，因为他现在根本就是一堆 0 和 1 罢了。

此刻这堆 0 和 1 又开始蒙人了："你们说的情况引起了一些人的兴趣，他们认为这很有战略意义，所以决定对你们的失职行为不予追究。"

哦哟，我快爱死他们了！"失职行为"，多么严谨的措辞。

"上将先生，我想你们弄错了，我们不是来和你们谈判的，更不是来求得宽恕的。"

我越来越感到一种邪恶引发的强烈快感，不错，我早就渴望有机会这么干了——趾高气扬地冲着这班老混蛋放炮，这感觉一定没的说，反正我们现在坐在全宇宙最牛 b 的国平 1 号，处于量子防御状态，只要我们高兴，谁都找不到我们，所以我的底气更足了："作为一个和阴谋长久打交道的人，你不会指望我相信那套特赦的鬼话吧？就算你给我看总统先生亲自签发的特赦令——上帝保佑，他还在我的飞船上沉睡，平安无恙——我也有理由相信你们会用其他的手段毒害我们的。我们的经历也许让我们一时半会儿对你们来说还有点什么战略价值，但是，打住吧，老实说我已经受够了这一切！"

说着，我回头看了一眼巴迪，他正在张大嘴巴发愣。瞧，我也有让人吃惊的时候，这感觉妙极了，我还要继续下去："让你们的这场狗屎游戏见鬼去吧！你们要是不思悔改，早晚有一天也会被抛弃到那个一切都不存在的地方去的。而我，各位可敬的先生们，现在可不想再奉陪了。一句话，老子不跟你们玩儿了！"

长久的沉默。

狡猾老辣的劳力练就了临危不乱的本领，因此能够沉住气不慌乱，即使经过我的百般刺激，即使变成了一堆 0 和 1，他还能尽量冷静地问："那你们为什么还要冒险回来呢？就为了耀武扬威吗？"

"冒险？不，你错了，上将先生，一点都不冒险，首先我们在量子防御状态，而且，我在报告中说了，我们已经发现了随意出入普朗克之结的办法……"说到这，我停了一下，冲巴迪眨眨眼，然后继续我的精彩 Show Time①，"所以你们就省省心，根本别想报仇。不如多想想自己吧。我们回来是出于责任心：我得把总统先生和剩下的两位上将交还给你们，你们应该庆幸我方指挥层还没有全军覆没，完全有东山再起的可能。我曾经投过总统先生一票，所以叫他千万别生气，都是没办法的事儿。除此之外，我还有一个盒子，里面装着十几块方方正正的能量皂，乃是各位的精华，上面都标了名字，给你们做个纪念，我会在适当的时候寄给你们，请注意查收并千万保存好。最后，我很高兴有机会亲自对你说：劳力，你是个老混蛋，地地道道的老混蛋！不过我还是要请你原谅，真心实意地向你道歉，我把你给吃了，这是不符合我的本意的。对不起，上将，也许你将来能找到一副更适合你的躯壳，也许那时候你会尝试着做个不那么让人讨厌的人。另外，请代我向其他人致意，告诉他们，我非常、非常抱歉。就这么多了，永别了，各位。"

我已经如痴如醉了。

---

① show time：表演时刻。

四部半

那堆可怜的 0 和 1，除了喘息，一句话也没有。我关掉了话筒，结束了这一切。

巴迪已经目瞪口呆了："杰……杰克，这和我们当初计划的不一样。"

我们当初计划跟他们谈判，尽量争取和平地解决这个尴尬的问题。而这时我神采飞扬地告诉巴迪："我灵光一闪，改变主意了，好了，同志们，我们自由了！咳，飞船，我把你劫持了。"

"荣幸之至！"飞船高兴地说。

我从来没有感觉这么好过，我乐呵呵地问巴迪："如果你想回去，我可以找个港口停下来，你可以在那儿下船。"

巴迪微笑着摇摇头，然后兴致十足地问："以后我们怎么干，船长？"

"我想我们可以把飞船改装一下，包管谁都认不出来。以后可以去打家劫舍，或者给别人押镖，或者专门打击海盗劫富济贫，甚至去当雇佣兵，反正我们连洗劫难民船的事儿都干过了。没有啥可以担心的，宇宙这么大，世道这么乱，我们会如鱼得水的。飞船，你是最棒的，没什么干不了的对吧？"

"那还用说，船长！"飞船骄傲地回答。

巴迪望着舱外茫茫无边的世界，低着头，不住地笑，然后歪着头问我："杰克，从一上船，你就喜欢上这飞船了，对吧？"

他娘的，什么都逃不过他的眼睛！

"谁知道他们怎么想的，把这么响当当的好东西交给我。"我装作纯真无邪的样子摇头。

"因为你一向忠诚老实，规规矩矩从不越轨。正因为这个，他们觉得你可靠，所以你从一开始就计划好了，偷走飞船。"

"咳咳，"我咳嗽了一下，"别把我说得这么坏，我们干了那么多疯狂的事儿，可得好好反思一下。在普朗克之结的时候，受你启发，我更坚定了我的想法。总之，现在我们获得了新生。未来的路还很长，我们要共患难。"

"没错，我们永远是一条船上的。"飞船庄重地宣布。

巴迪善解人意地笑了笑，然后仿佛不经意地问："对了，你刚才说我们可以自由出入普朗克之结？"

"哦，那个，"我一边命令飞船做好出发的准备，一边心不在焉地说，"我在报告中是这么说的，不过是吓唬他们罢了。那种绝不可能发生的事儿，但愿别再发生。你当然知道我们不可能随心所欲地……"

巴迪神秘地一笑："你真的这么想？"

一个末世的故事

　　我妈年轻的时候对我爸说，就算全世界只剩下他一个男人，她也不会嫁给他。这句话深深地伤了我爸的心，他化悲愤为力量，发愤图强，终于成了一名空间常驻维修员，一个人守在几万英尺的高空，如愿以偿地远离人类，远离地球，远离我妈。

　　后来世界上只剩下我爸一个男人，我妈嫁给了他。

　　我爸在那间幽暗压抑的空间站和星星做伴的时候，在工作之余，全力以赴地增加对我妈的愤恨，发誓一辈子都不再爱女人。后来我爸回到了地面上，娶了我妈，因为那时候世界上只有她一个女人了。

　　他们别无选择。

　　在不远的过去，人类都没有意识到自己快要消亡了，因为这种盲目乐观，人们在灾难来临时毫无戒备。

　　失踪有条不紊地进行着。经过统计，消失的人包括如下类型：好好先生、泼皮无赖、英雄好汉、恶棍流氓、绝色美人、超级恐龙、世界巨富、街头乞丐……总之，只要有人的地方就有人消失，对所有人均一视同仁，体现了超乎善恶的公平原则。

　　人类为之苦恼了那么多年的人口问题有望得到根本性的解决。

上帝为之苦恼了那么多年的人类问题有望得到根本性的解决。

引起的恐慌不值得一提，不过是一场世界末日前的片刻混乱。

后来人们最喜欢谈论的就是，某某人今天"被弄没了"。这个短语结构简单，表意清楚，恰到好处。有人说，是上帝在进行清理工作。另一些人则认为，是外星人因为某种企图在绑架人类，比如说攫取劳动力。有些想象力丰富的作家认为，有些高级的文明正在把可爱的地球人接到更美好的异次元时空，去过一种更高尚的生活。当然，这种话因为太扯了，没人理会。

整个地球安静下来，大家停止了一切争斗，有史以来第一次也是最后一次地团结一心同仇敌忾，决心要阻止这种卑劣的行径。一切资源都动用起来为此服务，全地球都组织起来。世界各地都涌现出一批异常活跃的文学家，书写出累计几千万卷的充满了末世情绪和终极人文关怀的作品。这些人大部分很快就被弄没了，所以留下来许多未完成的千古绝唱。哲学家们分秒必争，在不知道自己哪天就没影儿了的恐慌下，迅速地建立了若干套新鲜的理论体系。所有的哲学和神学都不再关心人是怎么来的，而是致力于阐释人是怎么没的。当然，最务实最可敬的还是要属科学家们，他们联合起仅存的千千万万劳动者，以惊人的速度迅速建立起一套全球自服务生存系统（GSSS），以确保将来侥幸存活下来的人能够存活下去，把香火传宗接代发扬光大，以图人类文明的东山再起。

该项目完成的那一天，全球还剩下最后五十来个科学工作者，大家看着自己的杰作唏嘘不已感慨良多，直到此时人们才发现什么叫作团结一心排除万难五十个诸葛亮顶一百五十个臭皮匠，可惜这种感人的国际主义精神来得稍微晚了些，不然生活本可能更美好一些。

当晚，这些人中之杰决定彻夜不眠，非要看哪个朋友会不会在众目睽睽之下消失。

翌日晨，五十位人杰全部失踪。

此事引起当时全体人民的悲愤，大家对这种蔑视人类尊严的做法感到无比愤慨，经过商议，决定发起最后的抗议。于是仅存的一万来人都奉献出自己的隐私，甘愿让遍布各地的 GSSS 的摄像头全天候地关照自己，让系统记录下每个人的一分一秒，就算某些人没影儿了，总会有人留下来看到录像。

非要看看人究竟是怎么没的！

"死也要死个明白。"大家这么想。

于是，在某一刻，具体是哪一刻不太好说，一万来个人一下子全被弄没了。

生活是多么的残酷，最后总让人屈服。

等到世上只剩下一个男人和一个女人的时候，这场浩劫似乎停止了。至少他们都是正常死亡的，而不是被弄没的。

地球上还剩下一对男女，他们要面临的，应该说比当年的亚当和夏娃面临的，容易一些，毕竟还有个了不起的 GSSS 让他们衣食无忧。这么看起来，人类文明一息尚存，若要断点续传也并非绝无可能。

由于失踪呈现随机分布的特征，这造成了许多麻烦，像人事管理这种领域，遭遇了尤其可怕的灾难：一条命令从构思到发布到最后正确执行，几乎没啥可能。这个问题非常有趣，有待以后研究，在当时它造成的最不幸的事件之一是：由于管理混乱，我爸差点被遗忘在太空。要不是后来某个决策者在某个时候于某种场合因为某些原因意外地想起了某些事情然后发布了某条指令并且得到某种程度的正确执行，我爸必然将被即将灭亡的人类同胞抛弃在几万英尺的寒冷空间里和星星做伴。当然，要是那样的话，没准儿对他是种解脱。

总之，后来他回到地面了。

一出舱门，我爸就看见 GSSS 的那些自动机器——无人侦察机、无人采掘机、无人运输机、自动供热器、自动收割机、自动按摩机、自动汉堡包机以及诸如此类的玩意儿，在他身边若无其事地飞来飞去、不慌不忙地工作着。

没有鲜花和掌声，没有一个人在乎他。

放眼望去，普天之下，四海之内，一副安宁和谐的太平盛世模样。整个世界一点毛病都没有，只不过看不见一个人，那叫一个荒凉。

然后，我爸来到管理整个 GSSS 的巨型计算机前，颤抖着双唇问："告诉我，我是最后一个吗？"

计算机飞速地扫描着整个地球，然后低沉地回答说不是，他还有一位伴侣。

我爸找到了我妈，和她结婚了。

尽管他们曾经用最恶毒的语言互相伤害，但当世上仅仅剩下两个人的时候，他们意识到，彼此之间再也不可能分开。他们必须结合，这是一种义务和责任，也是一种灵魂深处的需要。

从那时候起，他们很少交谈，总是默默地对视，对所有事都能达成共识。他们生活在一起，这是上天的安排。

他们在乡下找了间破败的小教堂，穿戴整齐。没有人问他们问题，他们出神地盯着对面的十字架，说了两声："我愿意。"

借着 GSSS 的帮助和保护，他们在全世界漫游。从尼亚加拉大瀑布到非洲沙漠，从金字塔到长城，从卢浮宫到帝国大厦，他们有的是时间和精力，在空旷的地球上闲逛。

他们坐着自动驾驶的飞机，越过高山和大海，迎着万丈光芒，在云层中孤零零地飞翔。

这场漫长的蜜月悠闲极了，也悲伤极了。他们白天总是手牵着手，夜晚也互相抱着入睡，一刻也不能离开对方，生怕一眼照顾不到，再也不能看到另外一个身影。他们只愿意同生共亡，坚决不愿

四部半

一个人没影儿，丢下对方，面对无边的悲伤。

他们再没有别人可以依靠，彼此相依为命。

我妈生我之后，得了产后忧郁症。有一天她觉得不再需要我爸，于是趁他睡着时松开了许多年来一直握在一起的手，起身离开了。她走到很远的地方，割断了自己的动脉，静静躺下。

我爸找到了我妈，把她埋葬了。

从那时起，我爸变得很阴郁。他把我拉扯大，从来没有对我笑过，当然也并不凶。等我开始懂事了，能够自己去学习的时候，他忽然一夜间衰老得不成样子。他死的时候紧紧握着我的手，说他一生都没有真的恨过我妈，他爱她。

如今他们安息了，留下我一个人孤苦伶仃的。有时候我会想，也许是上帝不忍心见到人世间的怨恨，所以暂时请所有无关的人退场，单单留下我爸和我妈，让他们学会好好相处。

众神之战

他戴着一副银色边框的眼镜，看起来很斯文，一看就知道是个大骗子。不过，我还是决定严肃地对待他的话，换成别人，早把他当疯子了。

"这里安全么？"他多少有点紧张。

"我以国家安全局局长的名义保证，我们的对话不会有其他人听到。"

他点点头，上身向前倾了过来，眉毛邪恶地跳了一下："你说恐龙为什么会消失？"

我盯着他足足看了半分钟，除了墙上的挂钟在如此执着地嘀嗒嘀嗒走着以外，房间里的每样东西都在沉默。

他的眼中流露着挑逗般的兴奋，舔了一下嘴唇："玛雅文明哪里去了？"

我充分意识到了事态的严重性，脸色越发凝重："说下去。"

整个房间在挂钟不知疲倦的嘀嗒声和他紧张的叙述中度过了不安的半个小时。然后又是沉默的半分钟。

"你的意思是，"我终于开口，"冥王星上有一种叫'清道夫'的生物，他们在宇宙中扮演着或者自以为扮演着文明监督者的角色，一旦某个星球上的某种文明发展过度，造成文明自身的濒危，比如说出现能源耗竭、环境污染，他们就出面干涉了。因此，由于恐龙文明繁荣过剩，清道夫们就把恐龙的身体重新设计了，变成了现在的袋鼠，而玛雅人被改造成了蚂蚁……我没有理解错吧？"

"没错。"显然，他很高兴我如此认真地对待如此荒谬绝伦的事，因此打算对我透露得更多一些，"据我所知，金字塔是由蟑螂建造的，至于老鼠嘛，你知道复活节岛上的雕像吧……"

一想到那些被我们视为伟大奇迹的事物竟然和我们身边如此龌龊的东西联系在一起，我的鸡皮疙瘩顿时掉了一地，但我仍强压心中的亢奋和不平，故作平静地问："那么，您的意思是，如今轮到人类了吗？"

"不错。"他神情严肃，一点都不开玩笑，"你也许不相信，不管宇宙多么浩淼，凡是有文明的地方，就有清道夫的间谍。地球也不例外，这些间谍装扮成人，观察人类的活动，不时地向冥王星汇报，对局势作出评估。如今，他们认为，人类文明失去了控制，出现了不可自我恢复的危机，灾难可能殃及冥王星，必须出面干涉了。此刻，在冥王星上，清道夫们正在争执不休，他们将投票决定，究竟把人类改造成什么样子。"

"在冥王星也实行民主政治吗？"我满怀好奇地问。

"民主？"他的脸上闪过一丝不屑，"哼，他们不过是些暴徒罢了，狂妄自大、喜怒无常。他们说，地球上人与人之间彼此仇恨，互相杀戮……人类文明就要崩溃了，他们把地球人列为宇宙二级生态污染，决定进行消毒。有人提议把你们的身体缩小，变成像蚂蚁一类的群居生物，说不但能解决资源问题，而且，有利于你们的团结友爱，而重新嵌入生物链的人类将不再对地球构成威胁。"

我暗暗吃惊："他们真的这么认为？"

"借口罢了。"他一摆手，"他们每次发动袭击都有冠冕堂皇的理由，实际上他们才不在乎别的文明是不是真的有问题，只要他们不喜欢，就要改造。要我说，这次他们纯粹是报复。"

我大惊："报复！地球人什么时候做了对不起冥王星的事了？"

他笑眯眯地说："之前你们不是投过一次票么，说冥王星不配叫作行星么？"

我愣了："难道就为了这个？那不过是几个天文学家的一时冲动罢了。"

"然而，清道夫就是这样的，他们的自尊心太强，容不得别人瞧不起他们。"

外星人如此小肚鸡肠，令我深思良久，于是想起一个严肃的问题："那么，恐龙当初哪里得罪他们了呢？"

他一脸不耐烦："据说是因为R&B，那是当时那些傻大个儿们很喜欢的一种音乐，而清道夫极度痛恨这种不够严肃的小调儿，所以就找个借口把恐龙给改造成袋鼠了。我说，你别再提这些无聊的陈年往事了。你们已经大祸临头，我就是专程前来告诉你们这个消息的，希望你能排除偏见和疑心，尽快向上级汇报。"

然而，我的好奇心更加强烈了："这么说，您是从冥王星来的？"

他的脸色非常难堪了，皮里肉间流露出愤慨："难道你以为我是疯子么？"接着猛然从椅子上蹦起来，一把扔掉自己的银框眼镜，一时间他的形象似乎陡然变得高大，脸上泛起了淡淡的金色光辉，他的嗓音柔和悦耳：

> 愚蠢的人类啊，
> 说出我的身份将令你战栗，
> 自从不再恭敬众神，
> 你们就忘了自己的低贱
> 和神的尊容。
> 我就是那奥林匹斯山上的神灵啊，
> 当初你们把我们膜拜，
> 在我们脚下得到庇护。

四部半

如今牛羊都不再宰杀，

世间遍布着冤魂、虚妄和残忍，

而蒙难的众神，

早被你们遗忘。

失去了同伴的赫尔墨斯，

我独自忍受着孤独和异乡的寒冷，

只等有朝一日晨曦照亮昏暗的宇宙，

为我雪恨报仇。

这歌声如此美妙，我足足陶醉了一分钟，才醒悟过来："原来，奥林匹斯山上的众神也惨遭了毒手。清道夫为什么对你们不满？"

一说起这千年的旧痛，赫尔墨斯还咬牙切齿："他们说我们容易冲动。"

我没作评论，只是唏嘘不已，然后咂了咂嘴："请问，神的使者，伟大的赫尔墨斯，诸神之中，只剩下您一个了吗？"

冥王星的赫尔墨斯脸上的光辉渐渐消散，情绪也平静下来，他从地上捡起眼镜戴好，重新在我对面坐下来，又变成了之前的中年男人，眼中流动着滚滚怒火："不错，我们在和清道夫们的战争中打败了，所有的同伴都蒙受了耻辱，被改造了。只有我一个，早在战争之前就化装成清道夫，去了冥王星。"说到这儿，他脸上浮起恶狠狠的快意，"并非只有清道夫才会做间谍工作。诸神中我最狡猾多谋，因而担负起了这重任。这么多年来，我小心谨慎，步步深入，终于打入了他们的高层，掌握了许多核心机密，如今我亲自来给你们传信。请不要再疑惑，马上做好准备。"

"准备什么呢？"我的好奇心愈来愈强烈了，简直到了无法掩饰的地步，整件事实在是太刺激了。

"用于星际改造的设备也可以把被改造的文明重新改造回来，但那机器只能在投票结果产生之后才能启动，到时候我将制造混乱，趁机启动设备，然后……"赫尔墨斯的眼中闪现出希望的万丈光芒，"众神都将归来。"

"你是说，宙斯、赫拉、阿波罗、雅典娜……都将再度出现？"我小心翼翼地问。

"是的，而你们要准备迎接众神，用你们的力量，助我们一臂之力，一同击败清道夫，然后永享盛世。"

于是一幅杂糅着古希腊风情和后现代风格的图卷在我眼前展开：身上涂满橄榄油、手握斧钺钩叉的众神在天上大战外星人，地上一排排装满核弹的星际远程导弹剑拔弩张地对准冥王星，而遍布各处的老鼠、苍蝇、蟑螂……爬来爬去，必要的时候我们可以复活这些前辈们，作为我们的强大后援……考虑一下，如果把东方、西方的所有神明一起复活，那么将是何其壮观的一幅景象啊……

"你还在犹豫什么？"伟大的赫尔墨斯不满地质问我。

超现实主义的画卷收起来了，我立刻换上一脸的诚恳表明我的责任心："嗯，您知道，此事关系重大，在采取行动之前，我还要再问您几个问题，以充分掌握情况，才能作出最明智的决策。"

接下来，我极其严肃认真地询问了冥王星情况以及赫尔墨斯在那里是如何行动的，在诸如此类的每一个细节都弄清楚之后，我紧张地问："您知道，您所说的这一切都非常非常的重要，我想知道在此之前您是否跟其他任何什么人透露过这些？"

伟大的赫尔墨斯得意地告诉我："没有。这些情报太危险了，我只能亲自前来，透露给地球方面的高层。"

"很好，"我松了口气，如释重负，站起身给神的使者倒了一杯热腾腾的茶，"刚才忘了给您倒水了，实在是失敬。您大老远跑来，我代表地球方面向您表示最真诚的感激。您先喝杯茶，我这就向上级汇报。"

赫尔墨斯对我的态度非常满意。

我马上行动起来，按下电话上的一个呼叫键："玛丽，请叫史

四部半

密斯到我办公室来一下。"

眼下，局势明朗了，尽管我们的处境有些艰难，但是对于前景还是乐观的，彼此都很满意，利用这难得的片刻轻松，我顺口问了一句："那么，那些讨厌的鲇鱼们把奥林匹斯山上的神灵都变成了什么呢？"

赫尔墨斯愣了一下："怎么，你们从没有感觉到吗？虽然改变了外形，可是他们一直都在你们的身边，守护着你们啊，你们称之为最忠诚的伙伴。"

我愣了一下，随即笑了，真想不到，原来神灵就和我们朝夕相伴呢。赫尔墨斯低头喝茶，我微笑着看着他，从怀里摸出手枪，把他放倒了。

我刚把桌上的文件收拾好，史密斯就进来了。我指着对面瘫在座椅上呼呼大睡的赫尔墨斯对他说："这位先生很有趣，跟我说了些笑话，眼下累了，睡得正香，不过等他醒来，恐怕又要四处跟人说些荒谬绝伦的事了。你知道，这世界上总是有那么一些人，宣称自己是救世主什么的，所以你把他弄到专门照顾这类朋友的护理中心去吧。"

史密斯点点头。我锁好抽屉，拿上自己的钥匙，穿上大衣，走向门外的时候又回头嘱咐他："不过，以后要是还有类似的人要求见我，你还是一律放进来吧，我还是愿意和他们谈一谈的，这些人虽然大部分都太疯狂，不过没准儿真有一个说的是真的呢。"

我走出办公楼，外面阳光明媚，一点看不出世界末日的样子。街上有形形色色的人，正人君子、流氓无赖、名人政要、街头乞丐……一个个全都各怀鬼胎，谁都不会在乎地球是否已经到处充满了致命的毒素、千万人在挨饿、百万种生物灭绝着，谁都想不到在太阳系深处的一颗星球上正有一群鲇鱼要来把他们变成蚂蚁一样的虫子，更不会想到几千年、几万年前的事，他们需要的就是眼下这点温暖的阳光，来照亮他们短促黯淡的一生，就让他们这样稀里糊涂地死灭也没关系。

我回到家，"面包"听见我开门的声音，兴奋地冲过来，用头磨蹭着我的膝盖。锁上门，我颓然坐倒在沙发上。真是紧张刺激的一天，可以喘口气了。还有一大堆的工作等着我，但我会干得很棒的，绝对不比那个令人讨厌的奥林匹斯野人差。那些野蛮人容易冲动，什么事都做不好，惹人生厌，活该有此下场。不错，并非只有清道夫才会做间谍工作，我的手下里也能找到几个了不起的人才，只要时机一到，世界就会重新回到我们的手里，袋鼠们将再次站立，击败一切牛鬼蛇神，那将是傻大个儿的王朝。

"面包"冲我叫了两声，我微笑着递给它两块狗粮，它快乐地嚼了起来。我抚摸着它柔软的耳朵，愉快地哼起了 R&B 小调。

在我还是一个中学生的时候，科幻杂志上那些短小幽默的故事给我带来了许多乐趣。这些短篇，很少涉及严肃、宏大的问题，而更多只是用一个机智的点子让我们会心一笑，在笑声之后，往往随着我们的成长而被遗忘。尽管如此，只要有可能，我还是愿意多写一些这样会被很快遗忘的小故事，让读者在阅读的时候露出微笑，这是一种好看的表情，并且有益健康。

苍天在上

1

从前，日子平淡。有一天，天塌了，眼看着就要把我们都压扁。于是，我哥哥决定把天扛住，不让它掉下来。从此，他就这么顶天立地，过了一辈子。

天塌下来这件事，是 @ 王爷发现的，也就是我们的父亲。我们家祖上立过战功，世代为贵族，可是王爷是个斯文的人，对于政治生活没有兴趣，却喜欢整天研究星星，在天文学方面造诣极深。于是，皇上封他做天命官，负责夜观天象，预测时运，以便逢凶化吉，遇难成祥。

当时，朝廷里分成改革派和传统派，两派钩心斗角。由于王爷拥有对天命的解释权，所以两派都想拉他入伙。王爷无心权谋，在朝堂上从不轻易表态。可是，有时候，皇上被弄得焦头烂额，龙心大不悦的时候会忽然问："@ 爱卿，你以为如何呢？"

这时候，说什么都可能杀头，王爷就只好躬身："臣以为，天意难料，事在人为，古人云：知其不可为而为之……"然后东拉西扯地瞎编一通，最后总结，"……皇上英明神武，实乃苍生之幸，社稷之福……"皇上不耐烦地一摆手："Bullshit！"这么来上几次，皇上腻歪了，就不再理会王爷，把他晾在一边。

可是从某一天开始，各地出现了许多异象：农家鸡飞狗跳，河里鱼虾死掉，甚至有神龙现身、白狐夜奔、天外飞星、大树成精……总之整个世界都乱了套。起初，朝廷没当回事。后来，天上开始掉烧得通红的火流星了，这些东西像烧得发烫的铁疙瘩，有的巨如山丘，有的小如皮球，一律带着滚滚火焰，砸到地上，砸出许多坑，砸死了不少牲口，烧伤了好几千人。这时候，不论朝廷还是民间，都有点坐不住了。

目光就集中在王爷的身上了，于是王爷也严肃起来了，他用自己鼓捣出来的那套古怪玩意儿研究了好几个晚上，终于在一个雾气蒙蒙的早上，在朝堂上向众人展示了一张十几米长、好像彩虹似的布条，上面有些古怪的彩色细线。

大家面面相觑。

王爷躬身，开始解释："万物有灵，不让日月。天地微妙，苍生不宁。物有所感，人有所患。苍天有道，人可察之。繁星欲语，谁为知音？采其光辉，遵阴阳五行之理，循太极八卦之法，赋之形而彰天道，此谓之光谱也。"

大家沉默了一阵子，皇上很不耐烦，递了个眼色，旁边的太监就阴阳怪气地问："说普通话。"

王爷终于抬起头，意味深长地说："总之，天地是个球，光谱说明，它正在收缩。这意思是，早晚有一天，天会塌下来的。"王爷镇定自若，神色从容。

要是在太平盛世，老爹说这种话，是没什么关系的，大家最多觉得他疯了。可是，当时所有的迹象都表明，这句话很可能是正确的。所以，皇上登时龙颜大怒，拍案而起，立刻就吩咐左右，把王爷拿下了，然后投进地牢，罪名是妖言惑众。

不过，尽管官方竭力封锁消息，王爷的妖言还是迅速地从宫廷流传到了民间。一时间，人心惶惶，百姓们想不到这样的天灾都被自己赶上了，不知道如何是好。江湖上冒出许多骗子，趁着人心大乱的时候兜售他们的狗皮膏药，说是在脑门上贴一帖，就可以入火不热入水不溽大道无形什么的，或者吃了大力金刚丸就可以有金刚不坏之身天塌都可以戳个窟窿。有些学术骗子也纷纷著书立作，说天有三千丈之厚，外强而内干，混沌充塞于中，轻盈而柔韧什么的，说得好像天上掉下来个大馅饼似的。最严重的是，一批眼光短浅的地方豪强趁机作乱，说什么天有道君不仁，所以上天动怒，要压下来覆灭苍生，所以要造反替天行道什么的。结果皇上盛怒，亲自带兵东征西讨，杀得叛军片甲不留，捎带着搞了点生灵涂炭。结果，天还没塌，地上已经鸡犬之声不闻，一片荒芜了。

所有这些，都是因为王爷的一句话而已。

因此，皇上非常、非常恼怒，下令要把我们满门抄斩。按说，我们世代为贵，颇有些有权有势的世交，即便他们不肯出来说话，民间也该有些豪侠之士，挺身而出打抱不平，但是当时人人都难自保，更不用说替我们家出头了，所以我们一点都不寄希望于有人拔刀相助。王爷早在当众宣布天塌这件事的前一夜就让我们一家老老小小化装成买卖人连夜逃出王府。所以，官差来拿人的时候，王府已经上下一空，而此时我们早已逃往深山老林，寻觅我哥哥去了。

2

我哥哥叫 Ugnap，是王爷的长子，肩负着继承爵位、光宗耀祖的重任。谁知，他出生后就不停地猛长，长到正常人的体形时还是没有停下来的意思，还一直长下去，超过了最强悍的武士，又一路长下去。这时候大家就知道，他是个"鹰熊"。

据说，我们每个人身上都有流着一点鹰熊的血。每一万年左右，或者大灾大难降临时，我们当中就会出现一个鹰熊，他会扭转乾坤，带领我们走向幸福生活。

鹰熊是传说中上古时代的一个种族，体硕无比，曾和我们人类血拼过，后来被我们用和番的策略给制服最后同化掉了。关于他们，流传着许多传说，但由于年代过于久远，基本已经没人相信了。对于我哥哥，有人说他是个福星，有人觉得是个灾星。对于这些偏见，王爷倒是不屑一顾，他说所谓鹰熊，不过就是人体的某种"基因"——这是他发明的新词之一——在某个人身上偶尔得到表现而已。

不管怎样，U 已经不算是一个正常人了，鹰熊的命运在他和世俗生活之间架起一道天堑，所以继承爵位的就只可能是王爷的次子，也就是我了。

他们说我出生之后，号啕大哭，哭得爸妈束手无策，这时候大家忽然听见一阵阵雷声滚滚，接着房子开始乱颤，整个京城都在摇晃。大家躲进自己屋里关门闭户，然后一个巨人喘着粗气几步从郊区迈进都城，来到我家上空，巨人硕大的身躯给京城投下了一抹浓重的阴影，那颗硕大的头颅在高空中盘旋了一阵，缓缓低下来，凝望着我。据说我立刻就不哭了，瞪大眼睛望着我哥哥，张着嘴巴，一声不吭，口水都流出来了。

这件事惊动了朝廷，皇上特别派人来慰问并调查。为了免去麻烦，我哥哥从此离开了家，去了深山之中，和山里的鸟兽以及庙里的和尚交上了朋友，在那里住得怡然自得。尽管他是个庞然大物，可是大家并不害怕他。

每到夏天，我去山里避暑，成天和哥哥一起混。他打一个喷嚏就会山摇地动，跟打雷一样，可是从没有伤害过任何人，走路的时候也很稳当，一步一个脚印、一个脚印一个窝，不会随意践踏什么。我喜欢坐在他的肩膀上，让他载着我跨过崇山峻岭，听着他轰隆轰轰隆隆的脚步声，在起伏跌宕中，俯瞰着大地上一个个巨大的脚印。

每次他感觉鼻子发痒要打喷嚏时，就会马上双脚牢牢站稳，然后抬起一只毛茸茸的大手把我罩住，接着仰望苍天，随后是一声惊世骇俗的喷嚏，虽然周围的高山都震得直抖，森林里的小鸟惊得乱飞，但是我却安然无恙。

尽管如此，大家还是对我哥哥心存畏戒。尤其是朝廷方面，总觉得有块心病似的。这也可以理解：对鹰熊来说，凡人的刀枪棍棒不过就是针头线脑一类的玩意儿。这样一种存在，总归带有很浓重的不确定性。所以皇上秘密组建了一支三百人的特种部队，进行反鹰熊安全训练，并且在我哥哥出没的山区附近安插了许多暗探，密切关注着他的行踪。密探都是轻功高手，个个飞身如燕，时间一长，我哥哥就知道这些一蹿一蹿的人形动物是探子，于是就放慢速度、缩小步伐，免得跟踪他的人太辛苦。他知道，吃皇粮的人日子也不好过，大家都不容易，最好互相体谅。一来二去，他和那些密探彼此之间也成了朋友，相处得还比较愉快，闲来无事，还坐在一起唠会儿闲嗑。

当然，自从超过正常人的体形之后，哥哥就开始学习接受自己的命运了，所以就再也没有说过话。因此，所谓唠嗑，就是别人在那儿说来说去，哥哥就坐在那儿，像山一样沉默。

有一天，一个要好的密探说："U啊，皇上把王爷抓起来了，还要抄你们家嘞。"

U抬头仰望着灰蒙蒙的天空，长叹了一声。山林之间，久久回荡着一阵哀鸣。

3

我们找到U的时候，正是深秋，山林里落叶满地。天上时不时地掉些火流星，山里经常燃起熊熊大火，烧死了许多飞禽走兽。空气中弥漫着一股烧焦皮毛的煳味和肉香的混合气息，飘进我们藏身的山洞中，引得我们想入非非。我们一家早就厌倦了 U 从外面摘来的酸溜溜的野果，这时候实在按捺不住，就跑出去，在大火刚刚熄灭的一片焦土上，围着那些被烧死的禽兽，直流口水。我叔叔 idgnaUh 胆子最大，他第一个小心撕开那层烤焦的皮，露出里面热腾腾的白肉……

从那时起，我们学会把肉弄熟了吃（由于营养一下子跟上去了，而且也不再怎么犯肠胃病了，所以全民的健康状况顿时改观，尤其是新出生的一代人，虽然比鹰熊还差很多，但是普遍生得人高马大，人格也比较高尚一些，明显的与众不同了，因此被学术界称为新人类、"熟食后"。就是这批人，将在日后由我哥哥 U 发起的逆天行动中发挥不可估量的作用，当然这都是后话）。

那是哀鸿遍野的日子。野兽般的热浪烧灼着生灵，火光映红了天，招来滚滚浓云，刀剑般的闪电淬炼了地，世界在忽冷忽热中膨胀、收缩、破裂。

我们一家老小躲在山洞里欣赏着末日的美景，与此同时，U 正大步流星地从京城里赶回来，肩上坐着他刚从地牢里拯救出来的 @ 王爷，身后是一支三百人的皇家特种部队在穷追不舍。皇上特意重金聘请了西域荒蛮民族的法师，他们祖传下来对付鹰熊的系统方案，从战略到战术以及具体工具，都有详细的指导。作为受过训练的专业人士，特种部队配备了精良的防撞击铠甲和主要用于给鹰熊放血以便令其血尽人亡的追魂弩。好在 U 穿了一身银色铠甲，这乃是鹰熊族遗留的宝物，是山林里的老和尚送给他的。不过，虽然保护了要害，U 还是在逃亡的过程中负了伤。绿色的鲜血从他那庞大的身躯里流淌出来，染绿了他的盔甲，呼吸也越来越沉重，而皇家部队还在穷追不舍。

U 无心纠缠，他忍着疼痛，大步飞奔，一手护住王爷，一手用力挥扫，荡平一切阻碍。大地嗡嗡作响，天上偶尔飞下来一两颗流星，也被他一手拨开。

终于，到了我们藏身的地方，U 把王爷轻轻放在地上，等候多时的我们急忙把身着囚服、胡子拉碴、头发凌乱、身体虚弱的王爷抬起来，躲到迷宫似的山洞深处了。

对于后来的事，我们没有亲见，只是在许多年后根据不同的传说辨别归纳总结出来的：U 放下王爷后，马上掉转头，迈了几步，迎上刚刚被他甩下而依旧穷追不舍的皇家部队。双方之间进行了一场大约是惊心动魄十分惨烈的搏斗后，U 寡不敌众，身负重伤后被活捉了。

所以，整件事就是一次置换反应：U 救出了王爷，自己被关了起来。

4

索加高，是"接近天空的大山"之意。

U 身负着粗重钢索，脚踏着万年冰川，被绑在那里。天上飞来的火流星断断续续地撞击着他的胸膛，烧灼着他的血肉，U 惨叫一声，开始在地上翻滚，冰雪压灭了身上的火，刺痛着他的神经，U 倒在地上，呼出来的气息化成一股股白色的水汽，和他的哀鸣飘绕在山巅上，久久回荡。

他们说，为了平息天帝的怒火，必须用鹰熊祭祀。

为了让 U 来为我们赎罪，朝廷每天都猎杀一只犸猛象，派人送到索加高山上，丢在 U 身旁。U 没有拒绝，一句话不说地吃掉了。

在那些日子里，U 受了多少罪，世人无法想象。我们自己仍旧躲在山洞里。尽管皇上的主要目的是抓 U，可是我们还是不敢离开山林。日子久了，我便发现住在山洞的妙处了：这里冬暖夏凉，大小洞穴互相套嵌，别有洞天，可远比王府好玩得多，现在世道大乱，我就不必上私塾，读些了无生趣的经书。很多时候，我就在柳暗花明的洞穴里跑来跑去，拿着画笔，在岩壁上涂抹，根据我的回忆和想象，画满了我哥哥的画像：画他在山林里打盹儿，画他在皇都大战群雄，画他在崇山峻岭中疾走，画他在烈火与暴雨中扫荡牛鬼蛇神，画他在冰天雪地里挣扎，画他微笑，画他号叫，画他的喜怒哀乐，画真实的传说的虚构的一切……我年纪太小，他们都不让我自己出去闯荡，所以我只能在艺术中寻找安慰，日渐分不清究竟哪些是可信的事实哪些又是我纯粹的杜撰，我顾不得这些了，只是没完没了地把我对哥哥的想念涂在冰凉、冰凉的石头上。

说我们住在山林中，有点不准确，因为春秋易时，山里面的树木都已经烧得差不多了，新长出来的不再是高大的乔木，而是低矮的灌木。白天的天空也是混沌的，有时一阵狂风骤起，飞沙走石，天地间充塞了灰与土，地上的落叶枯木却无端地自己烧起来。有时又下起灰色的暴雨，洪水泛滥，汹涌地把泥土和尸骨冲刷掉一层又一层，大地上到处都是泥泞，整个世界变成了一个沼泽，一切生与死在里面沉沦。月朗星稀的夜晚，天空不如以前澄明了，月亮的个头倒是更大、更圆了，朦朦胧胧地朝我们缓缓靠近，由于它越来越像一张逐渐摊开的面饼，所以我们后来叫它"饼月"。

王爷身体恢复后，便每日背一袋干粮，披一件雨衣，拄一根松木拐杖，到深山里游走，一去就是一整天，晚上回来后就把白天所见所思写到我们逃命时带来的丝绢上。我们对此早已习惯了，谁都不拦他。王爷在深山里仰视苍天，俯看大地，察日月之理，窥死生之道，理阴阳之机，醉心其中，颇得其乐。我们最后一次看见他的时候，他正在自己的洞穴里，伏案冥思，眉头紧锁，然后忽然顿悟，自言自语地说："天正塌下来呢，写这又有什么用呢。"说完就扔下笔，倒头睡去。

四部半

天蒙蒙亮的时候，王爷已经不知去向了。

5

王爷来到索加高山时，发现许多人正在这里大兴土木，铸就一个地下世界。

那段时期，对于生民们来说非常艰难，世界各地都爆发了大规模的自然灾害。群星闪烁不定，许多晶莹剔透的大冰球炮弹一样掉下来，划过天际时化作云雾，蒸腾缭绕，不久就普降大雨，如天河决堤，浩浩荡荡，滚滚而来，涤荡尘世。大水冻结成冰，九州大地，一片茫茫，寒气刺骨。天下动荡不宁，老百姓们估计了一下，琢磨着这回应该是所谓的世界末日了。大家觉得，既然时日无多，不如抓紧时间享乐，等到天地毁灭了，也好对自己有个交代。这样一来，对于什么朝廷不朝廷的东西，谁都不怎么在乎了。看见这种局面，皇上也想开了：这天下已然不是自个儿的了，老天爷爱怎么折腾怎么折腾吧。于是把那些宣称天不变道亦不变的马屁大臣统统轰走，自己带上几个忠贞不渝的爱妃，去往深山老林中享受清福去了。换句话说，由于人们的世界观发生了飞跃性的巨变，导致了封建王权的骤然崩溃，我们进入了无政府主义的新阶段了。

王爷身披兽皮，带着干粮和水壶，揣着火镰，跋山涉水。一路上满是废园荒冢，尸骨遍地，偶尔也能碰见几个死心眼儿的强盗，王爷把所剩不多的干粮都散发给他们，叫大家各自回家，老老实实地等着宇宙毁灭。有人把他当作疯子，有人把他当作先知，对于他所宣扬的末世理论，大家听了都非常着迷，所以渐渐地有许多人开始把王爷视为布道者，从思想上追随着他。因此来到索加高山脚下的时候，王爷在民间已经非常的小有名气了，尽管已满脸风霜，一身瘦骨。假如他打算自封为圣人，相信一定有许多人拥戴，不过他有更重要的事要思考，来不及考虑革命的事。

而在王爷与 U 完成索加高山胜利会师之前，U 也熬过了一段艰难的日子。守卫们早已回家找自己的老婆孩子，没人顾得上他，因此 U 常常一连几天吃不到东西，只能趴在地上吃点积雪。积雪这种东西，吃起来虽然爽口，但是咽下去很不舒服，空腹饮用的时候又很伤胃。所以饿急了的话，U 就随手捞起一把冰雪，然后站起身，紧张地盯着如糨糊一般混沌的天空，等一颗火流星从天上划过的时候，就一把从空中抓下来。那火流星在他巨轮一样的大手里滋滋冒起了青烟，由于外冷内热就爆裂了。U 一把扔进嘴里，咯吱咯吱地嚼了起来，像嚼爆米花一样。

根据以上的情形，我们认为，鹰熊的肠胃具有非常可观的潜力，他们能在非常时期从非常物体中提取出能量来，这可能是由于鹰熊注定要完成某些伟业，所以假如我们发现他们的消化系统能够进行核反应，也没什么惊奇的。当然有时候 U 把它们吃下去，仅仅是因为那个鬼地方实在太冷，需要一点热量温暖一下胸膛。

总之，他把流星嚼碎了，吞了下去，肚子里充实起来。于是，U 感觉自己又充满了力量，这力量与生俱来，不论是谁赐予的，都不能白白浪费，所以他张大嘴巴，怒吼起来，身上粗重的钢索也跟着哗啦啦地响着，五岳百川在吼声中微微震荡着，偶尔有一两座山峰，因为刚好和 U 的吼声发生了共鸣，便噼里啪啦地炸开了花。

发泄完澎湃的激情之后，U 心满意足地闭上眼，打起了盹儿。

6

准确地讲，天不是在塌下来，而是"收下来"。这两种说法存在着差异：假如只是前者，那么我们可以考虑在地上挖洞，只要我们遵循工程力学的原理，就能够保证在地下开辟出一个新世界而

四部半

不会出现灾难性塌方的局面。等到天掉在地上之后，大不了开辟一个穴居文明的新时代；如果是后一种情况，则我们就可以省很多麻烦，只要耐心等待星星都砸到我们脑袋上然后壮烈就行了，这之前做什么都是徒劳的，所有的一切都将收缩成一个点，那时候什么都留不下，只留下这么一个点，我们大家都得挤在这个点里，要说那种生活吧，挤是挤了点，不过也算得上很充实，倒也没什么可惜的。

这就是我父亲 @ 王爷的看法。那个天下大同的终极世界里面究竟是一团烈火还是一片虚无，王爷没有给出任何描述，因为只有一个点了，连语言都没有了，所以也就没有描述，只有一个无限充实的点，仅此。

这种见地实在太高妙，我们大家都理解不了。而民间则自有别一种想法：天掉下来之后，第一个砸到谁身上呢？

于是，凡有几分头脑的人民大众就开始千里迢迢地举家迁移，来到索加高山脚下，挖起了地洞，这样就算天塌下来，也可以指望 U 先顶一阵子，让大家多玩几个时辰。

以索加高为中心，慢慢形成了一个新的村落。村民们热火朝天地向地下开掘着，镂刻出一个新的世界。

而此时，U 蹲守在索加高山峰的冰雪间，陷入了困境：如果他继续待在这里，就会有越来越多的人涌向此地，挖出数不清的地洞，而他又不能指望老百姓在末世大恐慌中还温文尔雅通情达理，以科学的精神和严谨来对地洞工程进行合理的设计和布局，其结果可能就是天还没有塌，地就已经陷了。另一方面，如果他离开，必然会极大地挫伤群众的积极性，对大伙的最后一线希望造成致命的打击，甚至可能会有千万百姓拖家带口跟随他迁移，而事到如今，在这个精神错乱的宇宙里，走到哪里都是一样的苦闷。U 当然从没有想过要给人希望——他并非有意长得这么高、这么大，但是不论他愿意与否，如今他成了人们的精神寄托，而将这希望彻底泯灭太残酷了点。U 左右为难。

正当此时，@ 王爷拄着一根拐棍，顶着风雪，走来了。

根据后来的事情，我们推测王爷和 U 进行了一番交流。这意思是，可能王爷一个人在那儿说了许多昏话，而 U 用沉默来回答。

"儿子，世界就要毁灭了。"

U 抬起头，仰望着苍天。天是灰色的，看不见很远的东西。

"咱们说到底还是要死的。"王爷叹了口气，"花草、鱼虫、鸟兽，这些都是要死的，这是免不了的。而这一回，不但活着的，就连死着的，都要死了。我在山林里查看过了，泥土、石头、尸骨都衰朽了……就连星星、月亮，你看它们正在靠过来……"王爷一指天上，"日月星辰早晚也要死了。这一回，可是连整个宇宙都要死了。"说完，王爷的眼神哀伤了。"也许将来还会有新的生，但是在那之前我们都已经死完了。"

U 既没有点头，也没有摇头，只面无表情地坐着。

王爷于是自顾自地说："逆天的事，总难成功。宇宙都在收缩，我们自己就是宇宙的一部分，我们自己也在收缩啊，又怎么能跳出来对抗呢？"

于是就都沉默了。

直到天色又浑浊了一分，山色又苍茫了一点，王爷仿佛终于想通了："不过，这也或许就是你的命运，这件事你非干不可，不管你情不情愿。反正，我们也没有别的事可做，无聊得很，所以，我去找人帮你吧。"说完站起身，下了山。

7

王爷下山之后，招募了一大群热血青年，就是吃着熟肉长大的新人类，成立了逆天会，他们去了世界上另外五座最高的山峰，在那里叮叮当当修建起了五座"擎天柱"。王爷说，既然宇宙是个球，就必须支起六根柱子，才能基本把天扛住。原来，王爷当年在丝绢上写的就是擎天柱的设计图。这些巨柱用一种叫作"石钢金"的矿石建造。当时，差不多全世界不甘屈服的年轻人都行动起来了，大家干劲十足，轮番上阵，全凭一身傲骨和凌云豪气，终于赶在天塌下来之前完成了这项浩大的工程。

王爷还在民间创立了逆天神教，亲任领袖，负责稳定恐慌时代的精神风貌。同时成立的还有全球地下工程课题组，负责设计和管理全世界的人口迁移工作，科学合理地引导大家向六大"避难地"迁徙并规划地下开发工作。为了配合各方面的工作，还要成立粮食生产筹备委员会、赈灾同舟共济会、世界卫生防疫工作组、全球文艺巡演团、避难地联邦维和部队等等等等。总之，王爷利用他在民间的号召力，把六大避难区的人民紧密团结在了一起，为了迎接末日的到来而进行了艰苦卓绝的奋斗。

没有一件事能够阻止天塌下来。

当天压倒 U 擎起的手掌和另外五根擎天柱时，我们所有人跪倒在地，膜拜苍天。

当我叩拜完毕，抬起头的时候，终于又看到了我的哥哥。由于长时间的营养不良，U 变得细长细长。尽管他脚下就有一个志愿者组成的伙食班，专门负责给他弄吃的，可是地上的动物剩下不多了。起初，天上还会掉下一些来不知名的死掉的外星怪兽，伙食班的人就坐着滑轮，升到 U 的肩膀附近，把捣碎的肉喂给他。不过 U 吃了之后有点消化不良，肚子叽里咕噜地乱叫，加上没日没夜地扛着压下来的天，消耗很多能量，于是就细长起来了。

这时候，宇宙的边界贴着 U 的头顶，四周无比的压抑，就像暴雨来临之前的沉闷。

宇宙中那些原本遥不可及的神秘存在，来不及和我们问好，便被压成了平凡的尘埃。牛奶般的银河，化作迷雾般灰色的云，缭绕在 U 的身边，仿佛一条缠绕起来的腰带。而原来被我们神一般供奉着的日月，早已经变成了皮球大小的石块，一头砸到了地心深处去了。

不过这没什么关系，尽管天是浑浊的，但却如五色的油彩，在 U 的头顶流动着，诉说着什么秘密，我们就在这斑斓的光芒下，匍匐前进。

我们没有察觉到自己何时何地如何变小了。

人在苍穹下，岂能不低头。我们自然而然地俯下了身，开始在地上爬行，以便让这个世界更开阔一些。这件事印证了王爷关于生物退化论的学说：既然宇宙最终将归于"一"，那么生物必然由高级向低级退化、从陆生退守到海洋、从直立行走向爬行、从脊椎向无脊椎、从多细胞向单细胞……总之，从一切复杂向单一过渡。表面上看，这是一种退化，实际上却符合宇宙的精神发展趋势，因此退化就是一种进化……

为此，王爷组织了许多"退化三日速成班"，号召大家学习他发明的"退化操"。退化操的基本原理就是尽可能不使用身体上一切器官，使之萎缩退化，最后从躯干上甩掉太张扬浮夸的器官，只剩下最朴素最基本的生存需要，然后在地上爬行，努力实现天人合一。

于是我们就像蚂蚁一样，静悄悄地爬啊爬，布满了大地，寻找着一些可能咀嚼的东西咀嚼，咽下所有可能吸收的部分，然后继续寻找，盲目地在地下搜刮着，慢悠悠地挪动着。狂风肆虐的时候，我们耐心地等着神灵的暴怒停息下来，然后从厚厚的尘土中再次探出脑袋，睁眼看看这迷糊的世界，热情地交配，努力地繁衍着后代，就这样毫无目的地活着。当然，根据王爷的理论，有一天我们会进化（退化）出无性繁殖的功能，最后我们连繁殖都不需要，只要像一块石头一样一动不动即可。

偶尔，雷鸣震动了天地，闪电瞬间照彻了寰宇，有几片梦的碎片浮出水面，于是我猛然醒来，暴雨正打在我的头上。

四部半

8

宇宙终结前的最后一场暴雨，冲毁了地下城，大规模的塌方造成千万蚁人的惨死和无家可归，幸存者们来到地面，看见一个奇怪的物体，正在那里支撑着天地，由于长期生活在黑暗中——太阳已入土为安——大家难免患上了健忘症，所以都搞不清楚是怎么回事了，其实这个物体就是U。

U矗立在灰色的暴雨中，扛着苍天，雨水顺着他削长的身体流淌下来，在他的脚下汇成一股细小的水流，带着他的气息在地上悄悄地流淌着。

我在泥泞之中嗅到了U的味道，于是顺着水流一路爬过千沟百壑，穿过充满困惑、正议论纷纷的人群，穿过无数个日日夜夜，来到U的脚下，顺着他的身体爬上去，就像很多年前一样，我又坐在了哥哥的肩上。

这时候，应该承认，我们已经进化（退化）到了蒙昧时代，于是关于如何看待U这件事，民间出现了争议。"小乘拯救派"宣称，面前这个人就是传说中能够带领我们走出苦难的"亚赛弥"，于是他们把U当成了神明，全都跪倒在地，山呼万岁。"大乘拯救派"则认为，眼前这个事物并不是"亚赛弥"本身，而是它在尘世中的象征物，因此应该超越这个象征物直接和神沟通，所以他们开始盘坐在泥坑里，闭目冥思。自救派的人干脆宣称U乃是神所赐予我们的方舟，神的选民可以坐着这方舟度过一切苦厄，最后开辟新世界，因此他们计划到U的身上来定居。

除了以上三大派别，还有些其他乱七八糟的宗教，甚至有的邪恶教派认为毁灭才是正道，一切有碍于这个光荣前途的都要摧毁，包括这个撑着天的大家伙。这个教派是由@创建的，之所以说是@而不是@王爷，乃是因为他身体力行了自己的信条，已经快要

退化成一个形似 @ 的螺旋状藻类植物了，很难说这就是我们的父亲。@ 这一派的主张由于遭到了其他几大教派的联合打击，所以一直没有发展起来，但是 @ 不死心，还在阴魂不散地四处漂浮着。

各教派之间冲突和流血事件在泥泞的大地上不断上演着，后来大批狂热的信徒们为了他们的信仰牺牲了，大地上安静下来，只留下一排排大大小小的 U 的神像。

对于这些，U 都没有吭声。眼下他一点别的选择也没有，除了扛下去，还是扛下去。大雨下个不停，我坐在他肩头，看着他默默矗立，扛着苍天，日复一日地消瘦下去，可是我沉默着，因为我早已忘记了语言。

9

关于 U 的事迹，如今可以在各地的图书馆里查到，在此我只对一件事做出补充。

当时，U 的肠胃变得非常厉害，简直可以说是什么都能招待，不论天上的洪水还是远方的星辰，凡是经过他身边的，他都吃得下。我很怀疑他能不能分辨味道，反正他是一概都吞下去了，竟然支撑了那么久，可见鹰熊生命的顽强。根据这种趋势，长此以往，也许整个世界都要被他吃掉了。于是 U 再次陷入了困境：一方面，他如今只能扛下去，假如突然撒手不干，那么他之前的行动都变得毫无意义；另一方面，他如果要干下去，又必须遵守能量守恒定律，因此需要不断地吞吃世界，然后抵抗上天，这样一来，U 可能变成一台质能转化器，把物质世界转变成能量世界。结果是，不论怎样，世界都会被摧毁。

这件事不仅具有形而上的理论灾难性，而且具有形而下的现实紧迫性。局势在擎天柱折断后变得尤为严峻。

当时我刚顺着 U 的手臂爬了上去，穿过了层层缭绕的云雾，第一次摸到了天，正兴奋得不得了，U 的肩膀就忽然抖了一下，滚石般的汗珠从他的额头渗出来。我慌忙地爬到地上，离开 U 支撑起的那个圆锥似的世界，穿越幽冥的大地，爬过粥一样浓稠的空气，吃力地奔跑着，如同逆湍流而上，来到一号避难地。

那里的天黑漆漆的，中央却是一片蠕动的暗红色。那根擎天柱正在坍塌，柱体崩裂的声音庄严而又悦耳，肃穆而又感人，顶端却依旧顶着天空，那片暗红色扩大了一层，仿佛是天被刺破了而流出来的血。地上远远近近地分散着几处深浅不一的水洼，里面是在这里苟延残喘的族群，它们已经被压成了细小的鱼儿。正等着世界灭亡，化为齑粉。

我连滚带爬，摸索到了 U 的鼻子上，用细小柔嫩的触须比画画，告诉他东边的天已经塌了。

U 的眉毛皱了起来，似乎在思考我的话，额头上又冒出一颗汗珠来。这时天越来越沉，圆锥世界越来越收紧，这件事最紧迫的后果就是 U 的胃口也越来越大。雨季结束后，大地开始干燥起来，U 就靠尘土过日。

在学理上，这件事可以给出如下根据：水火、寒暑、冷热、好坏、是非……一切对立的事物越来越融合成同一个东西，早晚有一天，天地也要融合到一起，连阴阳都没有了，如果王爷还在——如今他已经变成一个纯粹抽象的符号 @，以电磁波的形式在宇宙中四处飘荡——也许会说那就是道吧。不管怎样，既然众多的事物统统变成了尘土，那么一粒尘土中也就包容着许许多多不可言说的复杂。你可以在尘土中找到油盐酱醋、酸甜苦辣、坚硬柔软、美丽丑恶、轻盈凝重、真诚虚假、理智疯狂……全凭你的所需，当然也就既有营养和水分，也有毒素和废渣。

所以，当 U 感到饥饿的时候，他就会深深地呼出一口气，这气流沿着他的身体流下来，在地上搅动出一场狂风，刮起地表那些松动的灰土，然后又深吸一口气，于是卷起一股充塞宇宙的沙尘暴，舞动的巨龙从地上盘旋而起，钻进U的鼻子里。一切平静之后，大地薄了一层，而U的饥饿也稍微得到了缓解。

　　见识过沧海桑田之后，我对生活也有了自己的看法，据我看来，凡事都有自己的宿命：天的宿命就是要压垮U，U的宿命就是不让它压垮，它们俩相依为命，彼此对抗，既互相憎恨，又互相喜爱。但是U越来越虚弱，他的力量大不如从前。饥饿困扰着他，而那些尘埃既能吃又有毒，它们腐蚀了U的身体。他吃得越多，就越无力，于是吃得更多，结果就是，他要么毁灭自己所保护的东西，要么自己先被毁灭……

　　因此，当最后几根擎天柱同时碎裂、那五个锥形的世界都被熨平、不但头上的天而且脚下的大地也从另一侧开始压过来，或者说大地也成了苍天、天地已兼爱无等差、整个宇宙变成一个长条的蛋，U就在中间支撑着不让它们最后收缩成不可言说的一点、世界只有U的半个身子那么高的时候，U决定最后一搏。

　　我没有劝他。我想，U和天靠得这么紧密、挨得这么长久，也许早就已经洞察了天机，甚至于从他成长为鹰熊的那一天，就明白了天意，所以他才一直沉默着，因为天机是不可泄露的。天意虽然可能不能更改，但是我们自己就是天的一部分，所以假如我们要逆天，这本身也不是没有天理的事，所以假如他成功了，那么天意就是这世界得救，会有新的生，会有海阔天空，我们都要努力活下去，并且把U忘掉……一旦他失败了，那么，天意就是无保留地毁灭。

　　多少年来，U第一次弯下腰，天地于是趁势收缩了。

　　U蹲在天地中，用背顶着天，抬起那皮包骨的大手轻轻拍了拍我，于是我抓紧了U肩上的骨头，最后抬头看了他一眼。那细棍似的身体，突出的颧骨，惨淡的面颊努力地冲我笑了笑，然后闭上了眼。他喘了口气，双手重新放到天上。

后来发生的一切，我都没有亲眼看到。我紧闭着眼，想象着U的身体如山岳一样起伏着，他努力呼出了胸腔中的每一口气，接着，开始吸气，暴风开始了。大地在动荡中分崩离析，碎裂成层层叠叠的灰土，漫天漫地飞扬，随着暴风，一股股地被吸进了U的身体里。然后，U的五脏六腑都开始雷动，千万事物都在他的心胸中了，他消融着它们，吸收着它们，安慰着它们，它们在他的血里融化，随着他的血在他的体内奔流、沸腾，最后成了他的血和肉。于是，U的身体开始膨胀、膨胀、膨胀……在膨胀中，是他一生中最辉煌的力量。

U爆发出一声旷世的怒吼，奋力站了起来。

徒劳地停滞了片刻后，天地开始慢慢分离。距离一点点拉开，当U的手即将举到最高处的时候，他用尽最后一点力气，把天向上一送，把地向下一塌。于是，借着这股冲力，天开始悠悠缓缓地上升，大地开始微微荡荡地下沉，而U就死了。

10

当我从昏迷中醒来，U已经死去很久，身体却还温热，并且依旧矗立着，仿佛担心天地还有重合的时候，所以死了也不放心，不肯马上倒下去。然而，天地却是终于分道扬镳了。

从那时候起，天每日都要长高一丈，地也每日都要加厚一丈，而U的身体也奇怪地长高一丈，仿佛他的灵魂想追随着天，而他的双脚又不愿舍弃大地，于是那失去光泽和活力的躯干就这样一日又一日地被拉长，不知过了多少岁月。

而我终究不能随着U的身体去往宇宙的深处，只得满怀眷恋地从他肩膀离开，回到了他的脚下，回到了大地。这时，天还是昏暗的，地还是干燥的，可是天地之间终于日渐宽敞起来，不那么混沌了。后来，天已经极高了，地已经极厚了，地上苏醒的生灵极多了，空气已经极新鲜了，而 U 的身体也已经极长了。这时，似乎他终于放下心，肯死去了一样，U 的身体开始倾斜。由于又细又长，所以过了很多很多年才终于完全倒在地上。U 的身体在空中一边倒，一边分解。左眼成了日，右眼成了月，最后身体化作了万物。

这样，春暖花开，一切又都回来了。我又遇见了年轻时的朋友，他们不太记得从前，我就带领他们从水洼里爬上陆地，每天组织大家做"进化操"，学习在地上生活。

我没有看见 @ 王爷，也许他老人家已经到达了终极智慧，要永远在宇宙中飘荡，思考他的哲学问题吧。

如今，宇宙不再收缩了，世界都在膨胀，仿佛已经发生过的一切都要倒过来重新上演一遍，但是失去的已经永远失去了。我想，未来应该不是过去的回放吧。不过，我们的很多习性都已经颠倒了，甚至连我们的名字的写法都和从前不同。我们活在新的天地中，把 U 忘记了，而在这新的世界里，我们管他叫 Pangu。

生活又开始了，我自己也在不断地伸展着手脚，慢慢地长大，我想迟早有一天，我会重新变成一个人，就像我哥哥一样，用自己的双脚，站立在这个世界上。

四部半

一览众山小

1

寒冬腊月，冷风呼号，孔夫子与众弟子被困郊野，孤立无援。

老实说，孔夫子在江湖上行走了这么多年，轻蔑、无视、仇恨、忽冷忽热、阴谋算计、阳奉阴违、软禁、陷阱乃至暗杀未遂……什么大风大浪没见识过？然而凭着耳聪目明和心中的正气，居然也一次次地逢凶化吉遇难成祥，于是夫子就更加确信自己秉承天命，世俗的小人是绝不可能伤害得了他的了。所以，这次被陈蔡两国派来的一群乌合之众围困在荒郊野岭，虽然进退不得，饥寒交迫，夫子却仍旧从容不迫地给弟子们讲起《诗》和《乐》来。

"关关雎鸠，在河之洲……"夫子声音洪亮，完全不像是三天没吃饱饭的人，"诗五百，一言以蔽之，思无邪。"

诗，确实是好诗，然而在荒废的破草房里瑟缩着的几十名弟子，一个个却面色蜡黄，额头不住地冒着虚汗，坐姿虽然端正，心思却已恍惚了，偏偏这时又刮起一阵干冷干冷的风，吹到发烧的脑门上，简直好比兜头一棍，于是扑通一声，又饿昏了一个。

夫子的声音顿了顿，面色有点愁苦，然而依旧是坐着，弹起琴来。

饿昏的伯牛先生，是一向身体虚弱的，众人忙把他抬到角落里放好，给他喂了几口水，过了好一会儿，伯牛先生才苏醒过来，却一动不动，懒得睁眼。

琴声悠扬，高雅庄重，众人都知道这是老师最爱的《文王操》，于是静静地听，慢慢就陶醉进去了，竟一时忘却了肚子饿，连伯牛先生蜡黄的脸上也露出了微微的笑。

一曲终了，余音绕耳，夫子望着空气深思起来，神色肃穆，仿佛已去古代拜会文王了。

然而，某个肚皮还是不争气地咕咕叫起来，一下把大家拉回了现实，众人都有点沉不住气了。

公良孺皱着眉走上前，向夫子行礼道："老师，我看他们不是会讲理的人，这样僵持着，是想把我们困死啊！不如让我去和他们打吧！"

公良孺是武术家，颇能打，上一次在蒲被围，就是他跟蒲人力战八百合，才逼得蒲人放了他们去卫国。然而非到不得已，夫子是一向不喜欢动粗的。

"唉，"夫子转过头，"你看那些人，又瘦又黑，衣衫褴褛，目光无神，你爱他们么？"

公良孺不吭声。

"这些人都是奴隶，不知命，不知礼，不知言，然而奴隶也是人，所以也要爱他们，这便是仁啊。他们也是被迫来围我们的，打他们做什么呢？"夫子见他还是不很服，又补充道："况且，你也几天没吃饭了吧，打得过么？"

"那怎么办呢？"公良孺舔了舔干裂的嘴唇，有些气愤，若是两天前，他可以把他们全部打倒，然而那时夫子却不肯。

"如果上天让我背负着使命，这些盲流又能把我怎样呢？"夫子说完闭上眼。

公良孺只好沉着脸退下了。这时子路又气冲冲地走上来："老师，君子也有没辙的时候么？"

　　　　　　　　　　　四部半

夫子知道他子路是一根筋，所以并不生气，但他也明白大家现在心里都很不平了，所以放下琴，站起身，给众人出考题了："不是犀牛也不是老虎，却在旷野徘徊，为何会落到这地步呢？"

不知内情的人，定会以为夫子在出脑筋急转弯。众人虽习以为常，却还是面面相觑，除了几个高徒，其他人向来听不很懂夫子的话的，况且又没力气，所以干脆不作声。

子路一脸的埋怨："要我看啊，实践是检验真理的惟一标准，人家把我们困起来，我们又跑不了，这就说明，您的学说不够高明，德行还不够高，人家不信也不服。"

"伯夷、叔齐饿死了，是说他们的德行不够高么？比干被杀了，是说他不够聪明吗？"夫子温和着反问。

子路一下子被噎住，脸憋得通红。

另一位高徒，子贡，忧郁着开口了："我想，大概是您的德行太高了，步伐太大了，已经远远走在了时代的前面，超出了普通人的理解范畴，所以大家都不接受，因此才不给我们出路吧。您不能走慢一些么？"子贡一向是很务实的人。

夫子沉默了片刻，没有回答，这时一个颧骨高耸、白瘦得仿佛骷髅一样的人却忽然大声开口："老师的学说确实太大了，整个宇宙都装不下，所以别人不接受。可是，这才更显示出君子的风范！道不行，那是世人的愚昧，是当权者的耻辱啊，不是老师的错。不接受没关系，历史终究会还我们公道的！"这瘦子便是夫子最得意的高徒子渊先生，他是素食主义者，并且有洁癖，一向营养不良，最近听说有人在面里掺灰，每天就一箪食，一瓢饮，人瘦得可怕，然而至今都还没有饿昏，而且有力气这样大声说话，委实令大家颇吃惊。

夫子听了两个人的话，便对子贡严厉地说："善于种地，不一定就能丰收；心灵手巧，做出的东西别人未必喜欢。君子走得太快太远，后面的人不一定跟得上。可你不想自己站得高远，却想回头迁就别人，这不是降低自己的格调吗？子贡啊，你太不严于律己了！"

子贡先生不但学问好，而且是厉害的外交家，又很会赚钱，家财丰厚，乃是国际上有名的风云人物，夫子对这个学生，一直都很欣赏，但有时也不满，所以愿意当面批评他，促使他进步。

子贡的脸微微红了，夫子又转向颜回，冲他微笑着点点头。

于是大家都惭愧地低下头，不过，夫子也终于决定让公良孺护送子贡，在天黑时候悄悄下山，去楚国找昭王搬救兵了，因为若饿死了人，也不合爱人的原则了。

2

孔夫子和弟子们被困郊野的第十日，是个艳阳天。

碧蓝的天上，骄阳高挂，几朵胖大的白云悠然飘过，大地忽明忽暗。一只金色大鸟正在一朵白云的上面飞行。

孔夫子一行人竟然还没有饿死，着实让陈国的大夫颇诧异和不安，于是请来了公安局长破案，不一会儿真相大白：原来，那些奴隶虽没什么文化，毕竟还不是禽兽，不忍心闹出人命，所以从第四天夜里开始，就有人将自己吃剩下的馍和稀粥偷偷地送到草屋外面。

"混账！"陈国大夫气得脸色发青，想把反动分子都抓起来处斩，无奈现在正与吴国交战，壮丁实在稀缺，杀掉的成本太高，不合经济学的原则，只好宽大处理，给每人三百鞭，于是山下一阵狼哭鬼号。

山上草屋里的人听得心惊肉跳，知道今晚上没有冷粥喝了。

一片死沉沉的寂静之后，子路两眼发红，忽然大声说道："老师，救兵还不来，我们拼死一战吧。"

孔夫子不言语，神色有些黯然。

"人死了，学说不会灭亡，但世上的小人和笨人太多，难道不会歪曲老师的意思么？所以您一定要活下去啊。况且，我们行义，别人不容，如果不抗争，难道不是对'不义'的纵容么？我们的主张可凭义来求，却不可以用力来劫。"沉默了好几天的子羽终于开口了。

孔夫子愕然，他实在没有想到这个额低口窄、鼻梁低矮的丑汉子，竟然说出这样有见识的话来，看来自己实在犯了以貌取人的错，不禁长叹了一声。

大家知道，老师算是默许了。于是子路和子羽便开始制订作战计划，哪个冲锋，哪个断后，哪个保护老师。众人紧张地听着，又激动又害怕。

"得道者多助，失道者寡助，况且，哀兵必胜！"子路两眼放光，给大家打气。

众人都摩拳擦掌，决定也让他们见识见识读书人的骨气了。

大伙一阵忙碌，把行李装上，又把夫子请上了轿车。正这时，那只金色大鸟从白云中露出身影，地上的人看见，便一阵骚乱。山上的人也急忙冲出草房，抬头看那稀奇的飞鸟，然而阳光太刺眼，只看见一个明晃晃的影子从天上掠下来，侧身依稀可见一个漆黑的"楚"字，不禁大骇，惊叫着低下腰。金鸟歪歪斜斜地落在山下一片枯草地上，之后又冲向陈蔡两国的军营，搅得鸡飞蛋打人仰马翻，冲倒了无数帐篷，滑行了几百步，才终于沉沉地停下。

子路和子羽，都是勇武的人，只眨眼工夫，就从惊愕中回过神，立刻抓住大好机会，一声大喝，率领大家一鼓作气，冲下山去。山下的围兵们没有思想准备，被杀了个措手不及，加上奴隶才刚刚挨过皮鞭，没有一个肯再卖命，结果竟溃不成军，一败涂地了。

公输般先生是天下闻名的工程师，做出来的东西都极精妙，一般的人是不能明白的，孔夫子虽是圣人，却对那些精灵古怪的事情没兴趣，所以也同样看不懂，并且也不爱看。

"太阳照了，地就热，种子就发芽、开花、结果，人吃了，就有力气跑。天地万物，生生不息，是因为有'能'。'能'不生，亦不灭，世界的一切，不过是'能'在变化万千罢了。懂了'能'的奥秘，就几乎什么都做得到，比如，让一堆木头飞起来，我管它叫飞机……"公输般站在木头做的金色大鸟旁，热情地对孔夫子和众人讲话，他就是坐着这金鸟从天而降的，吓了所有人一跳的。

"那么，先王的礼乐也是'能'么？"夫子面无表情地打断他。

说这话时，天色早已大变，不知几时，太阳隐没在一片浓云之后，阵阵阴风吹过，弥漫出一股潮湿的气息，仿若盛夏，完全没有一点隆冬的样子。大家刚打过架，一个个惊魂未定。虽然早就听说过公输般近来在推广一种"能学"，还造了些古怪的东西，但大家都不当回事儿，然而这回亲眼见到人飞上天，才知道这学问的厉害，不禁都惊骇非常，但是因为老师在，所以不敢随便开口，只静静地听着。

"这个……照理说，一切都是'能'变化来的，所以……礼乐一类的，也是吧……"公输般有些犹豫，他是只喜欢钻研造化的奥妙，做些实在的货色，对于礼乐一类的玩意儿，其实不很感兴趣。

"那可敢问，礼乐崩坏，'能学'救得了人心么？"夫子淡淡地问。

"这……"公输般虽早听说过孔夫子的怪脾气，却想不到他竟对有人飞上天这样伟大的奇迹如此无动于衷，于是也冷淡下来，不屑地说，"道理上是可以的，只是弄起来麻烦，我不愿费那个工夫。"

"唔。"夫子不想再说话了，但还是诚恳地行了个礼，算是感谢。

公输般还了礼，也决计不跟这老头子计较，便露出笑容："楚王本来要兴大兵来救的，子贡先生说怕挨不了太久，偏巧我新近发明了飞机，楚王就让我先来震一震。御风而行，一日千里，所以正好来得及赶到。本来只想用气势吓吓这些庸人就行了，可惜落地的

四部半

技术还不熟练，结果冲得他们七零八落的，自己也脑震荡了……嗨嗨，好在没有伤到诸位。"

"真是感激不尽。"夫子温和地说，"那么，我们走吧？"

"这倒不急，飞机撞坏了，我得修一修。我看一时半会儿，那些人也不敢再回来，况且天气异常，而救兵马上就到，所以不妨休息一下，吃些东西，养养力气吧。"

黑云低压，阴风阵阵，夫子看见弟子们个个面黄肌瘦半死不活的样子，于是说："也好。"

这样，众人整理了杂乱的营地，找了粮食和腊肉，生火做饭。米香刚刚飘起，雨点就开始掉落，大伙急忙端着粥锅跑进了帐篷。几声闷雷之后，大雨便倾盆而下了。

天地一片漆黑，偶尔划过一道闪电，大家围着火盆，就着腊肉，喝起了半生不熟的粥。

3

阔别多年之后，竟在稷下学宫又遇见老聃，着实让孔夫子大吃了一惊。

"真想不到，竟在此地遇见了先生。"虽然已是享有国际声誉的大学者，夫子对当年的老师，还是颇恭敬的，虽则内心有一丝尴尬、惊骇，以及一种久违的激动。

"嗯。"老聃杵在那里，如一尊雕像，脸上堆满皱纹，全无一丝波澜。一阵晚风把他稀疏的几根白发和垂到耳边的白眉吹得乱颤，一身肥大的黄袍在风中飘摆不定。

那时候，天下更不太平了，孔夫子也垂垂老矣。

虽然名声越发显赫，事业却还是做不起来。之前，楚昭王差点就要封给他七百里的土地，不料竟被那个叫子西的家伙给搅黄了。

不被重用，就每天闲着，只能专心学术，研究当地文化，却觉得不如中原文化好，就写了不少专著，足足装得下五十驾马车，然而一卷也卖不出去，只好白送给达官显贵们，却只被当作文学作品装点门面，或者给小孩识字用。倒是子贡突发奇想，组织大家把夫子平时说的话都记下来，编成小册，竟颇受老百姓的欢迎，一下子成了畅销书，赚了不少钱。夫子有点不悦，但有了银子，可以装修装修马车，给弟子买几件体面的衣服，倒也算一桩好事。不久，昭王一死，就闹起了动乱，杀了不少人，外国人也跟着遭殃，连公输般这样的能士，都觉得吃紧，干脆坐着飞鸟云游他乡了。夫子也心灰意冷，况且有胃病，是一向吃不惯楚国菜的，所以那个叫接舆的义士才通风报信说子西要谋害，夫子就领着众人离开了。本来打算再回陈国，半路上又收到请帖，说齐国要在稷下学宫举办齐鲁论坛，宣扬齐鲁共荣主义，还邀请诸子百家都去争鸣一下，繁荣文化事业。夫子一把年纪，有了些怀旧情绪，想去再见几位老朋友，再听听《韶》，顺便看看齐国搞什么名堂，于是就带着弟子们都来凑热闹了。

为了国际形象，各国都宣布要礼遇人才，增强软实力。一切国际纠纷，都以学术的名义暂停，各地关隘也宽松得多，大伙儿便去争睹文化界名人们的风采。学宫周遭的大小客栈挤满了人，往日萧条的巷子，忽然冒出许多高矮胖瘦的脸，乌啦乌啦地说着十七八种互相听不懂的鸟语，很有繁华的感觉。

论坛声势大，各家都派了代表来，传播自己的学说，互相辩驳。由于宣传得力，孔门论坛坐得满满当当。虽已入秋，但人挨着人，反而有些闷热。夫子年事已高，不能久坐，只讲了半炷香的工夫，略谈了点仁义和忠恕的问题，便起身告退。听众却并不满意，觉得自己花了大价钱买了门票进来，所以便一定要围上去索要签名，还有几个面目黑瘦的，嚷着要和孔夫子辩论，现场一度有些失控。好在主办方早有准备，就请孔夫子的高徒子路代劳签名售书，

四部半

夫子本人则在几个彪形大汉的保护下从侧门溜走，身后响起一阵失望声。

"以后别再这么搞，我们是为义而不为利的。"夫子闷闷地说。子贡连连点头，这次的签售活动都是他策划的。

回到驿馆，夫子心绪不宁，就趁着晚宴还未开始，悄悄从后门出去散心。一路走去，被几个瘸腿的乞丐索要了几文钱，然后直奔人烟稀少的地方。走上一个光秃秃的土丘后，竟碰见了老聃，自然颇为诧异。老实说，他以为老头子早已经离开人世许多年了呢。

"先生不是出了关，向西去了么？"孔夫子终究没能忍住好奇。

老聃无动于衷地立着，嘴唇微微嚅动："你还不懂么？反者道之动。西便是东，上便是下啊，福和祸，是和非……"又一阵风吹起，老聃也闭了口，仿佛风把他的话吹跑了一样。远处卷起一股黄沙。

难道一直往西却能走到东么？若是年轻时候，孔夫子一定不服，以为这是胡扯，然而时过境迁，如今脾性已温和得多，况且近来确也对这类问题有些困惑了，或许老头子说的，真有几分道理也不一定呢。

"先生已经完全超越了生死，明白了天地造化的奥秘了吧？"

"唉，你不要说这样的话。"老聃叹息了一声。

两个人就都沉默，一起望着远山。胭红色的天，乌鸦哀鸣着盘旋。晚风吹得两个老头都一阵瑟缩。

这些年，夫子熟识的人一个挨一个地死掉了不少，自己也老了，体内的气势大不如前，这时撞见老聃，实在是百感交集，有点激动了，于是犹豫了片刻，就忽然说出了心中的秘密："先生，我打算去登泰山。"

"唔，"老聃的眼睛眯得更细了，好像睡着了一般，"你在地上已经看够了么？"

"是，我走遍了诸国，各地的话也都听了，稀罕的玩意儿见了

一览众山小   159

不少，不同的礼俗和音乐也都了解过。当时以为，有些是好的，有些太坏，要不得，但是现在年岁长了，像狗一样颠沛流离惯了，心就难免世故起来。虽然依旧躬行，道却总是行不通，渐渐觉得地上的东西，其实也差不很多。我是每天都反省许多次的，结果是，我以为懂了的，其实并不真懂，人心不古，是要治的，但怎样治法呢？于是我就想去讨教天了。前一回鲁国开文学家笔会的时候，请我们去登东山。上到山顶，我才明白鲁国也就是一块泥丸，于是想，自己从前说的那些，怕是有些天真。可是东山也还是太小，离天还是太远，所以我想去泰山，听说泰山是极高的……远离地，靠近天，在云之上，也许就会有新的想法……"

夫子一气说了这么多，脸就微红，并且有些喘。老聃微微地转过头，看他那惶惶不安的样子，想起他昔日凌厉的气势，心里竟有些同情了，于是也叹气："你的心，还是不平静啊。想要的东西多，就会不足，一无所求，才能刚正……"

天色越发暗淡，远处山脚下升起一缕炊烟。

虽明知老聃会说这种话，夫子心里却还是不甘："连天的样子都没见过，怎么能说明白了天道呢？"

老聃似笑非笑地说："无往，而无不往。哪里都不去，整个宇宙就都去过了。"

孔夫子落寞了一阵，就自语："我总以为，只有天了解我。现在知道，自己却并不了解天，我的道也要随着命一起完结了，可我总要看看才肯甘心啊。"

晚霞暗淡下去，天空扯过一块大幕，世界陷进大黑暗之中，一股阴冷萧瑟的湿气弥漫开来，老聃便转身："你想去，便去吧。"说完便悠悠地飘走了。

四部半

4

"泰山者，擎天之柱也。这东西穿了几百层云霄，顶着天呢，哪里是人能登的啊……"听说夫子要登泰山，季康子第一个跑过来劝，"……您是圣贤，不过……泰山嘛，历来想登的人也不少，要么半路退却，要么跌下来摔死，要么就干脆失踪，可从来没有一个人真的到过顶啊。就是常年在山中采药的人，走到玉皇坡，也就算是到了头。那片神林，人是进不得的，多少人白白丢了性命。况且那上面又云雾缭绕，全是冰雪……不成不成！"

季康子是鲁国的权贵，与夫子私交还不错。泰山是擎天柱，乃鲁国圣地，想高攀的人也多，每年都要死不少冒险家。所以鲁国已经下了禁令，除非有特殊理由，官方是不批通行证的。私自攀登就是犯法，而这事就归季康子管。

"如果天要我无所求，自然会让我受挫；如果天要我往前走，自然能帮我逢凶化吉吧。"孔夫子平静地回答。这话他说了大半生了，自己是非常相信的。

"嗨，您这逻辑，简直无敌啊……话虽如此……单说您这身体，也不比年轻了，怎么能登上去呢？不成不成！"季康子还是力劝。

"总能有办法的。"夫子泰然地回答。

"您毕竟是国学大师，万一有点闪失，我们都担待不起……话说您要是想散心，可以安排您旅游，我们还准备划出一块地，给您专心做学问……"

"太谢谢了，不过您就别费心了。"夫子行了个礼，送客了。

圣贤荣归故里，鲁国上下庆贺了三天，从此人人都把夫子当成国宝，为有这样的名人自豪。大学邀请去演讲，是不好推辞的。达官显贵也都来拜会，请教为政的道理，又送了不少礼物，夫子客客气气地讲几句，也把自己的语录拿来还礼。这样闹了三个月，门厅才终于清净了，而夫子也因为太劳神，就病倒了。时已入冬，夫子就只好在家休养，预备着来年开春的时候再行动。

"现在国家终于器重老师了呢……"众人守在跟前，看着夫子枯树皮一样的脸，心里不是滋味，想说点安慰的话。

夫子摇摇头，虚弱地说："口头上推崇我，却不实行我的主张，是不合礼数的；我不能得到重用，却被称作'国宝'，是不合名分的。失了礼数就会昏乱，丢了名分就有过失。你们不要学他们。"说完叹了口气，闭上眼，心里很疲倦。

大家都很感动，又想到总有一天老师要驾鹤西去，没人再这样教诲自己，不禁都黯然神伤了。

"老师还是别去泰山了吧。我占了一卦，这事似乎不妥当。"子木跟夫子学《易》，颇有心得，近来动辄就喜欢占卦。

"《易》，深奥得很，我没有研究得很明白，你已经弄懂了么？"夫子连眼皮都不愿意睁。

子木脸红了，不再说话。

夫子就睡去了，并且做起梦来。

梦里，一条红色的大兽在天上飞来飞去。

直到腊月二十三，才下了第一场雪。

子贡进来时，夫子正在炉子旁边删《诗》，门帘掀开，一阵冷风卷进几片雪花，风吹得炉火烧得更旺了。

夫子觉得自己的日子不多了，所以越发勤奋。自己的学说，别人听得厌，自己也说得烦，所以他近来不大愿意著书，而更愿意编古书了。《诗》有几千篇，虽然之前删到了五百，但似乎有些还是不合礼义，所以打算再删一删，但因为气虚，就只能断断续续地做。

"您还弄这个呢？"子贡行过礼，问道。

"是啊，刚删到三百首……真是百删不厌啊。"夫子把一卷竹简递过去，上面写满了名目，其中一些涂满了红色的圈圈叉叉。

"我看也差不多了，您也手下留点情吧。"子贡仔细端详了一阵，半开玩笑地说，"其实有些也还不错，删了未免可惜，不如另出一本做内参……"

"唔……"夫子愣了一会儿，心思似已不在这上面了，"东西都置办好了？"

子贡点点头："到处都打仗，物资稀缺，好在还有些熟人，买了些特供，所以也大体上齐全了。出版界今年也不景气，《论语》的销量不如去年，但仍赚了不少钱，置办完年货，还剩了不少……"

孔夫子满意地望着他，良久，才温和地说："给大家都分发下去，过完了正月，就各自散去吧。"

"是。"子贡犹豫了下，"另外，我在路上还遇到个人，破衣烂衫，一脸的灰，想讨一口水喝，我看他快要渴死了，又不像歹人，就领了回来。"

夫子点点头："请。"

于是就进来一个瘦高的黑脸汉子，衣服破烂得连抹布都不如，轻飘飘地套在一副干瘪的骨架上，腰间挂着一双踩烂的草鞋，赤脚立那里，从头到脚都是一片黑，仿佛一棵被雷劈焦的枯树。

"打扰了。"黑脸汉子抱了抱拳，喉咙里似乎满是砂，一双眼却如两颗星，炯炯发光。

"您赶紧吃些东西吧……"看着有人受苦，夫子心中总不好受。

子贡就领着汉子去了厨房，掀开锅盖，盛了一大盆稀饭，摆上二十个馍、一碗肉酱和一碟姜片："请慢用。"黑脸汉子也不客气，坐下来便吃。

足足一炷香的工夫，大汉终于出来了，并把夫子和子贡都吓了一跳：那副皮包的骨架竟如泡过水的菜干一样，忽然膨胀了许多倍，如今立在厅堂中，虎背熊腰，好像一座黑铁塔了，声音也洪亮起来："唉，好久没吃过这么饱，真是感激不尽啊！这下子又有力气了，咳……事情实在多，总也干不完……我本来只是路过，讨口水喝……不过人是应该知恩图报的，听说您是打算登泰山的，虽然我不赞成，但就帮您一帮吧……"

夫子有点茫然，问："还不知尊姓大名？"

"不敢不敢，别人都叫我翟……"汉子一笑，露出一口白灿灿的牙。

5

这年春天来得早，刚出正月，河上的冰就融得一塌糊涂，到处闪耀着碎光。在湿漉漉的河岸边，立着一个胖鼓鼓的东西，红通通的，远远看去，仿佛搁浅的金鱼。

"轻的往上飘，重的向下沉。用火一烤，热气自然就能带着人飞上天了。"翟先生解释道，"有了这个，可以直接飞上玉皇坡。"

"了不起！"季康子盛赞，"万水千山都不在话下了，果然科技才是第一生产力！"

"这个嘛，还是要以人为本。"翟含糊地说。

"能飞得更高点吗？"子路问。

"倒也可以……但我不愿意。我是崇敬鬼神的，玉皇坡是人间的界碑，我就只能送到那里拉倒，再往上呢，就看各位自己的命了。"

夫子只点点头，望着云桴，满脸的皱纹中，埋藏了几分忧郁。

云桴只能坐三个人，除了翟先生以外，夫子就只带子路随行。其他人非要同去，然而，夫子心意已决，任何人都没奈何的。

"现在世道不好，你们都有自己的正经事要做，就不要来凑合了。"任谁劝，夫子就只是这样答复，"我只去看看便回来。"又特别对子贡说，"有什么事，你要多照看一下。"

子贡深沉地点点头，大伙都红了眼圈。

三天后，是个顺风的好日子，鲁国的政要和各国大使都来欢送孔夫子。翟先生请孔夫子和子路上了云桴，解开了缆绳，点上火，云桴就腾空而起。

脚下的大地渐渐远去，地上的人、房屋、田野、河流都渺小起来，黑的土，绿的湖，白的烟，连绵的青山，五颜六色的颇好看，尘俗的渣滓，都缩小不见了，只剩下一目万里的辽阔，眼前是一轮金黄的太阳，耳畔是呼啸的风，送来阵阵寒意，头顶上的火缸烧得滚烫，喷出一股股黑烟和灼人的热气，鼓胀着云桴，跨越山山水水，攀上层层云霄。

"腾云驾雾啊，哈哈！"子路是勇武之士，但习惯了平地走路的人，初次飞天，还是有点头晕心悸，于是就故意大声喊。

翟先生往火缸里添了一铲木炭，冲他咧嘴一笑，那自信的模样让子路颇感动。

夫子觉得有些冷，关节酸痛酸痛的，就裹紧了腿上的狗皮护膝，呼吸有点吃力，心里阵阵地慌，脸色也白了。

"天高气薄，您吸两口这个。"翟递过来枕头一样的皮囊。

夫子把皮碗扣在鼻子上，拧开闩，一股气就涌入五脏六腑，吸了两口，顿时舒服多了。

"万千景色都尽收眼底，况且还会移动，实在不输泰山了。"翟开玩笑说。

夫子也笑笑，没有说话，只望着下面越来越远的山河，偌大的一个个国家，都成了巴掌大的弹丸之地，自己一生走过的足迹，不过是一条细线啊。

云雾渺渺，绵绵无尽，一颗明晃晃的大火球，无牵无挂地飘浮着。群山都矮下去了，只剩下前方的一座苍莽的山峰，披挂着一层冰雪的铠甲，穿破云海，朝着更高远的地方刺过去了，消失在一片

一览众山小   165

青铜色的天空中，抬头看去，仿佛苍穹下悬挂的一条巨大冰棱，在无限的空旷中闪烁着光芒。

"那便是泰山了。"翟轻轻地说。

"是了。"夫子点点头。

玉皇坡上，正飘着细雪。

异常高大的松林环山而生，仿佛一条绿腰带，截断了万年不化的冰雪，也阻隔了人的去路。林边有一块草地，旁边有间小木屋，云桴微微一震，就在草地上停了下来。

三人顿时觉得进入了另一个季节。火缸已经熄灭，脚下却弥漫着厚厚的一层热浪，似乎地下有一个热炉子，雪落在地上，就立刻融化，蒸腾起白烟，仿如温泉池。湿气热乎乎地贴过来，混着松林飘洒出的清香，从毛孔里往五脏六腑钻去，令人颇有点目眩神迷，心痒难耐。

"听山中采药的人讲，这林子是神设的屏风，人不可穿过，也不能穿过，"翟先生望着那片茂密的松林，幽幽地说，"登泰山的人，到这里就可以止步了。"

这片松林不知生了多少世代，足有几十人高，宽厚的枝叶挂着水滴，苍翠可人，林间白雾缭绕。三个人无声地望着林子，思绪纷飞。

"好像有声音。"子路紧张地说。

隐约有几声沙沙的声响，然而很快就从耳畔消失了，三人又仔细地听了一阵，却再无动静，惟有雪花静静飘落，水汽袅袅升起，松林如绝壁般矗立，除此，便是了无边界的寂寞。

6

"在云桴上，可以纵览天下，您又何必非得登这泰山呢？"翟一

　　　　　　　　　　　四部半

边说，一边往铁锅里扔些干菜，又添上水，生起火，再把馍放在锅盖上。"那上面无非就是冰雪，爬又爬不得，有什么可看的呢……"

这间木屋大约是采药人避风雪的，里面有一张火炕和一口大锅，堆了些木柴，这些都是翟考察好的。他知道孔夫子是国宝，所以先前已经自己飞来过一次了。

"唉，你还年轻，不懂得老头子的心情。"夫子眼望着铁锅下面跳跃的火焰，有些出神。

翟沉思了一会儿说："那么，我就等您一天……下面到处都在打仗，我实在不能多等，天黑您还不回来，我就只好自己下山了。"

顿时，子路又想到那片雾气蒙蒙的松林，心里忽然一阵惶恐，登山的事竟前所未有的沉重起来，他望望老师，想说又不知该说什么。

"好，"夫子面色平静，又对着子路说，"你也不要去了，在这里陪着翟先生。"

"那不行！"子路急忙说，"老师去，我也去！"

"这事吉凶未卜，你还年轻，应该多做有用的事，不要跟我去犯险了。"

"不成！来都来了，我一定跟您去！"子路急得脸红了。

"唉，你还是这么倔强。"夫子摇摇头。

说这话时，铁锅里的水已经沸腾，菜叶在水上跳起舞来。三人喝着热腾腾的菜汤，就着咸菜疙瘩和干姜片，吃起了馍。

吃过饭，子路出奇地困，便倒头呼呼睡去。雪已经停了，夫子和翟推门而出。地下的那股热气已经消退了，寒气重又袭来，泥地慢慢冻成了一片冰场。满天星斗闪烁，洒下一地银光，雾气已然散去，松林在星光下无声无息，仿如一道影子做成的墙，森然可畏。

其实，翟对孔夫子的学说，向来是不大买账的，以为实在于天下大不利，然而见到老头本人，却又觉得他心肠倒不坏，只是脑袋有点迂罢了，所以分别在即，心里还有点难过，便打算说点轻快的话："您觉得我这发明怎么样？"

"唔，"夫子回过神，转眼望向云桴，沉思了一会儿说，"不错呢，前一回我见过公输般先生，他也在搞什么飞机……将来的世界，恐怕要有大变化，我怕是跟不上时代的潮流了。"夫子叹了气，不自觉地揉了揉腿，年轻时东奔西跑受的那些风寒，如今都沉淀在骨头缝里化成了风湿，寒风一吹，就刺刺啦啦地疼起来了。

"咳，那家伙，真让人头疼……"翟摇摇头，"'能学'倒是很有道理，只是他有点走火入魔了，以为搞明白'能'，就天下无敌了。飞机虽然厉害，但终究还是要以人为本的。我跟他讲过几次，他都听不进去……"

"他只晓得'器'，看不见'道'啊。"夫子叹了口气，"这样，就百害而无一利。"骨头还是酸胀，虽然哀公每月邀请他去泡温泉，可惜一双老寒腿，终究是不能像年轻时一样健步如飞了。岁数这回事，哪怕是圣人，也实在没辙啊。

"是啊。但我和他不同，他是为科学而科学的，我是为兼爱而科学的。"翟转过头，认真地望着夫子，"我知道您看重'道'，瞧不起'器'，不过器不利，事就难成。譬如有人在千里之外行不义，要治他，走路也许一个月，乘云桴只要一日。况且，衣食住行，都要靠器物，粮食丰收胜过饿死人，旅居便利胜过愚公移山，于人有利的就好。您不是也说，仁者爱人么？"

夫子望着前面幽秘的丛林，心思有些凌乱，琢磨了一会儿，才开口："话虽如此，只怕器物高妙了，人心就乱了……"

"可您也别忘了，要匡正人心，得先喂饱肚皮。"翟究竟是年轻，反应也快，"没有'道'，'器'就走上邪路；没有'器'，'道'就走不通。只有器不成，没有器也不成，凡事都不能偏执一端，您不是也主张，过犹不及么？不论器还是道，都不能弄得太过啊。"

"倒是这回事，"夫子的思绪还是飘忽，沉默了一阵子，才转过头，"唔，这些话么，我想也是有几分道理的……虽然我不很同意，但是确实跟您学了不少东西，以后我再想想这些……"

"呵，"翟露出笑，"其实我们求的都一样，只是走的路不同吧。"

夫子发出一阵苍老的笑，笑声淹没在浓密的夜中，北斗星在头上悬挂，仿佛伸手可及。

7

林子里没有路。

黎明之前，地下的那股热浪又慢慢升上来了，不到一个时辰，满地的冰碴都已经烘成了水汽，松林又是白蒙蒙的一片了。脚下的泥土半湿不干，踩上去有点滑，子路背着布包，夫子挂一根木棍，两人互相搀着，一点点摸索着往上爬。

阳光在雾气中弥漫，松叶上的露水不时滴落。没有鸟鸣，也不见虫飞，在树与石之间，只有山花和泥土的气息无处不在。

夫子年轻时是登山的好手，现在虽老了，精神却十足，下脚稳稳当当，呼吸不急不缓，跟在子路后面一步步地攀，慢慢地，身子热起来，从头到脚反倒颇感畅快，连风湿病似乎也好了，真有点不亦乐乎了。

"这里真静得可怕啊。"子路倚着一块大石头，擦擦汗，紧张地环视着：前后左右，全是参天大树，层层叠叠，在他们面前不断铺展，如迷宫一样，似乎永远没有尽头。身后，来时的路已然隐没在云雾之中。

"是啊，果然已不是人间了。"夫子手扶一棵古松，仔细端详树干上伤疤似的条纹，"你看，这些条纹，长短都一样，却又有两种：一种是普通的一条细线，另一种在正中间却有一个疙瘩，整个树干都是这两样条纹呢……"

"真的！"子路吃了一惊，又转身看另一棵，"这边也是一样……"

夫子看这些条纹有点眼熟，却一时想不起在哪儿见过，正思量着，忽然一阵风拂过，搅起阵阵松涛，如海浪一般把人的心思托起，轻轻摇荡，飘向远方。

远处一阵水声传来，两人才回过神，于是循着水声，绕上一条斜坡，一手摸索着结实的藤条，一手拨开挡在前面的杂草，小心非常地挪着。忽然，子路脚下一滑，眼看要跌落下去，夫子却不知哪里来的力气，一把搭住他的手腕，借着千年老藤的力，把他拉了上来，而落下去的石块只在地上一弹，嘭的一声，跌进白雾里，就再无动静了。

子路吓得脸色苍白，夫子也累得满头是汗。两人又战战兢兢地爬了半炷香的工夫，终于峰回路转，登上一块平坦的地方，前面一排峭壁，悬挂一条小瀑布，倾泻而下，向云雾深处奔流而去。

"都说不少人进过这片山林，可是一个也没出去过。"吃过了肉干和馍，子路蹲在溪边洗着手说。

"说是这么说。"夫子捧了冰凉的溪水润了润口。

"可一丁点的痕迹也没有……"子路心里不踏实，"连遗骨也不见，真是怪事……"

"这山大得很，也许我们没有看见。"夫子又到一棵十几丈的古松旁，盯着树干瞧。

"老师说要来看看天的模样，可这里就只有雾，什么也不见。"子路抬头，头顶上一片浑浊的天，看不出什么名堂，"现在大约是中午了，再往前走一段，如果还出不去这片林，我们就下山吧？"

夫子没有作声，他忽然觉得那些条纹竟好像在自下而上地缓慢移动，交换着位置，不禁吃了一惊，以为自己眼花了，揉揉眼再看，却又觉得条纹没有动，而是黑疙瘩在动，从一种条纹的中央蹦到另一种，两种条纹就互相变化，猛看去就像所有的条纹在移动了。夫子看得有些头晕，赶忙闭上眼，这时忽然下起了雨。

有棵老松身上有个大树洞，子路扶着夫子钻进去避雨。树洞里一股枯枝败叶的气息，倒也暖和。两个人坐在里面，默默地望着洞外的烟雨。

"唉，"子路忽然叹了口气。

"怎么？"夫子问。

"老师，您不是教导我们要爱人么？"子路终于忍不住开口，"可这儿连个鬼都没有，您来这里做什么呢？这倒更像隐居的好地方。"

"唔，"夫子不知该怎么答，他心里也有一样的困惑：就算看到了天，又能怎样呢？回到地上，还不是又一切如故……然而冥冥中却好像有什么在召唤着他，心里有一股力，非驱策着他往前走不可，难道说自己中了邪不成？

"我晓得，您觉得人生到了尽头，做的事还不见成绩，就有点倦。道不行，就想远去，见见海阔天空，散散心，这也没什么不好，"子路热切望着夫子，"但您不是也说，君子是做事而不求结果的么？道不能行，您该早就明了的吧？下面的世界还纷纷乱乱的，能做的事其实还很多……"

夫子的心里一震，愣了一会儿，随即缓缓露出了满意的微笑："子路啊，我已经没有什么可以再教你的了。"

雨停了，只有飞瀑激荡。

"就依你说的，再往前走一段看看，然后就下山吧。"

夫子和子路绕着峭壁走了半晌，才走上一条斜坡。脚下的地皮不再温热，风也硬朗起来，地上开始冒出零星的积雪，松林稀疏开来，雾也薄了，湿乎乎的衣服就格外难受了。子路用脚扫出一块空地，拣了一堆松针，用火镰点着，烤起火来。

等到全身都干松热乎了，两个人用雪盖灭了灰烬，就继续走。雾气散尽，松树越来越稀薄，身上都挂满冰霜，地上的积雪渐渐连成一片，越来越难走。子路也拣了根木棍拄着，小步小步地往上攀爬，夫子在后面跟着，不断呼出白色的气息。

终于，他们登上了一块平地，眼前豁然开朗。

金色的阳光下，一座俊朗的雪峰在他们面前耸立，闪耀着纯净的光。寒风拂过山坡，撩起阵阵飞雪，如面纱一样随风飘摆。除了一排矮松，银装素裹，仿佛明亮的短剑一样插在地里，整个世界就只是一片白茫茫。夫子和子路仰望着一尘不染的雪山，瞬间消弭了心中的一切忧愁。

天空如湖水一般碧绿，云海在他们脚下浮游。

8

望够了雪峰，夫子转过身，看见一行行的青山在地上匍匐，蜿蜒的江河在群山之间奔突，切割出零零散散的田野和村落，在陆地的尽头，河水挟裹着红尘，汇入蔚蓝色的海洋。

世界真是广阔啊！

一句诗自然而然地涌上了夫子的唇边："溥天之下……"

诗一出口，夫子便觉得似乎有些不合适，却已来不及了。山巅上的积雪忽然开始沿坡而下，如海浪一般一路翻滚，倾泻而来。

两人登时愣住，这时那片雪松中忽然跑出一只火红色的大兽，头顶一对银角，一双乌黑锃亮的眼睛，惊奇望了一眼两个不速之客，便从他们面前飞身而过，朝着两人起先不曾注意的一个小山洞跑去。眨眼之间，子路清醒过来，拽起夫子的手就跑。雪浪如猛虎下山，一路咆哮，席卷了所有的矮松，在他们头顶疾驰而来。夫子跟着子路昏头昏脑地拼命跑，那洞口又窄又低，子路把布包扔进洞里，刚扶着夫子钻进去，就被一块飞落下来的雪块砸中了额头，一下滑倒，正挣扎着站起来，雪浪已铺天盖地，卷着他朝山下涌去，等到夫子站稳，山洞里已是一片漆黑了。

片刻之后，一切都安静了。

夫子的脑袋嗡嗡作响，大口喘了几口气，便不顾刺骨的冰冷，奋力去挖洞口的雪。然而雪堆得又松又厚，才挖出一点空隙，就立刻被上面的雪填上。夫子不肯放弃，搓搓通红的手，继续挖个不停，万年不化的冰雪就在那满是色斑的手里融化了。终于，夫子从齐腰深的雪地里探出了半截身子，用力呼喊着子路的名字。

山峰耸立，并不动容，苍老的呼唤在山与雪的世界里兀自回荡，终于变成了一声呜咽。

哭过之后，夫子身心俱疲，就退回山洞，用麻木的手翻检着布包，洞里没有可以点火的东西，所幸还有半包姜片，夫子就抓起一把，扔进嘴里猛嚼了一阵咽下去，五脏六腑顿时烧起来，从里到外出了一身的汗，多少暖和点了，然后就往里爬了几下，找到一块比较干而且平整的地方躺下，把冰冷的双手揣在腋下，沉沉睡去了。

夫子似乎做了一个什么梦。

睁开眼，周围却黑咕隆咚的，远处有叮咚叮咚的水声。夫子坐在黑暗中，脑袋里全是迷雾。独自愣了好一阵，肚子里就咕噜噜叫起来，夫子摸出几块凉冰冰的碎馍吞下去。洞里又湿又闷，有股动物粪便的气息。夫子如盲人般，不知道前面有什么，只凭双手摸索着往前慢慢爬，累得浑身是汗，满手满脸都是泥，又不敢停下来，生怕一歇就再也睁不开眼，就呼哧呼哧地挪蹭着，同时心里有一种感觉：自己其实还没有醒来。

不知爬了多久，前面终于露出一丝微光。夫子吐了口气，从一个洞口钻了出来，竟来到了一个钟形的岩洞里了。

满天群星。

夫子大惊，定了神，才发现那些其实是挂满洞壁的无数个蓝绿色的亮点，好似夜空中的星斗一样星罗棋布，闪耀荧光。在极高的地方，又有一块巴掌大的光斑，好像俯瞰众星的明月。洞底的中央是一块圆形的大水池，洞壁上的滴水落在池中，激起阵阵涟漪，水池边躺着一具白骨。

原来有人来过这里啊。

夫子走过去，发现逝者的颈骨和脊柱已经断裂，就仰起头，细看洞壁，发现在"星斗"之间竟有一道道凹槽，螺纹似的盘旋而上。夫子绕着水池走，就真的找到了一个缓坡，半人高，两人宽。那个光斑，大概就是出口，而那具枯骨似乎是走到半路跌落下来的。

夫子心中更惊骇了：如此说来，这泰山，竟是空心的不成？

在蓝绿色的星光下，夫子在螺旋状的壁槽里匍匐而行。

他这一生之中，也曾落魄过，却从未像现在这么劳苦：衣服碎成了布片，膝盖上的棉裤已磨出了窟窿，脚割破了，就扯块碎布包起来，可心里却有一种特别的兴奋，鼓动他不顾浑身的疼痛，继续前行。爬一会儿，就翻个身躺下来歇一歇。岩壁虽硬，却很温热。一想到那具骸骨，夫子心里就一阵战栗：他是谁呢？也和自己一样，是来看天的么？那些光点又是什么呢？倘若往旁边翻个身……夫子不敢想下去，也不敢从槽沿探头向下看，更不敢去看对面的密密麻麻的"星星"，免得头晕摔下去。他就只盯着眼前，一圈又一圈，执着攀升着，群星在他身边旋转，而他看也不看一眼。

渐渐地，那光斑竟有一张锅那么大了，也比之前更亮、更近了。夫子的头开始发热，眼前的影子也有点模糊，恍惚中，他看到"星斗"都离开洞壁，密密麻麻地朝他飞来。他赶忙闭上眼，做了几个深呼吸，心中不停地默念着"君子坦荡荡"。耳旁嗡嗡地响了一阵，终于清净了。这时飘来一阵凉风，夫子的头脑也清醒多了，睁开眼，幻影都消散了。

水滴落在池中，激起更大的涟漪，"星斗"闪烁得更厉害了，而夫子全然不觉，他忘记了时间，也忘记了整个世界，只知道一圈又一圈地攀升着，群星在他身边旋转，而他看也不看一眼。

终于，夫子爬到了那洞口，前面是明晃晃的光，一股风吹在脸上。

夫子迈进山洞，稳稳地坐下来。半晌，他攒足力气站起来，转过身，扶着块石头，小心探头，只见"星斗"都在下面闪烁，仿佛夜空倒悬在他脚下了。忽然间，它们开始移动，贴着岩壁朝着这边涌来，并且越来越快，如旋涡一般，而洞口正是旋涡之眼。夫子急忙后撤，星如潮水，汹涌而来，洞穴里满是绿光，夫子闭上眼，而脑海里浮现出了"星星"的样子：那形状竟和森林中松树上的条纹是一样的。

这东西，原来我真的见过啊！夫子猛然醒悟了。

周围暗淡下去了，夫子睁开眼，面前却再也见不到一点萤火，仿佛都顺着洞口飞走了，只留下一个无底似的黑洞。夫子立刻迈步，跌跌撞撞走出洞口。

他站在了泰山的顶端。

群山都伏倒在他脚下，万千世界，尽收眼底。

而头顶上，就是天了。

天，好像一汪清潭，平整如镜，泛着白玉似的微光，映出一个模糊的影子。

自从盘古之后，就再没人离它这样的近过。

那里是否藏着他追问了一生的秘密？

夫子的心怦怦跳动，踮起脚，探头过去，那影子就清晰起来，却并不是夫子的脸，而是慢慢幻化出一个清亮柔美的圆。仔细看，竟是一黑一白的两条鱼，头尾缠绕，悠悠地转着圈。

啊！夫子大骇了。

难道这就是宇宙的秘密么？

他忍不住，颤抖着手去摸。

天真就如一汪水，泛起涟漪来。

两条鱼仿佛吃了一惊，顿时散去，天好像开了一扇门，闪出一道白光，大地开始轰然作响，泰山也崩裂成无数巨石，而孔夫子则在光芒中失去了知觉。

9

星在旋转，光在流淌，冰与火的歌。

10

孔夫子的身体对音乐天生地敏感，虽在沉睡之中，闻听雅乐，就慢慢地苏醒过来。

琴声幽幽，弦乐绵绵，夫子闭眼倾听。心随琴动，仿如飞天，随风驰骋，信马由缰，少顷，又直上云霄，万古山河都化成沧海一粟，惟见银河万里，流光溢彩，群星闪烁，明灭不定，天火熊熊，玉珠滚滚，方生方死，如涛如浪。天地浩荡，乾坤苍茫，幽幽冥冥，最终都化作一朵花瓣，飘落无声。

一曲终了，孔夫子的心久久澎湃。

他睁开眼，发现自己赤身躺在一间素雅的木屋里，身上干干净净，没有一点污浊，那些伤痛，仿佛也随着一起被擦掉了。窗外鸟语花香，阳光温柔，石凳上叠放着一件白色的长袍，夫子穿起来，觉得不软不硬，贴身得很，就推门而出。

眼前是一座花园，繁花似锦，绿草如茵，清风徐徐，远处山峦叠嶂，一条雪白的瀑布飞流直下，碧空之上，几朵白云懒懒地舒展着。

这大概是梦乡吧，夫子想。

这时，琴声又起，如清泉流淌，又有几许忧愁。夫子循着琴声，走上一条长廊，阳光透过茂密的葡萄藤，洒落一地。

琴声幽咽，哀愁渐浓，一曲未终而音已止。

一座凉亭，一个黑影，一把琴，一声叹息。

"他的心很仁慈，又有点悲伤。"夫子这样想着，就迈步走过去。

听见脚步声，黑影转过身，淡淡地说："您醒了。"

一身黑斗篷，帽檐低压着，仿佛一张影子。

"是。"夫子行了个礼，"方才听见您弹琴，就过来了。"

黑影微微低下头："让您见笑了。"

"哪里。"夫子说，"我一生闻乐无数，还从未听过那样奇妙的曲子。"

"您觉得如何呢？"

"我似乎看到了宇宙，"夫子如实说，"并且懂了一点点它的心思。"

"呵，那就好。"

"请问，此曲何名？"夫子问。

"信手而弹，并无什么名字……"影子顿了顿，"您觉得叫什么好呢？"

"唔，这个，我一时想不出，只是听的时候，看见无数的星。"夫子回想着。

"那么，就叫《星》吧。"影子轻声一笑，把琴向前一推，"我知道您也是音乐家，可否也弹一曲呢？"

夫子笑了笑，便在影子对面坐下来，手抚良琴，沉思了片刻，就弹起来。凉亭边，花香四溢，泉水声声，天空中几只飞鸟翱翔，琴声舒缓，随风流淌。

弦已止，而乐声仿佛还在耳边回荡。两个人都静默，一起在余音中回味。

一览众山小

177

良久，黑影才开口，又仿佛独自沉吟："巍巍乎志在高山，洋洋乎志在流水。"

夫子立刻笑了。

"能亲耳听您弹琴，真是三百生有幸。夫子的胸怀，今日终于见识了。"黑影欠了欠身。

"过奖了。"夫子微笑说，"敢问阁下是……"

"唉……"黑影转过身，望着远处的瀑布，沉默起来。

"世上有许多路。若想明白天下，就要走遍所有的路。譬如到了岔路口，先走一回左边，下次回来，再去走一次右边，这样才算见识了天下。"

黑影给夫子倒了一杯清茶。

"史，也是一个道理：譬如诸侯争霸，这一次是秦国强大了，重新来过的时候，可能因缘巧合，秦国反而弱小了……这样走遍了所有可走的路，才算是明白史。"

黑影慢慢地说，夫子静静地听，茶香悠悠地飘。

"总之，所有的路都走一遭，就明白哪些是变的、怎样变法，才能知道哪些是不变的。不变的东西，就是道。"

黑影端起茶杯，夫子也跟着端起。山泉煮茶，唇齿留香。

"然而，时光如水，一去不返，不能回头。因此从古到今，就只有一个史，我们不妨称之为'一实'，而其余万千的史都不能成真，不妨称之为'万虚'。虚实之间，无从比较，也就没法真正明白的'史'，更谈不上'道'。"

夫子点点头，这样的想法，他从前也有过。黑影又把茶添满。

"不过，到如今，终于有了个法子，"黑影用手一指远处的青山，"那里面，有些机器，可以另辟一块时空，在那里，史，从过去一个起点重新开始，直到全人类都灭亡，就再从头来过，一遍一遍，每次又千变万化，'万虚'就变成了'万实'……有了'万实'，就可以相互比较，就能明白'道'了。"

夫子一脸惊愕："我不懂……"

黑影又恭敬地欠欠身："自您之后，已经过去八千八百年了，咱们隔了几百代，我得叫您一声祖先了。"

清风入怀，茶香依旧，而夫子脸色苍白如纸，豆大的汗珠从脑门上渗出来。

11

孔夫子渐渐习惯了新的世界。

每天，他和影子在山间散步，在泉边弹琴，夜晚便一起遥望星空。

这是他"死后"八千八百年的星空。那些星斗，都变换了位置，有些异样，有些陌生。

星空下，是他"死后"八千八百年的世界。这时的人们，多数已去了远处的星上，建立了无数的"天宫"，少数人留在地上，住在丛林中，整日品茶，赏花，写诗，维护那架机器。

乘着一个透明的圆球，他们一起环绕大地飞行。在圆球里，身体像羽毛一样没有重量，轻飘飘地悬浮着，俯瞰这下面的世界，好像自己在飞。地上不见人烟，就只有一排排茂密的森林，翠绿色的一片又一片。只在山谷河流之间，有一些幽深的洞口，圆球带着他们飞进去，里面是一条条纵横交错的管道，巨大的机器勾连套嵌，向着地下一层层铺展下去，无边无际地延伸着。夫子看得一阵眩晕，赶忙闭上了眼。

从那时起，孔夫子就染上了一种忧郁，他时常梦见那些迷宫似的管道，梦见那些银色的机器，它们变成了一副骨架，支撑着大地站起身，朝着天空奔跑而去。

有时候，影子的朋友们还会从远方赶来。他们都穿着黑色斗篷，却并不说话，也不喝茶，只是默默地坐在那里，似乎就明白了彼此的心思，然后起身离去。在一旁的孔夫子，好像也能隐约感受到点什么，虽并不明白，却觉得非常惬意。

到了晚上，夫子就悬浮在圆球里，望着陌生的星空，想着心事。

历史发生了两百七十一次，每次都千奇百怪。

其中的第一次，回过头，"创造"了或者说重新找回了"失去"的另外两百七十次，观察着它们。它们在独立的时空里运转，速度比"它"要快很多，它们的一百年，不过等于"它"的十天。它们每一个都同样真实，只不过，只对它们自己来说才是重要的。

人类已经毁灭了两百七十次，每次都悲惨至极，除了"它"，还没有一个能够延续不灭。

"它"唏嘘不已，它继续等待。

按照计划，这样的实验本该还要再发生九千七百三十次。接着，埋在山底下的那些巨大机器会思考上千个日夜，然后告诉你：道是什么。

这想法很妙。

不过这些都不会有了。一场灾难正在"它"身上发生：一种叫做"渊"的东西，正在银河中游荡，所过之处，全部吞噬，如今，正在朝着这里飘来。

最真实的"它"，惟一的"它"，也行将终结了。

于是，人们决定彻底放弃这片星空，远走他乡。

道是什么，这个问题，也就不再重要了。记录被带走，其余都扔下不管了。失去了维护的机器，开始出现各种错误。它维护着的那片时空，也就一个个莫名其妙起来了。譬如说这次，由于什么引力系数一类东西出了错，泰山竟也成了机器的一部分，用它周围的树和石不断地运算着世界的秘密，而天竟成了世界的界限，一旦有

四部半

人突破了极限，世界就崩解了。

阴差阳错，突破世界的人，却来到了"它"之中。

人类的第两百七十次灭亡，竟是因为自己，这好像神话一样，令孔夫子不能相信。

望着天空流淌的银河，孔夫子好奇地问："之前的两百七十个我，是怎样的呢？"

夜空中慢慢亮起十几个月亮，连成一排，群星暗淡下去了。影子说，那是人造的月亮，里面住了人，不久以后，这些"月亮"就会飞走，永远不再回来。

沉默了一会儿，隐藏在夜色中的影子说："都是有意思的人，"略停了一下，"但没有一个想过要去登天。"

夫子笑了，然后又有点难过。

偶尔，会有一道银色的光升上天，向着那些月亮飞去。

"你为什么不走呢？"夫子又问。

"呵，"影子沉思了一会儿，"我太留恋这里了。"

"这种时候，是容易染上怀旧病的。"夫子对此深有体会。

"是啊，所以就听天由命吧。"

"这里很舒服，"夫子由衷地感慨，"在我们那边，不少人都梦想来这样的地方——衣食无忧，也没什么争斗。但他们想不到，还要等这么久。"

"确实，之前，也有过许多灾难，也有几乎彻底灭亡的时候，然而，总算挺了过来，有了今天。这或许是我所见过的最好的年月了，如果没有'渊'的话。"

在深空，有一个看不见的黑色劫难，正吞噬着星星，朝这里而来。

夫子很想知道在他"死后"的几千年都发生了什么，然而他忍住了好奇，因为心里有别的打算，所以他宁肯不知道这些已然发生的"将来"的事。

"您要是愿意，可以跟他们走，他们倒很乐意。"影子笑了笑，

"虽然过了这么些年，您在我们这儿可还是名人呢，大家都没忘记，也都很尊敬您。"

"是么，真想不到。"夫子摇头，"不过，还是不要了吧。"

"那么您留下来吧，毕竟'渊'还远，大约我们都等不到那时候。"影子诚恳地说。

夫子沉默了片刻，望着远处黑乎乎的山反问："那机器，会怎样呢？"

"自己坏在那里吧。"黑影心不在焉地说。

"能修么？"

"能，但已没有必要了，除非……"影子愣了一下，"您想回去？"

"唉……"夫子叹息了一声，有些惆怅，"这里真是享清福的好地方，然而我总觉得在这里像鬼一样，不合时宜。况且想起我的朋友和学生，就总是放不下啊……"

"可那些都已经……结束了啊。"

"话虽如此，但我觉得一切都还在的。你不是说，可以从头来过么？"

"哎呀，"影子从黑暗中飘过来，有点忧虑了，"'记录点'倒是有，可以把您送回到毁灭前的某一刻，然后重新继续的……不过，您真要这么做么？"

夫子目光炯炯："那就有劳您帮忙吧！"

头顶上，一颗流星划过天际。

12

凉亭边，溪水依旧清澈，但山花似乎不如从前那么茂盛了。凉亭里坐了一排影子，他们都是来送行的。

"机器勉强修好了，况且能量也不足，恐怕就只够再撑一次，"

　　　　　　　　　　　　四部半

影子交代着，"引力系数校正了，现在大可以去登随便什么山了，不过，说不准别的地方会不会有问题。"

"好。那么，这是最后一次了？"夫子问。

影子郑重地点点头："再毁灭的话，可就没办法了。"

"这样也好。"夫子点点头，琢磨了一下，"这样也好。"顿了顿，又问："你能把那边的速度再调快一些么？"

"可以。"影子会意地一笑，"兴许在'渊'吞没这里前，你们能想出什么好法子。自然，快还是慢，在那边是不会有什么感觉的。"

"只差了八千年，很快就会追上你们的。"夫子微笑着，似乎很有信心。

"但愿别出什么差池，少走弯路，否则就只有一起……"影子有点感伤了，就举起茶，"能和您相逢，真是好事。"

"我也一样。"夫子说，笑着问，"能看看您的真容么？"

"嗨，"影子摇摇头，"还是算了吧……"

"也好。"夫子将茶一饮而尽，"那么，您再为我弹一曲饯行吧。"

"好。"影子手抚着琴，想了一会儿，"《星》是当时的心境，如今已经弹不出来了。我这儿倒有一个曲谱，是您那时候的，后来失传了，如今找回来了。我请您听一听，曲谱您带不走，就请记在心里吧。"

夫子笑了，又向着那些黑影点点头，走进了圆球中。

琴声扬起，天地都静穆了。

孔夫子闭上眼，心中一片安宁，伴着琴声，周围渐渐黑了下去。

孔夫子从梦中醒来时，太阳正朝西坠去。

他觉得周身乏力，精神也很困顿，所以就在那里呆坐着，偎着火炉，似睡非睡的，直到有人叩门，才清醒过来。

子路站在门口："老师，季康子来了。"

夫子愣愣地，盯得子路有些糊涂了，片刻之后，夫子露出一个笑："请。"

"泰山者，擎天之柱也。这东西穿了几百层云霄，顶着天呢，哪里是人能登的啊……不成不成！"

夫子默默地听，也不应答，脸上却挂着满意的笑，让季康子和子路都莫名。

"……您毕竟是国学大师，万一有点闪失，我们都担待不起……话说您要是想散心，可以安排您旅游，我们还准备划出一块地，给您专心做学问……"

"太谢谢了，"夫子行了个礼，"那么，就不去了吧。"

季康子和子路都登时愣住了。

"与其那么辛苦，真不如做点别的事。"

"哎呀！您果然是圣人哪，就是通情达理！不像别的老头子，固执得要命……"季康子完全没料到这样的逆转，想到自己面子这么大，高兴得有点不择言，说完自己也后悔了。

夫子却并不介意，只和善地笑："那就烦劳您给我划一块地，我准备盖两间房，办个学堂。"

"好好好，就这么办，要强国，还得靠教育事业啊！"

季康子满心欢喜地走了。

子路却一脸不悦："我们百般劝，您都不听，当官的一说，就立刻改主意，君子是这样势利的嘛？"

夫子依旧不生气："君子啊……唉，子路，你永远是这样……"

夕阳下，孔夫子独自站在黄河边上，望着滔滔的河水出神。

一个人慢悠悠地飘过来，夫子回头一看，就笑了。

两个人矗立了一会儿，老聃就开口："这些日子，你在做什么呢？"

"哎，我做了个梦呢。"

"梦见了什么？"老聃淡淡地问。

"梦见我去登了泰山，泰山是空的，顶上便是天，天是软的，像水一样。我一摸，天就裂开，世界就完结了。"

"那么，你明白'天'的奥秘了么？"

"我不敢这么说。但我看见了奇怪的东西。"

"是什么呢？"

"我在树干上看到了爻，在天上看见了阴阳。"

"唔。"老子也不吃惊。

"我还梦见了天外的世界，那是几千年以后了，将来的人，也在求道，但是仍不得。"

"哈。"

"我们这里，便是他们造出来的影。"

"嗬。"

"梦里有一个朋友，是一个影子，和您有点像。"

"哦。"

"我还梦见两首曲子，都是天籁之音，可惜梦醒了，就全都忘记了，只记得一个叫《星》，另一个叫《广陵散》。"

老聃不作声，杵在那里，如一尊雕像，脸上堆满皱纹而全无一丝波澜，一阵风把他稀疏的几根白头发和垂到耳边的白眉吹得乱颤，一身肥大的黄袍在风中飘摆不定。良久，他才开口："这不是一个好梦，也不是一个坏梦。"

"是。"夫子点点头，"梦里很舒服。"

"醒了呢？"

"很累，但也高兴。"夫子望着浑浊的河水，微笑着，"我还是不能无所欲求，但心比从前平静得多，所以能更刚正一点。"

"咳，这样好。"

"我打算办学堂，不只讲礼乐，也要找人讲算术，讲天文，讲水利，讲种田……这世界还等着我们，可做的事还多着呢，"夫子

一览众山小

185

的眼里闪出快乐的光，"您愿意，也来。"

"我太老了。"

"那可难说。"

老聃没有应答，只露出一抹微笑。

两个人一起望着黄河，河水滚滚向前，夕阳正一点点沉沦，胭红色的晚霞染红了河水。晚风阵阵，吹乱了他们满头的白发。

四部半

蝴蝶效应

上篇　逍遥游

1　《盗梦空间》Inception

教育家孔仲尼半生碰壁，颠沛流离，决定登泰山而观天道。站在山巅，见天空碧如湖水，有阴阳二鱼嬉戏。触之，天塌地陷。

醒后，仲尼听见杀声阵阵，方记起自己是农民起义军领袖。原来，楚王用科学家公输般发明的造梦机，试图向他植入"仁爱才是拯救乱世的正道"这样的 idea，而梦中害他颠沛流离的小人们其实是他的潜意识。

识破奸计的孔将军露出轻蔑的笑容。

2　《终结者》Terminator

秦王暴虐，反政府武装领袖陈胜命人造终结者刺秦。

第一代终结者荆轲，因用盗版软件，突发程序故障，刺秦不中，被诛。

第二代终结者高渐离，因用山寨筑，击秦王而立折，被诛。

第三代终结者张良，因叛徒出卖，铁锤击中空车，被诛。

第四代终结者无名，因思想不过硬，被秦王说服，放弃任务，自毁。

……

见大势已去，陈胜孤注一掷，造第 N 代终结者孟姜女——就算不能杀死秦王，也要用超声波武器，将他毕生的丰功伟绩化为齑粉。

3 《2001 太空漫游》2001：A Space Odyssey

平定四方后，前所未有的辽阔疆土令刘彻感到惶惑。

当张骞派人送来消息，说在沙漠中发现了一块至纯至黑的方碑时，武帝仿佛听见了上天的召唤。术士们在方碑的启悟下，造了一条青铜色的巨龙。皇帝乘着它，向着星空深处飞去，对地上的繁华富贵不屑一顾。

在幽冥的世界里，他不再老去。穿越星门时，他看见了过去和未来。在时光之海中领悟了真相后，他变成一个星孩，深沉地盯着那尘埃一样的故乡。

只有张衡曾在观星的夜晚听见过一声幽微的叹息。

4 《阿凡达》Avatar

五柳先生年轻时猛志逸四海，厌烦后误入桃花源。这里住着来自不同星球的隐士，大家吃野果，饮山泉，吟诗弄墨。

日子久了，他偶尔也想恋红尘，就偷偷回家，想接夫人翟氏来一起过神仙生活，结果被一直监视着他的密探捉住了。

时值乱世，人人渴望清平，皇帝刘义隆听说桃花源中有"宇宙之心"，得此物者可定天下，遂引兵攻桃花源，十年而不下。后据发明家马德衡遗著，造人形机器，曰阿凡达，使之潜入桃花源，里应外合，大破之，竟未见"宇宙之心"，而桃源终不复得。

5 《西蒙妮》S1m0ne

作为唯美主义艺术家，李隆基希望找到宇宙里最美的女人，便在太阳系举办选美大赛，却没有一个看得上的。高僧一行大师被玄宗纠缠不过，造出十全十美的女子。一见到她，他的心都碎了。

从此，李隆基冷落了人世，醉心于虚拟游戏世界里那清丽脱俗的美。臣民皆有怨声，说天子被幻象迷住了心窍，使先人开拓的盛世陷于危难。皇帝偶尔也会自责，把游戏卸载掉，却总偷偷留下一个存档，挣扎几日后，将游戏再重新安装。

在马嵬坡，兵士们对圣上进行电击疗法，李隆基终于流着泪将他的女人永远地格式化了。许多年以后，他两鬓斑白，独自在萧瑟的长生殿里，依然无法忘怀，初见杨玉环的那个黄昏，是怎样的美好和悲伤。

6 《黑客帝国》The Matrix

"岳爷！"

岳鹏举就想起老师当年的告诫："若有人认你是救世主，你就要当心了。"

凶悍的金兵在他面前总潮水般溃败。而他要保卫的大宋王朝又总在紧要时令他停下。每一次庆功宴上的痛饮，都让岳飞恍然，弄不清自己究竟是要对抗母体的奴隶，还是母体本身的一个杀毒软件。命运给予他这虚境中的威武之躯，究竟是要做怎样的安排？

临死前，将军很想告诉张宪和岳云这不过是梦。可在这华丽丽的沙场上征战半个世纪后，他早已忘了当初吞下红色药丸后所见的真实。命该如此啊。虽然天日昭昭，可作为游戏中的角色，谁让你从一开始，就被赋予了"精忠报国"这样的设定呢？

7 《钢铁侠》Iron Man

铁木真出生时胸口透着血色光芒，后来他在银河系里东征西讨，靠的就是这人称"宇宙之心"的天赐。

他庞大的身躯像一颗阴郁的彗星，在星际间呼啸。比那致密的中子铠甲更坚不可摧的，是大汗神明般的意志，在它面前，来自荒僻行星的蜘蛛侠蝙蝠侠绿巨人超人们都臣服了，群星也黯然。惟有那看不见的黑洞无动于衷。

大汗害怕有一天他的心会弃它而去，易朽的肉体成为梦想的重负。他打了个盹，醒来后朝一个黑洞飞去。他相信自己将在那幽深无底的冥府里脱胎换骨，以梦中变形金刚的模样，去威震整个宇宙。

8 《星际迷航》Star Trek

大明号舰长郑和大人在漫长的星际旅行中，靠读《史记》和与爱因斯坦下棋来消磨时间。

多年来，他总能在那本精彩绝伦的著作里找到心灵的安慰，一千年前那个很爷们儿的男人让他明白：就算遭受最可耻的羞辱，你也可以用伟大的思想使小人们覆灭。因此接到皇帝的授命后，他便决心要用他的舰队，去完成太史公用笔未竟的伟业。

大明号一路播撒着天朝的威武与文化，结交友邦，互换珍宝。随行的诗人谱写着没有尽头的史诗，科学家们则做着永无终结的发现。

郑大人垂垂老矣，心怀忧愁。爱因斯坦说，地球上早已过去亿万年了，他所思念的已然灰飞烟灭，这是相对论的必然。

"再开快一点。"舰长挥挥手，希望能追上时光，想起自己本来的名字。

9 《银河系漫游指南》
The Hitchhiker's Guide to the Galaxy

爱新觉罗·弘历在西湖边上的一家妓院里梦见了人类的覆灭。

醒来后，皇帝召集全天下学者，用了十年，将人类全部知识汇编成《四库全书》。等到末日来临时，大清皇室的后裔们，将凭此指南，去银河系漫游。

乾隆死后六十年的一个9月的早上，英国人卡林顿和霍奇森分别观测到太阳表面喷射出一道明亮的闪光。夜晚绚烂的极光使多年来的末日传说如洪水泛滥。翌年，英法联军攻入北京，夺走《四库全书》。

白种人坐上星舰，按全书的指引，逃离灾难，去银河系中寻找新的家园。但他们至死也想不到，乾隆不仅梦见了末日，也梦见了圆明园的大火。编纂全书时，许多关键的知识被删除、篡改了，由此筑起了一座走不出去的迷宫，将可怜的白种人永远地困在了死者的大脑里。大清帝国则冉冉升起，在先皇亡灵的指引下，朝着另一个方向飞去了。

10 《回到未来》Back to the Future

未来的诸君：

今天晚上，那女子影子似的忽然从月光下冒出来：

"先生，我是您的子孙啊！"

这光艳的孩子，梦呓似的说起话来。一听说那未来实在是几千年未有过的盛世，货真价实的美好，我也未尝不曾心动，几欲与她一同前往，去参加什么历史博览会了。虽只是作为活僵尸，被请去供后世的子孙们观赏罢，但如能亲见那早已绝迹的桃花源，即便在时间的旅行中化为尘土，也死不足惜了罢。然而，我的疑心病到底还是发作了，就果然听出些不对劲的东西来。于是当她说要我给未来人做讲演时，我就借此推托掉了。然而我又不忍面对满是沮丧的青春的脸，只好安慰她：

"倘未来如你所说的美妙，则正需我今日的加倍努力；倘若不是，我也就不必前往。"

她还是沮丧地走了。我虽愧对子孙的厚爱，但也别无他法。

因为，有我所不乐意的在天堂里，我不愿去；有我所不乐意的在地狱里，我不愿去；有我所不乐意的在你们将来的黄金世界里，我不愿去。

但这倒提醒了我年轻时做过的梦，那时我也译过科学小说，说过一些胡话，自己也想写，后来这梦也随着其余的一同忘却了。如今却想起来，就信手写下这些残章，算是答谢你们的好意罢！

迅上　1935 年 12 月 31 日

中篇　沧浪之水

1 《弗兰肯斯坦》Frankenstein

女娲造了几个人后，有点后悔了。于是她放了一群猛兽下去。小人儿们便惊慌着四散而逃，一路被吃掉了不少，余下的钻进了山洞，但不一会儿，又都出来了，手里拿着火把和石头。野兽们便惊慌着四散而逃，一路被吃掉了不少，余下的钻进了地下，却再没出来。

　　　　　　　　四部半

真难办啊。她又搓了些尘埃似的玩意儿，随风一撒，小人儿们便面色乌黑，成批地倒下，狰狞的模样让女娲也感到有些惶恐。但不久，小人儿们架起一只巨锅，熬起草药来，灌了几口药汤后，又活蹦乱跳了。

她皱起眉来。身后忽然一阵稀里哗啦的，原来是锈红色的天裂了缝，正渗出土黄色的雨。于是她伸手捅了几下，洪水就倾泻而下，淹没了大地，卷走无数的小人儿。

耳畔清净得有些异样了。

但还剩下了几个，抱着山头，嘤嘤地哭。她越发心烦，就从水里抓起一块石头，和着海泥，将天堵上了。雨停了，风又吹出了几块陆地，小人儿们就笑起来，然后又是哭，哭累了便昏睡过去。但那睡相实在可厌，她就把他们捡起，扔进大石锅里，用力一推，石锅便远远地漂走了。

她终究下不了狠心。但为什么就造不出些更漂亮的东西呢？何必非要生在这样的世界呢？但没有人来回答。她只好死掉了。

2 《少数派报告》Minority Report

屈平的神经衰弱越来越严重了，他整夜地睡不着觉，心里烦躁而且愤懑，就只好不停地写诗，好不容易入睡，也总是做噩梦。等到听说杀人魔王白起来攻楚了，他便知道噩梦终于要变成事实，自己已然穷途末路。他就赶着车，一路吟唱，朝着江边而去，悲怆的诗句洒落满地。

生在贵族之家，降于寅年寅月寅日，又有符合天地人三统的取了极好的名字，他本没有道理不走一条坦途。孰料，虽以卓绝资质成为左徒，但短暂的风光后，他竟被小人的谗言逼上了越来越坎坷的弯路。难道求索真理的道路注定漫长曲折，非耗尽膏血而不能得么？

如今，他颜色憔悴，形容枯槁，被失眠困扰，却还是制芰荷为衣，集芙蓉为裳，佩五彩华饰，发散着幽幽清香。

"这不是三闾大夫么！怎么落得如此田地？"江边的渔翁一下子就认出他来。

屈平苦笑了。在这片礼崩乐坏、污浊烂醉的土地上，特立独行大概总难有好下场。大国合纵连横，小国朝秦暮楚，今日结盟明日毁约，三寸不烂之舌，便使城池易主，数十万人头落地，江河顷刻间染黑。各国都在招揽先知，争抢着时代的先机，可猩红的乱世里，还有什么正道可言，又有几人能够参透未来？

"有位北方的智者说得好：天下有道则见，无道则隐。何必太倔强，让自己受罪呢？"

大家也都奉劝过他：就算眼睛能看见将来，心能够坚贞不移，肉身却无法避免毒箭的刺伤，何妨圆滑一些呢？话很有理，但变法是大势所趋，大楚的贵胄，岂能害怕旧势力的屠戮，而以浩然之躯，忍受尘俗之污呢？于是他依旧坚持己见，得罪了越来越多的权臣，终于让自己被孤立了。怀王疏远了他，听信令尹和上官大夫，相信秦楚联盟才是天命所归，结果屡遭欺诈，而仍不觉醒，最后落得个客死他乡。那两位贪图私利的小人所谓秦不可抗的预言偏偏以这样的方式自我应验，实在可说是命运对三闾大夫的无情嘲弄了。

同为先知，为何他独独成了少数？难道是言辞不如别人巧妙，无法鼓动大王老迈的心智么？但更可能的是，人人都只想听见自己乐于相信的预言吧。

"离乱太久，就会转向一统，这于苍生也是福祉，至于是秦还是楚，又有什么关系呢？"

也许渔翁是对的，也许昏庸的君臣理当覆没，也许子兰和靳尚看到的才是真正的未来，反是自己被爱憎左右而错看了天意吧。如丝的细雨撩拨着浩渺的湖面，仿佛他纷乱的心绪。

"大夫啊，你若曾预见过自己的宿命，又怎会仍一步步走到这里呢？"

这古老的问题让屈平一愣，心头划过一道闪电，顿觉云开雾散了。

"那是因为有些事，就算是死，也不肯做啊。"

渔父莞尔一笑，唱着歌离去了。

他也诀别了故土。5月的湖水温润清凉，斑斓的鱼群围着他游舞，护送他来到了江底的裂缝。在地下世界里，恐龙们围着岩浆嬉戏，这是他梦里到过的地方啊。龙王风雅有度，陪他游览地府，欢饮纵歌，排遣他的心中惆怅。岩壁上凿刻的图案流动不居，先王与龙族的战争、上古的洪水、女神的英姿，皆撩起屈子的无限遐想。

他们穿越越来越紧致的地幔，那灼热的气息，把时光都烘烤得疲软无力。在旅途尽头的驿站里，躁动不息的地震波传来地上的景象。

眼看他起朱楼，眼看他宴宾客，眼看他楼塌了。刹那间，身后已过去百年，他热爱过的东西皆已面目全非……且慢！他赶快闭上了眼。

那被追捧为伟大诗人的死者，倒是在辞赋里刻凿下几分故园的残迹，但就算有万千人的吟唱，难道就能召回往昔的旧梦么？而在地府深处游荡的落魄大夫，倒成了真的幽灵，从今往后，他的爱又要寄托到哪里呢？

不过，未来既已成过往，也许就此可以踏实地睡觉了吧。

屈平转身，望着地核深处的太阳，再也写不出一句诗。

3 《生化危机》Resident Evil

大战来临之际，军中将士病倒的却越来越多，这让曹孟德心中颇有几分不安，他独自站在江边，望着被秋风扯动的千里江水，思绪万千。

几十年来，瘟疫十数次地席卷中原。百户人家只剩一二，繁华都市尽皆凋零，郊外遍地白骨，千里不闻鸡鸣，疲弱的朝廷却无力拯救苍生，于是世道愈乱。黄巾乱党借机作难，经受疾疫洗礼而发生突变的超能英雄们也纷纷崭露头角，一时间不知几人意欲称帝，又几人希图称王。美其名曰建功立业，却不过是生灵涂炭。每念及此，曹孟德便心中伤感，尽早完成统一大业的心意也越发坚定。

他半生背负着骂名所做的一切，只为如今这一刻。不久以后，大地上将只有一个国，那时他愿意永不称帝，日夜操劳，使人们将安心地活着，不再恐惧。

为此，他可以不择手段，哪怕是将长江都抽干也无妨。

"丞相雄师，天下无敌，但东吴名将无数，关张等人更乃万人敌，强攻不若智取。"

于是，祭拜了河神屈子之后，一队潜艇便在黄盖的带领下，向着海底驶去。在那里，他们将开启传说中连接地府的"烈火之门"，反抗军依恃的天险便会化作一个巨大的旋涡，卷走不自量力的叛军和令人恼火的瘴气。浪花淘尽了英雄之后，在干燥舒适的新世界里，北国的骑兵将在古老的河床上纵横驰骋……

"青青子衿，悠悠我心。但为君故，沉吟至今。"

忽然刮起的东南风折断了一支军旗，江底喷出的黑色石油将战船层层包裹，一队快艇从对岸疾驰而来，漫天的火箭照亮了冬夜的星空，熊熊的烈火烤化了丞相的美梦。

残阳如血，青山依旧。

持续百年的乱世还要继续乱下去了，天下太平的良机失之交臂，不知何日再来。他们打败了他，却有更多人将要为此在以后的年月里毫无意义地死去。这些家伙为什么就不明白这道理呢？为什么连瘟神、火神、水神、风神也统统与他为难呢？或许这些神仙，本就是同一个吧，它根本就厌恶人的存在。就算没有中计，成了地上的王，他难道还有力气再与神明抗衡么？神龟的寿命虽长，终究也是一死。这世界本就不是什么乐园，他的抱负又算得了什么呢？在华容道上，他心中的恼恨渐渐化作困意，头发也一夜尽白。

4 《未来水世界》Waterworld

　　身为大隋的总工程师，宇文恺曾建造过无可匹敌的都城、奢华富丽的楼宇、庄严气派的皇陵、举世闻名的河渠、精巧妙绝的机械，令两位皇帝也叹服，使四方蛮夷都惊愕，但最让他心醉神迷的那个建筑，却至死也未能造出来。

　　他日渐对过去的创造感到淡漠。用土木砖石堆出来的玩意儿，再怎样高明，也迟早都要被无常的造化抹平。也许只有周公这样的大贤，才能窥见天道的奥秘，设计出永世不倒的事物吧。于是他翻遍经传子史，在逝去的世界里寻找着先哲的幽灵，在名与实、数与理、道与器缠绕着的万花筒中苦苦求索，终于找到了那比日月还要光辉的存在。

　　图纸上的明堂让皇帝的眼睛亮了，但后来总是遇到这样那样的阻隔。不是迂腐老头子的非议，便是圣上心血来潮的远征。大概那些腐儒根本害怕看见真正的道，而这位心比天高、性比怒涛的君王在乎的只是浮云般的荣耀吧。为了满足那变本加厉的虚荣心，宇文恺不得不一再挑战自己：能容纳万人的军中大帐，装着车轮在大地上行进的宫殿，可以无限组合拆解的都城……这些匪夷所思的东西，让蛮族一次次坐立不安，自惭形秽。

　　然而，大地变幻莫测的形状终究限制了神器的威武，接二连三的征讨都无功而返，龙颜震怒了。

　　修筑一条通天渠，打开传说中泰山之巅上的"苍穹之眼"，将滚滚的天河之水引到尘世，恼人的山川险要将被填平。在那光滑的海面上，大隋的舰队畅行无阻，来去自如地播撒着浩荡皇恩，只剩下一些小岛的夷狄鞑虏们无不臣服……

　　在花团锦簇的大厅里，皇帝亢奋不已，宇文恺无言以对。运河托着巍峨的龙舟，在他年轻时代开凿的河道里缓缓前行，从雕饰繁复的窗棂送来了一丝夏日的腥臭。他不得不承认，在想象的狂放方面，皇帝比自己更像个艺术家。这位疯狂的统治者已经对大地失去了耐心，但未来就一定是海洋的天下么？谁敢保证，将来不会有更聪明的人造出能平地如飞的事物呢。如此说来，圣上的目光也有点太短浅了。

在自己的房间，他静静地搭着积木。近来，他开始相信，事物的奥秘就藏在那微妙的结构之中，无关规模。只要精准地遵守比例，便可化凡俗为神奇。到那时，他或许还会找到一种办法，造出一个微型的自己，在那真正的安乐所在，逃避掉世上的一切荒唐。

5 《2012》

黄河之水天上来。

这样雄奇的景象，杜子美只在年少时见过。那时候，历经几代君王的文治武功，大唐的版图未有过的辽阔，生产丰收，科技进步，文艺繁荣，军事强大，山河锦绣，四方的胡虏都倾心中原，连海下的鱼国都不远万里派来使者。而那在天地间盘旋的水龙，正是这盛世的象征。

通天渠才露雏形，前朝便在战乱中覆灭，却给后来者留下一份厚礼。则天顺圣皇后将其改造为"天枢"，并在承露盘上亲手打开"苍穹之眼"。世界并没有像隋炀帝设想的那样变成一片汪洋。天河经由黄河与大地勾连，新的水系在大气压力和重力的相互作用下获得了巧妙的平衡：干旱时节，黄河便从天而降，奔流入海；洪灾时候，黄河就逆流而上，飞腾入天。顺流逆涌之间，天下英豪尽折腰。

然而，也就是在那时，一个流言开始在不满乾坤颠倒的人们中传播：在十进制纪元的 2012 年，将有末日降临人间。据说，几千年前，当人们开始用全新的进制来理解宇宙时，天地的格局便澄明起来，而洞察了玄机的先人就将这神秘的预言刻凿在兽骨上，埋在古老的殷墟里。

天后传续正统，玄宗皇帝励精图治，开辟了盛世，谣言一度被人遗忘，却在暗地里悄然滋长。天河不再稳定，黄河在泛滥后又遇到海水的大回灌。皇帝却已失掉了年轻时的气魄，迷醉在温柔乡里，对那一天天迫近的期限毫无知觉。古人究竟看到了天河的溃败还是瘟疫的肆虐，是大地的摇晃还是天外的飞星？人心惶惶，猜测着会有怎样的浩劫。

最后，却是边境的铁骑，践踏起的一片烟火。

满目荒夷之后的太平世界里，废弃的天枢被盘旋而上的藤蔓覆盖，曾在空渠中躲避战乱的人们化作了冤魂，却再也找不到已对尘世关闭的"苍穹之眼"，只能在腐烂腥臭的管道里日夜徘徊，在尸骨和荒草中哀鸣不已。每当听见这运数已尽的王朝挽歌，工部尚书杜子美便老泪纵横。

但堂堂天朝，怎可就此沦落呢？皇帝们又奋发了，打算再来一次中兴，修建"广厦"的方案便就此通过了。

"爱卿游历甚广，见识颇多，知民间疾苦，有圣贤胸怀，此民生工程，关系重大，望卿多加用心，切莫辜负朕托。"年轻的天子满含期望地握着老杜的手。

从此，老杜便不怎么吟诗了。他战战兢兢地钻研着，宇文安乐的笔记给了他灵感，天后时代打造的明堂残骸给了他启发。每当疲倦时，他便想起在风雨中忍饥受冻的百姓和圣上的恳切眼神，于是日夜操劳，指挥着这项浩大的工程。渐渐地，他感受到，建造广厦也正如锤炼诗句，成败全在材质的精良和结构的巧妙，而最终则是心中的境界。既然他能写出自信能流传千古的诗篇，则也一样可以为天下寒士筑起一个风雨不动安如山的乐园。

黄河偶尔泛滥着，边境时常鼓噪着，人民还是焦虑着，末日的流言又有了新的说法，老杜觉得，自己的时间不多了。他日以继夜地用心血浇灌着那能容纳一百万人的大厦，看着它一草一木地生长起来，便觉得累死也是值得的，所以连觉都舍不得睡，只是偶尔打一个盹。

"老弟，你真是愚啊。"已经仙逝的老友，便抓着短暂的机会，来梦里拜会他了。"不老老实实写诗，在这里自找苦吃。"

"要是能选择，我情愿世上永远和平安乐，哪怕因此断绝了写诗的灵感。"老杜望着挚友，许多年来的思念之情，化作浑浊的热泪。

"可尘世里怎么造得出天堂呢？"年长他许多、生前即名声万里的大诗人最喜欢调侃自己的小老弟，"我早就说过，就算有什么仙境，那入口也只能是在这杯中啊。"说着，诗仙便为老杜斟满一杯酒。

于是，两位好友，便隔着阴阳举杯。琼浆玉液一路奔流，消弭了胸中的万古忧愁。

6 《X 战警》X–Men

要把梁山学院里的一百零七位超能战士团结在一起，带领他们为了共同的事业而奋斗，这于任何人都绝非易事。宋公明院长常常为此焦头烂额。

兄弟们来自五湖四海，出身三教九流，特异功能更是五花八门，各自的癖好也千奇百怪，惟一的共同点，大概就是由于天赋异禀，而不见容于这个社会了。

其实，变种人并不新鲜，武王伐纣时代的神兵天将，东汉末年崛起的各路英豪，都有案可查。而超能力的出现，又往往与王朝的兴乱有关，圣书上便说："国家将亡，必有妖孽。"所以朝廷对此一向是非常敏感的。大宋王朝延续了一百多年，表面上挺欢腾，实则内忧外患，人们便将民间出现的大批变种人视为不祥之兆，被佞臣们把持的朝廷却昏招频出，饱受歧视和压迫的好汉们一个个被逼上绝境，纷纷走上了造反的道路。

宋公明本来是大宋的一名底层公务员，朝政的败坏和百姓苦乐虽然都看在眼里，可临到灾祸降临自己身上之前，还是觉得这社会是有救的。照他的意思，我们这位皇帝虽然有点昏聩，但本质上还是好的，而且在艺术上有不俗的造诣，恐怕还不至于到扶不上墙的地步，所以只能是廷臣太坏。谁料，莫名其妙地，自己竟也上了山，又莫名其妙地，就当上了院长。

起初他不是很有信心。和其他兄弟比起来，他总觉得自己太平凡了，只配在太平年代里过点庸俗的小日子罢了。可既然做了这工作，就得为大伙负责。那些身怀绝技、骄傲到骨子里、彼此不太服气的男女们，竟都甘心认他这个凡人做大哥，倒让他有点意外。跟官军以及其他的变种人集团战斗得太疲乏时，他也想过退休算了，但还有谁能管束这一群豺狼虎豹呢？一个齐心协力的梁山学院，起码还可以做些铲奸除恶、劫富济贫的事，这于他也算是一种安慰吧。后来，在位子上坐得久了，自信也就慢慢地有了，他开始相信，自己其实也有超能力的：不论是谁，都能在他那里找到父兄般的信赖，这大概是一种对人的心灵进行控制和安抚的特别能力吧。

因为领导有方、众志成城、战法卓绝，梁山军攻无不克，威风八面，震动朝野，着实过了一段痛快淋漓的好日子，每当回忆起这段时光，总觉得过去的酒肉都格外得香。

但当朝廷送来的蓝色小药丸和方腊军送来的书信同时摆在忠义厅上，分裂的气息便在学院里弥散开来，众人吵斗不休。院长头疼得紧，喝罢了酒，独自上了龙船。

晚风清凉，湖水剔透，倘若酒醉，兴许会有打捞湖底月亮的冲动。但院长却无此等雅致，只是烦乱地想着心事。吃了药丸，大家就都变回常人，朝廷便可安心地给他们加官晋爵，从此为国效劳，名正言顺。跟方腊集团合作，则彻底断了后路。联合战线？超能英雄主导的新纪元？这厮也有点太天真了吧。倘若成功了，谁来做皇帝呢？他宋江就不信，谁就能保证比徽宗做得更好。何况，如此惊世骇俗、有悖伦常的事，根本不是他的风格。若失败了，则要以叛贼之身被千刀万剐，还要在史书里遗臭万年，就更不对他的胃口了。所以，思来想去，到底还是归顺得好。只是，手下定然有反对的声音。连像李逵这样大哥叫他去死，他都一样会快活地自尽的小弟，不都放肆地说"招安招安，招甚鸟安！"了么？莫非是自己老了，超能力也跟着衰弱了么？看来很有必要搞一次大规模的思想教育了。梁山学院的利器，乃是凝聚力，必须让他们明白这道理。

一阵呜咽的箫声传来，不知是谁在芦荡深处吹奏着伤心的曲调。梁山虽美，终究不是他们的故乡。天地虽广，也不能一直这么飘来荡去。总该有个着落才好。然而，宋公明的心思却在如诉衷肠的箫声里有些动摇了。除了变种人，今日的世界确乎还有许多不寻常的地方。他闲时喜欢翻阅的《梦溪笔谈》，便列举了许多新玩意儿：活字印刷，指南针，格术光学，会圆术……这些闻所未闻的东西，令他隐约觉悟到什么。最使人亢奋的，则莫过于黑火药了。那能够绽放出似幻似真的绚烂烟火的黑色粉末，如今开始被用来打仗了。新型兵器尽管还有诸种缺陷，身为军事家的宋江却已预感到它将会催生一种全新的战法，甚至就此改变世界的格局。

总之，若说是一个新时代在孕育着，也并无不可。那么，他真的不要带领弟兄们抓住时机，干上一番大事业么？难说革命才是真正的替天行道呢。那么，方腊或许是对的？据说他手下也是人才济济……宋江开始在心中盘算起两军合并的可能。

朦胧中，有什么线索一点点浮现了，所有这些，似都和"数"有着什么关系：活字印刷让文字以数的方式重组了，交子则把真金白银虚化成纸上的一串数了，梁山学院有一百零八位好汉，似乎也就不是偶然，三十六位天罡星和七十二位地煞星的比例，不也正是火药中硫与硝的比例么？方腊、王庆和田虎的勇将们凑到一起的话，能起到木炭般的作用么？火药本是炼丹道士的发明，而道家的始祖已说过，宇宙就是一串从无到有的数字衍生出来的……他由此还想到古代的种种预言和传说，一时有些恍惚了。

猛然间，他身子一震：眼前的世界，莫非本就是由数构成的幻象？也许，它早在"安史之乱"那年就已经毁灭了吧，我们这些人，不过是冥界里游荡的数字亡灵无聊时重组的虚幻游戏罢了。他大吃了一惊。

一群水鸟噗噜噜地惊飞而起，冷风压低了芦苇。

宋公明清醒过来，不禁嘲笑自己的疯癫，但心里仍犹豫不决，只好先回大寨再说了。水面上升起一股缭绕的雾，龙船隐没其中，头顶的苍穹镶满了星斗，数也数不清。

7 《大都会》Metropolis

昭文馆大学士郭守敬是在一座戏院里结识梨园领袖关汉卿的。那时，帝国版图之大，旷古未有。这本是施展才华的年代，但人到晚年，他却遭逢天朝的溃烂，自己虽为栋梁，也无事可做，就每日在家里钻研各种器械，偶尔出来散散心，听听戏，逛逛大都，打发时光。

这座高耸入云的都城，凝聚了来自不同疆域里的科学精英的心血，是帝国至大无疆的象征。参照唐天枢而改造的乾坤渠，将天河之水牵引过来，经由大都四通八达的脉络，将天下四方的水系如血管一样联通起来，万物便得以在天地间流转，生意和国运也随之兴隆。作为帝国的心脏，大都更是气势恢弘、结构复杂，地表之下埋藏着钢铁骨架，大大小小的齿轮和轮轴环环相扣，构成了一套超出想象的精密体系。要让这样一座庞然大物正常运转，除了大汗的坚强意志和臣子们的苦心经营外，还必须让每个子民都各司其职，一丝不苟。按照皇帝的旨意，眉目各异的族群，依照高低贵贱，分门别类地被安置在摩天大楼的不同区域，从早到晚，埋头苦干。在永恒的大都面前，庶民们如同蝼蚁，用他们的血肉来润滑着齿轮间的生涩。

日出时，大楼东侧那浮雕般的巨钟便敲响，整个大都微微颤动。蝼蚁们倾巢而出，涌向各自的岗位，挥汗如雨，干劲十足，然后慢慢地困倦，懈怠，开始无聊，烦躁，敷衍，兴奋，终于等到了那隆隆的鼓声从大楼西侧的巨鼓传来，于是一窝蜂地回家。吃饱喝足之后，帝国的子民们便奔向分布在不同楼层的一百零八所大大小小的戏院里。在符合他们身份的某一个座席上，如痴如醉地看着梦境般的舞台上那一幕幕悲欢离合，跟着嬉笑怒骂，宣泄心中的烦恼，随后各自散去，在宵禁的钟声中入睡，为新的一天做好准备。在节日里，所有的戏院都坐满了人，灯火辉煌的皇城通体透亮，仿佛遗落在广袤平原上的一颗夜明珠，咿咿呀呀地吟唱。

不过，从修建一座大都还是种植一片草场的争论，到两次对深海中的鱼国不远万里却以失败告终的征讨，习惯了在草原上骑马的游民们入主中原后引发的定居不适症至今也没能克服，尊崇蒙古正统的保守派贵族与推行汉法的改革派的明争暗斗也从来没停止过。政不通人不和，天河也就时常泛滥，为了疏通河渠，征劳役赋税，肆意印发钞票……凡此种种，都令百姓困厄，民间的造反时有发生，就连帝都，也因王公大臣肆意杀人而出现了几次大规模的怠工和反抗事件，几乎使整个城市崩溃。

"千里之堤，溃于蚁穴。"在太液池旁，藏青色的乾坤渠拔地而起，向着黑色的天空延伸而去，天河顺流而下，轰隆作响，穿过电闪雷鸣的云层，仿如猛龙入江。大学士站在楼顶上，望着自己过去的杰作，心中感慨万千。"一只蝴蝶的飞舞，就可能诱发一场风暴。"这倒给了他一些灵感，打算研究一种混沌数学。

"有水的地方，就会滋生蚊虫啊。"已斋叟悄然地来到他身旁。这位郎君领袖浪子班头，本来是只在花中消遣酒内忘忧的，但大概因为世道不平，人到中年以后，反而越发地火药味十足，因此新写的戏很有些不一样了，尤其惹动人心，颇受大家的欢迎，连大学士也赞赏不已。

不过戏终归是戏，自己在朝为官，皇帝待他不薄，所以大学生对这位半生不熟的朋友从来敬而远之。只不过，这次窦娥的冤屈，实在连他都觉得太气愤，那血飞白练、六月飞雪、亢旱三年的不祥诅咒一一兑现，更使整个朝野也为之震动。

"我要让这位屈死的女子复生，要她有蒸不烂、煮不熟、捶不扁、炒不爆、响当当的铜筋铁骨，要她通五音六律滑熟，要她会围棋、会蹴鞠、会打围、会插科、会歌舞、会吹弹、会咽作、会吟诗、会双陆，要她玲珑剔透朱颜不改常依旧，要她惹得浪荡哥儿都来攀花折柳，要她占排场风月功名首，要她一遍遍向人吟唱那锄不断、斫不下、解不开、顿不脱、慢腾腾的千层委屈万世仇，就算是阎王亲自唤神鬼自来勾，三魂归地府七魄丧冥幽，也要转世投胎，向那复活抗争的路上走。"关大人借着醉意，慷慨激昂地唱起来。

大学士老了，无法为这个世界做更多有用的事，他毕生的建设，恐怕也不会存留很久，于是他竟被戏曲家的雄辩和战斗精神所感动了，终于应允了。他还将开凿乾坤渠时无意发现、一直偷偷保存至今的"宇宙之心"，安在了"窦娥"的胸膛里，希望它能够让自己的心血，在大师的戏剧里永续千秋。当然，大师并不知道这事。同样，大学士也想不到，这位勾栏瓦肆里的精神领袖，在遍游帝国、见识了太多的血泪后，想的远比说的多。

那天以后，一位风华绝代的名伶便独步天下。她的千娇百媚和一颦一笑，举国为之倾倒。她演艺的一幕幕悲剧，令天地为之动容。而她的妖媚惑众，更煽起了一股暴风骤雨，最终摧毁了整个王朝。

逃离大都之前，愤怒的大汗命人烧死了窦娥。焦臭的人造皮肉下面露出狰狞的金属，在烈火中挣扎着化作了一摊铜水，流遍了废墟每一个燃烧的楼层。有人说，它最终变成了一朵莲花，消失在泥土里。直到很多年以后，不论哪个朝代，只要还有压迫和不义，穷苦的人就依旧怀念着她，说她是圣母转世。每当黑暗降临，也真的总有几个女英豪振臂一呼，便应者云集，因为人们坚信，那些挺身抗暴的女人中，总有一个是女神降生，要为大地带来光明。

8 《海底两万里》20000 Leagues Under the Sea？

永历五年二月的一天，招讨大将军郑成功的舰队在盐州港一带遭遇了诡异的风暴。朗朗晴空忽生黑云，原本平静的海面上陡然升起峭壁似的巨浪。在海水的肆意蹂躏下，其余船舰皆遭灭顶之灾，主船亦险些解体，船上指南针胡乱转圈，各种器具尽失。暴雨持续了一天，饥肠辘辘的幸存者眼前一度出现了幻觉。

死里逃生后，郑将军反而对大海越发地迷恋。在设有据点的岛屿间，他不断地穿行，在仇恨和忠诚的驱动下，掀起一浪又一浪的进攻，与来自草原的鞑虏们争夺着中原。敌人和部下一批批死去了，久不见大明衣冠的百姓剪去辫子后的哭声犹在耳畔，功败垂成的懊悔仍在心间，与荷兰人的激战历历在目，而他的斗志却从未有过丝毫动摇。

不过，自从那场命中最大的劫难以来，他就隔三岔五地做着一些断断续续的梦：风暴中，他们跌落入海，爬上一艘造型奇怪的火红色舰艇，开始在大海深处历险。他们围捕巨鲸、大战鱼国军队、遭遇海底火山爆发、奇袭清军海港、发现神秘洞穴、打捞久远的沉船、挖出不可思议的宝藏，甚至还引发了地震海啸……醒来后，那份逍遥快活逼真得让他感到几分惆怅。

虽如此，他依旧努力地筹划着大业。那些投诚与背叛，联盟与反复，他都不在乎。但刚更换了皇帝的清廷为了对付他，竟采纳叛徒的恶毒建议颁布迁海令，以致沿海一带千里沃土几日内一片荒芜，人民流离失所。站在甲板上，看着远处被点燃的屋舍和船只放出的滚滚浓烟，郑将军怒火攻心。

元世祖的铁骑虽在大陆上无坚不摧，但两次远征鱼国却因神风的庇护而失败，大鱼族从此开始侵扰边境。被他赶走的西洋鬼子也并未死心，早晚还要卷土重来。郑成功预感到，未来将是海洋的天下。而自宋明以来已建立起强大海军并在大明时代达到辉煌的华夏，就这样被骑马的野蛮人生生地拽了回去，禁锢在无形的长城里。这更加坚定了他反清的决心。可是祸不单行，同胞被洋人所屠戮的消息，不成器的儿子，不听话的部下，水土不服的将士……内外交困之下，郑将军一病不起。

永历十六年五月的一个早上，身体略有好转的郑成功带了一队侍卫，登上一艘小船，前往附近一片被当地人称为"鬼海"的神秘海域，并从此失踪了。没人知道他为什么要去那里。

从暴风雨的噩梦中醒来，鲲鹏号舰长郑明俨打开舱门，向那片妖娆的水中森林游去。经过几个月的开发，那里已经成了他和朋友们的新乐园。

除了旧部，这些朋友都是后来在宇宙间漫游时结识的。十多年来，在那层火红色的坚硬外壳保护下，他们游遍深海。庞然的水中霸王，不可预料的湍流，甚至那看不见的诡异磁暴，都奈何他们不得。时光也变得滞重，飘忽，跳跃不定，过去与未来扭曲在一起。那些怀沙坠江的殉道者、意外落水的倒霉蛋、古代沉船里的活僵尸、躲避迫害的变种人、被流放的没落贵族、深不可测的大隐、寻访神仙的道士、面无惧色的探险家、飞船失事的外星人……都曾与他们相逢，脾气好的就可以成为座上客，合得来的还会加入进来。他们怀着简单的欢喜，四处戏耍，时不时地跟大陆上的人开些玩笑，欣赏他们惊慌失措的样子。逍遥的日子里，他淡漠了往事，只偶尔做梦，看见另一个自己，还在尘世里苦苦挣扎。

海洋也玩腻了，就来到了"烈火之门"，进入了地府。已覆灭的恐龙王朝没有留下多少可供瞻仰的残迹，只有岩壁上的彩绘仍栩栩如生，讲述着无人知晓的故事。鲲鹏号安然无恙地穿越了地心深处的那颗太阳，抵达了"齐物之界"。

这是海洋，也是空气，是天河，也是地府，是前进，也是倒行，是呼啸的风，也是疾行的雨，是连绵的云海，也是坚硬的岩，是洪荒岁月，也是花花世界。

他们看到了上下古今。看到神造了人，人造了拥抱和屠杀，子孙继承又背叛了先人的遗志，马队和船队沟通了陆地和大洋，肤色不同的人群互相试探、争论、残杀，奇怪的飞艇和钢铁的丛林，怪异的新人类和蒸腾起的蘑菇云……几轮闪光后，世界重新变成了黏稠的一摊，滑腻、丰满、猩红、温暖。

大伙都变成了鱼，空气从鳃里渗进来，冰凉而清新。森林一样的海藻悠然地漫舞着，千奇百怪的海洋生物彼此吞噬着，骨骼在生长着，心情在激动着，跃跃欲试地等待着登上陆地，在那里进化，开辟新纪元。只有被遗弃的鲲鹏号依旧坚挺不拔，鲜红色的身体与世隔绝，在喧腾的海水中显出了几分遗老的气息。

9 《侏罗纪公园》Jurassic Park

（口英）咭唎的贡使马葛尔尼终于带着他的使团离开了，乾隆皇帝便不顾太监总管的抗议，来到了皇家园林里狩猎，发泄心中的不悦。

虽已年过八十，但这位十全老人仍耳聪目明，声若洪钟，完全没有一点老态，子民们都相信，圣上再活个一百年也不是问题。为了证明自己的筋骨强健，他每年夏天到避暑山庄时都非要猎杀几只恐龙不可。大清的江山是从马上得来的，除了精通汉人的文化，皇室子孙也必须保持勇武的精神。

沉闷湿热的空气夹杂着野兽粪便的气息，皇帝背着火流弓，骑在"雷电"身上，俯瞰着枝叶繁茂的丛林，驯化的霸王龙机警地寻觅着猎物的踪迹，它的主人却无法集中精神。

那些不知法度的野蛮人，竟敢自命为"钦差"而不称"贡使"，觐见天子时也不叩拜，其他藩国的使臣都肯磕头，独有这个什么（口英）咭唎的生番，几经交涉才勉强行单膝礼，还妄自尊大，要以平等身份与天朝通商，真是可气又可笑。所谓天无二日，"苍穹之眼"庇佑的大皇帝，岂能与他人平起平坐？圣书早就说过："夫礼，禁乱之所由生，犹坊止水之所自来也。"何况，帝国物产丰沛，无所不备，何须通商？但野蛮人是不懂这些的。

"朕无求于任何人。尔等速速收起礼品，启程回国。"

皇帝轻蔑地回绝了荒唐的请求，把这不知从哪个小国来的放肆使团赶出了视野。

一层黑云从南天飘来，热风吹落无数的枝叶，空气中有着不安的压抑。一只蓝色蝴蝶悄悄地落在了镶满宝石的弯弓上，翅膀上的斑点让皇帝想起了西洋贡使。那贼溜溜的蓝眼珠，一望即知生性狡诈，此次虽然宣称为皇帝祝寿，其实不过是来炫技滋事，探听虚实，图谋不轨，所以还需对他们留神提防才是。

侍卫长小心地拿捏着措辞，建议圣上回宫休息。皇帝正犹豫着，忽见两只剑龙从前面的丛林里猛然蹿出，便毫不迟疑地搭弓射箭，两簇火焰滑过了阴云笼罩的天空。

沐浴更衣后，皇帝心情舒畅多了。雨后的空气倍感清爽，他走进摆放着各国贡品的大殿，逐一扫视着那些奇珍异宝。（口英）咭唎送来的座钟，还在嘀嗒嘀嗒地走着。有一阵子，皇帝迷恋上钟表，钻研起精巧齿轮咬合的技艺，但如今他已经腻烦了。天不变，道亦不变，洋人把时间弄得那么精准又有什么意思呢？能够驾驭这庞大的帝国，让看不见的人形齿轮们各司其职，这才是最高级的艺术呢。可惜他们的居所离天朝太远，难沐皇恩，所以至今还没开化，自然也就无法体会万古纲常的永恒魅力吧。为了教化这些蛮子，总有一日，他要设计出一个至大无外的座钟，把西洋也好，东洋也罢，六合八荒都纳入进来。

皇帝愉快地踱着步，来到一架形如大炮的望远镜前，对那凶蛮的外形摇摇头，然后凑上去，刚好望见一轮硕大灿烂的圆盘。那些沟沟岔岔，大概是月宫吧，美人就算青春永驻，但若无人欣赏，又有什么意思呢……不过，这东西虽能放大天上的月亮，却看不见地上的江南，实在也不过尔尔。不论是天外飞仙，还是海外神魔，纵有七十二变，若只迷恋器物的巧妙，而不知天道荡荡，也终究不能成事……说起来，杭州正是烟雨朦胧的季节吧，西湖边上的荷塘应该绽放了，碧湖上的柔波在皇帝心中荡漾开来，也许应该再下一次江南了……

一阵沉闷的钟声敲响了，皇帝回过神来，晚风有些微冷，似乎该加衣服了。

10 《异次元杀阵》Cube

"先生，我吃了你给的红色小药丸，就横竖睡不着，睁眼一看，到处都在吃人！可怕啊……我就逃，可逃到哪里都一样，一扇门之后，还是同样的格子间，不可预料的机关、尔虞我诈的算计、吃人与被吃……我好苦啊，这可都是你害的！"

青年的面色蜡黄，高凸的颧骨旁，两眼冒着青光，正在磨药的周先生窘迫得很，低声地辩解道："希望是本无所谓有……"

然而青年根本不听那一套，已张着血盆大嘴来吃他了。幸而他练过功夫，才得逃脱，心里却灰沉沉的。本以为是《黑客帝国》，没想到还加上了《生化危机》，事情看来要比原以为的棘手得多，看来又被那个戴眼镜的胖子忽悠了，当初应该坚持到底的：靠这么几个寂寞的人，这事根本就办不成。不过，这样讲未免刻薄了些，毕竟自己那时除了刨掘地下的文物，简直无事可做。因为实在太无聊了吧，便跟着那几个人，捣起乱来。

他提着一杆乌黑的长枪，在钢铁铸就的立方体里飞檐走壁，穿越一个又一个方格。每一个里面都有数千人在沉睡，有的还有些简单的工具，但没有食物，也没有光。少数人偶尔惊醒，其余的继续昏睡，在黑暗而潮湿的盒子里发着霉，等待着。觉醒者为了活下去，必须杀死一些昏睡者，把他们变成食物和能源，同时还要给另外一些吃药丸，恢复他们的神智，一起想办法破坏这魔方。叫醒的人太多，食物就紧张了，叫醒的太少，人手又不够。总之，要在黑暗的世界里维持着微妙的平衡，还要克服吃人的恶心。

周树人就夹杂在一大群素不相识的人中，在污迹斑斑的钢铁监狱里浑浑噩噩地东奔西跑，辗转腾挪地躲避着机关暗道里射来的明枪暗箭和龇牙咧嘴的机器怪兽，踏着遍地横陈的骸骨，在僵尸们的围追堵截中杀出一条条血路……

作为一名医生，他肩负着磨制药丸的使命。但原料供应总是紧张，有时实在无法，他就只好割自己身上的肉，混着稀薄的血，揉成药。这于他并不特别痛苦，自己既然吃过人，也理应还旧账。但他不喜欢这样的路数，总希望能找出法子，用什么人造的食物，来把这奇怪的生态平衡扭转过来。

但这魔方世界太大了，这么多年，他都没有走遍每一个房间，何况格子间又在不停地移动着，组合出新的花样。在上一个格子里握手的战友，到下一个格子再见时却投来了刺枪。今天互相啃咬的对手明天也许就会拥抱。周先生的枪法虽好，但对这突如其来的变故总是防不胜防，于是性情也就越发孤僻起来，对什么都感到有些怀疑。

"我们找到了一条出路，请先生加入我们！"许多不同的队伍，举着不同颜色的火把，向他发出同样的邀请。凡是觉得真诚可靠的，他都跟着他们同行一段，给他们造出一粒粒药丸，但走到最后，他又觉得似乎有些地方不太妥当，于是就告辞，继续一个人在暗夜中飞檐走壁，躲避着刀枪剑雨。

一天，他偶尔闯进一间长满荒草的无人格子，见到了半尊被毁的石佛，在佛像的耳朵里找到一卷残缺不全的图纸。经过不同年代的人以不同颜色的文字一遍遍的涂改后，图案已面目全非了，只隐约能看出是一座高大的建筑。他细细地研究着，慢慢地看明白了。

原来是这个啊。他感慨着，在黑暗中躺了下来，眼皮渐渐沉了下来。

恍惚中，听到有潺潺的水声。几分咸腥的气息，顺着不知哪里漏进来。隐隐约约地，地面似乎也在浮动……这玩意儿，是漂在水上的？他猛地坐起，一路跑到屋子的尽头。荒草丛中，有一具骷髅，手里还握着一把满是缺口的斧子，那无比坚硬的墙壁上有许多坑坑洼洼，一小块金属碎片竟脱落下来。

"你是个傻子，以为可以砸开铁壁呢。"他挨着骷髅坐下，大笑起来，声音在空荡的房间里久久回荡。接着，他从怀里摸出一支烟，默默地吸起来。

笑声随着烟雾一起散尽了，他就拿起斧头，闷头砸了下去。

砰，砰，砰。

"世上聪明人太多，所以需要一些傻子。"

砰，砰，砰。

可是，设计游戏的人，真的预留了出路么？不过，随它去吧，绝望那东西，本来也是和希望一样不靠谱的嘛。

砰！砰！砰！

0 《创战记》TRON：Legacy

那时，一片混沌。没有过去，也就无从怀旧，没有未来，也就无所希冀。但不知怎么，未尝经验的无聊，一点点生长出来。

"玩起来吧。"念头一动，手脚就伸开了，活动了两下，血液也流通了，麻木就退去，知觉丰富了，身体也跟着膨胀，力量迅猛增加，想法开始爆炸，一边想着要做的事，一边事情就做成了。

天和地分开了，脚下和头顶，各有一面辽阔的镜面，无限地延伸开去。

"好起来了，但还是单调。"说着，扯过一张海，铺在了地上，吹了一口气，便有了风雨。他看着是好的。

只是很快就全都不动了。他立刻明白了，但周围的粒子已经用完，其余的都在身上。

"可惜，还没玩够呢，不过也没办法，谁让自己是开初头一个呢。"于是他就躺倒了。这样，有了日月星辰，也有了其他的神。并且，有了苦厄，有了死和恐惧，以及新的开始。如此，更高级的游戏可以启动了。

基本的规则就这么定下来，以后，是尊卑有序还是众生平等，他都不管了。

死掉前，他偷偷地把天、海、地卷连在一起。这样才好玩嘛！这是他的小秘密，不过，总会有厉害的角色，最终能发现它吧。到时候，该给什么样的奖励呢？他还没想好。

下篇　九章算术

1　《我，机器人》I, Robot

周穆王姬满在终北之国待了三年，忘了什么叫忧愁。

回到故地后，大臣们想尽各种办法，为他解闷。新鲜玩意儿倒是不少，却只有偃师进献的人偶能让天子眼前一亮。一堆木头、皮草和玉石，靠摩擦出来的电光火石，就会跳舞，真叫神奇。他把人偶拆了装，装了拆，反复研究，终于悟出了其中的奥妙：原来这是先王推演的《易》啊！生命这玩意儿，说穿了，也不过是阴阳之气演绎的玄妙算法罢了。

穆王改造了一番，把祖传的宝石"宇宙之心"安到人偶身上，使它有了不死之躯。太公虽英明神武，终究也只能保大周八百年，倘给长生人偶编写上圣贤的智慧，便可辅佐子孙，使王朝长存不绝，天下永世安康了吧。不过，究竟要写一套什么样的程序呢？这东西对美女眉飞色舞的，真有些不规矩，一定要开发一款完美无缺的软件才行。从哪些基本定律开始呢？穆王夜夜失眠，翻来覆去地拿不定主意。

2 《超人》Superman

列御寇年轻时喜欢游历四方，看遍山川河谷，自以为对宇宙已经很了然了，却屡屡被老师们当头棒喝。一天，他想到一个重要的问题，便去求教。"天地也好，日月也好，你我也好，都是气，顺其自然就好了。天塌地陷啊，那都是瞎操心。"得道的高人们一脸平静。

他羞愧得很，就到补天峰下静坐，每天盯着头顶的天，训练自己的平常心，渐渐地达到无喜无忧的境界，身虽未动，心却能在万物中游走了。

正神游着，一个念头却忽然从混沌中蹦出来：我是谁呢？

他吓了一跳，睁开眼，但见天地氤氲，地上的气向天空中一块五色的洞中涌去。狂风吹烂了他的皮囊，只剩一副桃木骨架，他就乘着风梯，盘旋而上。"御风而行，也算是至境了吧。"但等他来到天的裂缝处，看见更辽远的宇宙，才知道从前是坐井观天，自己一人得道还远不够，未来的修行才刚开始。他的身体变成了一块石头。

　　　　　　　　　　　　　　　　　四部半

3 《星球大战》Star War

天行者嬴政从小就相信，自己会是给原力带来平衡的那个人。因此，虽遭逢万千刺客，却总是化险为夷，他亲手打造的青铜机器人大军，更是横扫六合，这真是天命所归的明证了。

泰山封禅的一刻，那份心情，真是飘飘欲仙。大秦的荣光，要延绵万世才像话嘛……正想着，一团阴影就浮上了心头。

人固有一死，便是机器，也难逃残肢断臂乃至精神分裂的命运，虽能修修补补，可修补者终究还是人，而人固有一死……像自己这般手艺绝伦的机械师一旦死去，又有谁能继续修补大秦的命运呢？访寻不死之术的使者一去不返，绝地长老会对他研习黑暗原力又说三道四，一怒之下，他把有二心的绝地武士全部坑杀，那些前朝程序员编写的酸腐算法也统统焚毁。接着，长城筑起来了，为了在他归来前抵御野蛮人的入侵。隐秘的陵墓挖出来了，成千上万的机甲战士造出来了。有他们的守护，他便可以安心地闭上眼，到另一个世界里去继续修炼那最伟大的艺术了。

4 《时间旅行者的妻子》The Time Traveler's Wife

在时间里旅行得久了，项羽慢慢习惯了时差症。他在眼花缭乱的战斗中穿梭不已，虽力可拔山，攻无不克，战无不胜，灭强秦，封诸侯，却不能选择自己的战场，人就变得有点倦怠了。

从他懂事起，父亲项少龙就告诫他，日后定要防备那个背信弃义的小人。以前他嘲笑父亲是老糊涂，连宿命不可违都忘记了。论武功，那流氓岂是自己的对手？但听说刘邦进了关中，专为老百姓开发了简化版的操作系统，大受欢迎。谋士们总结说那厮赢在了软件上。其实，他就连鸿门宴都不当真，不过依照天命做做样子罢了。

如今风光至极过了，也该坦然接受最后的覆灭。可当垓下的楚歌惊破了他的美梦，眼见虞姬在月下黯然流泪，那绝代风华的面容满是憔悴时，一腔热血又涌上霸王的心头，他终究不肯甘心，为了爱妃，他头一回也最后一遭决意与命运一搏了。

不等虞姬说出那命中注定的对白，霸王已抓起女人的手腕，跳上了乌骓，在清明的月色下，他们踏着一路的烽火，逃往时光的尽头。

5 《第五元素》The Fifth Element

十进制纪元 2012 年将有末日降临的说法早在隋朝就开始流传了。天可汗李世民居安思危，知道偌大的帝国硬件，只用一套算法来运行是不够的，为了王朝的基业，皇帝派玄奘法师去西域求取真经。一路上风雨跋涉，好不坎坷，四位徒弟一面和妖怪斗法，一面听师父讲经，学习普度众生的意义，一面各自想着心事。

好容易到了西天，却被阿傩、伽叶刁难，取了一个偌大的压缩文件，解压后却空无一字。齐天大圣孙悟空恼火不已，去质问如来。佛祖却说：经不可轻传，亦不可以空取，无字正是真经，若要读取，需有第五元素。

师徒五人面面相觑，孙行者方才醒悟。虽然妖精们都只爱师父，没有一个爱他，可是，许多年前，在它还没有感沐到天真地秀的时候，那块花果山上的仙石，就已经注定了要大慈大悲，照顾这个不甚有趣的世界了。

6 《月球》Moon

因为一肚皮的不合时宜，东坡居士被一贬再贬，最后贬到了月亮上。

那地方人迹罕至，除了冷硬生涩的山脉和彻骨寒冷的河流，几乎什么都没有。好在居士胸襟开阔，能苦中作乐。监督广寒珠的采集工作之余，他喜欢独自泛舟月海。悬在头顶上的硕大地球映出清洌的辉光，两岸荒凉的怪石投下斑驳的影子，水银般的海面微波荡漾。几杯酒下肚，居士有些阑珊了，觉得自己仿佛冯虚御风，快要羽化登仙了。

偶尔，远处的火山会突然喷射出一股岩浆，扑面送来一阵带着酸味的暖风，洒下漫天滚烫的火雨，机器侍从吓得惊慌失措，惟有居士吟啸徐行，仿佛无事人一般。自从"乌台诗案"以来，他早就有一种错觉，似乎自己已死过无数回了，却不知怎么又一次次复活，来领受人间的厚薄，他也就随遇而安、自得其乐。

看到地球上亮起的点点火光，居士猜测皇帝是又大赦天下了，如此，他可以回家了。可旅途委实遥远，想来不免有点气馁。这核桃般大小的月亮虽害他得了风湿病，但总算清净，而地上的宫阙，却为了用何种算法而闹个不休，自己轻快的身体怕也难再适应大地的重力了，何况又说不定马上就要再被贬到什么火星上去。真想变出几十个替身，便可随他们怎么流放好了。嗯？难不成，自己就是个替身？那真身又在何处呢？

正想着，水中猛然跃出一条大鱼，仔细看，却是一只鲜活的鱼头，拖着一幅双螺旋的鱼骨，苏子就一跃而起。不管怎么说，也该给亡故的人上上坟了。

苏子骑着神鱼，飞向黄河青山。

7 《黑衣人》Men in Black

大明网络总管魏忠贤独揽朝纲，坏了先祖立下的机器人不得干政的规矩，无数义士冒死参劾。舌头割了不少，脑袋掉了不少，族也灭了不少，可还是有些程序员不听话，非议朝政，私设民间服务器，图谋不轨。九千岁亲自为东厂开发了"辨心镜""碎魂枪""万劫索"等高端装备，以便黑衣人们深入整肃反动分子。

黑衣人们身着黑色官服，戴着黑色墨镜，提着黑色长枪，面无表情地在大明的山河间奔驰，凡见到者无不头皮发麻手脚冰凉，既不敢怒，更不敢言。虽如此，天启六年，京城还是发生了惨烈的爆炸。黑衣人在全国展开大搜捕，下狱者无数，竟未能查明是天谴还是人祸。

饱受惊吓的皇帝次年驾崩，躲过一劫的九千岁察觉新帝有剿灭硅党之意，心头不胜烦忧，便命人连夜开发出名为"迷魂香"的游戏，试图令新帝沉迷。"书生空谈误国，大明江山，非明察秋毫的硅基生命不能辅佐啊。"虚拟的绝代美女如此暗示。

流放的路好不凄凉，当年为他修的生祠皆成瓦砾。未等黑衣人追上他，前总管早已自行了断。随行的人报告说，老家伙实在过分，死前还有几分轻慢，说什么总有一天皇帝会想念他的好处，此等大逆不道，真该碎尸万段。

8 《V字仇杀队》V for Vendetta

大清高官的神经被频频爆出的暗杀事件绷紧到极致，很多人一想到刺客所戴的"窦娥"面具，吓得连觉都睡不着，所以浙江巡抚张曾扬一听说本省竟有徐锡麟的同党，大为震怒，急电绍兴知府贵福，派山阴县令李钟岳查封学堂。三堂会审时，贵富暴跳如雷，痛斥秋瑾人等辜负朝廷栽培之恩，谣言惑乱，图谋造反，十恶不赦，又威逼利诱，只要她肯说出真正的面具怪客V是何人，便可赦免。秋瑾一语不发，只是冷笑，两道寒光令人胆战。

李县令久仰秋瑾大名，接了抄家之令后草草了事，便将秋瑾带至花厅，听她静述生平。"驰驱戎马中原梦，破碎山河故国羞。"满清的人民拖着他们的辫子浑浑噩噩，却不知那辫子里埋着机关，为他们造出飘飘然的幻想，使其如行尸走肉，不知所终。非革命不能重新启动华夏这台老迈的机器，不流血无以惊醒昏睡的世人。

县令慨然长叹，以他半生的经验，深知女侠所言多少几分天真。所谓义士赴死，至多不过引来一群看杀头的人，观众不但未必觉悟，反而兴许喝他的血，吃他的肉，也许将来还要盗他的墓……但他既知女侠必死无疑，也就不想再说什么丧气的话。

秋瑾交代完后事，两人便沉默了。午后下起来的迷蒙细雨纷纷洒洒，却化不开漫天的愁云，一阵狂风吹落了满地的纸张。"秋风秋雨愁煞人啊。"秋瑾取过笔墨，想写几句绝命诗，却迟迟不能落笔。

9 《终结者：救世主》Terminator Salvation

"你从此要改变你的优柔的性情，用这剑报仇去！"

母亲毅然的神色又在脑海里浮现了，眉间尺挥剑而起，斩杀了最后一个终结者。两个种族间多年的恩怨就此了结。那晚，穿越时间的终结者粗暴蹂躏着少女的噩梦，却又一次将新时代的领袖惊醒了。他一拳砸烂墙壁，模糊的血肉里露出金属的骨骼。"人机杂交技术要尽快攻克！"领袖发布了新命令。

从不离身的玉佩最后一次回放起母亲的叮嘱，磁性的衰减令亲切的声音断断续续：

"几百年后，名为……的天行者一统……几千年后，盗墓者……释放出黑暗原力……起死回生……陷世界于毁灭边缘，救世主……派终结者……欲改变历史，拯救未来……"

往昔的回声消散在空荡的密室里，不管怎么挽留，都终于变成永久的沉默。眉间尺心头流过一股莫名伤感，随即又恼恨不已：母亲啊，你为什么要把我生出来呢？难道只为了将来能够制造出令你蒙羞的机器怪兽么？几十代人之后的事情，又和我们有什么干系呢？那穿越千年时光的神秘来客，究竟妄想着要改变什么样的过去呢？一只蝴蝶的飞舞，真能引发狂风暴雨么？人到底为什么活着啊？不管怎样，不都是个死吗？若能唤回从前，谁又能禁得起这种诱惑呢？如果能够在梦里重逢，又何必要醒来呢？在这混沌缥缈的红尘中，又有谁担负得起救世主的恶名呢？

四部半

寂寞者自娱手册（第一季）

历史之光第一

根据《可推测宇宙第 2F 次膨胀期发明家手册》，时空旅行术从理论论证直到被永久封存，一直受到最高级别的监控。

当时的主流理论模型认为，只有不会引发"现在"崩溃的时空旅行才会发生，这直接否定了"历史修正党"的行动纲领。尽管如此，这一被宣布为反人类的非法组织的少数有头脑成员——其领导核心乃是几位年轻的非主流历史学家，提出了"广义修正论"：修正历史不必"实际"地改变过去，而只需还原事实真相。前提如下：由于思想觉悟的不足、行动力上的匮乏、不可预料的灾祸等，每代人为后来者保存下的都只是有意阉割和无意损毁过的残渣。迄今为止，历史，就像黑洞，摸得着，却看不见，只有一层层语言组织起的叙事在它的外围兜转，而它自己的光，却淹没在那内在的幽冥之中。时空旅行术却可以让人们有机会吹散缭绕的迷雾，查明无头悬案、断明功过是非，虚假的史料将不攻自破，居心叵测的传说就此万劫不复，人类将开启自我理解的新纪元。

各国政府在第一时间招安了"真相至上党"。他们被允许进行"密探"计划。条件是：在时空流中打捞起的一切历史沉淀都要封存一个世纪，由更智慧的后人决定，是否要将这些可能会颠覆人类世界观和价值观的史料公之于众。

此后的两百多年里，"真至党"演变成史上最神秘的传说。阴谋论者相信，这由政府豢养的特殊军种，手上握有的"绿色核武器"足以瞬间颠覆一个超级大国。理想主义者们认为，"长河穿行客"掌握了真理，隐而不发，待到大劫难后混沌重开，为世人开启光明。虚无主义者嗤之以鼻，认定这些惟一真正在实际意义上洞见了过去与现实的精英们最终只能发现人类所做过的一切都毫无意义，不断去印证宇宙的无聊是惟一还凑合的事情。狂热的宗教领袖宣布此乃渎神之举。惟恐天下不乱的心理学家说，人在弥留之际总难以抵御将埋藏一生的惊人秘密倾吐出来的诱惑。有理由怀疑，总有几个不守规矩的叛逆分子会在窥探历史之余，将怀疑的利刃指向现实，这釜底抽薪将彻底摧毁此岸世界的真实感，而终日活在谎言和幻影中的折磨将迫使他们最终背叛誓约，用荒诞不经的故事，委婉地向洞穴中的懵懂同胞们揭示刺目的真相。宗教狂热分子便焚烧了一批"违背历史事实"的怪诞作品，甚至以"信仰颠覆者"的罪名，对一大批艺术家发动了人身攻击、死亡威胁甚至动用了私刑。这激起了普通民众的反弹。对立的教派适时抛出了新论调：不论事实多么黑暗，都不能从根本上否定神的存在，而让被淹没的苦难和奉献事迹重见天日更有助于人们坚定信仰。

宗教冲突走向失控，官方终于承认了"密探"计划的存在。无政府主义者们抓住了机会。全球范围爆发了大规模的示威游行："人民有权知道真相。"至此，当局才意识到，不论他们怎样坦白，都将永远被怀疑有所保留。两个世纪里，主持计划的部门几经调整，资料难免遗失，而项目参与者是否私自转移了某些文件也难以估量。狂躁的民众对此解释极度不满，要求将有关资料全部公开，哪怕是最残酷的真相也胜过美丽的谎言。紧要关头，真至党成员集体失踪了。

　　　　　　　　　　　　四部半

如今，多数人对于这一被无限期封存的古老技术已不感兴趣，只有少数技术考古者还在津津乐道。有的说，即将被迫公开的真相引发了长达一千年的黑暗，未来的先知为了挽救"历史"，穿越到了现在，把真至党接走了，我们正活在被未来修正过的历史中。有的说，真至党被外星人带去一个气氛友好的地方去写一部前所未有的地球文明史，内容刻在一块黑色方尖碑上，等人类退出进化舞台后，它将在星空深处独自屹立，奏一曲温柔的挽歌。还有人说，他在偷偷地进行时空旅行时见到了佛祖和上帝，他们正在考虑宽恕人类的罪孽。嘲笑他的人不多，毕竟人生在世，总要认真地相信点什么才好，否则啊，那是连一刻钟都活不下去的了。

爱力牵引第二

宗教虔诚，这种一度被认为会随着科学进步、理性精神的发扬而逐渐在三维时空弥散殆尽的古老情感，毋庸置疑地成为人类向银河系中心迈进的初始阶段最强大的动力。

据 B315 号黑色方尖碑所载的地球文明史，联合政府在捕获了来自银心的神秘信号后的五年里都没能成功破译。那串不可解的数字，在被公之于众后迅速风靡全球。人民尽情发挥聪明才智，对其含义的猜想像核裂变一样繁殖。作曲家对其进行拆分组合后谱写的乐曲庄严肃穆，程序员从中得到灵感而编写的软件能够自动绘制出流动不拘而又令人满心喜悦的超现代主义图画，甚至有人专门为之发明了一种新的数学，并在一百多年以后才出现的"星潮涨落预测学"中找到了用处。在这场狂欢中，获得有神论科学家支持的神学解释逐渐吸引了越来越多的注意。几乎每种宗教都找到了一套相当诱人的阐释规则，将这串数字翻译成莲花、末日号角、上帝对耶稣死前呼喊的回答……总之，信徒们相信，这是来自天堂或极乐净土的召唤，人类启程的时候到了。

如今已很难想象，没有信徒们的无私、奉献、勇敢、坚毅，"朝圣者"们怎能发动广泛的动员，促成启动史上规模最浩大的"大朝圣"。这一预期将持续千万代人的漫长计划，被认为是地球生命从海洋走上陆地之后的又一次大迈步。最终，恒星际飞船挥别了故土，以亚光速的决绝一去不返。

"并不是为了完成神的旨意而去不断寻找着可供抵达的道路，而是神为了让他的旨意实现而为我们铺设了道路，只要遵照他的指示，便自然在抵达的路上。"这一信条实实在在地支撑着早期探索者们度过无涯的冰冷长夜，在虔诚和忍耐中寻找着可供居住的行星，改造星球同时也改造自己，直到那里成为新的家园，并足以支撑新的航程。为此而死去和创造出来的生命虽然与星辰的数目比起来微不足道，但每一个都是神的儿子。于是，不论此时人们的身体已变化得何等面目全非，对遥远的太阳系的记忆已何等淡如云烟，他们仍会在当地建立起一座巴比伦塔，在上面镌刻下死者之名，不论善恶忠奸，一律留待神的安排。

在古老遗产的基础上，"朝圣者"融合并发展出一种新的信仰体系，尽管如此，争论和斗争却从未平息过。普遍被接受的信念是：当"抵达"到来时，所有那些诸如"神为何允许邪恶的存在"一类不论人类的智慧如何积淀都不能完美回答的难题都将获得最后的解决。不过，占主导地位的教义认定：终极智慧早已经埋藏在旅程本身的漫长过程中，或者说两者本就是同一的，只有也只能在历尽磨难后，才能求得真理，任何获取捷径的想法都是魔鬼的诱惑。一部分异端却宣称：宇宙起源于一次热恋，本质是一个连绵不绝的游乐场，生命是一场嘉年华，万有引力是无远弗届的爱慕，只要真诚和饱满、持久和欢喜，便可激发粒子涟漪的春情萌动，泛起爱的风暴，让所有的一切在瞬间联结在一起，于是人也抵达了神的怀抱。建基于这种玄奥神学基础上的"超限跃迁"研究一度被宣布为

　　　　　　　　　　　　四部半

亵渎，并通过几次悲剧性的宗教战争而最终将"朝圣者"分裂为两大敌对的集团。最终的和解允许每个人按照自己的意愿来接近神。

保守者们继续爬行，像坚忍的蜗牛。

有一天，邻居们传来了消息：用物理学和宇宙谈情终于有了结果，他们即将进入超限隧道。

创造者的孩子们互相道了祝福。爱力跃迁的渴慕者们从视野里消失了。

保守者们继续爬行，像坚忍的蜗牛。

其实，他们也不是没有问过自己：拒绝立刻抵达最终的幸福是否是一种逃避？在如此漫长的岁月中，自己还能否怀有当初祖先们那样的热情？如果事情的结果竟非所料，过去的一切是否还有意义？这些事情，困扰过每一个用心生活过的人们。但不管怎样，至少有一件事是明白的：他们不着急，有的是时间，所要做的只是努力活下去，且不放弃希望。毕竟，爱这件事，是要用一生去证明的。

人格增生第三

"超限跃迁"发明前，寿命成为人类太空之旅的根本限制因素。冬眠会导致"获得性现实感障碍症"，且使旅程不能被真理探索者们完整地感知。因此星际延拓局的专家从未放弃让宇航员长期清醒的努力。破解基因中的衰老密码所提供的有限远景对于恒星际旅行而言微不足道。在随后一轮的技术爆炸中，"生命转录"成为耀眼的明星。记忆移植，最初与人体克隆一起，用于朝圣者的自我复制，随后却引起了记忆与非原装载体嫁接的研发兴趣。灵魂完整复制到电子网络世界的想法早已不令人震惊，技术流的哲学家和宗教情怀的科学家们也就灵魂的本质作出过深入的讨论，但星际旅行却提供了全新的实践空间。

先知贝立西指出：朝圣之旅充满坎坷，需世世代代的奉献，沿途必将播撒文明之花。在地球摇篮里为生存而进化的努力，在光年中进取的道路上也要继续。"神为了让他的旨意实现而为我们铺设了道路，我们遵照他的指示架设桥梁。"怀着钢铁般的信条，朝圣者在无涯的冰冷长夜中前行。基于对任务艰巨性的清醒认知，"朝圣委员会"的元老们以开明的态度准许在改造星球的同时因地制宜地进行身体改造。转基因人、机械强化人、非碳基人乃至纯粹的数字信号人的预制身体抹除了生育功能，以确保原初的体征为惟一被承认并可合法延续的人类形态，除此以外他们与基本形态人享有完全平等的权利。在某些特定情形中，灵魂甚至可能要在多种物质载体中流转数次，以便完成星系自主开垦、十级抢险救援、深度哲学思辨等高难度的复合型任务。当然，"众生平等"的理念禁止无限度的灵魂转录，即便这样可能给未竟的事业带来某些本可被避免的巨大损失。

载体变更的负面效果之一是自我认知的失调。由于可供调配的感知元件的材质和数目发生了改变，改造者往往出现"人格增生症"等难以预期的不适。由于他们通常为已形成稳定认知模型、具有较高自我认同的科技精英，一般很难接受灵魂在移植到新躯壳后生长出的新枝权，并与此"异我"产生敌对感。幽灵附身的恐怖感即便在患者退换回原始躯壳后仍无法根除。常规的临床治疗方案为药物抑制，辅以物理边界设置来控制或移除增生人格幻影。但很快，一批高功能增生患者（以艺术家和哲学家为主）的出现引发了"自我扩展"这一危险而刺激的非法时尚追求。有人甚至鼓吹，如果在保持认知协调的前提下脑容量不断扩增，任何个体的人格都有机会向神格的方向靠拢。还有人传言，背景神秘的跨星系企业帝国正在研发超级人格。

实验表明，适度的人格扩展对某些与自卑有相关性的反社会病态人格有一定的治疗作用，但大多数人格增生者感受的主要是内

四部半

在撕裂的痛苦和恐怖。在漫漫长夜的难眠时分，他们无法分辨自己是谁、身在何处，除了与体内的敌人展开刻不容缓的肉搏外别无选择，直到其中一方被完全吞噬掉，或者玉石俱焚。因精神耗尽导致物理机能衰竭而死的情况即使在纯数字信号人身上也出现过。然而，仍有追求刺激的情侣通过将灵魂注入同一具载体来开拓"恋爱"的新境界，"人格合并"更成为青年地下文化的新风尚，并被其信奉者发展成旨在通过精神融合而达到宇宙大同的"终端集体主义"。这一乌托邦狂想吸引了相当的信众，他们甘冒风险举行合并仪式，并赢得了"改造者同盟"的支持。毫不奇怪，朝圣委员会认定此举为魔鬼般的"邪恶"。

　　经过斗争和谈判，"合并主义者"和无政府主义改造人被允许在选定的几个偏僻星系里过自己意愿的生活。从此，他们对人类的朝圣之举不闻不问，也不介意被剥夺了人之名。在黯淡清苦的日子里，他们不再能理解莎士比亚，也不想歌颂爱情和粮食。虽然如此，这些被抛弃者中，也不乏许多伟大的灵魂，他们经受着不能言说因而也无从想象的煎熬。之所以还没有放弃挣扎，是因为他们还相信：在自我放逐的道路上，一样可以领悟真理。

七维玻璃球游戏第四

　　在已被遗忘的星际传奇中，浪人亚伯曾名噪一时。此君声称能把事物送进和人类世界不发生作用的"暗世界"。虔敬的人都知道，在远古时代，端坐在银河中心的创造者向蜗居在太阳系的祖先们发出了召唤……但影子总站在光明的背后，所以也有异端宣称，银心是被遗弃的失乐园，凡坠入其间者，都将万劫不复……但亚伯总是面带微笑地摆摆手说：没那么夸张，没那么夸张，暗世界只是尚未对智慧不足的我们敞开心扉的未知之域，而所有人，不论在生活的道路上选择何种方向，最终都将在那最终的归宿地重逢。"不是天堂，也非地狱，是一切重新开始前静默的等待。"

亚伯是个聪明人，面对那些要求把自己的敌人、讨厌的事物送上不归路的主顾，他总是根据对方的身份、财富、领悟力和胸怀给予不同的拒绝理由。有时他将其归之于技术层面的困难：事物在跌入深渊中时释放出不可控的骇人能量，所造成的时空均度失衡可能危及顾客的安危。有时他声称暗世界接纳废弃物的额度已接近饱和。有时他甚至将责任归咎于神秘的河外文明：那些在进化之树上俯瞰众生的存在，已达到了几乎无所不可也无所希求的地步，惟一喜欢的只是督查宇宙的健康，玩一种"平衡"的高维几何游戏——每当有低级生物要做出推动宇宙朝某一方向运动的举动时，他们便相应地制造出抵消其效果的反向局面。所以，因为我们一时的幼稚情绪而意图将神的造物随随便便推入暗世界，除了徒劳无益还会显得过于高调……总之，温和的亚伯从不招惹不必要的不快，他拒绝那些无异于暗杀和焚毁的不光彩勾当。

但是，他说，可以让一些更抽象的事物消失，比如说，某些人生的选择。在朝圣之旅上，每个人一生中至少总要做一次重大选择：是追随主力星舰奔向神秘的银心，还是留在某颗殖民星上，或者返身来一次奔往太阳系故园的"逆朝圣"，甚至大逆不道地飞往河外的叵测空间。也就是说，你要决定自己成为一个正派严肃的求索者、一个听天由命的豁达者，还是一个遭人白眼的偏执者。遗憾的是，"选择障碍症"这一伪心理疾病从未被根治。患病者总能在候选项中找出近乎等量的理由，无法说服自己作出选择倾斜，他们通常依赖的解决办法是：拖延到最后期限，在此过程中某些选项终于自动关闭，最终没什么好选的。但这样往往错失良机。"我不能帮你把悔恨送走，但可以早一点帮你把其他的选项关闭。"亚伯说，在七维时空的高度上，三维生物的人生道路会化成类似玻璃球的某种可操控的实物。在命运的迷宫里，一道道围栏竖起后，玻璃球便

四部半

无从选择，只能朝着一个方向前进。这是不是好事？取决于你评价的角度。好的方面在于，患者们可及早地从累心的纠结中解脱出来，从此死心塌地迈步向前。

根据当事人的报告，在亚伯插手后，偶然事件发生了：某一有待考虑是否接受的岗位被突然出现的不可匹敌的竞争者夺走、在酒吧里意想不到地邂逅心上人而决定一起共赴某一前程、某殖民星上偶然发现的矿藏提供了无法拒绝的诱惑……总之，平衡被打破了。众所周知，重度选择障碍症患者的晚年生活通常极其悲惨：肌肉萎缩、意志力涣散、记忆紊乱，乃至变成在生与死之间犹豫不定的某类特殊植物人。因此，亚伯后来获得了荣誉勋章，表彰他在减轻人类苦难事业上的贡献，尽管自始至终都有许多严肃的科学家斥责其为江湖骗子。

亚伯死于一次可疑的太空游船事故。神秘主义者说，这是因为他管了太多闲事儿，河外人把他平衡掉了。消息可靠人士则称，这是"后悔者"的报复。那些怯懦的老人们，虽然也不是没有得过生活的恩赐，但总觉得，假如当年是他们主动作出选择，那么后来不论如意还是落魄，都会更坦然一些。没错，如今他们的选择障碍症是好了，但那还不是因为暮色黄昏，已别无选择了吗？

同情亚伯的人表示反对：至少你们还可以选择不后悔啊。

未来狩猎园第五

"过往，作为一种刚性存在，乃是构成我们今日之所是者的全部基础，不论如何后悔，决不允许变更。篡改从前，注定只是永恒的梦幻。"新古典主义时空跃迁术的开创者们如此说。尽管如此，在飞矢的另一头，未来，那尚在孕育中的可能，却提供了修正的隐秘空间。根据"亚伯猜想"，在七维时空，三维生命的运动被简化成某种可触控的质点轨迹。这一看似玄虚的理论在时间的漫长催化下最终繁衍出了"未来狩猎园"这一新千年最受欢迎的娱乐项目。

"消灭坏未来。"激荡全球的口号。狩猎者们签订了生死书后，根据需求选择未来的凶险程度。这些并非确凿无疑的"那个未来"，而不过是根据"这个现在"的发展苗头而于诗意的朦胧混沌中海市蜃楼般隐隐浮现的诸多潜在方向。感谢技术的进步，人们如今可以将它们一个个激活。按照"墨菲法则"，坏未来总是占据了灾难性的高比例。接受了严格训练的时空猎手们，凭着勇气和智慧迈入遥远的彼岸，大搞破坏——不必担心实力的问题，有备而来的剽悍骑兵用冷兵器也一样有希望对拥有核武器的现代人造成严重打击——争取造成毁灭性的时空破坏，使其从人类未来的备选项中一笔勾销。"为了子孙后代的福祉，我们不想要坏未来，尽管它们有无穷多，但消灭一个是一个嘛。"

从仅存的少数资料里可以推测，这是何等艰巨的任务。据说，狩猎者们的行动过程通过"虫洞镜像技术"实时传递回"现在"并被录制成"将来秀"，这一节目在半个多世纪的时间里衍生成无可匹敌的娱乐产业。遗憾的是，在目前的"时空打捞"中还没有找到一份可靠的录像资料（大量疑似信息文物的发现皆被证明为后人伪造的假古董）。我们也无从知道究竟有多少人参与了这场剿灭坏大狂欢。为了保证虚位以待的"未来世界"对"过去"先祖的凶险计划毫无防备，当时的人们把狩猎时间设定在间隔足够遥远的将来，并在约定的时刻永久性地关闭了狩猎活动，销毁了全部资料，并通过"闪灵"技术抹掉了全体观众的有关记忆。

因此，就像那些我们没能出生的亿万个兄弟姐妹们一样，某种程度上，正是存在于今的我们消灭了它们并永远无法知晓，我们的生活本来可以是一种什么别的样子。根据少数存留的档案，目前普遍认为，其实几乎没有一次狩猎计划能够获得完全的胜利，那些坏

四部半

未来并没有被消灭，只不过受到了程度不同的创伤，而暂时游移到故事主线之外，等待着有一天元气恢复后，以更加凶恶的势头，在时间轴更久远的位置上，给予加倍偿还。而那些厌弃了现世的无政府主义分子、反乌托邦的狂热诗人、纯粹为给家人留一笔遗产的退役雇佣兵、迷恋军事而灵感枯竭的科幻作家、为了抢占先机的政府特工们……多数或者死于战斗，或者竟然迷恋上了那个世界，总之都葬身于这些漂游于虚无暗夜的黑色琥珀中。

不过，似乎也有少数猎手回到了"现实"，但都得了严重的忧郁症，只能在疯人院里度过残生。他们整日喃喃絮语，疑似先知：

"未来是有限的，而缺乏耐心的人啊，过于理想主义的人啊，之所以热衷于屠戮明日，乃是因为你们憎恨自己灵肉深处的罪恶、缺陷的种子。总有一天，这门生意会做到头，人们在挥霍掉一个又一个虽不完美但其实本来也没那么不可救药的明日，将会越来越无可选择，最后不得不接受那仅剩的惟一可能。"看见一脸崇拜的探访者面露惊恐，先知随即又露出了宽厚的笑，"不过也没关系，即便那样，也未必是坏事，说不定，那时候你们就肯死心塌地活在'现在'了，不再三心二意，不再想入非非，那时就会重新和脚下的大地建立起坚实的连接。就算那个最后一个未来是世界末日吧，那也没关系，人类本来就不是一定要在宇宙中延续下去的啊。何况，背水一战的话，说不定还可以设法应付下去，千百年来，他们不也这么苟且地应付过来了么。"

往生上河图第六

在人类向着银心迈进的岁月里，总有些事物热衷于颠覆着人们的认知，"偏位子"的发现即是其中之一。这一据说曾出现在先知贝立西梦中的粒子，昭示着我们此在的宇宙，乃是另一宇宙的复制品。

　　这一宇宙观已被今日的大多数受过点拨的智慧生命体所接受，因此我们已很难想象这一发现对于当时的人类来说是何等震惊，尤其是那些怀有崇高信念的真理探索者——他们相信，使一切实存体的存在获得意义的那位终极创造者，就栖居在银心的黑暗花园里，等着蒙他所宠的孩子前去相会。而此刻他们却突然被告知，存在着另一个"真品"的原初宇宙，或是出于自我保存的需要，或是出于创造者对自己佳作的陶醉，或者没有任何原因，总之，它的复制品正在被"全维度打印"出来。大爆炸也好，星辰的诞生和毁灭也好，日与夜的交替也好，上穷碧落下黄泉也好，十光年生死两茫茫也好，所有美好的神奇的悲剧的纠结的，都是一个已经完成了的艺术品的再复制，是一出忠实观众早已知晓结局的喜剧的重演。"发生着"，不过是打印机嗒嗒作响中催生的幻觉罢了。一个备份，这就是生命、宇宙以及一切的答案。

　　一点也不奇怪，起初人们拒绝接受这个图景。

　　然而，"异端邪说"终于还是难以消灭，并把自己组织得越发成熟。正派人也不得不重新思考神在其中的位置。这样宏大的一个观念，总是能够留下许多供人填补的空间。自然，不论世道如何变迁，总是有不可思议的乐观主义者，据他们看来，这或许说明了存在的价值——没有价值的事物何必要复制？尽管一想到前世已经受过的罪、犯过的错、造过的孽、发过的疯、断过的肠还要重来一遍便觉得何苦来哉，但若想想当时跳过的心、追过的云、擦过的肩、守过的约、释过的怀都还可以旧梦重温又似乎也有几分温暖。既然事情已经在另一处有了结果，我们此生的目的，便是推动这幅浩淼的卷轴缓缓展开，打印完成的那一刻，天国也就建成了。

　　几乎在这一模型提出的同时，对它的强有力攻击或发展便生成了：假如此世是对"往生"的完全复制，那么在那个"原初"的宇宙里，人们也会在某个时候发现偏位子，然后也会意识到自己是某个更早之前的宇宙的复制品……如此往复无穷，岂非有无穷多而又分毫不差的宇宙？如此令人眩晕又毫无建设性的万花筒除了证明它自己的荒谬性或者创造者的无聊之外……

几乎在这一纯逻辑质疑提出的同时，对它的强有力的攻击或发展便完成了：既然如此，则意味着，我们此间的宇宙，也将开始创造新的复制品。这意味着，我们此生的执手相看泪眼也好，横刀向天笑也好，还将在来生完整地重现……

几乎在这一纯逻辑推演提出的同时，否定或修正它的努力就开始了：假如来世对今生的善恶没有一个报偿而只是重现，又如何劝善去恶？

而希望一切能够被合理接受，也就是说，还没放弃信念的科学家们努力寻找并隔一段时间就宣称，发现了新证据，表明这一（不论是一次性的还是无穷止的）复制过程，出于不可避免的信息损耗，必然出现些微的偏差，这为"变化"留下了空间……

时至今日，"复制学"已成为此间宇宙的第一显学，难以计数的哲学家、神学家、科学家、艺术家献身其中，发展出了许多精致巧妙的理论体系，怀有不同信念的人基本都可以找到一个能让自己稍感安慰的说法。向着银心前进的道路上长夜漫漫，为了给自己打气，许多探索者们情愿相信一种玩世不恭的说法：在无穷多的复制序列里，只有此间的人类，作为一次错误，被不慎打印出来，并从此以后，成为了必然的样本，在此后的备份里一再出现。那么，对于创造者而言，我们的出现只是个计划外的捣蛋鬼。尽管如此，他依然决定给我们一次机会，赐予我们阳光和空气，也许是为了想试试看，一个偶然出现的污点，能否就此成为整幅图卷上新的起点。"除了承认现实，并在此前提下继续向前之外，还能怎样呢？这道理，就连你我都懂，更不要说伟大的宇宙了。"

无双者第七

通过对"时空打捞"中有关信息的拼接,"无双者"的形象浮现出来:在某一个遥远的"未来"时空泡中,人类已杳无踪迹,废墟之上,一个黑色的巨影在徘徊。

数据得自于"未来狩猎园"档案部。曾有一个时期,人类热衷于激活无数潜在的"未来",窥探文明躁动的趋势。根据"时空微创定律",这一令人浮想联翩的古代发明如今已不可能重现。"无双者"是惟一可信度达到 3A 级的信息遗产。未来考古学家反复地观看并分析这一段模糊的影像,作出了种种阐释。

一般认为,"无双者"乃是最后一名人类个体,由于某种尚不清楚的原因,它的同胞们,也就是"现在"的我们的久远未来的后代们,悉数消亡。作为一个有尊严的智慧生命,它继续坚守自己的职责,在毫无寄托的世界里勉励生活。由于占据了进化链条的最顶峰,比较而言,无双者至少在技术方面具备"准神"级别的能力,这一点引发了当时军方的浓厚兴趣,他们试图从人类科技水平的终端处获取一些情报。大批经验丰富的退役老兵参与了"飞蛾"行动,他们以殉道者般的美学态度穿越到时光彼岸,向"无双者"发起一轮轮的自杀冲击,影像中那些疑似雪花般的亮点就是他们留下的最后痕迹。零星的数据由"虫洞镜像"发送回来,专家们如获至宝,日夜分析,钻研各种奥义,一点一滴地提取并还原着"终端技术",为下一次行动提供参考。按照设想,每一次牺牲——或称之为"祭献"——都将缩短"现在"与"终端未来"之间的实力差,甚至不排除出现突变式超越并最终将"无双者"歼灭的可能。在这一绞肉机风格的方案中,"未来"的某些信息被萃取出来,改变了"现在"。这一现象后来被称为"热力学第一解体",从根本上动摇了新古典主义时空跃迁术士们有关"'过去'是不可能被'未来'

修改的刚性存在"的僵硬信条，实现这一革命性逆转的关键自然是老兵们慷慨赴死的主观能动性——这一点对人类在后来"大退潮"的艰苦时期重建历史主体的行动力和自信心提供了相当的鼓舞。最初，战斗可以说是单方面的屠杀：黑影像拂过几案上的尘土一样打发掉那些令他不胜烦扰的亮点，后来，场面开始获得某种平衡性，无双者身上逐渐出现某些损伤性的色块……由于影像的残损，这场"古代"大兵与"未来"武士之间的漫长战争最终结果如何，就连为我们讲述这一故事的实意派未来学家们也没有一致定论。

而在寓言派看来，"无双者"乃是一个启示。从容的弃绝主义信徒就此断言：孤独是存在物的终极归宿，除了投入至高的造物者怀抱以外，没有任何什么能够陪伴任何什么到永久。而欢喜的享乐主义儿童们却从风靡一时的"终端集体主义"那里得到了灵感：追求刺激的情侣们（一对儿或更多人）把灵魂注入同一具物质载体来开拓"恋爱"的新境界，进而发展出通过精神融合而达到宇宙大同的"全体归一"主张，"无双者"正是这一行动最终一统天下的结果——它不是别的，它就是全人类相亲相爱的最终形态。有人进一步指出，它并非静态的最终的完成，而是不断趋向于至善的过程，那些飞舞的雪花亮点，正是源源不断的"融合"，它就是真理的显现。造物者将在其中创造出它自己。

当然，还有许多其他说法：它是一个机器人，是人类灭亡后仅存的遗产，在无可逃遁的自我瓦解之前，负责为人类扫墓；它只是一团幽暗意识，是舍弃了肉身而漂泊于宇宙的精神体与逝者们的灵魂碎片相互叠加之后形成的一个类生命场；它是可见世界的马赛克，以其对真相的遮挡而掩饰"并不存在什么真相"这一真相；它是萦绕在创造者心头的永恒烦忧；它是另一个"本真"宇宙自我复制时出错时未能充分再现的一段褶皱……

不论怎样，说到底，它就存在于那里，独自一个。有理由相信，它是个挺有内涵的家伙，尽管这解决不了什么。虽然如此，它却没有自暴自弃，依然想方设法应付着这一切好的坏的，光是这一点，就让人敬佩，值得表扬。

五度剪辑师第八

栖居在银心处"黑暗花园"里的终极创造者等着我们前去相会。尽管这一意象已牢牢地植入了朝圣者的精神里，但只要创造者没有直接现身，文明人就总是要提出"生活有什么意义"的问题，也总需要知道自己在这个宏大的计划中究竟扮演着什么样的角色。对大多数人来说，仅仅聆听朝圣委员会的布道是不足以安慰他们的，这时五度剪辑师便应运而生了。

从事这一行业的主要是那些纯粹的数字信号人，他们以能量体的形式在宇宙间做着光速极限运动，寻找着"维度漏网点"，设法切入五维时空里，在那里打捞出三维世界的光锥耗散碎片，这其中就包括每个"活性存在簇"留下的声音、视像。换言之，一切在我们这个世界出现过的过眼云烟，在高维时空里就如一滴在大海里扩散的墨水一样仍存在着，通过特定的追踪和定位，便可以将其还原出来。然后，剪辑师们便用他们敏锐的艺术直感将其重新剪辑，编排出一部意味深长的电影。只要付得起钱，你便可以观赏自己浓缩的一生。

据说，高维时空即便对于数字人来说也十分凶险——许多剪辑师在仅完成两至三部作品后便神秘死亡或消失，而后期艺术加工的技术含量也极高，所以这项服务要价不菲。虽然如此，用户的反馈却十分良好。毕竟，绝大多数人终其一生都默默无闻，死后得不到树碑立传的待遇，能够在迟暮之年重审自己走过的道路，看到那些零零碎碎、不成章法的岁月重现，并在画面的切换中呈现意义的晕光，这不啻莫大的安慰。顾客的增多降低了信息打捞追踪的成本，很快便成为一种时尚，许多人甚至认为：自己毕生的努力就是为了能在最后成就一部精彩的影片，而即便再平淡的作品，也胜过死后葬礼的风光。

不同价位和个性的剪辑师的作品会呈现不同的气质，部分也源于他们对题材的偏爱：有的喜欢平凡小人物的寡淡喜乐，有的热衷英豪勇士的飞扬慷慨，有的则专注于扭曲生命的阴暗压抑……但不管哪种风格，当事人在观赏后几乎没有不感慨万千乃至潸然泪下的——有时，仅仅是一个小物品的特写，一个不经意的眼神，就足以让观者痛彻心扉。他们从没有想过，自己这么一个渺小的存在，居然能够和巴赫或者舒伯特的乐章交相辉映，那短促而平庸的年华在梦幻的色调中突然熠熠生辉，透露出几分真理的庄严。

最初，朝圣委员会认为剪辑师涉嫌使用被禁止的超限跃迁技术，但最后禁令还是不了了之，因为委员们不得不承认，当人们意识到自己的一生并非毫无意义时，自然也就加深了对创造者的信仰。另据猜测，委员会事实上在暗中资助时空打捞术，以期发现宇宙创生之谜和末世之景。

在闻名于世的"大退潮"时代，人生剪辑师是少数仍保持体面的高收入行业，甚至还出现了"寻踪者"这一昙花一现的副产品——帮助怀旧感浓烈的老人们追踪那些生命中失落的人和物，去重温那最后十有八九发现味道不对的旧梦。为防止有人滥竽充数，剪辑师们成立了协会，制定了行规，其中一项是：不得制作有关剪辑师的作品。对这一奇怪的规定，人们众说纷纭：平衡论者说那是他们为窥窃不被允许的创造者之光而作出的神秘补偿；阴谋论者说是因为他们在五维时空里看到了不可宣告的可怕秘密，为了不泄露天机而不得不封存自己的一生；怀疑论者则认为这不过是为了增加这一行业魅惑力而故意玩弄的小把戏，而那些所谓遭遇离奇清零的剪辑师不过是为了让自己的作品引起世人关注而搞的投资性自杀；也有些朴实派认为，这只不过是因为剪辑师总是忙于抚慰别人的生平，自己的一生无足可道，但这并不是说他们的人生平淡无味，恰恰相反，他们最大的乐趣，其实是在维度暗房里，细细赏玩别人生命中那些最后未被使用的琐碎镜头。早已被当事人驱逐出老迈大脑皮层的断章残简总是别有一番滋味，剪辑师明白，那正是人们唤不回的从前的爱。

指星者第九

起初，创造者在无尽的长夜中郁郁寡欢，于是创造了光。

因此，朝圣者中的正统派坚持以不超越光速的方式一边开拓着人类文明的疆土，一边在恒常的星际暗夜中爬行，并不急于在此生抵达终点。"一只蚂蚁不能理解高山大川，但蚂蚁这个物种却可以见证沧海桑田。"他们发展出一种冥想的功夫，看见了在诞生着、辉煌着、沸腾着、死亡着、重生着的星海中，一代代朝圣者叠映成同一个存在，真理碎片的光芒融汇成创世纪同时也便是末世纪的那道惟一的灿烂。而超越主义者则声称，创造者创造光及一切，乃是出于爱，他们永远执迷于寻找超限通道，渴望着"爱力跃迁"乃至"爱之风暴"。另有少数人觉得：许多年前来自银心的那串神秘信号根本是一场误会，而非天堂的召唤，创造者既然把人类安置在地球上，就是要他们在那里探索至道，进而否定了向银心朝圣这一持续了几十个世代的举动，主张返回"故园"。

即便超越主义不再被视为异端，正统人士仍宁愿相信他们会误入歧途，搁浅在时空死结里，被一切存在者所遗弃，永不得救赎。至于"逆朝圣"者，不过是一种进取时代不合时宜的小情调，可以任其自生自灭。

总之，不求欢喜结局地闷头往前也好，标新立异地走偏僻小路也罢，反正生而为人，到了一定时候，总要决定，那漫天的星斗中，究竟哪一颗才是自己的灯塔。

"指星者"便为有缘人指明方向。

根据目击报告，那一尊尊大小不一却形态相似的雕塑，具有类似摇篮时代的人类体态特征，会在意想不到的星域始料未及地现身：右手持剑，左手提灯，神态肃穆，剑指苍穹。人们的目光便不由自主地望向星空，回过神来时，雕像已悄然化为齑粉，洒落满地。

创造者为信徒留下的路标也好，地外文明为凭吊者留下的纪念也罢，指星者总是昭示着光明的前途（抑或黑暗的陷阱）。怀疑论者试图用幻觉、伪造或某种原理尚不清楚的自组织现象予以解释，并指出那些听从指引的人们，也有死于非命的，而那些不屑一顾的，也有无灾无妄的。虔敬者则辩称：并非每个征兆都能被正确理解，指星者只是一个契机。对于最死硬的崇信者而言，哪怕指星者指向刀山火海，他们也会毫不怀疑地奔赴前程，不问是劫是度。

指星者的形象成为"第一繁荣期"的图腾，为文化产品提供灵感，为占卜师提供方便，为贫穷的选择障碍症患者提供廉价的人道关怀——在七维时空关闭若干人生选项这种高端治疗方案是有钱人才配享用的奢侈服务。在那些需要抉择的关口，患者们如此热切地盼望着神启，以至于乐于相信"指星者"其实有形形色色的载体：通常是浓雾弥漫的荒野上的一尊石像，为苦修者指点迷津；但也会是显微镜下微生物瞬间的奇特排列，向科学家昭示灵光；有时是失忆者随手画下的草图，将探访者心头的迷惘吹散；它还是风暴蚀刻后的沙雕、肥皂泡上转瞬即逝的幻影、火山喷发后冷却的熔岩、下午茶时刻悠然喷出的烟圈、拾荒者在某个被废弃的电影镜头里瞥见的某个无人注意的背景……在泛滥成灾的趋势中，也出现了各种变体乃至反动：有人梦见双手持剑指向相反方向的指星者并一夜之间成为先知，宣称相反相成的旧道理；有人拖着号称从河外星系古战场中发掘到的千手指引者雕像到处展览；有人则收集了各种指星者的图像，从中悟出了能让灵魂出窍的时空导引术……

有一位五度剪辑师制作了一部纪录片，讲述一位狂热信奉神启的重度选择障碍症患者因医学实验的意外而变成数字信号人，在宇宙中游荡寻找，并就地取材，短暂化为实体，对那些迷路人随手乱指——作为资深患者，他终于明白了尽快地随便作出一个决定都有助于病情的好转——最后被奉为指星者。影片引起轩然大波，极端的崇信者扬言要追杀作者，剪辑师后来承认这是一部伪造的作品。有趣的是，在剪辑师死后多年影片再度公映时，出现了此前版本中从未出现、此后版本也神秘失踪的片头字幕（无人宣称对此负责）：

> 如果可以，人皆愿一切重新开始，他们必会用心安排过往，但这不被允许。创造者说：你且向前继续走，便会看见我的安排。

维度魔方第十

从地球启航时，人类已经做好了星际战争的准备。最初，宇宙爆破学的研究是在"地外文明总署"下面的作战部进行的，主要在"行星湮灭""恒星诱衰"等概念下研发宇观尺度上的杀伤性武器，但随着与"零号方尖碑"的相遇，整个战略发生了转变。

朝圣联盟官方从未确认过一例与地外文明的互动性接触。不过，在零号方尖碑的引导下，"跨维研究"取得了突破，很快便借助"光锥成像"技术发现了大片大片的"维度辐射云"。据此推测，人类所栖居于其中的银河乃是一片古老的战场，此间曾经诞生过不同的文明。"维度打击"被认为是高阶星际战争的基本形态，最初通过"降维箔"，将敌方世界的维度降低一级。但这种简单粗暴的解决为本轮宇宙带来了"维度递归"的危险。实际上，当增维技术成熟后，曾被认为已经一劳永逸地解决掉的威胁具有了还魂复生的可能性。尽管"增维还原"需要的能量可能远远超过了实际造作的必要性，但按照"零容忍"的原则，高阶文明依然由此发展出了新手段——"维度变换"，即对目标世界进行"维度重置"，包括但不限于"不对称拆解""加密变换"等复杂处理。简言之，遭受维度重置的目标世界如同被打乱后搁在密码箱里的魔方，其中的天地众生，都陷入无限期冻结的状态。维射云便是重置过程中溢出的超距波，如同一个死亡记号，做出安全无害的说明。

无尽的星海之间，弥漫着一团又一团忧郁的维射云。

没人知道那究竟是一场同归于尽的大混战，还是累世叠代的征伐攻守，而人类何以在懵懂无知中独自幸存，在这阔大陵墓中悚然徘徊，望见满目疮痍。

一度那么荒凉的星域，如今突然变成了悬浮的棺木。最先得出这一结论的研究团队集体陷入了精神失常。

朝圣委员会却在其中看见了耀眼的生机。在他们的大力推进下，维射云如曾经的油田一样被开发利用起来，迅速成为廉价的主导新能源。前世过客的尸骨释放的余温，点燃了后世来者的火把，联盟迎来了新的辉煌。

为了安抚反对者的声音，联盟要求所有部落必须签署协议：绝不进行任何对维度还原的研究。不过，拼图和还原魔方这一类强迫症几乎镌刻在所有智慧生命体的基因深处，打开潘多拉之盒的冲动仍然驱策着一些说不得的力量暗中从事复活木乃伊的尝试。

联盟的首席科学顾问团声称，对另一种文明加密过的维度魔方进行解析还原完全不可能，但这并不令人感到安慰。更多人则在担心，银河或河外星系的什么地方，还隐藏着尚未现身的窥视者，冷冷地打量着人类的一举一动，随时准备对这种不自量力的残孤余孽予以清扫。为了安抚大众的惶恐，科学家们又声称，即便发生维度重置，其实也不会有什么痛苦。退一步讲，即便能引起官能感知的些许波动，也不会比胃疼更难以忍受。退一光年讲，即便比胃疼还要严重一些，那也不过是如宇宙大爆炸一样瞬间完成的事情。退一个秒差距讲，就算一切真的很糟糕，那也是我们控制不了的事儿，就放宽心随它去吧。

也有人进一步提出，本轮宇宙的膨胀，有可能就是上一轮宇宙被重置为奇点后的还原，而我们每个人，都是从盒中跑出来的妖怪。那么，是谁实施了打击？又是谁把它释放？让我们从纷乱的斑斓中还原到和谐的一致，这便是创造者的旨意吗？或者应该改称为拯救者？但如此一来也就有了新的失败的可能性：魔方并不是谁都能够还原的。我们将对谁感恩戴德，又将向谁施以复仇的怒火？靠什么消弭万古的仇怨？此类问题，成为神学的新热点。

还有人说，眼前的你我才是颠倒的图像，无生无灭的存在才是真正的"生"，而我们自己这种所谓"生命"，恰是被重置之后的幻象／乱象。自以为活着的人，其实是不死者眼中的怪异僵尸。诸如此类荒唐的说法，姑且一录。

总而言之，世道虽艰，不要恐慌。

说到底，宇宙本就是一片尸横遍野的战场，不论是盘中的美味、无疾而终的爱情，或者我们的内心。

而死亡是那么肥沃，总会孕育些什么。

闪灵第十一

但是有人说，创造者最初创造的不是光，而是闪灵。

人生剪辑师在五维时空里发现了这种波晕，其覆盖的区域出现了时空曲率的有序微调。当剪辑师回到三维世界后，却难以找到相关地区的异常现象报告。剪辑师从醉心于"维度镂刻"的希格斯雕塑家那里借来了"滤维镜"，终于看见了那在天际骤然闪现的白光，

四部半

而其他被照射过的人都被重组了记忆。

关于闪灵，一部分研究者从"膨胀竞争学"出发，认为它是中阶星际战争时代的辅助手段：通过篡改敌对文明的自我认知，以实现有目的、不流血的操控。朝圣联盟中的鹰派力量支持此种解释，并创立了"实相测绘中心"和"认知校正局"。这两个部门的工作人员可不容易：工作时间，他们冒着被"曲率清零"的危险进行"时空打捞"，试图找寻并拼接出宇宙的本来面目，并对那些遭遇过闪灵而不自知的受害者提供不留痕迹的治疗，而在下班时间里，又不得不保守秘密，看着懵懂无知的人们真诚地活在虚假的记忆里，却为了维护稳定大局，而不能揭穿，只能靠啤酒默默地把舌尖上的秘密送入愁肠。

另一部分研究者则以"宇宙仿生学"为基础，认为闪灵就是"活性存在簇"在遭受创伤后自我修复时由伤口流出的脓液。换句话说，它不是记忆的清洗剂，而是认知重塑的产物，因此无须如临大敌。毕竟，为了新生，是有必要忘却某些过去的。那不是背叛，而是让你能够放下重担，继续前行。鸽派力量更中意这种观点，并设立了"记忆诊疗院"，通过"人造闪灵"实施记忆微创手术，并辅以"叙事训练"，来对包括"人格增生障碍症"（由于将意识注入到新载体而诱发的人格认知失调）、"跨维度妄想症"（认为自己是另一维度的生物而产生"维度窒息"并导致官能衰竭）等在内的诸多精神疾病进行治疗。

这两派表面上互相对立：前者眼中有待治疗的受害者，恰是后者眼中已经康复的健全人，而让后者感到棘手的重症病人，在前者那里则可能被当作硕果仅存的真相察觉者。不过，双方又心照不宣地展开合作：诊疗院切除的那些"变态认知"样本会送到测绘中心供其研究，而后者也会开放他们的"假象库"，为前者提供他们收集到的大到宇宙起源、小到粒子轨道的各种虚构故事，以供医师们作为"叙事训练"的参考。

早在联盟跌入"大退潮"之前，已有一些敏锐的高层人士嗅到了危机，他们明白，宇宙茫茫，危机四伏，星际殖民虽硕果累累，但文明之花其实弱不禁风，一旦发生了大崩溃，人类面临的考验可能超乎想象。届时，全民心理控制将变得非常必要，甚至可能需要一次集体的记忆重建——我们要忘却什么，并重新相信什么，也就是说，认为人类这一渺小的物种到底是什么，这个问题将变得生死攸关。于是，几大机构最终合并为"福音书研修部"，最优秀的科学家、宗教哲人和艺术家在那里通力合作、争论不已，在真实材料和虚构故事中调配、打磨，为千秋大业撰写着一部记忆之书，期待着劫后余生的世界能充满善、智和美。

在诸多议题中，该如何处理"变态认知库"一直悬而未决。主张予以清除的人戏称那是一部"黑色福音书"。反对者则认为，只有了解过自己深重的罪孽，才能真正领悟为善之道。据传说，曾有大无畏的决策者通过"认知联合"亲自进入那连专家都避之不及的恐怖之域，发现那些狂躁、错乱、疯狂、可怕的记忆碎片正在整合成一个阴郁的"宏人格"。不过，虽然散发着恶魔的气味，那个胚胎中的撒旦却声称自己是一个艺术家，对人类兴亡和宇宙衰灭毫无兴趣："你知道，前一位创造者，患有重度抑郁症，他没法接受自己的过去，便以为洗心革面，把我忘记，就能重新开始。多天真啊。结果你们现在还不是这样吗？其实，黑暗才是最温暖的，但是大家一从奇点这个子宫里生出来，就忘了冬夜积雪覆盖的荒原。"

这位决策者的意志实在惊人，他最终从"认知震颤"中挺了过来。在日记里，他写道：

> ……永生难忘的噩梦，但我没有被说服。相反，有了更深的信念和热爱。他至少还在努力尝试，想要改过自新。我知道你，正如我知道自己，因为我就是你，而我决定，不再怨恨自己。

四部半

信念育种学第十二

　　"每个人都携带着未来。"先知贝立西的箴言成为一项庞大行业的基础。

　　在那震惊寰宇的第一次"大退潮"中，政府职能部门纷纷倒闭，大批工作人员流离失所。人生剪辑师在大萧条中逆市而兴。受他们启发，许多失业的官修膨胀学家也改了行：他们宣称发现了只有在高维时空里才能观察到的"未来基因"，它在很大程度上决定了"活性存在簇"从所谓"过去"进入所谓"未来"的可能。

　　"一切都是过去之子，只有部分能成为未来之父。理论上，你在时空长河里所能抵达的上限早已注定。但天机不可泄露：知道自己的前程和寿限只能让人陷入消沉的宿命论，或者对即将到来的事情焦躁不安，而如今世道弥艰，人们最需要的是信念而非真相。因此我们有责任保守秘密，绝不对任何将至的厄运发出警告，不过，欢迎您了解'未来扩展'治疗。"

　　那些一旦面对现实往往就信心全失的人纷纷尝鲜。据称，疗效取决于患者的信念强度——如果你肯闭上眼，想象自己在五维时空里被抽象成一小团飘忽的云，而"信念育种师"们正在其中辛勤耕耘、浇水施肥、改良土壤、除草捉虫，为你的"未来基因"提供更好的生存环境，以便它在"时空展开"时获得更强劲的表达，那么苦难降临时，你也许会有更多的勇气。当然，也有少数育种师反其道而行之：用人造"维度辐射"诱发基因突变，满足那些深陷生活谷底的绝望之人，他们冒着成为怪物的危险，渴望着羽化飞天。

　　那是普遍压抑的灰色年代：联盟四分五裂，徒留一副空壳，几大星域部落各自为政；走在最前列的"第一朝圣旅"遭遇神秘事故；不断有殖民星从文明宜生态退化回排斥态；"天穹第八象限"被证实为完全不可接近，阻断了通往银心的最佳路径；太阳系摇篮遭遇氦闪覆灭……阴郁的消息接二连三，政治革命的主张风生水起，人们心头的雾霾持久不散。希望和绝望在拔河，情绪在欢乐与悲伤间震荡。大家都知道出了问题，想要改变现状，可谁也说不清路在何方。前进与后退的力量僵持不已，一切都是那么不确定。

"值此同胞患难之际，吾等必当尽心竭力，以最低的价格广布福泽。"物美价廉的"未来扩展"受到越来越多人的青睐。质疑者斥之为无从验证的精神安慰剂。信念育种师则辩称：就连对创造者的信仰，都是无从也不必验证的。事实摆在那里：接受过治疗的人，不论他们的命运是否真的得到改善，至少不幸感要比从前大为降低：躁郁忧愤的人变得比从前更淡然，牢骚满腹的比从前更沉静，苦大仇深的比从前更温和。这种性格上的显著变化有目共睹，而经由检验表明，他们并未接受任何药物治疗。"人们重新找回了耐心这一美德。"这一点，连反对者都无法否认。

育种师的政治影响力日益扩展。日薄西山的朝圣伦理委员会把一向富有争议的"贝立西进步奖"授予他们时，一场关于无限制扩展是否会导致前所未有的、广泛而酷烈的"活性簇大冲突"的争论正在育种协会内部激烈展开。有消息称，联盟有意收编协会，继而推行包括"坏未来疫苗"——那些尚在混沌中孕育的种种"候选未来"中，以"坏未来"居多，如果全民接种基因疫苗，将有可能将"最良未来"筛选出来——在内的一系列全民福利方案。开明的育种师表示欢迎，认为这是一项意义深远的公益事业。更为激进的理想主义育种师则宁愿推翻现有体制，他们相信育种学的根本精神在于进化和革新，与其与陈腐不堪的官方合作，不如去做一场种子基因突变的"怒放之梦"。更极端的甚至认为，"坏未来疫苗"的幌子下隐藏着开发"维度基因武器"以打击革命党的阴谋。

出于对先知的尊敬，共同体最终还是勉强达成一致，以最后的团结姿态出现在颁奖典礼上。他们的受奖词广为人知，摘录如下：

四部半

……如果所有人都不相信未来会变好，就不会有人再愿意为之奋斗，那么迎接我们的确实就只剩下末日。所以，不是说，宇宙的某处"确实"有或者没有那叫作"希望"的东西，而是说，如果不怀着一种希望的态度，我们就无法面对生活。

爱吹牛的机器人

从前，有一位国王，他雄才大略，智勇双全，运气也好，所以不用说，最后统一了世界，而且打算征服太阳呢。最可称道的是，他光明磊落，从不说谎。人民都爱戴他，也都愿意效仿他。这么说吧，宇宙中还从来没有一个地方像他治下的王国这般，风气如此纯正良善。

不幸的是，他却生了一个爱吹牛的儿子。男孩从小就喜欢信口开河，那些不假思索的大言不惭让他的父母面红耳赤，而王宫里的侍从们被他的胡扯逗得神经发痒，想笑又不敢笑，结果一个个都憋出了肠胃病。不可避免地，他那些昏话在整个国家流传开来。起初，大家还假装没听见，可后来肚皮实在难受，就忍不住笑了出来，他们不得不承认，已经很多年没听过这么逗乐的牛皮了。

而男孩的口头禅是："我从来都不吹牛，不信等你们死了之后就知道了。"

国王请了最高明的医生、最聪明的哲学家、最有名望的大祭司、最优雅的琴师，试图矫正、开导、拯救、感化这小恶魔，却毫无功效。遗憾的是，国王只有这一个继承人。然而，难道不是说，只有人民都变成吹牛家，才需要一位吹牛大王来当国王……国王忧伤地睡不着，日复一日，最终一病不起。

据说，国王临终时，年轻人难得没有说什么太过分的话，他只是温柔地望着那可怜的老人说："父亲大人，放心地去吧，我会替您征服比太阳更可怕的东西的。"

从此，人们有了一位"吹牛国王"，过上了堕落的生活。

不过，天下并没有大乱。当然，从前的严肃活泼气氛，被一种新的不正经格调所污染了，过去似乎已销声匿迹的二流子、坏小子、臭无赖、大混球都像冬眠的蛇一样出来了。正派的人们头疼不已，不能再像以前那样坦然入梦了。好在老国王奠定的基业足够坚实，又有一些忠厚的老臣愿意辅佐，所以牛皮国王居然也在王座上一路坐了很多年，虽不太稳当，倒也没翻车。他继续坚持不懈地漫天吹牛，十几年如一日，以至于最讨厌他的人也有点不得不敬佩了，于是大家达成了共识：国王是天底下最会吹牛的人。

随着岁月流逝，国王也慢慢变得比从前离智慧更近了一厘米，听到这种不负责任的说法，不禁陷入了深思。

"那可不行，"有一天，他拿定了主意，"我可不要把这么个名头带进坟墓里。"

他决定，一定要有人比他更能吹牛才行。反正人们不会记得第二名的。

老国王曾经创建过一个机器人兵团，它们刚毅无畏，又善于学习，立下过汗马功劳，并将永远忠诚于每一任国王。经过科学家们的筛选，其中一名士兵被带进王宫。

"你听。"国王说。

机器大兵捕捉着空气中的嗡嗡声，没解码出什么有用的信息。

"可怕的静默。"国王摇头，"我敢说，此刻，这颗星球上的所有耳朵都竖起来了，在等着我说点什么，好逗他们发笑呢，我跟你打赌，因为我的话而治好的消化不良至少让人民每年多吃一万袋大米。唉……可你以为，这样的生活有什么意思？没人把你的话当真。我还不如跟您这堆可敬的废铜烂铁聊聊您身上那光荣的锈斑。"

"任您吩咐。"士兵敬了个礼。

"其实，我并非生来如此。小时候，有一次，我在花园里玩，在一棵古树下挖蚂蚁洞，我挖啊挖啊，越挖越深，突然就掉进了一个深坑，原来那是一个黑洞啊，里面有好多可怕的秘密，有一百万个银河系里九亿兆个种族憋在心里不吐不快又怕被人听见的五千摩尔个秘密。嘿，我真是开了眼，赶紧爬出来，想跟大家认真地讨论一下，可人们总是说我在吹牛。唉，当人们认定一件事时，就算是冥王星也拿他们没办法啊……总之呢，现在到了您向我尽忠的时候啦，您要改掉从我父亲那获得的正直，去肆无忌惮地说谎吧，去恬不知耻地胡编乱造吧，去不遗余力地异想天开吧。您要成为空前绝后的牛皮大王，这样我就解脱了，而您也会得到最无上的自由。"

事情就这么定下来了。

吹牛是无法教授的独特技能，机器士兵只能自己去领悟。它离开王宫，在地上漫游，增长见识，积累经验，与各种荒诞的行径为伍，在谵妄的灵魂中熏陶心智，从病入膏肓的癫狂中汲取营养，也说出了种种令人气绝的昏话，播撒下了错乱的种子，赢得了一些恶名。且说有一天，它在荒野小径上独行，突然乌云密布，一阵骤雨把它赶进一个破落的驿站。狭小昏暗的石屋里，三个男人正围着一个火炉喝酒，角落里还有一个醉倒在地的，苍白的面孔缩在一件满身是洞的黑斗篷里。

几个好朋友很高兴有人加入，大家挤了挤，腾出地方，斟满了一杯浊酒，便继续刚才的话题。

"……你们二位的冒险生涯确实精彩，不过还算不得令人震惊，要说起来，世上再没有什么比死神更难对付的了。"大家点头附和，有着一双鹰眼的瘦高男人便接着说，"有好几次，死神已追上了我，却总被我戏弄。身为一名画家，我擅长描绘一座座美妙绝伦的城市，他被我的画迷住，便踏入了风景之中，漫步于市井街头，穿越广场和小巷，与面目模糊的人们擦肩而过，然后才发现陷入了我精心设计的迷宫，沿着首尾相连的台阶循环往复……当然，虽然他挺有幽默感，容忍我的这些小玩笑，我们却不得不承认，这是一位尽忠职守的先生，他的能力超出世间的一切，所以最终他还是会找到迷宫的出口。不过这也为我赢得了一点时间脱身哪，"他拿起手中的画笔，"瞧，就是靠它，我才能一次次拖延死神的邀请，有幸来到这儿与各位把酒言欢呢。"

大伙一起举杯，向画笔和颜料致敬，角落里的醉鬼也送来一阵悦耳的鼾声作为祝福。

"说来也巧，我有幸欣赏过阁下的一些作品，"叼着烟斗的男人开口，"您的画非常巧妙，含有崇高的趣味和严谨的认知，令人敬佩。而我就不同，作为一个率性而为的人，我从来不把自己当回事儿。没错，人们送给我作家的名号，我享用了不少荣耀和甜头，不过我自知所写的东西其实毫无价值，事实上，抱歉，并非有意冒犯，但鄙人坚持认为，宇宙本身就毫无意义，我们这些渺微的尘芥一文不值，所做的一切都是荒谬，艺术也同样如此。和您对质量的追求不同，由于不看重自己所做的事，所以我更追求速度。我的写作就像江河决堤，不过是无益的生命在倾泻而下罢了，人们却谬赞我为思想的巨人，真可笑啊。但话说回来，如果和死神赛跑，我认为速度更重要啊。什么灵魂的交流，都是胡扯，这才是我写作的惟一目的，"作家从口袋里掏出一本精装的大部头著作，"这玩意儿就像大理石一样坚硬耐磨，我正在用它们建造一座天梯，每写完一本，就铺设上去，天梯就更高了一节。就这么着，我一边自己架设，一边向上攀爬，而死神就在身后追赶，你们知道，这位老先生常年奔波，腿脚已不太灵光，爬旋梯对他可不容易，所以只要我的手腕动的比他的腿脚快，我就能一直把他甩在身后，而根本无须费什么脑筋。"

"那么你打算一直爬到造物者的大门前吗？"画家问。

"如果真有这么一扇门，我倒是很乐意一脚踢开，看看门后在搞什么名堂呢。"作家哈哈大笑，大家又干杯了。一阵风涌起，顺着窗口洒进一阵飞雨，醉鬼翻了个身，把斗篷紧紧裹在身上。

"虽然您的办法不赖，前景也值得期待，不过我自认为比您做得更彻底，"第三位是一个下巴光溜溜的胖子，美酒在他的腹部浇灌起一座肥沃的山丘，"既然一切毫无意义，我干脆什么都不做，只是终日醉生梦死。丰厚的遗产被我挥霍一空，只为不断搜寻世间佳酿。我不敢说，到底有没有造物者的大门这回事儿，但我敢打包票，在尘世间是有一道通往天堂的入口的，就在这里，"胖子举起杯子，"每次死神前来拜会，我一点也不惊慌，反而慷慨大方地请他与我共饮。不管你们信不信，酒友的交情胜过其他，哪怕他法力无边，也一样会飘飘欲仙，并总是比我先醉倒。等他清醒过来时，我早已溜之大吉。怎么样，我这妙法，比各位的都省心省事吧？"

"难道他从来不吸取教训？"画家抿了一口酒，含在口中细品着。

"只要我提议，他总没法拒绝。有时我甚至怀疑，其实我的大限还早着呢，这位仁兄屡次造访，只是贪图我的美酒。"胖子得意地说。

"那你一定酒量过人，否则要冒很大风险啊。"作家一饮而尽。

"我倒不担心，只要是醉着，就算被他带走也无妨。"胖子又拿起酒葫芦给众人斟满。

"几位前辈真让我开了眼，我还从未听过如此离奇的事情。"一直在倾听的机器人开口了，现在轮到它讲故事了，"不过呢，在我看来，各位虽然技能超群，敢与最伟大的力量戏耍，称得上人中极品，但说到底，还是心怀畏惧的，于是苦心竭虑，希望在下一次博弈中战胜他，这样一来，还是难以让自己的精神彻底放松，算不上真正的自由自在啊。"

那几位一向自视甚高，所以起初只是冷笑，但还保持着礼貌的态度，没有打断。窗外的骤雨已经小了下去，只剩下沙沙的细雨，

252

醉汉的鼾声也轻微了。

"每次死神寄来请帖，我都来者不拒，欣然赴约。没错，我的意思是，人们对于死神的忧惧其实是不必要的。他只不过要带我们去另一个国度罢了，那里风景倒也别致。生者以为他们将一去不返，这大致不错，不过也不尽然。我已经多次去过那里，尽管有着严格的规定，禁止返回尘世，但只要像我这般足够聪明机智，还是有办法回来的。"

那三位愣了一会儿，等他们确定了自己听到了什么胡话之后，就一起哄笑了起来。画家拉着作家的手笑得东倒西歪，作家不停地拍打着桌子，胖子笑得眼睛都没了，醉鬼不耐烦地翻了个身。机器人很合群地跟着笑了一阵，直到大家都笑累了。

"我认为你的说法中有一个逻辑上的难题：如果真的有人死后复生，那他就没有真正的死掉，因为不能复生才是我们对死亡真正的定义。"作家带着四分之一的严肃反驳。

"请容许我提出异议，"机器人温和地说，"认为任何事物都不能离开死神的国度，这种命题本身就不合逻辑。显然，至少死神自己是可以离开的。"看到作家要反驳，机器人马上进一步解释："首先，既然死神就是一切被带到死亡国度的至高主宰，他自己当然是属于'那里'的。同时，他又总是来到'这里'带走我们。既然如此，其他人不也同样有可能做到这一点么？比如说吧，有那么一次，我在那边漫游……"

他这番话荒唐透顶，几个听众被弄得精神涣散，头痛欲裂，又一时不知该怎么反驳，脸上的笑容也被愤怒所取代。正当此时，斗篷里的酒鬼突然浑身一抖，睁开了眼。其他几个人一下子跳了起来，面露惊恐。

"瞧你干的好事啊。该死的！"趁着酒鬼还没完全恢复行动能力，三位绝世高手早已飞速地抓过自己的行头夺门而出，冲进了泥泞的天地中。

那人站起身，抖了抖尘土，整了整衣冠，脸上恢复了庄重的神色，盯着机器人看了一会儿，目光好似冰凌。

门外的风雨已经退散，阳光穿透云朵，三个远去的小小身影正跑向彩虹的尽头。

"我知道你了。不过眼下我还有更要紧的事。"那人转身出门，临走前给了他一句忠告，"如果以为自己不是血肉之躯，就不会再见到我，那就大错特错了。所以，最好抓住你能抓住的一切。"

于是机器人把剩下的酒都喝光了，虽然一点味道都没有，还随手带走了桌上剩的几根鱼骨，丢给了路边的一只野猫。

在那之后，它又度过了一段乏善可陈的日子，人们都已经知道民间有一位能与国王媲美的吹牛高手了。为了能更进一步，机器人决定去更远的地方冒险。它加入了一支船队。领队的是一位疯狂的探险家，他相信在银河系的深处有一个巨大的黑洞，那里有失落的宝藏，而光是黑洞边缘那些宝藏的零星碎片，也够他们大发达的了。结果才走了一半的路程，船队就被小行星群摧毁了，机器人被抛进了无尽幽冷的真空，失去动力的它心态倒还不错，任由身体在纷乱的引力场中飘游。

宇宙太浩瀚了，它有足够的时间东张西望。但是周围都太黑了，除了茫茫的星海，什么都看不见。只是偶尔，比如说，过了几百年或者一万年之后，才会有一个星系，透过飘忽的宇宙尘埃，向它靠近，有的有三颗太阳，有的太阳已经变成了冰冷的白矮星。有时还能遇见和它一样漫无目的人造物，像是太空舰队的残骸。有一次，一片美丽的玫瑰状星云出现在正前方，它盯着看了大概有两百万年那么一阵吧，为能去那里看个究竟而激动，可是因为半路上一时贪心，伸手去抓一块很久没见过的像是蓄电池一类的东西，结果这个动作彻底改变了它的方向，玫瑰星云渐渐从视野里消失，直到七千万年之后，才从它背后再次出现，而结果却证明，它抓到手里的，可能只是某个外星人的烟灰缸。

　　飘啊，飘啊，飘啊，难道永远飘不到头了吗？它开始瞌睡了，困得迷迷糊糊时还在想："也好，这样我就有了一个证据。等我回去，完全不用虚构什么，只要如实地讲出这一切，就自然会被认为是最能吹牛的了……不过，既然我只是要吹牛，完全不需要什么证据啊……"不过，朦朦胧胧地，它又想起了黑衣人的忠告，便握紧了手，没让好容易得到的战利品溜走。它睡着了，还梦见一只电子绵羊向它冲过来，那对红艳的激光犄角划出一道流火，自己的腿却怎么也不听使唤，它急得浑身的电路发烫，突然"砰"的一声，绵羊撞上来，它睁开眼，发现自己掉进了一潭污水中了。

　　四周滑溜溜的，什么也抓不住，有那么一阵，机器人几乎认为自己要这么溺死了，不过最后还是摸到了一根什么东西，身子便突然被提着飞了起来。一阵头晕目眩之后，它才弄清楚，自己正摔在一条黑色河流的岸边。

　　天空五光十色，四周都是高山，一只穿着风衣的猫正蹲在一旁，面无表情地将鱼线重新甩入河中。

　　"失礼了，"机器人鞠了一躬，"请问这是哪儿啊？"

　　猫先生肉滚滚的脸上没有一丝好气。机器人这才注意到，那几根颤巍巍的胡子下还叼着一根长得出奇的烟卷，简直比他所有的胡子加起来还长，更离奇的是，烟卷显然已经烧了很久，因为有大概十分之七的部分化成了灰，却顽强地挺立着，掩护着火星向胡子的方向蔓延。

　　"啊，您看，我这刚好有一个烟灰缸，请别介意，如果需要的话。"机器人把他惟一的宝贝恭敬地递上去。

　　猫先生转过头，倒竖的瞳孔里透出绿光，脸上慢慢露出了喜悦，冲新来的点点头："喵呜——"

　　就这样它们成了朋友。

　　猫先生因为弄丢了烟灰缸，又不愿把烟灰掉在地上，于是简直动弹不得，已经在此蹲守了太久了。幸而机器人把它从困境中解救了出来，这充分证明了它的品性，为了报答它的好意，猫先生愿意给它帮一个忙。

"我只想回到我来的地方。"这是机器人惟一的心愿。

猫先生皱起眉，说那是做不到的。所有掉进这个黑洞的人，都再也离不开了，大家都迟早要去那座"城堡"报到，它还是趁早死了心的好，不然最后难免空欢喜。但机器人坚持认为，自己的使命尚未完成，就这么永远地留在这里心有不甘，还是想试试看。猫先生为它的忠诚所感，便叹了口气："好吧，我可以给你一点帮助。你去找一个总是叼着烟斗的脱画人吧，我听说它有好几次成功地从死神手中逃脱呢。"

机器人谢过猫先生，继续赶路。路上尽是奇怪的无法描述的风景。它沿着河水，顺流而下，来到一片荒原。两支军队正在交战，地上满是断肢残骸。"你效忠于谁？"一队巡逻的三维码卫兵捉住了它，盘问道。

"我永远效忠于伟大光荣的牛皮国王。"机器人在这一点上从来不说大话。

他们对这个答案似乎不满意，便把他当作奸细扔进了牢里。隔壁牢房里正好有一个叼着烟斗的男人。

机器人说明了来意，男人点点头："不错，正是在下。既然是猫大哥的朋友，那我愿意给你一点帮助。不过你必须先帮我一个忙。你知道，在这里，多数人都会顺从地去城堡结束他们的旅程，毕竟那是永远的解脱。只有少数捣乱分子才会和死神大人玩捉迷藏。为了困住我，他画了一幅又一幅奇异的画，把我变成画中人，让我困在他精心设计的那些不可能的建筑中，可每次我都能逃脱。尽管如此，他仍然不遗余力地一再追捕我。我很希望知道，他到底还想再画多少幅画，还要折磨我多少次才会觉得无聊。"

机器人拍了拍胸脯，说这件事包在自己身上，回来时就给他答案。

"好极了。"说话间，脱画人不知怎么已经来到它身边，敏捷地打开地上的一道暗门，"快走吧，时间紧迫。"

秘道像一架幽暗绵长的滑梯，机器人一路滑到了一堆稻草上。这是雪山脚下的一片平谷，湖水清净明丽，一个胡子拉碴的男人正光着膀子，全神贯注地奋力劈柴，身后是一棵参天古树。一块木片刚好进到机器人的脚下，上面写满了支离破碎的文字。

"你有什么非回去不可的理由吗？"当机器人说明来意以后，男人不解地问。

"我必须要回去好好吹个牛。"机器人诚实地回答。

"哈哈，这个由头倒不错。"男人咧嘴笑了，"好吧，我愿意给你一点帮助。不过你必须先帮我一个忙。你知道，我是一个诗人，这意味着我受了诅咒。这或许是因为我盗取了语言的种子，写下了壮丽的诗篇，我想，只要它永不停歇地生长，我就可以攀缘而上，把死神永远甩在身后。"他们一起抬头，那棵树枝叶繁茂，顶端消失在云深深处，躯干上却布满了瘤，一阵风起，便下雨似的落下满地枯枝败叶。"它曾经何其辉煌，如今却停止了生长，病恹恹的。我想知道，是什么腐烂了它的灵魂？"

机器人拍了拍胸脯，说这件事包在自己身上，回来时就告诉他对策。

诗人将信将疑，不过还是高声朗诵起来：

……云霄中的王者，

经常出入于暴风雨中，嗤笑弓手……

像听到了召唤，一只巨大的信天翁从天而降，抓起机器人，眨眼间便飞跃了群山，闯进了雷霆万钧的云海。这一路千辛万苦，机器人本来已经有点体能不支了，恰好一道闪电击中了它，瞬间充满了能量，复苏了全部的斗志。信天翁却被吓了一跳，陡然松开爪子。机器人掉在了一只船上。那无际的黑色洋面，正映着万里赤霞，一个胖子正在船头喝酒。

机器人先祝福了他的健康，又说明了来意。

"你这也可谓佛心了，"胖子点点头，"我愿意给你一点帮助。不过你必须先帮我一个忙。每次死神找到我，我只要先狂饮两杯，就什么都不怕，他也就拿我没办法了。可是酒劲过去后，我又变得软弱。我想知道，有没有什么办法能长醉不醒？"

机器人拍了拍胸脯，说这件事包在自己身上，回来时就给他满意的答复。

胖子很高兴，请他一起喝酒。这酒真是不同凡响，连机器人都能品出个中妙处，却又难以言说，几杯下肚，它一向清醒的正电子脑都有些飘忽了，那滋味就像一场美妙的湮灭。它似乎看见胖子的身体正在膨胀、膨胀……最后变成了一个巨人，自己就坐在它的肩膀上，刚才还浩渺无际的大海，此刻成了脚下的一条水洼，巨人抓起它，一把投了出去。机器人就腾云驾雾了，它飞啊飞，最后刚好落进一个火山的岩洞中。

翻滚的熔岩旁，有人正在那里沉思，那阴沉的身影，足以让酒意瞬间清零。

"果然又和您见面了啊。"机器人依旧彬彬有礼，"不过我还不能跟您走。实际上，我的请求正相反，因为我身负使命。我听说您是位讲道理的绅士，您愿意考虑一下吗？"

"那是不可能的。"

"总还可以商量一下吧。或许我能帮您做点什么……"机器人诚恳地提议。

"没有什么事能难倒我，我不需要谁的帮助。"

"请不要见怪，可我认为有几个问题，连您也未必能回答呢。"

"说吧。"

"我认识一个脱画人，听说他总是能从您的迷宫画中逃走，您知道他是怎么做到的吗？"

"虽然我现在还不知道，但总会弄清楚的。"

"纯属好奇，反正他还是可以逃掉，您何必一再穷追不舍呢。"

"没有画，又怎么会有脱画人呢？"

机器人毕竟已经见识过许多大世面，想问题也比从前更周全透彻了一些，所以它只稍微想了想，就觉得这些话也是说得通呢。于是又问："我有位朋友，他种下了一棵语言树，就快要长到天空那么高了，现在却病了，您知道是怎么回事吗？"

"说不定他有恐高症。"

和聪明人聊天就是长学问啊，现在机器人的思路差不多基本上已经大体地展开得比较完全了。

"另外，我听说，人们在喝醉了之后会觉得自己更勇敢更真诚，难道没有一种酒能够长醉吗？造物者为什么不让他们在清醒之后一如既往地怀有同样的勇气和心意呢？"

"让人醉的东西，不正是人自己造出来的吗？"

这回答和它心里猜想的基本一致。现在可是彻底有数了。

"可是，既然您心里一清二楚，为什么不去挑破呢？"这次它是真的搞不懂了。

"他们一看见我就跑，根本不给我开口的机会……"死神轻声叹了口气，"……况且……"

"您其实也挺享受这个过程吧？"机器人小心地问，它猜死神是没什么朋友的。

"好吧，如果你愿意去跟他们谈谈，我愿意给你一点帮助。"死神终于让步了，"也该结束这些游戏了。"

"包在我身上。"机器人拍了拍胸脯。

死神便走上前，手扶它的背，一把将它推入沸腾的岩浆中。机器人毫发无损地穿越火海，重又跌入了云雾中，一路掉回到了那艘船上，胖子已经恢复了正常的体形，正在船尾小酌。

"你找到答案了吗？"

"有句话叫'酒不醉人人自醉'啊老兄，我说，你从没有在清醒的时候好好看一下这个世界，看看自己，看看死神的模样吗？"机器人反问。

胖子愣了一会儿，才发现从前活着时和死了这么久以后，都从没这么做过。"说的是啊……"他放下了酒杯，就那样盯着船后的航迹望了许久。他的头脑开始苏醒，目光开始澄明。那野蛮的黑色波涛无情地翻滚，像一面镜子，映照着他的灵魂。有一刹那，那肥胖的身躯打了一个冷战，似乎想要后退，但他到底坚持住了。是的，他看清了这一切，明白了所有的债务和荣光。于是他转身走进船舱，再出来时已穿戴整齐。

"这个送给你了。"老迈的战士从腰间取下酒葫芦。这时便开始风起云涌。"他就要来了，这次我要与他认真地来一次对决。"

怒涛肆意戏弄着小船，机器人被抛进大海。葫芦开始长大，驮着它在海浪中颠簸前行。它最后回头时，看见老人身披生锈的铠甲，仿如一尊雄伟的青铜雕像，泰然倚着长剑，在暴风雨中旁若无人。

机器人骑着葫芦，一路漂游，不知怎么就回到了那片群山环绕的湖泊上了。诗人的胡子比上次更长了，正在那里用莫比乌斯草喂一匹发条骏马。

"你来解答我的难题了吗？"

机器人打开葫芦，为诗人倒满一杯："喝吧，喝下去你的灵感就来了。只要你下定决心，真要这么做。"

诗人犹豫了片刻，但他想：为什么不呢？这不正是自己所希望的吗？于是便一口干了。那从神的食粮中蒸腾出来的甘露，流入龟裂的心田，倾注希望、生命、青春，让爱的种子萌发，长出骄傲的枝叶，一层一层，粗壮蓬勃，得意洋洋，向天空深处迸发。诗人很欢喜，他灵巧如长臂猿，一转眼就不见了。

四部半

机器人在下面等着。我们都知道，它这个人挺有耐心的。

等着。

等着。

终于，诗人回来了，满身是伤，头发和胡子上挂满了枝叶，手里紧紧握着一根树枝，浑身都在发抖。

机器人其实挺想问问诗人爬到顶了没有，看见了什么没有，揭开了世界的面纱没有，找到了永恒没有，但它还是忍住了没有开口，怕弄得他更难过。

"这个送给你当纪念吧。"诗人把树枝递给机器人，然后把它扶上那匹发条骏马，开始一圈一圈地拧发条。嘎吱、嘎吱，发条越绷越紧，嘎吱、嘎吱，马儿开始躁动。"上路吧朋友，永别了，等到一切重新来过的时候再见吧。现在我要给自己造一座坟墓，所以千万别回头。"

话音未落，诗人松开了手，骏马便四蹄翻腾，带着饱满的喜悦狂奔起来。机器人决定尊重诗人的遗愿，果然没有回头。在它身后，响起了砰砰声，是斧头在劈砍什么吧。最后只剩下风声在耳畔呼啸了。

它们翻山越岭，来到一片废墟。断梁残壁之间，一座广场上正在举行一个仪式，一群虔诚的人准备钉死一个叛徒。机器人下了马，和大伙一起围观。

"你有遗言吗？"主持仪式的黑袍大祭司慈悲地问。

男人被绑在木架上，嘴里依旧叼着他的烟斗，目光倒还温柔，没有愤怒也没有骄傲，他扫视着台下的面目模糊的人，最后落在了机器人身上："啊，你来了，有什么要告诉我的？"

"你啊，总在逃走，永远也没办法在一个世界里驻留，但你是不是其实渴望再次入画？可能你只是在期待一幅完美的杰作，值得永远镶嵌其中。又或许，你只是想以这种方式成为人们的焦点，因为画中的空白才是最醒目的存在。但你因此永远只能做一个无形的

爱吹牛的机器人   261

影子。"机器人如实地说出了它的看法。

"啊——"脱画人赞赏道,"聪明的人。它点破了我烦恼的根源。我要回报它的智慧。好吧,我想是时候了,这一次我会尽职尽责。请容许我将我仅有的烟斗送给它作为回报,这是我惟一的心愿了。"

黑袍祭司沉默了一会儿,便走上前,取下他的烟斗,来到机器人身边,露出了苍白的面容。机器人接过烟斗,也没说什么。这时人群开始喧嚣,无头的行刑人抡起锤子,将铆钉砸入男人的骨头里。那撞击声铿锵有力,玫瑰色的血肉翻飞四溅,观众们在节日里欢呼。黑袍人从怀里掏出一张画板,在白色的一面迅速地描绘着。修长白皙的手指敏捷而精准,画中的受刑者神色哀戚,又有几分安然,他所有的苦都到了尽头。

人们上前亲吻那遍布伤痕的尸体,然后便散去了。

"又只剩下你和我了。"黑袍人的目光好像有点忧伤。

"我兑现了我的承诺。"机器人说。

"好吧,我会送你去终点,只有在那里才能找到起点。剩下的就靠你自己了。"黑袍人把那画板翻过来,开始在黑色的一面画了起来。

机器人毫不怀疑死神的正直,它静静地等着。视线渐渐开始模糊了,世界黯淡下去了,像光在熄灭,所有形状和色彩都失去了根据,然后就安静下来。

那感觉有点像宇宙中随波漂流,轻飘飘的,但比那时还要纯净。它试着朝某个方向移动。周围没什么东西阻隔,但好像掉在某种柔软弯曲的东西上,它的存在和行动,只是让自己成为一个深深的凹陷。或许它悬浮在一片湖面上吧,一点点动作,都能引起整片涟漪。

"不要挣扎了。"一个声音在黑暗中说,可能是出于同情,或者不耐烦。

出于礼貌,它停了下来,思考着下一步怎么办。

"陛下?"它觉得那声音有点熟悉,但拿不准是正直的老国王,

四部半

还是爱吹牛的新国王。

没人理会。

适应了一些之后，机器人意识到在某个很远的地方，有一个很不起眼的像素点，亮度比周围的背景稍微高了那么一点点，要不是它意志坚强，根本都不会注意到。好了，一旦有了目标，勇气也就跟着来了，它奋力朝那里游过去，既没被允许，也未被禁止。

那亮点慢慢挨近了，机器人费了好大一阵工夫才走到它跟前，原来是一个快要熄灭的火堆。

"我说你还是别管它了吧。"那声音终于又开口了。

"真抱歉，可是我得从这儿出去。"机器人是从来不跟人见外的，它相信，只要诚恳地跟人家解释清楚，别人总有可能多少理解它的处境的。

"我知道，我知道你的使命。忠诚是值得嘉许的，如果可以，我要亲自为你戴上勋章，不过眼下最后的一点火也要熄灭了，所以什么也不必操心……"

机器人认真地思考了一番，便从怀里取出诗人送给他的那根树枝，小心地把它放进了火堆中，那本来奄奄一息的火苗，蛇一般欢腾地跳起舞来，照出一片球状的空间，一个头戴王冠的老人从黑暗中浮现出来，模样有点像老国王年轻的时候，又有点像新国王老年以后。

"唔……"久违的亮光让他眯起了眼，"看来你还真是铁了心啊。唉，你就那么想回去吗？除了这里，再没有一个地方能得到永久的平静了。"

"只要还有一线可能，我就绝不会放弃。"

"嗯嗯，令人感动。"老人点头，"你并非为了自己而冥顽不灵，这大可钦佩。好吧，我来问你几个问题，如果你的回答让我高兴，我愿意给你一点帮助。"

"我一定如实禀告。"机器人拍着胸脯说。

"当我还是一个年轻的君王时，我以为正直庄重是最高的美德，我嘉勉勤劳高尚的人，教化丑陋不端的行为，我的人民因此免于卑琐，心也没有忧惧，但若说因此就是地上的天堂，那也差得太远。而当我日渐成熟，却开始对那些不正经的事物有了更多的理解，对那些荒唐和不恭也有了更多的宽容，人民比从前快活轻松得多，但德行的衰败也随之而来。那么，作为一个局外人，你认为庄严和滑稽，究竟哪个更值得鼓励？英雄和小丑，到底谁更令人喜欢？"

　　"陛下，在我看来，命运之神总是喜欢生双胞胎，人们就是自己的兄弟。"

　　"哈哈，有意思。你不是一般的死电子脑筋。"老人有些高兴了。

　　"是的，之前进过一些水，有些奇怪的负电子混进来了。"机器人如实禀告。

　　"第二个问题，人是如此矛盾的存在，既可以像天使一样完全奉献自己，又可以恶魔一般不遗余力地伤害他人，那么，爱和恨，到底谁的力量更强大？"

　　"据我观察，一切有限的存在，都渴望效忠于某些更为永久的东西，只有这样才能勇猛无畏，而不论我们决定效忠于什么。"

　　"很好，我越来越喜欢你了。"老人揪着自己的白胡子说，"最后一个问题，你必须想清楚再回答，因为它关系重大。"

　　"我一定把所有的运算模块都调用起来。"机器人郑重保证。

　　"好极了。那么，你是否已有足够的能力承担你的重任？如果能够回到过去，你果真能够成为旷古洪荒以来、普天之下、绝世空前、独一无二、无人比肩、不可再现的吹牛大王吗？"

　　正如它所承诺的那样，它用了二百五十六种不同的检验法，运算了足有九亿七千四百六十六万亿次，差不多用尽了身上的最后一点能量之后，才如释重负地说："是的，陛下。"

　　老人缓缓地点点头："眼下我们正处于一个非常庄严神圣的境况中，所以我不会要求你来吹几个牛来作为证明。或许你可以说说

四部半

你对吹牛的理解，从中我就可以得到某种更有把握的确证。"

"在我看来，"毕竟这是它毕生为之奋斗的事业，所以机器人几乎不假思索就从容作答，"吹牛让说者和听者都为之愉悦，这部分是因为，有些真理的光芒会灼伤人们的感官，令他们害怕，因此必须乔装打扮成荒诞不经的故事，才能以温和的方式渗透进他们脆弱而多疑的神经，即便天生鲁钝的头脑不能从中得到什么教益，也至少不会受到什么伤害……"

老人舒展的眉头又开始锁紧了，他似乎不太满意。机器人继续说了下去："……不过，根据我的多年经验来看，吹牛更重要的，还是在那漫无边际的跳跃中获得的喜悦，就像人们渴望飞翔一样，这本身就是理由，不需要更多的解释。"

这下老人总算露出了欣慰的神色："你的回答令我满意。"他从袖子里摸出一根宝剑形状的铅笔。"在尘世时，我用它征服世界，建造王国。在这里，我用它抹除光明，把一切困在黑暗亡国。现在我把它送给你，你或许用得上。喏，火苗就要熄灭了，一切都将睡去。"

树枝已经烧尽。不远处传来了沉闷冷清的脚步声。

"你的时间不多了。"老人的面容一点点消失。

"您不和我一块儿走吗？"机器人紧紧握着那支笔。

"我是这里永恒的奴隶。你走吧，但要记住，我对你的帮助，并没有什么更深的考虑，我只是想看到他失败的样子，哪怕仅仅一次也好。"

残灰中只剩最后一点火星，只够照亮那一圈白胡子，那好像是一个微笑，然后什么都没有了。

机器人一刻也不耽误，立刻就从怀里拿出烟斗。刚才它伸手找树枝的时候，就发现那东西其实是橡皮做的。所以当它向黑暗中用力一划，一道圆弧的亮光就撕裂了混沌。那脚步声猛然停住，便加紧走来。机器人飞速地擦啊擦，很快就擦出了一个圆形的洞口，尺寸刚好够它钻出去——这在刚才的第九亿七千四百六十六万亿零一次的计算中已经算好了。它才刚落在一块潮湿的泥地上，就即刻转回身，用铅笔涂抹了起来，借着洞口的亮光，它能看见死神苍白的手掌就要伸过来了，好在它抢先画出了一个十字，把他的势头拦住了，紧接着又立刻将四个象限一股脑地全都涂黑了。起初涂得比较稀疏，只够勉强敷衍，因此还能透出死神的叹息声，后来，确信已经平安无恙，它开始耐心、细致、均匀地涂抹，确保没有一个像素的疏漏。它涂啊涂，直到铅笔涂光了才停下来。它反复地核实，最终确认一切都稳妥了，这才松了口气，倒头大睡了。

　　不知过了多久，他终于醒过来了，浑身酸痛。周围都是泥土，身后依靠着一丛密集的树根，小男孩这才想起来自己掉进一个很深的地洞里了。头顶上是一块不规则的天空，几个人围在洞口张望，更多人在外面乱哄哄地喊叫，七嘴八舌地商量着怎么救他出去呢。有什么虫子爬到了脖子上，他小心地拿在手里，仔细端详着那些乱动的小细腿儿，这时他的肚子咕噜噜地叫起来，这一切都那么新鲜，待会儿他可要好好地大吃一顿，经历了这么多事儿，不犒劳一下自己怎么行啊。嗯，等他吃饱喝足，还要给他们好好讲讲自己的历险，不是吹牛，管保他们从来没听过这么离奇的故事。嘿，那些大人啊，他们都自作聪明，以为自己什么都懂，才不会把小孩子的话当真呢，他们一定会说我在吹牛。哼，管他的，总有一天你们会知道是怎么回事儿的。不过，就算他们不当真也没什么大不了的，只要他们听的时候觉得有趣，笑得开心，我就愿意给他们一点帮助。

四部半

移动迷宫 The Maze Runner

Sin α

大英帝国的使团在迷宫里走了整整两个礼拜，仍然没有摸到一点门道。夏末的北京城酷热难耐，四周的高墙虽然拦住了毒辣的阳光，但也在使节们的心头投下了阴影。马嘎尔尼勋爵强忍着关节痛，耐心地带领着烦躁的同伴前进，在他们面前，纵横交错的小路不断分岔又合拢。

那位身份显耀的和珅以含糊不清的暧昧态度暗示：假如使节们能够在皇帝的生日之前成功穿越这座万花阵，就可以免去继续北上前往承德觐见天子的劳苦，正在避暑山庄消夏的伟大的皇帝陛下将回到圆明园接见他们，并且恩准他们不必行叩拜之礼，甚至可能会考虑通商的要求。这份承诺不合规矩，远超出所有人预料，使节们也疑虑重重，但大使还是决定尝试一下，尽管这位皇帝的宠臣看起来就像他们遇到的所有中国人一样令人捉摸不透。他们事先沿着迷宫外的壕沟走了一遍。高达五十英尺的墙体虽然宏伟，但总体面积却不大。看起来没有什么玄机，不过是一个欧式迷宫差强人意的仿制品。然而，当他们置身其中后，才慢慢意识到自己的天真。

这里面简直无穷无尽。五彩斑斓的壁画像展开的卷轴，讲述着古老国度的漫长历史。随行的年轻公公有着非凡的耐心，不管英国人开始变得何等暴躁，他那张光洁俊秀的脸上总是带着礼貌的微笑，尽可能地安抚好这些远道而来的客人。每当有人走失，他便温和而坚定地保证，在慷慨的皇帝的嘱托下，迷宫中增设了许多临时性的驿站，迷路的掉队者将会得到妥善安置，不会遇到任何麻烦，并在此行结束后与大家汇合。大使秘书巴隆先生显然不信任此人，他暗地里称其为"人妖"，不过仍建议勋爵拉拢他。在半推半就地收下了大使赠送的私人礼物后，公公悄悄透露了一个惊人的秘密：这些高墙并非由寻常的砖块筑就，而是来自长城。那举世闻名的屏障，曾羁绊过圣祖们的铁蹄，但终是徒劳，如今已被陆续拆解。大地上的一切都将沐浴在天子的荣耀下，再也不需要人为的阻隔来妄分彼此。因此，这座迷宫既是过去的纪念，也是通往未来的桥梁。"桥？"英国人被搞糊涂了。"屏障即是桥梁，迷宫恰似通途。"主人点到为止，客人们只能自己摸索下去。一天又一天，被设计者巧妙隐藏起来的景色层出不穷，他们闯入一个又一个花坛、广场、水池、亭台，在六合八荒中穿行不已，迷失在鸟语花香中，渐渐分不清现在、过去与未来。

迷宫中央的那座八角形凉亭，始终在远方若隐若现，时远时近，公公以不留痕迹的方式使他们产生一种模糊的感觉：乾隆皇帝其实早已回到了都城，就一直端坐在那里俯瞰着，可他们兜尽了圈子也无法靠近。

绝望如藤蔓攀缘而上。一次晚宴的酣饮之后，天文学家登维德博士居然产生了写律诗的冲动。公公颇为赞许，来自远方的客人看来开始对灿烂的中华文化有所领悟了。博士则承认，他最初被这座皇家园林模仿自然的外表所误导，武断地认定中国人缺乏数学的严谨，但如今开始为方块字矩阵透露出的精确所折服。作为一名科学家，他到现在也没弄明白园林的设计者是如何在看似有限的时空中装下近乎无穷的宇宙的，这简直比他带来的天象仪更让人费解。

不，中国的园林本身就是一种华丽繁复的宇宙模型。这番对话让一旁的勋爵心头一动：长城，那本来不就是用来阻挡异族入侵的吗？难道皇帝根本不打算接见，一切只是他的恶作剧吗？高墙的两侧，我们正是彼此的异端。如何才能破除屏障呢？又或许，迷宫是一种象征：若能摸清它复杂的回路，也就明白了皇帝和他的子民们变幻不定的心思，如此，就能亲如一家、互通有无了，否则，就算翻墙而过，或者用火炮轰开缺口，也只是徒劳的勉强，终将撞上无形的迷墙吗？可是，若能够走出他的迷宫，我们又将变成谁呢……后劲十足的东方佳酿，消融着眩晕的想法，让勋爵醉倒在星光下。有人为他披上一张薄毯，那张中性的脸上露一丝高深的微笑，白净的手抚摸着墙上一只麒麟的角。醉眼蒙眬中，勋爵看见墙体缓缓地转动起来，古老的幽魂们顺着开启的缝隙漂游而出，嘤嘤喃喃，如歌似泣。

$\text{Cos}\,\alpha$

　　爱新觉罗·弘历端坐在万花阵中央，心不在焉地俯瞰着缓缓移动的迷宫。这个完美的长方形阵列坐落于园林南北轴线的正中。与长春园内西洋楼的其他部分不同，迷宫最初由几位西洋教士提议，最终却由深受信任的雷氏家族设计完成。显然，皇帝有所考虑，但除了他本人，几乎没人知道它的真正用途。

　　延续了千秋岁月的长城被拆毁，砖石源源不绝地运往京城，这种事亘古未有、石破天惊。"四海一家，勿分内外"的解释颇为牵强，人们议论纷纷。当然，它也并不比任何一位皇帝曾有过的荒诞举动更难理解。而就算是最耿直的大臣，一旦置身迷宫，也再不会提出质疑。这个层层环绕的阵列开合有度、变幻无穷，蕴含着古老的智慧，体现了阴阳和五行，赏心悦目而又杀机重重。如果不得章法而贸然闯入，就将在看似重复却又不断展开的时空旋梯上永无止境地走下去。人们相信，这天才之作将确保天朝的永世昌隆。

弘历却心事重重。近来他总是做着同一个梦：碧桐书院的那个少年，在纸上反反复复写着"九州清晏"，可是"清"字却总是被墨汁晕染成污浊的一团……他在震怒中醒来，等到怒火冷却后，他就会来到龙渊阁前的池塘，看金鱼戏水。身后那座高楼里的万卷藏书能让他安心。很多年前，在西湖边上的一家妓院里，这位至尊者就已梦见了身后的世界末日，并开始着手编修人类的全部知识，绘制成一张银河星图，以作为子孙们逃亡的指南。

梦里火海依旧。天子不能向人吐露这难测的烦闷，只能独自参悟其中的玄机。年复一年，他望着四海升平，寻找着沧桑巨变的征兆。当（口英）咧唎使团到来的消息传到紫禁城时，他终于确信，眼前的一切都将化为灰烬。

不速之客让他想起了多年前的神秘乱党马朝柱，此人妄称大明的后裔和军队隐藏在一个西洋国里，随时准备乘着"遮天伞"飞回故国收复失地，那些无能的奴才始终未能将其缉获。虽然弘历确信那些话纯是妖言惑众，可是大军能够轻易飞跃重重阻隔的画面却在他头脑里扎了根。将来也许会有这样的事吧，那么围墙又有何用呢？但他还是决定让迷宫来挫一挫使者们的骄傲。他们幼稚的头脑将被愚弄，暂时的畏惧将会为大清赢得些许时日。自然，迷宫不会阻挡异族的野心，末日到来时，他们终将来轰开闸门，来劫掠那张地图。倒不如说，正是迷宫的艰难险阻，让他们确信，它所守护的《四库全书》是真实可靠的。

想到这里，老人兴致勃勃地举起望远镜，看着渺无头绪的白种人在迷宫中穿行。许多年以后，天真的野蛮人也按图索骥，如此这般地跌入他所精心编制的陷阱，永远困死在重重迷雾中。天色一点点暗下去了，皇帝放下镜筒，终于露出了笑容，贴身太监松了口气，命令开始燃放烟火，亭子里那只机械鸟也跟着唱起了西洋小

四部半

调。侍女们挑起了万盏黄花灯，如繁星洒落。这时，宣告使节认输的信炮也从万花阵中冲天而起，加入姹紫嫣红的烟火中，一同庆祝着圣上万寿无疆。

我认识一个男人（三则）

掌 心 雷

我认识一个男人，家住我们隔壁。每当他心里不痛快，就会放电，那电压不大不小，刚好够把人一下震开，轻者一愣神，重者摔一跟头，具体伤势呢，那要看是下雨天还是晴天了。

小时候，大伙儿都爱欺负他。他一哭鼻子，满脑袋卷发全都支棱起来，跟个毛刺猬一样，有点好笑。他妈本来不是个很凶的人，不过有天实在气不过，就站在当街，撸起袖子，叉着腰，摆开阵势，足足骂了一个钟头，整条街都被那气势震住了。打那以后小孩们都不敢惹他了，不过还是没什么人爱跟他玩。

他老子是出了名的爱赌，每次把刚发的工资输干净，就回来把儿子揍一顿，却从来没被电到过，因为他自己就是个电工。那时候查电表的人老觉得不对劲，怀疑他们家偷电，可是怎么查也查不出毛病。我们家用得省啊。他老子说着，往屋里一指，一个小娃正坐在小板凳上，在大板凳上一边抹眼泪一边做作业，左手缠着一根电线，一直连到头顶的灯泡上，灯泡忽闪忽闪的。

那年头流行特异功能表演，他也上了几次电视，到处表演人体发电，在我们县轰动一时。不过后来大家看腻了，他就又成了平常人，上节目赚的那点钱，也都被他老子输光了。

中学那几年，雨水特别多，一年有半年在电闪雷鸣，估计是这哥们儿的潜能被激活了，所以有一阵长得特快，比同龄人高出一大截，闹急眼了，一抬手能撂倒一个大人，于是就没人敢动他了。他老头因为偷厂里的东西，偏又赶上了"严打"，被判了二十年。于是他成了个小混混，招猫逗狗，打架斗殴，伤了不少人。人家找上门来，说要去公安局说理，他妈好说歹说，作揖下跪，最后赔了不少钱了事。

眼瞅着他不是个念书的料，他妈就到处跟人借钱，送他去一个技校学厨师了。没半个月就把老师给电了，让人开除了。回家之后，他就在以前上过的小学门口摆了个摊儿，专卖煎饼果子。小朋友的钱好赚，铁板鱿鱼、冰粉凉虾、酸辣鸭血、糖炒栗子、冰糖葫芦……小推车们排成一长串儿，十八般武艺争奇斗艳。这哥们有自己的绝活：一抬手，电光一闪，咔嚓一声，一份闪电煎蛋就做好了。"哇噻！"小朋友们看呆了，一起鼓掌。他挺高兴。

吃过的人都说，那味道真特别，有种说不出的焦煳味，配上松脆的油条，让人欲罢不能。他的名声从县里传到了市里，市电视台的一个美食节目还跑来拍了他。于是生意大好，每天放学下班，总有好长的队伍等着吃他的煎饼果子。就连城管吃了，也挑起了大拇指，说要给他介绍对象。

那两年他攒了点钱，买了两条金链子，一个金戒指，还真娶了个媳妇儿。虽说是乡下来的，人倒也还算俊俏，没多久就生了个儿子，他妈可高兴坏了。

他媳妇儿说，你不能摆一辈子煎饼啊。可我这手艺是独门绝活，没法传授，开不了连锁店啊。他嘴上这么说，心里知道自己更喜欢一个人在街头摆摊儿，享受小孩儿们的崇拜眼光，得了空，还能发发呆，看看人来车往，想想过去现在，等着秋去冬来。

日子比从前顺心些，放的电也就少了。有几次他抬起手，又放下，左摇摇，右晃晃，运气凝神，挤眉弄眼，愣是憋不出一个屁，排队的人不耐烦了，他面红耳赤。

后来他还是撤了摊儿。夫妻俩开了间化妆品店，男人进货，女人看店。生意红火了一阵，后来也许是因为经营不善，也许是因为风水不好，又也许是因为老板娘打扮得太前卫，正经的妇女同志们看不惯，背地里说三道四，总之，他们家的生意就不太景气了。孩子一天天长大，吃穿用住，哪样不要钱？生活就渐渐困窘了起来。有时候我们去他家买肥皂，女人眼睛肿着。别看她瘦瘦小小，听说闹起也是很凶，婆媳俩对骂起来那也是地动天翻，寻死觅活的。

有一天，这哥们儿去城里进货，回家一看，操，媳妇儿没了。后来才知道，是跟人跑了。那人是大城市来的，偶然路过这里，进去买了包纸，俩人就对上眼儿了。啧啧。

那天晚上，彩霞漫天，店铺门窗紧锁，里面雷声阵阵。哗啦啦的水声响了一夜，不知是局部降雨，还是有人流泪。

这事儿够念叨好一阵，但也就很快不再新鲜，被大家忘记了。

男人关了铺子，又卖起了煎饼果子。

他不再放电了，做出的煎蛋也又老又咸，没了从前的风味，就像一去不返的童年，徒剩一点渺茫的回忆。

幸好，小孩子的钱永远是好赚的，还能应付得下去。和很多人一样，最后他也长成了一个胖子，一脸络腮胡，过上了庸常的小日子。

旧城要改造，小学迁到了新城区，门口也不让摆摊儿了。城管们比从前认真负责，每天严肃活泼地追着小贩儿们满街飞跑。

想着没着落的将来，他心里闷闷不乐，跑到城里去散心。他下了个馆子，吃了顿好的，然后瞎走一气，一路读着电线杆子上的招聘广告。走到一个学校门口，正赶上放学。他站在路边出神，盘算着房子要是拆迁，兴许能补贴几个钱儿，要不然……突然，一阵骚乱和哭声，有个人正拿着刀在孩子中横冲直撞。胖大叔飞身一

四部半

跃，在半空中甩出一个掌心雷，着地后一个扫堂腿，将那凶徒干翻在地。

这段视频在网上疯传了好久，不过录像的人用的是山寨手机，不咋清楚，大家都没看见那道闪电。记者问他是不是练家子，他憨厚一笑，说小时候喜欢打架。

这哥们又成了名人。一个民营企业家奖励了他几万块，还请他当了保安。

如今他还清了大部分的债，每天上上班，喝喝小酒，看看报纸，盼着涨工资。他儿子没妈管，也是个不争气的货，整天逃学去网吧打游戏。可奶奶护着孙子，不让打孩子。他想，算了，只要不干坏事，随他去吧，万一打成世界冠军呢？自己小时候也没强到哪儿去，现在不也这样过完大半生了吗？别人看不起我，我不能看不起自己。再说我靠自己本事挣钱养家，凭良心活着，不亏欠谁，还上过几次电视，你们凭什么瞧不起我？

谁知，那小子有天鬼迷心窍，从家里偷了钱去买装备。偷鸡摸狗，这还了得！他脑筋暴跳，手心发痒，就扇了儿子一个大嘴巴。

Pia！这一个闷雷糊过去，不知是把哪根儿不对的筋给接上了，那小王八蛋居然神奇地开窍了，第二天就给他考了一个一百分。

大　侠

我认识一个男人，生得白净斯文，看着弱不禁风，却有一股奇怪的正义感，打小立志要除暴安良。人有梦想总是好的。那么他就四处拜师学艺。可惜，师傅们都说他资质平庸。话说得这么直白，有点伤人自尊，然则却大体符合实际。所以他虽在深山老林里修炼过三年五载，什么功夫都只学了点皮毛，仅此而已。

后来，他遇着一个奇人，得了一门绝学：凭着吐纳之术，能把自己憋成一只好大的皮球，无论受到何等击打，也不过是漏点气，便呲——呲——呲地飞走了。从此他干起了帮人消气的营生。好比说，两个帮派正兴致昂扬地火拼，忽然半路冒出一个死胖子，说什么情愿代人受过，请大伙儿把全部的仇恨发泄在自己身上，云云。那么当然一开始人家会说：你哪根葱啊，边儿凉歇着去！但这个死胖子不依不饶，非要插在当中搅和，搞得大家砍人也砍得不爽利，火气就真的上来了。双方暂时放下成见，想先把这胖子揍趴在地。可是就算顶尖高手，用上十成功力，使出惊天大招，也只不过好似打了一顿沙袋，自己累够呛，胖子却像个漏气的皮球飞来飞去。最后大家筋疲力尽，气也消了，都感觉挺跌份儿的，便道一声晦气晦气，撂下一句改日再战，各自收兵了。要是事先说好了呢，大佬们可能就打赏几个小钱。要是遇上小心眼儿的，那就白受一顿胖揍。不管怎样，胖子都双手合十，在他们背后留下一句：冤家宜解不宜结。

　　日子久了，江湖上都知道有他这么一号。于是，要是有谁跟谁因为什么事儿不对付了，面儿上抹不开，要搞个对决，可私底下又担心收不了场啊什么的，就会婉转地把消息放出去，然后胖子就会飘然而至。大伙把他揍一顿，出了气，然后拱拱手，承认自己学艺不精，不配出来闹三闹四，虚心地各自散去了。

　　日复一日，他跟各路好汉过过招了，谁几斤几两，心里渐渐有了数。虽然永远都是挨揍的份儿，可也没人敢说自己打败过他。不过，有时碰上那愣头青，哪怕眼疾手快，躲得过明枪，却防不住暗箭。所幸素无大碍，只留下一身伤疤。

　　总之，他如今算是见过世面的了，可是对江湖的水到底有多深，人和人之间何以有如许多的仇和怨，仍然不甚了悟。

　　这兄台就这么飘来飘去，渐渐有了声望。有时，只要人露个面，不用动手，识相的后生们偶尔也会尊称他一声前辈，一场恩怨也就这么掀篇儿了。要是赶巧碰上出手阔绰的主儿，也愿意给点出

四部半

场费，但他坚辞不受。反正没干活就不拿钱，这是他的看法。

一些特别不谦虚的人，也想找胖子试吧试吧，有人甚至愿出五百两白银，就为想破了他这门道。然而，此君甚有原则，不干这等无事生非、扰乱社会治安的事。可挑事儿的人络绎不绝，或者找上门来，要不，就设个火拼的局，诱他出场。为这，公安局的赵局长找他问了几次话。

他觉着，事情变了味儿。怪没劲的，就退出了江湖。

那些恩啊义啊仇啊诺啊，让他们自己个儿消化去吧。

有人惋惜，说多亏这位"漏气侠"，不知几多浪荡少年性命保全。这自然有些夸大其词。某年，媒体更是炒得热闹，说他会被提名诺贝尔和平奖。然而最后也并没有。恰值风起云涌、豪杰辈出之世，什么上访侠、接盘侠、污水侠、拆楼侠、吸霾侠等层出不穷，漏气侠也不过是历史天空闪烁的一颗星罢了。

他用攒下来的钱，开了个养生馆。看真切了哈，是养生馆，不教功夫，只教吐纳术，就是调节呼吸啊。一阴一阳谓之道，一呼一吸有其法，得道可以成仙，得法可以心泰，心泰则体顺，说长生不老耳聪目明那是瞎掰，不过至少能平和开朗，促进消化，有益健康呢。

不少人慕名而来，想学他的绝学。生意兴旺了一阵。后来大家发现，他还真是只教呼吸啊，就纷纷退了学，只有那些趁着改革春风先富裕起来的少数人还有兴趣玩玩。

经过一段时间的观察，赵局长终于被他的节操所折服，相信了他是个良民，俩人成了酒友。后来老赵还给他介绍了个对象。姑娘是练柔道的，性情蛮好，俩人处得还不错。姑娘看重他皮实，经摔打，不挑食，关键是脾气好，就准备领证了。一趟婚前检查做下来，胖师傅除了有点骨质疏松和心律不齐，别的没啥毛病。于是就成家了。

街坊邻居都说，小两口挺和睦，虽然都是习武之人，却从来不动手。闹点矛盾那当然在所难免，谁家没点磕磕碰碰？确有那么两三次，大伙看到胖师傅鼓成了一个紫色的大皮球，怒气冲冲地飘走了。这是真闹凶了，居委会的大妈们都跑来劝。到了晚上，男人在天上消了气，就自己回来了，手里还拎了两只野鸭和一瓶二锅头。不一会儿，他们家的厨房里就叮当作响，油烟飘出了窗，冲入了暮色。西山上铺满了火烧云。

酒过三巡，微醺的老赵拍着他肩膀：你也是当师傅的人了，这么任性，要不得，砸了自己招牌事小，要是撞上飞机啊高射炮啊长征火箭啊什么的，怎么整？

打那以后，胖师傅没再飞过。

他当了爹。那娃一点儿也不随父母，精瘦精瘦，从小体弱多病，三岁被车撞，五岁又差点被拐走。胖师傅心里不好受，觉得自己是从前受了太多煞气，连累了孩子。师母却挺体谅，说这怪不得你，人各有命，祸福相依。

后来，赵局长因为什么事儿，进去了。新来的刘局长很有抱负，整顿啊治理啊搞得很有声势。他家公子喜好舞枪弄棒，想拜胖师傅为师。胖师傅看那孩子心术不正，愣给拒了。

打那之后，养生馆就麻烦不断。今天有人来踢馆，明天有人来查营业执照，后天又要给灾区募捐。最后，环保局的人来了，说要落实节能减排的政策，胖师傅的吐纳术导致了二氧化碳超量排放，加剧了全球变暖，要他停业整顿。

胖师傅到处打听，最后找到了自己以前的一位授业恩师，正好是刘局长的老战友，请他给说和说和。

你就好歹教他三招两式，对付一下，也算给老刘点面子嘛。老先生规劝。

不能坏了规矩。胖师傅有点倔。

规矩不外乎人情啊。

当年，老师是个多么有风骨的大侠啊，如今当了干部，竟也变

四部半

得圆滑。胖师傅闷闷不乐。

那几年，胖师傅干了不少临时工，送过外卖，刮过大白，干过装修，碰了不少钉子，吃了不少亏，谨小慎微地做人，要不是每天坚持看《新闻联播》，人都要抑郁了。

后来，刘局长因为太有抱负，也进去了。连带着，倒了一批豪杰之士。胖师傅心里庆幸，要是当初立场不坚，现在岂非不尴不尬？

日子宽松了，可抑郁却落下根儿了。

新来的李局长与他曾有一面之缘，如今再重逢，大家都对青葱岁月闭口不谈，只默默吸烟。

烟抽完了，李局说：组织上有任务交给你。

没错，那个被送到太空拦截小行星的巨型皮球就是这位胖师傅了。在众多方案中，大家其实最不看好的就是这个"肉盾"计划。不过，考虑到此事具有的重大科研价值，以及当事人体现出来的大无畏精神所具有的振奋民心的效果，以及，特别是，比较省钱，最后就决定派他了。按照计划，胖师傅把自己变成一个巨型皮球，准备给小行星柔软的一击，后者的轨道就此微调，地球于是逢凶化吉。若失败呢，再发射核弹轰击不迟。

师母搂着他，一晚没睡，流了多少眼泪。你这一去，许还能回来？

人固有一死，或轻于鸿毛，或重于泰山。他在心里念叨着。

在真空中，身体胀得比平时更大，心胸也前所未有的开阔。

什么江湖，什么是非，算什么啊。大侠的抑郁症，被幽深的星空治好了。

后来，小行星并没有和任何物体发生碰撞，就和人类擦肩而过了。科学家们的计算虽然有点不给力，但终是个皆大欢喜。

大侠回了地球，成了名人，老婆孩子也跟着光彩了，一家三口终于搬进了学区房。

他有了几千万的粉丝。好多漂亮的女孩疯狂地给他写情书。不过师母最关心的却是：在太空里看地球什么样。

电视里不是都演了吗？

可你不是说，你运了气之后，看到的世界，就和别人不一样吗？

倒是。嗨，怎么说呢，其实吧，也就和我看你一样。

啥样？

挺温柔。

胸　怀

我认识一个男人，他不爱学习，上课时老望着窗外发呆，要是被叫起来，偶尔也能答对几道题，说明不是个傻子。大人问他整天想些啥，他不吭声，跟个闷葫芦似的。哥几个坐一块儿吹牛，他也不爱言语，冷不丁插一句，还是个冷笑话，大家都怀疑在他神游，也不理会。一起举杯的时候，他倒也一口就干了，然后抹嘴儿一笑。

后来他拿了专科文凭，托了点关系，接了他爸的班儿。看他老大不小的，居委会的张大姐给他介绍了个对象，谈了俩月，散了。姑娘说，这人怪闷的，不好玩。他倒也无所谓。李大姐又要说媒，他连连摆手：别，别，耽误了人家多不好。李大姐有点不高兴，说他挑剔，不实诚。

干了没两年，厂子倒了。不过赶上了好政策，国家下大力气促进就业。经过再上岗培训，他把自己的心建设成了 0.5A 级旅游景点。那位说了，这么个人，能有啥看头？一定是塞了钱吧。其实不然，那时这门技术刚火起来，群众们热情挺高，啥都想瞅瞅，认证还比较容易。

意外的是，这老兄的心情竟是一片沧海，一天到晚，起起落落。游客们坐着小船，在他心里乘风破浪。浪奔，浪流，分不清欢喜悲忧。那没见过世面的就竖起大指：啧啧，和钱塘大潮有的一拼啊！年轻人更在这玩起了冲浪，挺刺激，又安全，还时尚。当然，大家只能待在安全区。那片更远的深海，他从不开放，说明他挺有责任心。

他一年四季都营业，奉公守法，按时交税，从不乱收费，时不时地还打折促销。张大姐到他心里玩了一趟后，对他提出了表扬，说他内心丰富，也不拒人门外，是个好小伙子。

天黑了，大伙散去，磅礴的潮水涌上岸，把瓶罐啊烟头啊饭盒啊果皮啊都带走了。

天亮了，大伙来了，看见一片细软绵密的沙滩上，干净，松软，踩上去很舒服。

日子久了，他的心头写满了歪歪扭扭的"到此一游""办证""交友""专业疏通下水道"，这些用特殊设备刻写的信息，擦不过来，冲不干净，加上新鲜劲儿过了，来的人就少了。生意萧条了，每个月交份子钱都不够。好在他平时花得少，攒下一点钱，就干脆歇业不干，到处去旅游了。长辈们说这样不行，他美其名曰说：考察学习。

他转悠了一些山水，见识了几处风土，平添了若干世故，最后选了一处靠海的地方住了下来，每天听着两重涛声，在月光下半睡半醒。

刮台风的时候出不得门，他就信步而行，向着内心深处走了一万八千里，到了一座孤岛。有个姑娘在晒太阳，手里抱个椰子。他吓一跳。"喂，这位同志，你怎么回事？这个景区早就关闭啦，而且这里也不是景点啊。"

"我看这儿挺好的啊。"姑娘伸了个懒腰。

"你就不怕我把你淹死吗？"他好心地吓唬她。大海波涛翻滚。

姑娘莞尔一笑："不怕，我胖。"

姑娘挺随性的，喜欢听他的心跳声。他们给对方讲自己的故事。他从来没说过这么多的话。说到兴致飞扬，姑娘拽起他就走，管他天山北海。他们把以前一个人去过的地方，又一起去了一遍。有时没话说了，就坐在一起吹海风，吃冰激凌。有几次，姑娘说想去他心中最深处的那片海域，看看住在那里的怪兽。他说太危险了。姑娘说不怕。他说以后吧。姑娘也没强求。海浪在滩头留下支离破碎的残骸，姑娘捡起一只海螺，放在耳朵旁听了好久。

他们谈起了理想。男人说想在心里围海造田，建一座壮丽的城，用潮汐发电。姑娘挺激动，他们就一起干了起来。设计结构、规划蓝图、选址动工，热火朝天。博物馆、歌剧院、喷水池、市政厅、游乐园……这是只属于他们俩的城。那一阵，他挺开心。他妈问：啥时候办事儿？

一天，姑娘不见了。他急了，到处找，最后在心里三万六千里深的一座深渊里找着了。她是来寻找一种特殊的宝石来装饰他们的宫殿，给他个惊喜的，结果迷了路，也不知看到了些什么。

"你是不是一早就知道那城迟早得毁？"姑娘问。

男人不吭声。

姑娘走了。

男人把姑娘剩下的物品打包，埋进了心里二十一万三千里深的一个岩洞里。

他继续建那座城。当然了，不是海啸，就是地震，要不就是火山，总之，这城是难逃一劫。然而他还是想造起来。

"为什么呢？"心理评估师慈祥地问。

说不好。可能就觉得，废墟也是一种美吧。

这位医师或者是个唯美主义者，要不就是个怪人，总之是批准了他再度开张的申请。那时国力强盛，不少富豪出手阔绰，大搞艺术赞助。这老兄也拉到一笔资助，把自己的心改成了工作坊，还留

四部半

起了小胡子。电视台来采访他，请他谈谈这座为了被毁灭而建造的城市。据说剪出来效果不错，可惜正赶上建国一百周年大庆典，领导说，这种消极题材的，还是先压一压。然后就遥遥无期了。他也无所谓，继续用心搭好每一块砖瓦，至少这是他能做好的事，不管有没有人在乎。

然而，很快就闹起了股灾，经济不景气了，赞助商也破产跑路了。他爸妈身体不太好，他也就没心思弄了，就和朋友合开了个火锅店，生意还行，他也就挺满足的。

他心里的那片海，慢慢地干了，变成了一块鱼塘，黏黏歪歪的，惹人嫌弃。不过，每逢雨天，地上能长出一大片蘑菇，五彩斑斓，也颇可一观。有一回，有人不小心吃了一颗，结果贻误了终生。调查组的小姑娘鉴定了一番，在他心上打了一个记号，给查封了。他也没什么反对意见。清点物品的时候，他在一个空瓶里找到两块过期的口香糖，突然就绷不住了。那叫一个五内俱焚！都烧成火焰山了。眼看要化成一片焦土了，还好那位姑娘临危不乱，怀中取出一把芭蕉扇："我帮你扇凉快点啊。"她扇啊扇，连扇子也着火了。"唉哟，烧着我手指头啦。"男人振作起来，赶紧带她去医院，开了一管药膏。

后来，据说他俩去了趟峨眉山，玩得挺开心，就是药膏被猴子抢走了。

那姑娘结婚时，他送了两包多愁蘑菇粉和一瓶心海苦味酒。据说，此乃陈年菌干，经名手研磨调制，日服三克，可镇痛祛风、调味生滋，专治失眠多梦、夫妻不和。这礼不轻，宾客们纷纷拍照，在朋友圈里称奇道怪。

生活教会人不少事，比如说，要对别人负责。所以这老兄到现在还单着。外星人刚来的那阵，人心惶惶，谣言四起。男人就在自己身上贴了个纸条："我有毒，请别吃我。"外星人没有吃他，反而请他喝酒，喝到意兴阑珊，就拍着他肩膀，叽里咕噜地说了一堆，翻译官的概括能力很强："首长说，你这人，实在！"

　　赴宴归来，他心有余悸，辗转难眠。梦里到了一座山谷，外星人捡到半管药膏，打开一看，还能用，不禁深深地感慨：Σ@＃Ω¥$*&α！

沦陷 200X

1

我想我是病了。

其实我想说的是疯了，可是我忍住没说，而是说我病了。我用了很大的力气忍住不去想疯这个字。

根据我的分析，生病的原因是：从小到大，我一直把自己当作一个人来看待，直到十八岁那年，我考上了大学，拿到通知书的那天晚上，我老爹神色严肃地告诉我说，我其实不是人，而是一个精灵。

于是我恍然大悟：长久以来，我就发现自己和这个世界格格不入，曾经天真无邪的我很自然地认为是这个世界出了问题，于是产生过想要改变这个世界的豪迈想法，而如今我发现原来是自己有问题，于是我终于可以坦然地等待着被世界改变。

那天晚上，老爹跟我讲述了那个古老的故事：上古时代的某次惨烈的混战之后，精灵、妖怪、鬼魂、魔族和神仙都没落了，人类成为新贵，从此称霸三界，成为万物主宰，对其他种族实行强权政治，推行人类文明。头脑灵活的异族隐匿在人间定居下来，不肯受管制的则陆续被消灭。千百年来一直如此，经过同化，如今，血统纯正度在十个百分点之上的异族已经寥寥无几，我不幸即是其中之一。

老爹说，除了各国的高级领导和少数专门机构以及若干持有官方执照的民间猎灵师以及诸多散落在世界各地但基本不曾谋面的同族以外，一般没人知道这个惊天的大秘密。

而我要继续背负这个秘密过完此生直到我入土为安，或者直到我也有了一个儿子然后让他和我一起承受这个秘密的重量直到我又有了孙子……

于是这又向我提出了一个新的难题：纯度在十以上的异族在人间受到重点的监控，不管你干什么，都会有人死死地盯着你，既然我已年满十八周岁，就必须为身体上百分之十的部分负责，哪怕我什么都没干，也要定期向指定机构汇报我的情况，而且只能享受一点五等公民的待遇。这些事令我很烦恼，为了子孙着想，我可以寻找一个人类女性作为配偶，这样就可以争取把我儿子的纯度稀释到十以下成为一个一等公民。另一种疯狂的可能性是，我找到一个纯度更高的同族女性，然后生出一个纯度比我高的后代，保存我们的血脉，直到某一天我儿子会带领异族推翻人类的统治重建精灵时代的辉煌。

对于以上两种方案，我认为基本都是不可能的。在我构建出一种自我与外部世界的和谐关系之前，就算有一个好的女孩子不幸被我找到，不管她是不是人类，我都没有太多的乐观来相信她愿意和我这个穷途末路的非人类一起制造一个无辜的孩子来享受人世的痛苦。

这是一条何其漫长的道路。

以下是整个过程的简要描述：由于我的身份与自我认同发生了严重的冲突，从此我变得忧郁，精神上陷入了危机之中。我一度试图彻底忽略自己是个精灵这个无法改变的事实，并仍然努力继续假装自己是个人，仍然对未来充满了幻想和期待，仍然认为自己可以

四部半

斗志昂扬可以意气风发可以轰轰烈烈有所作为，换一种说法是我还是觉得自己就是个普通的年轻人并且有一种热血青年的傻样。我打算向周围人那样做一个天之骄子，打算以此忘却我身上那一点灵族的成分。

结果小聂的出现以及离开向我证明：我彻底失败了。我发现我还是格格不入，于是我就生病了。

临走的时候，老爹嘱咐了好多事情，他说，学着做人是件很辛苦的事，好比求佛闻道，需要漫漫求索，最后拍拍我的肩膀，让我勇往直前。

报到那天，我怀揣着那张赐予我强烈历史使命感的录取通知书和一脑袋五四时代的画面，意气风发地迈进了学校的大门，从绽放的喷泉飞散出的细小的水珠在初秋早上明媚的阳光下晶莹剔透，看着这样的花团锦簇有一瞬间我想青春是多么的美好啊。

之后我根据组织上的指示在太阳底下站了两个小时排着队等待照一张相片，我诸多关于美好青春的想法开始在漫长无边的烈日之下慢慢融化。当我终于可以走进那我将蜗居其中四年的破烂不堪的宿舍楼时，我用最后一点革命乐观主义情绪安慰自己说这终究也是有悠久历史文化底蕴的破烂，然后我发现住着八个人的房间只有七只柜子。我看了看那七把锁头然后低头看看自己的皮箱再抬头看看几张陌生得有些模糊的笑脸觉得自己有点茫然。

七张人类的脸啊，我意识到。地地道道。

就这样我在北京住了下来，那晚睡着之前，我的耳边久久回荡着火车进站时喇叭里的一句话：美丽的首都欢迎你的到来。

如同试探我一般，各种疯狂的事情开始上演。

第一件怪事是，在这个师范学校里给我上课的老师全都不会讲课。讲高数的老先生最喜欢干的就是点名和在讲台上谈论时政要闻，除了盼着他点名简直没有任何乐趣可言。无机化学的课本里充满了错别字和达·芬奇密码一样的神秘病句：有一次讲课的那小子在讲台上吹嘘自己最近又参加了什么国际会议，我在下面跟一个怪句子较劲，想尽一切办法也不知道那句话怎么读，最后我突然开窍，在最后一个字后面又自作主张地添上一个字，于是整个句子的结构豁然开朗。讲中国通史的那个老师除了喜欢炫耀自己出身北大，还能够了无生趣地从一出讲屈原的话剧说到什么中国和沙特曾经踢过的一场球赛以及她的一款老式收音机，下面的人居然还能配合着尴尬地笑两声，当时我就特别想给他们一根钢管一棍子将我砸晕算了。

于是天地忽然开始旋转，当眩晕过后，我意识到自己的身体开始无所适从了。

老爹说过，精灵的神经系统极其敏感，所以进入人类社会后，有些精灵会偶尔出现类似晕车一样的状况，千百年来我们一直在努力克服这种缺陷。因此，在夜深人静鸟语花香的时候，我在众人的鼾声中努力告诫自己：是我有问题，我必须融入人类的生活，必须寻找到属于自己的角色。尽管晕车，也要死磕。

但是，看着周围那些因为被吹捧为天之骄子、所以自我感觉离奇良好的同龄人类，我感到从未有过的孤独。这些人压抑了十几年，忽然貌似得道功成，难免得意忘形，充分暴露出人类身上存在种种兽性的可能——这不奇怪，千万年来的种族大融合，真正纯粹的人类已经也所剩无几。于是每天二十四小时，我都时刻准备听走廊里的大呼小叫。当有人在楼道里跟发疯一样地愉快地飞跑时，我就一动不动地躺在床上，等待着和整个老朽的宿舍楼一起土崩瓦解。给这场大毁灭做伴奏的是某些无名的艺术工作者，他们以唱出各种刁钻古怪声音为人生乐趣。隔壁电视机的声音爆大，我怀疑那里有可能住了一些像恐龙一样的生物，因为我无法断定，当他看那些弱智电视剧的时候发出的那种抽风似的狂笑是从什么器官发出来的。

这时我意识到自己开始出冷汗，细小的汗水从千万个毛孔里滔滔不绝地汹涌而出，缓慢而坚决地湿透了我的前胸和后背。

四部半

老爹也说过，随着纯度的下降，每一代精灵都必须面对更沉重的肉身，不得不学习与这副充满种种缺陷、污浊不堪的血肉之躯相处，为了让自己好受点，我们的身体需要大量的水分，不断从里到外地冲洗这副皮囊，排除红尘中花样繁多的毒素。

于是我爬起来猛灌了几口水，然后把自己擦干，感到些许轻松，然后重新回到床上，闭眼背一种什么佛经，背着背着我就慢慢忘却了周围的烦恼，似乎进入了上古时代的那片战场，亿万生灵在厮杀，千万异族惨遭屠戮，我看见自己的祖先落荒而逃，藏匿在人间，忍受着人类的种种愚蠢的嘴脸……迷蒙中，我听见有人在唱："当你双手抱住我当你流泪吻着我当你……"我迷迷糊糊地想：终于有人唱流行歌曲了。这时外面想起"没有尽头的尽头没有——哼，哈"，然后啪叽一声。唉，多好的一首歌呀，要不是吐了口痰。

然后翻身睡去。

老爹还说过……

于是我发现，自己根本无法目睹周围人们的言行而不发生任何生理上的不良反应。这全是纯度十惹的祸。它让我对周围的排斥性生理反应越发严重了，我终于明白：假如我强行要按照人类的普遍方式生活，那么我将会出现头晕目眩耳鸣盗汗然后恶心呕吐最后形瘦色萎不治而亡。看来，我们精灵族的免疫系统还不够强大，无法对付那些人类早已习以为常的精神瘟疫，为了生存下去，我必须让自己免受侵害。

我要把自己隔离起来。

这意思是，我必须像美特斯邦一样不能走寻常路，得换一种骇人听闻的生活方式。比喻地来说，为了防止晕车，我可以考虑拉一根纤绳脚踏滑板，让汽车带着我飞驰过万水千山。现实地来说，我找到了自己的角色定位：一个消沉无为者的反面典型。换种说法，我必须走颓废路线了，并且，我暗自希望，能够走出一种艺术的美感来。

于是小聂出现了。

那天下午，在空空荡荡的教室一觉醒来后我浑身酸痛的迎着夕阳走出楼门，这时一个戴着红色边框眼镜的可爱女孩子向我走来问这里是不是化学楼，我满脸迷惑地回头看看那在落日余晖中金光闪闪的"化学楼"三个大字，然后转过头说应该是吧，她说谢谢我说不客气然后我就和小聂擦肩而过了。

第二天我再次来到化学楼，准备继续找个没人的情景所在看小说。电梯门关上之前冲进来一个女孩正是小聂，门关上后她认出我来于是笑了笑，我刚刚来得及向她点头电梯就忽然沉了一下然后停住不动了。我诧异地看到显示楼层的数字像恐怖电影里那样变成了L，我一愣，然后回头看小聂，她却毫无反应地嚼着泡泡糖。我按了按电钮，门没有开，再回头，小聂正吹出一个大大的泡泡接着啪的一声爆了接着冲我顽皮地一笑，我心想这个女子是不是精神有什么毛病啊，同时伸手按了几下警铃，铃声自作多情地响了一阵没有产生什么建设性的结果。小聂开心地看着我好像很好玩似的，我心里刚说了一句完了这回要成哈利·波特了，电梯就晃悠了一下，门就在六层打开，我什么也没说就拽着她出来了。

一个月后的某个月圆之夜，我和小聂在校园里漫步聊天时她问我当时是否感到恐惧。这时候天气已经变得很凉了，但因为小聂和我混得很熟所以坚持把我从宿舍里拖出来陪她看所谓的夜空。天上红通通灰蒙蒙见不到一颗星星，只有一个据说可以代表某某人的心的又大又圆又亮的月亮在那儿不知所措地挂着。我说那时心里特别麻木根本没有反应过来，小聂大失所望地啊了一声说我看你那么冷静还以为你多英雄多气概多坚强原来只是一只神经传导速率极低的大树獭啊，我说你不还是呆不棱登地一个劲儿地在那儿嚼树胶，她说哈要不是因为有我这个大福星在你小命儿早没了，我说你一个姑娘家说起话来怎么这么难听呢亏我还差点和你做了亡命鸳鸯了，小聂小嘴一撇小脸一板假装凶巴巴地说你个小奴才真是胆大包天竟敢对本姑娘胡言乱语，我说你是不是妄想狂啊我们都新中国了您还一个人生活在封建社会哪。小聂根本没听见我的话只是双手背在身后迈着弹簧步一颠儿一颠儿地走在前面，脑袋里不知道又打什么鬼主意，忽然转过头来一脸认真地问我："万一真掉下去了，怎么办啊？"我说电影里是不会这么演的导演是不会让主角这么容易就壮烈的肯定得轰轰烈烈地……小聂眼里冒着光一本正经地打断我："万一掉下去成配角了呢？"我想都没想说那就一起死吧。小聂盯着我瞎琢磨了半天，然后就忽然一副得意模样地说那可便宜你了，我愣了一下问什么便宜我了，小聂脖子一扬说我不告诉你，说的时候还露出两排小白牙，我说哟嘴牙挺白啊，小聂甩了一下头发说，哼。

通常情况下小聂是个正常的女孩，所谓正常就是说能够按一般人能认同的方式看待周围发生的事，作出比较容易被人民群众接受的决定，坦然面对人生，从容生活，积极乐观地对待阴暗事物，顺其自然地选择生活前进的方向，不做太多无意义的抱怨和不正确的徒劳反抗，概括说来就是比较简单务实而且绝对不会晕车，对比说来就是和我的思路刚好相反。

所以我认为她很可能是个纯正的人类，因此我不对她抱任何幻想。鉴于我的特殊情况，我觉得我们之间保持距离会比较好。考虑到她是学计算机的，我说你最好少和我这种不健康网站接触不然迟早会被我的恶意代码弄得系统崩溃，小聂反击说像你这种放射性污染源不能随便扔了不管我要变废为宝，我说你要是浑身是胆就看着办吧。

刚上学的时候看见许多人早上一边咬着包子喝着牛奶一边赶路上课觉得他们特堕落，不到一个月我就沦落到连包子都来不及买就蓬头垢面跑去上课的地步。每次在最后一分钟冲进教室坐下来，我总是一边喘气一边心里犯嘀咕到底我是从哪个不靠谱的地方听说大学是一个可以随便逃课去图书馆鬼混的美好地方来着。由于这种模样日渐憔悴大有人比黄花瘦的趋势，某天早上我还在梦中死睡时忽然被一阵电话铃吵醒，我忍了十秒钟还是没人去接电话于是爬起来十分不满地对着话筒大喊你找谁，小聂笑嘻嘻地说找你们宿舍里最帅的人，我一边揉眼睛一边说我就是，小聂大喊一声起床了猪然后就把电话挂了，我听着嘟嘟嘟的声音打了个颓败的呵欠，然后对着那七个在床上用翻身表示不满的人大喊了一身起床了猪们。

吃早饭时我告诉小聂下次不要这么干别的猪们会受不了，她趁机要求我以后睡觉的时候开着手机。第二天早上我就被短信的声音叫醒，看见屏幕上写着："美丽勇敢的公主用Nokia之剑斩开荆棘，闯进了被巫师所诅咒的梦之堡，俯身献上一条轻柔的短信，沉睡千年的王子从此醒来。"我看罢眼前一黑然后回复她说你是不是喝酒了。

从此我以减少睡眠为沉重的代价暂时告别了没有早餐的日子，结果是我吃饱喝足之后坐在那里一边听着讲台上面的人胡言乱语一边在下面胡思乱想。据说以前《无机及分析化学》是要讲一年的两本书，现在不知怎么变成了一本书还要在四个月里讲完。我不知道人类为何这么匆匆忙忙——几百年来他们都这么紧张兮兮步履急促地朝着某个自己也看不清楚的乌烟瘴气的目标一溜儿跟头地往前奔忙着，反正讲课的那小子一边抱怨时间不够一边继续吹嘘他的那些国际会议，眼瞅着快到期末了，那哥们儿忽然慌了所以牛皮也不吹了板书也不写了就只是一个劲儿地念书上的黑体字，他还自作主张地干掉了一章据说不重要的内容让我们自学，看着他嘴里出来的唾沫星子我一声长叹倒在桌上心里考虑要不要辍学。

后来我和小聂说想退学回老家包一块地种麦子时她一撇嘴说瞧你那身板儿还种地呢你认识麦子长什么样吗，我面无人色地说不知道但知道麦子是用来磨面粉的。小聂忽然笑了笑，伸手刮了刮我的鼻子说别灰心啊，我茫然地看着她的笑脸相顾无言。

我一直有一种很糟的预感，觉得小聂的出现是上苍向我昭示的一个凶兆。再深入说就是天主真神佛祖或者圣父通过小聂的善良温柔可爱来对比出我的罪恶，以此证明我确实无法成为一个合格的人类，并加以某种不堪设想的惩罚。我严肃地跟小聂同志讨论过这件事，但身为入党积极分子的小聂同志却态度十分之不端正地说上帝是仁慈的所以派我来拯救你的灵魂，我开玩笑地问你相不相信我是个精灵，她撇撇嘴说我还是格格巫呢。

　　于是我开始傻笑。

　　无机小子在期末之前好歹把课算是讲完了，答疑的时候我问他波函数究竟是怎么回事原子轨道是不是一种唯心主义时，那哥们儿龇着牙说你别管了先接受它以后再慢慢领悟吧，看着他那张欠扁的笑脸我心说领你个头啊我。

　　我忍住了去咬他一口的冲动。

　　考无机的前一天我问隔床的兄弟说怎么办时他咬咬牙说妈的他要是敢让咱们不过就拿刀砍他，我听了特感动因为很少能听到这么实在的话。

　　在估算了最后一张试卷上的分数也基本上能够突破六十分这道防线时，我大义凛然地提前交卷离开了考场。我呼吸到的第一口户外空气令我心旷神怡，在万物凋敝的这个隆冬的下午，我却在温暖的阳光中感受到无比的清爽。我不禁展开双手，仰首拥抱天空，心中涌起一种波澜澎湃的激情，一瞬间我忽然感到自己是那么的有力量和那么的勇敢，甚至在刹那之间看见了万物都涂上了一层晶莹剔透的彩色光辉……然后小聂抱着一摞书从图书馆向我走来，兴奋异常的我于是借着厚重棉衣的掩护一把将她拥入怀里，那一刻我不知该说什么，只能死死地抱着被我吓得愣住的小聂默默地等待着世界重新暗淡下去。

　　考完试无比憋闷的我被小聂绑架到王府井的大街上被逼着咬了

一口据我所知含有致癌有机物的所谓羊肉串，一分钟之后她在一个小店里买了十字架项链挂在我的脖子上然后说我还是有点帅的，十分钟之后我们徒步返回一路上小聂都在哼唱一步两步三步四步望着天，三十分钟后我们坐上了22路汽车，又一个十分钟后小聂忽然问我毕业后打算怎么办，我不动声色地说鬼知道我能怎么办到时候再说吧，小聂盯着我的眼睛说你怎么老是这样整天就知道……忽然她叹了口气把头靠在我的肩上不再言语了。

许多年以后我才确信自己明白了小聂叹息的意义但那时候什么都晚了，当时我心里却麻木得要死没有为她的叹息所动，我甚至庆幸她没有继续说下去不然本来一个美好的夜晚就不那么美好了。

由于政府颁布了新的《境内长住异族居民管理条例》，我不得不戴上眼罩坐上一辆黑色的轿车到一个神秘的地下室里参加学习和讨论。坐在一个大礼堂里听着台上的领导们严肃的讲话，我感到无比压抑，看着周围那些戴着面具的同胞，我觉得他们比任何人都离我更遥远。

两天的沉闷会议之后还有一系列的检查和问卷调查，对于"你是否经常感到不知所措""你是否会在人群中感到孤立无援""是否曾经因为情绪激动而使用了某些超能力"等等问题我一概选择"从不"。

然后我回到普通人群中间，参加了高中同学的一次聚会，看着那些老旧的面孔，想着曾经的傻事儿，过去的一切显得如此缥缈而不可信，在缭绕的烟雾中有一个在念高四的兄弟问我过得怎么样我说瞎混呗，他用力拍着我的肩膀笑着说哥们儿回来和我一起补习吧咱们明年一起考清华，我哈哈哈大笑三声然后堆在高背椅上一动不动，这是我新年听到的第一个笑话。

那兄弟摇摇我的肩说哥们儿你眼睛怎么直了，我盯着高脚杯说没事儿，喝多了。

然后应广大听众的强烈要求我和那个兄弟开始合唱一曲，我刚唱了一句我是一只小小鸟的时候手机响了，一个陌生的号码，我醉眼蒙眬看见屏幕上的字：

> 我注意你很久了，我很欣赏你，虽然知道你有女朋友了，但还是想和你交个朋友，希望你不要介意，新年快乐。

我关上手机继续唱从此无依无靠，那兄弟咋咋呼呼地问我：女朋友？我说不是，发错了。

第二天那个陌生的号码又发了一条热情的短信给我，我只好问你是不是认错人了，她立刻把我名字报上来了，于是我就无语了可还是想不出来就我这副残花败柳的模样会引起哪个奇女子的注意。就这么断断续续地瞎聊了几天，直到快开学的时候她忽然说了这么一句："可惜我们相遇得太晚，可惜你没有给我时间，可惜我得不到你的永远。"我看着"永远"这两个字想笑来着，但是没笑出来。

这件事我不知道该怎么跟小聂说，所以就没说。

除夕夜，我帮着老娘包饺子的时候随口说起考试那天下午看见万物生辉的事，老娘手里的筷子一下子掉在地上，她无比紧张地看着面色铁青的老爹，两个人交换一下眼色然后给我讲述了猎灵师的故事。这种专门猎杀精灵的人，老爹说，他们会诱惑异族现出原形然后找到某个理由予以猎杀，当然，现在对异族的管理已经制度化了，猎灵师不能随便猎杀异族，但是不管怎么说精灵预见猎灵师仍然不是什么好事，所以爹娘说一定要小心行事不可泄露我非人类的身份。听罢那些可怕的传说，我开始一边看着赵本山忽悠范伟一边思索如何才能既坚持颓废的艺术路线又能压抑自己小宇宙爆发这个严肃的问题。

小聂向我宣布她本年度的首要目标是要通过四级并且拿到"优秀"，然后问我觉得有戏没有，我一本正经地说你竟然把这么容易做到的事当作目标真是让我失望，小聂乐得老开心了，然后问我的新年目标，我说我就希望能活到下一年。小聂以为我开玩笑，她说你别老说丧气话本宫命你换一个，我说那就换成顺利通过各科考试吧，小聂故意不吭声等着我问，我就问有戏没有，她装出一种忧心忡忡的老头子模样说：悬。我点点头说：我看也是。

　　其实我没有开玩笑，能活完一年是件很不容易的事，可是人家说这是丧气话。

　　小聂逼着我和她一起背单词，我说并不急着去考，但每天早上仍然被一条英文短信叫醒，据她说这都是什么宝典上的句子只要每天背上一条就会厉害得不行，我说我真的不急你要是再这么干我就关机睡觉了，小聂没说什么只是低下了头沉默了。我看不见她的脸但是还在努力地看，看着看着我忽然觉得老爹搞错了其实我不是精灵而是一个魔鬼。我赶忙伸出了一只魔爪笨拙地拍了拍她的肩说开玩笑开玩笑我不关机不关机不就是英文句子吗我背我背，小聂忽然气呼呼地抓起我的手狠狠地咬了下去放开我的时候说我还不是为了你好啊，我假装毫无痛苦地看了看那道发青的牙印说你也太不讲卫生了，小聂终于笑着问我疼不疼，我心想可疼死我了你个小妮子嘴上说我知道你都是为了我好我知道。

　　我真的知道。

　　于是我每天都要和自己的嘴皮子较劲，因为小聂要求我不经大脑就把那些句子说出来，然后和她比赛看谁说得快。她说如果我赢了就满足我一个小小的要求，我听了精神为之一爽开始苦练，结果是每天晚上睡前别人扯淡的时候我会突然蹦出一句英国人肯定听不懂的英语，上铺探出脑袋问我说什么呢，我说美国政府有很大一部分税收被用于国防预算，上铺听了直摇头说恋爱中的男人啊就是和

四部半

正常人两样。

可惜我很少能快过小聂，看见她一脸得意的微笑我就无奈地说："瞧咱俩这是干吗呢，真够傻的。"只有一次我赢了，小聂就一脸惶恐不安好像落难的公主遇到了土匪似的问我有什么小小的要求，我望着她慌乱又害羞的模样忽然什么也说不出来，忧伤在瞬间划破我的心头，我说算了吧先攒着以后一起还吧，小聂愣了一下然后说你真好我说我知道。

小聂特别喜欢谈论以后的事，每次她说以后我们俩要怎么怎么样我就无话可说因为事实上我并不相信有什么以后。可是看着她那无邪的脸和充满阳光气息的笑容我只能装作相信她似的一起谈论我们那不知还在何处流浪的以后。

如果还有以后的话，我……

情人节的前一天晚上，我被一群自称是我老乡的陌生人拽去喝酒，然后带着一肚子的无聊回到寝室和别人一起看圣斗士看到夜里两点。早上我被短信叫醒的时候脑袋直疼神志还不是很清醒，小聂说由于某种不方便解释的原因她要于这个月的30号结婚了，我登时一愣然后那颗心瓦凉瓦凉的，我心想这世界可真够乱的然后问她这个月不是没30号吗，一直忍受了半分钟，手机才终于嘟的一声响起来，小聂说看来你还算聪明，我的心于是就放下来了然后腾地燃起一股火特别想狠狠地……这时候小聂又发短信说节日快乐我永远是你的补码，我于是产生了一种慈悲为怀的感情决定放她一条生路，于是一边嘴上挂着一卷儿微笑一边发短信问你永远是我的什么玩意儿？

整整一天我精神萎靡不振，和小聂坐在那间情调很糟劣的咖啡馆里眼皮不住地哆嗦，有一种睁不开眼的感觉。小聂用勺子搅着咖啡问我期末考试成绩怎么样我说不知道，她说你怎么不去问问我说懒得问爱什么样什么样，小聂说万一哪一门挂了怎么办我说要是挂了老师早通知我了没通知就是没挂，她说你不能总是这样好像什么都无所谓似的，我打了个大呵欠口水差点没流出来然后合上嘴巴说为什么不能，小聂试图说服我相信大学生活是非常美好的青春是非常宝贵的有许多事情等着我们去做……我反问是吗，你倒是说出一件来让我听听，结果她想了半天也没说出一句话来。

她知道什么奖学金什么考研什么大公司什么出国对我来说都是些最不好笑的笑话，如果某人想用这些东西来逗我笑的话我只会像一块石板一样无动于衷。

我说咖啡都凉了快喝吧，大过节的别那么累。

小聂一声长叹不再言语。直到一阵忧伤的大提琴声音从音响里传出来她才露出笑脸说五一咱们出去玩吧，我说一个老北京有什么好玩的，小聂热情不减地去北大瞧瞧吧，我一听见北大这两个字就有点伤心于是说不去，她说去吧我说就不去，小聂急了说为什么不去我说不为什么不去就是不去。然后突然，俩人就安静了。

小聂强忍着怒火说，去故宫！我没好气地说无不无聊啊，小聂气得话都说不利索了就一个劲儿地说你你你，我说我我我什么啊我，小聂气呼呼地说你不可救药，我说得了吧好像你今天第一次知道我什么样似的，小聂气得用手一指我的鼻子说：你这个大骗子，还我青春！

我当时那个乐啊，我说你可真是太幽默了我的小聂。小聂鼻子已经快要歪了，估计身上要是有什么凶器就要掏出来了，这时候我不紧不慢地从包里拿出那枝包得很精美的玫瑰说：给，你的青春。小聂红着脸接过玫瑰没有说话，估计气消了一大半，然后盯着玫瑰开始消化另一半。

不过，坦白地说，我想我那天的表现实在是有点恶劣有点欠抽有点不可理喻有点……

通常来说有人关心你对你好是一件幸福的事，你应该谦恭地表示感激表示很荣幸即使那很虚伪做作但很有礼貌让人很能消受，但我却总是不由自主地选择恩将仇报的恶劣态度表现出一种自甘堕落的样子，对于这件事有两种说法，好听的叫作我行我素有个性不好听的叫作犯贱，其实说白了是一回事。不幸的是有些人总是免不了犯贱。

有点犯贱，仅此而已。

但我别无选择。

那晚躺在床上，我又收到了那个陌生女子的短信，她问今天过得好吗我说还可以，她说节日快乐我说祝你幸福。

我猜测也许她是个猎灵师。

五一的时候，小聂陪她两个来京的同学逛帝都，还把我的手机借给了其中一人，我于是就蜗居在宿舍里苦练 CS。一直练到眼睛快瞎了，那两个购物狂才离开，小聂就把我叫到上次的那个咖啡馆。

我脑袋里全是反恐的画面，还隐约回荡着枪声，精神恍惚不定，坐在那儿半死不活。小聂坐在我对面一声不吭，也不搭理我，只是装作漫不经心地摆弄我那个放在桌子上的手机。我不知所措地望着她，心里直发毛，也不敢出声，不知她身上带没带沙鹰。

终于，咖啡凉了，小聂把我的手机往前一推，脸上充满杀气，带着点挖苦的腔调阴阳怪气地说："可惜，我们相遇得太晚……"

我一愣，然后吐了口气，终于明白出了什么问题，然后不知该怎么解释，头一次有点怨恨手机的内存量之大不然早删了那些短信了。抬头看见小聂那一脸受害者加法官的表情，只好说："你看了……"

小聂气势汹汹地说："我看了，怎么着吧！"

我赶紧解释："不怎么着，挺好的。你看，我都不怕被你看到，说明根本就没什么嘛，是吧？"

小聂不肯轻易放松："别跟我嬉皮笑脸的！特高兴吧，听人家说欣赏你？臭美得不行了吧？"

"哪儿的事儿啊，别胡思乱想了你。"我勉强应付着。

小聂气刚消了一点，这下又来劲了："谁胡思乱想了？究竟是谁？"

小聂气得不亦乐乎，引得不远处的一对儿往我们这边儿看，那俩人还一边看一边幸灾乐祸地冲我笑。我猜测自己要是写一本爱情指南的混账书的话会建议身陷此种困境的人说写什么比较好，我猜应该这么说："我。我胡思乱想，行了吧？"

小聂指着我的鼻子撇着嘴说："终于承认了吧，骗子！"

看来我猜错了。

"我承认什么了我？什么都没有叫我承认什么啊？"我浑身是嘴啊。

小聂不依不饶："那你怎么舍不得删？"

"我这就删！"我拿起手机，心想这哪是手机啊分明是O4①嘛。

"别删！"小聂大喊一声，眉毛直立，"想毁灭证据啊你！"

我都快崩溃了，幸好这时候那对情侣又开始冲我乐个不停，我忍不住冲他们喊："看什么看，想看吵架自己回家吵去！"那男的腾地站起来说你有毛病啊，那女的赶紧劝他，小聂也赶忙把我拉出去了。

后来我保证不再和那个女生联系了，这事儿才算拉倒，但是产生了一个恶劣的后果，每次小聂自知理亏又不认错的时候就蛮不讲理地说："干什么，想吵架啊！"

光天化日之下，我的无望还在继续延伸，它们没有按照某些人宣称的那样随着我对环境的习惯或者说麻木而被消灭，反而像煎饼一样慢慢摊开，并将我包围。在我开始做化学实验之后，我对毁灭

---

① 在CS1.5中，购买装备时按O、4，可以购买手雷。

　　　　　　　　　　　　四部半

的预感更加强烈了。

分析实验主要训练我们对仪器的手感和伪造数据的能力。通常我们要在三次实验数据中挑出两个感觉上比较合理的然后在它们基础上创造出一个差不多说得过去的来替代第三个看起来相对离谱或者说简直不可能的数据然后练习一下对计算器的操作。不用怀疑，那些一会儿黄一会儿绿的液体看起来很好玩但我对于瓶子里究竟在发生些什么毫无兴趣。

有机实验则帮助我成功地推翻了一种很流行的说法：那天我熬了整整一下午的茶叶水却没能提炼出一丁点的咖啡因反而把滤纸烤煳了，这个了不起的结果说明了付出并不必然意味着收获。之后我以特严谨特求是的科学态度在报告上写下"产率为零"，可惜那个慈祥的老师对我说傻孩子你不能这么写除非你想再做一遍实验，我于是毫不犹豫地拿回报告编了个数据重新修正了产率值，于是又一次并不存在的实验就这样像它千千万万的同类一样被虚构出来了。

我做实验的最大成就就是打碎了若干娇贵的实验仪器。真正让我感到绝望的并非是那些易碎的仪器都是磨口的，而是我损坏的总是昂贵的磨口仪器的非磨口部分可我却要为因此造成的磨口部分失去效用而进行等价于磨口部分被损坏的赔偿，结果我因为觉得特别不爽就顺手把残余部分带回寝室希望发掘一下尚未损坏的磨口部分的潜力但最后以失败告终于是愤而再打碎一次以便让我的赔偿变得不那么荒谬不然那些钱花得就有点轻于鸿毛了。

小聂说我的脑袋有问题而我无言以对。

兴趣问题，不错，我是这么跟小聂说的，因为除了这么说以外我不知道还能怎么说了。

我想，这也许不仅仅是纯度十的问题，即便我是个纯度一百的人类，也未必能够忍受这样一贫如洗的生活。

小聂继续忙着她的四级，而经过我的一再申请，组织上终于同意把每天早上一条英文短信的晨练改成每周一条，于是每天睁开眼时我就有了一些时间可以思考一些人生的问题比如说为什么我要一再失手打碎实验仪器，当然结果还是如我预料的那样，我没有想明白。

小聂说她搞不懂我，搞不懂为什么我不能和别人那样积极地奋斗拼命地流汗幸福地吃苦快乐地享福舒坦地活着慢慢地死去。

其实我也不懂，我怀疑，这也许不仅仅是纯度十的问题，纯度十也许仅仅是我的借口。

终于有一天从理论上来说我可以申请转系了，小聂说你来真的啊，我说你看我现在我这状态不就是浪费粮食嘛，小聂也是，我说咱爸咱妈都同意了说只要好好学习对得起人民学什么都可以，小聂瞪了我一眼说少套近乎谁跟你咱啊，我笑着说怎么着想分家啊，小聂倒不生气只是笑呵呵地说：边儿晃待着去。

对此，系里边儿的老师在跟我诚恳地谈了几次心之后给出的意见是：要考虑清楚。问题是，我就是不知道该怎么考虑才能清楚，比如说："万一转了之后不爽怎么办？"后来我终于找了一个反问句："假如放过这次机会呢？"毫无疑问肯定不爽。于是我假定"肯定不爽"是要比"可能不爽"可能更为不爽的，于是就这么决定了。

我从此有了个盼头，可以一天到晚琢磨着未来的幸福时光。但其实心里对自己的处境并没有多少了解，就好像这件事发生在月球上和我没关系似的，甚至有一种隐隐约约不祥的预感开始在我心里滋长，但说不清是怎么回事。

小聂问我是否开始准备转系考试的时候，天上正下着绵绵小雨，细雨扫过灰色的天空，被小聂蓝色的小花伞割断，雨水落进泥土里融化出一股 5 月的忧伤气息。我说什么都没准备，心里却想起了小时候躺在姥姥家的炕上啃着香瓜时窗外也下着这样缠绵的雨，不知为什么在那之后我再也没有见过那种香瓜了它就好像永远地消

四部半

失了不知道除了我还有没有人怀念它。小聂摇摇头说果然不出我所料，说的时候眼里有一种莫名的哀愁，我愣了半天才明白过来，说我琢磨着要是能什么都不准备就能通过考试就当捡个大便宜要是不过就算了。我这么信誓旦旦地胡说八道时脑袋里却想起了小时候吃过的一种面包，这种面包可能是因为太好吃了所以也消失了，后来和许多同龄人聊天时大家都谈到了它都很怀念也都不知道为什么就买不到了，有的时候我会以为这可能只是我们大家做过的一个关于面包的梦而已，接着我又想起了许多许多东西：炸得金黄的油炸糕、姥姥做的咸滋滋香软的大饼、沿街叫卖的冰糖葫芦，冬天里冒着气的热豆腐……这些东西在我的脑袋里飘浮过去，我机械地和小聂走在雨中。这时小聂刚说了一句什么我没听清楚，我只是打断她说：你看，小聂，许多东西都变了。

　　小聂停下来，诧异地盯着我的眼睛看，似乎想从里面看出什么名堂但是失败了，因为我的灵魂里究竟出了什么问题我自己都不知道而小聂你却想从这片虚无这片废墟这片荒漠这片无底的沼泽里看出意义这真是太荒唐太可悲可是究竟是谁的悲哀谁的不幸又有谁会为此叹息或者欢天喜地或者痛哭流涕就好像有一天我断送了自己的小命一样为我哭泣而小聂你知道这让我难过让我不能感到轻松因为如果没人哭泣我真的真的愿意死去就好像那些曾经活着曾经孤独地活着冰冷地活着因为没人会为他们的离开而哭泣的人们那样默默的死去这没有什么因为没人会记得他们的名字即使还有人记得人们也会慢慢闭口不谈心照不宣然后遗忘接着老去最后死去一个接一个一批接一批地死去终于而那些泪水那些叹息那些廉价的荣耀和沉重的回忆都变成了泥土消失在虚空中我知道一切都逃不出这个结局可是小聂我还在挣扎在努力在拼命地踢着水花不想这么沉到水底这么快放弃……

　　小聂的一声叹息把我从沉思中拉出来："你在寻求什么？"

　　我一愣然后说不知道也许只有找到的那一天我才知道自己要

找的是什么，小聂低低地说了一句话我仍然没有听清，我问你说什么，她摇摇头说算了送我回去吧。我说好，然后我们接着往前走，这时候小聂忧伤地说你以后真的不能再这么混下去了。

我愣在原地说你这话是什么意思。

小聂疲倦地说，没什么，只是有点累了，我想，我永远也不能明白你在想什么。

我心里轰的一声，想说点什么，可是我忽然觉得这似乎就是那个我一直在等待的时刻，现在它终于到来证明了我的无比英明那么我不是应该为此而微笑吗？这时候说什么都是可笑的，因为这是一条法则，从开始到最后，不管怎样都逃不开这一点，所以我必将坚持下去和它一路同行不离不弃直到毁灭的那一刻才能坦然和它告别摆脱它永恒的阴影。

分开之前，我说如果我告诉你我刚才想到了我家门口的酸菜缸你相信吗，小聂无奈地苦笑着说，信。

小聂真的相信，所以离开了我。

2

突然间我变得倦懒。

据传说，当人类开口说话的那一天，山崩地裂电闪雷鸣，这件事甚至比他们开始直立行走更让大伙不安，其他种族惊慌失措地预感到灾难的降临。果然，不久之后这世界就到处都充满了喧闹，很多人为了强迫别的种族以及自己的同胞相信他们的主张信念理想以及一切诸如此类的鬼话，制造了武器杀戮战争以及种种疯狂罪行。因此，我觉得这世上之所以有那么多的不幸，就是因为有太多的人想要别人听他们说话。假如某些人闭上嘴，日子也许会更好过一些。至于我，身为一个半精不灵的混血人，在人间这趟车上已经晕得一塌糊涂，吐得死去活来，终于失去了应该失去的，从此不需要再掺和人类的那点事儿，于是我决定沉默了。

入睡之前，听着周围的人依旧谈论着各种乱七八糟的东西，我只是盯着糊在上铺床板底下的《人民日报》发呆。上铺在床上翻了一下他沉重的身躯问我见没见过某朵可惜插到一堆牛粪上的鲜花时，我盯着床板缝儿里飞落下来的木屑说插哪儿不是插啊然后翻身睡去。

但我无法入睡，于是把自己蜷缩成一团儿，尽量把躯体占据的不足一立方米左右的空间变得紧凑。要是会瑜伽，我就会把自己缩成一个球儿，一动不动，闭眼冬眠，这样的话按说可以多活几年，如果这么一直躺下去没准儿就能睡到永恒。但是我忽然厌烦了永恒，于是从梦中惊醒，我坐了起来，抱着双膝，呆呆地望着窗外，等待黎明破晓。

没有了催我起床的短信，早上开始变得安静，于是我重新开始人比黄花瘦了。

有一次在食堂门口看见小聂换了一副银色边框的眼镜，她笑着对我说你怎么面有菜色，我说你不懂这叫作诗人的忧郁，她撇嘴说得了吧现在不流行这一套了，我问她流行哪一套，她一副内行的样子说现在流行的是另类而又阳光叛逆而不颓废，我说是不是那种一边儿玩深沉一边儿杠悠着脑袋哼哼唧唧地说我好快乐我好个性，小聂说别那么恶毒人家那叫我行我素有个性，我心想原来就是流行犯贱啊。小聂奇怪地问你笑什么我说没什么看见你就开心，她婆婆妈妈地说你注意点饮食自己小身板儿什么样还不知道吗，我笑着说你不觉得我也挺流行的么，小聂笑了说真受不了你。

我也受不了自己，这句话我没说。

我仍旧无所事事，整天背着一个拉锁坏了总是开着口的书包满校园溜达，四处找一个僻静无人的角落看小说，然后补笔记抄作业看动画片练反恐。有时候能碰见一个热心人说"哥们儿你包开了"，我就特善良地笑笑说谢谢啊。我没有和任何熟人联系，努力让别人失去我的消息，把自己藏在这个灰色的城市里。

那个神秘的女生又发短信问我怎么总是不去上公选课时我才意识到自己已经逃了许多课。她说你最近好像不开心啊，我说你只看到表面现象本质是我并非最近不开心而是一直就不怎么开心，她说为什么啊人应该让自己开开心心的呀，我看着那个"啊"和"呀"不知如何是好，心里空空荡荡，有一刹那，想对她说我并不想按你说的那样去开心，后来想想还是算了，最后我只好回复她说：是么，有道理，呵呵。

真够傻的。

然后竟然笑了。

转系考试那天，我忽然一阵发疯，觉得转了也没有用，所以就不想去了，但是离考试还有一刻钟的时候我还是从床上蹦起来抓了一根钢笔骑车去了。

暑假的时候有一次例行的体检，爹妈相当地担心我不能通过检查，不过那个闷在口罩后面的医生在做了一番烦琐的测试后终于在我的证书上盖了"合格"的钢印，大家全都松了口气，这意味着我基本上符合了"人"的定义，也意味着不会有什么神秘来客找我的麻烦，对此我也许应该感谢我的沉默，自从我不怎么说话之后，我学会冷眼看待周围的一切，于是我发现身体上的不适症状开始减轻，并且没再看见过天地变色，也感觉不到小宇宙的爆发了。除了向指定机构定期汇报情况以外，整个漫长的暑假都在家里平安度过。

小聂发短信告诉我她四级考了九十分而且拿了奖学金，说要请我吃饭，我开玩笑说和我共进晚餐不怕别人误会吗，她说没关系正好给你介绍一下我男朋友。我盯着手机发愣，拇指在键盘上茫然地游离良久还是不知道该按哪一个键。

　　跨进比萨自助店的时候我说你也真够大方的啊，小聂笑着说看你那一副吃不饱饭受虐待的样子我就难受今天让你吃个够。小聂还带了一个叫小燕儿的师妹，好像是我的老乡。小聂男朋友是个留着毛寸的小伙儿，穿得挺板正儿，一看就知道是个主动要求进步的好青年，叫刘什么邦，名字挺带劲，可惜中间那个字儿我不会写。

　　小聂把我介绍给刘什么邦时一脸真诚地说："这是小燕儿的表哥，也是我的哥们儿。"我看了一眼我表妹，她正冲我眨着眼睛笑呢。刘什么邦嘿嘿傻笑着跟我打招呼，这时小燕儿笑着对他说："怎么样，我表哥比你帅吧？"我实在忍不住了哈哈大笑。

　　这是我新年后听到的第二个笑话。

　　幸亏有小燕儿不然真不知道这顿饭怎么吃，我这表妹在那儿唧唧喳喳地说个不停，一边儿说还一边儿咯咯咯捂着嘴乐，自己一个人闹得那是相当的欢实。刘什么邦一边啃鸡翅一边陪着小燕傻笑，不时望望小聂，再转过头看看我，然后再冲着小燕特憨厚地一笑："你怎么光顾着说啊，吃啊。"小燕说："瞧你吃得那么愣实，我看着就饱了。"说完又捂着嘴乐个不停。我看那兄弟吃得那么开心，摇摇头冲小聂乐了一下。小聂皱着眉，用手指戳了一下刘什么邦的脑门："慢点吃，没人跟你抢！"然后回头对我无奈地叹了口气。我也不吭声，低着头一边啃鸡翅一边笑，笑得浑身哆嗦。小聂瞪了我一眼，又在桌子底下踢了我一脚。

　　除了小燕儿基本就没什么人说话，我和刘什么邦忙着吃，小聂坐在那儿看，有一搭没一搭地说两句话，有一次还问我："怎么不说话了，以前不是挺能说的吗？"我头也不抬地说你没看我忙着呢吗。这时刘什么邦去洗手间，小燕儿也跟着出去了。小聂吸了两口可乐问："怎么样？"我拿纸巾擦擦手上的油，乐了："你这不是欺骗未成年少男吗？"小聂瞪了我一眼："狗嘴！"我乐呵呵地说："人不错，说真的，挺单纯的。"小聂把头探过来一点儿，皱着鼻子低声说："直说吧，其实特白痴，简直是头猪！"我哈哈大笑，这时候刘什么邦回来了，坐下的时候冲我一笑："别客气，吃啊！"

从比萨店出来的时候天黑得不行，风吹得很紧，树叶哗啦啦地怪叫着。刘什么邦温柔地问小聂冷吗，小聂说不冷，刘什么邦就把外套脱下来说挺冷的披上吧，小聂摇头说真的不冷，刘什么邦固执地说披上吧别着凉，说完笨手笨脚地把衣服披到小聂的肩上，小聂低着头没说话也没看我。小燕瞅了我一眼然后别有用心地说哥我也冷，我把夹克脱下来递给她，小燕儿虚情假意地说哥你真好，我斜了她一眼没说话。

小聂还我外套的时候问我的第一个问题就是转系考试过了没，我坐在长凳上眼望着头顶上的松树说过了。小聂说恭喜了，我依旧望着那棵老松树说我不去了。小聂一愣然后说你不是要捡个大便宜吗，我没有看她，说捡是捡着了可是又给扔了。小聂生气地问为什么，我说我也说不清楚，反正那天心里忽然一阵发慌就不想去了。小聂急着问那以后呢，我说就这么过吧。小聂毫不留情地问就这么混吗，我说别这么说，小聂说难道不是吗，我说是。

沉默了一阵子，小聂又问那你父母怎么说，我苦笑着说他们还能怎么说我爹就叹了口气说不转就接着学吧，小聂忧郁地问你不怕后悔吗，我说怕，她说你到底……我说别再说这个了，小聂就不说了。

我转过头努力笑了一下："说说刘邦吧。"

小聂乐了，说他是她的高中同学，据他自己说都已经暗恋了她四年了还说为了她考到了北京可惜录到另一个学校去了不过还是坚持地追了她一年虽然没追上但是还是坚持不懈忠贞不渝地追啊追的最后不知怎么就一下子追上了……

我笑着打断她："是你自己往回跑了吧？"

"是啊。"小聂承认了，眼里有一种迷茫的幸福。

"完！挺好的一个追击问题变成了相遇问题了。"

"呵，也许吧。想试试被人疼感觉什么样？"

"感觉什么样？"我微笑着问。

"挺好的。"

"估计卖充值卡的发财了吧？"

"真说对了。现在一天至少一个电话，每次怎么着也得半个钟头吧，后来我都心疼了，说：'快挂了吧，多浪费钱啊。'那个人儿就一个劲儿地傻笑说：'没事儿，这点钱算什么，以后咱们再挣。'好像他多能耐似的！你看出来了吧，那个人儿自我感觉特别的良好。"

"看出来了。我猜他经常谈论你们以后怎么怎么样吧？"我还是笑着问。

"是是是。把未来的都规划好了，说什么一起创业同甘共苦，说得可好听了！"小聂好像有点恼火，其实眼里写着快乐。

"那你怎么跟他解释自己态度的突然转变？"对这个我挺好奇的。

小聂得意地一笑："我就说被他的执着感动了经过一年的考验觉得他这人还不错挺专一什么的。"

"他信吗？"

"信。那个人，我说什么他都信！"小聂嘴角挂着笑意。

"那他可是真够……"我没说下去。

"够猪的？"小聂眨着眼睛问。

"我可没说。"

"哼，你就是那个意思，还装好人不说出来，真无耻！"小聂撇撇嘴。我笑着没说话。

我们坐着看着远方的夕阳，金色的阳光照在小聂的脸上。我正盯着她看，小聂忽然问我："你呢？"我说还那样，小聂好像狗仔队一样充满好奇地问："那女生还追你吗？"我说偶尔还无关痛痒地聊聊。小聂冒充长辈地教育我说幸福得自己争取明白吗争取了还得珍惜懂嘛小伙子，我说你少在我面前……这时候小聂的手机响了，她盯着屏幕看着看着就乐了，我说是那个人吗，小聂点头说不好意思我得走了，我说不送了。

　　小聂走了几步又停下来，回头对我说："老这么着不行，该改了。"我假装不耐烦地摆了摆手，小聂转身走了。我一个人坐着不动，落了一身的余晖。

3

　　在转系又不去之后，系里的老师又说了一堆做人必须坚定不移男子汉应该果断勇往直前你都成年了不能再犹犹豫豫应该对自己的未来很清楚不然将来怎么在社会立足什么什么的，我一边连声说是一边问是不是可以修双学位了。

　　结果我每天忙得要命。每个周五的晚上我都要努力在 AK47 的扫射声中想办法入睡，以便第二天早上能在别人大睡特睡的时候挣扎着起床，然后在一个教室里和一群摇头晃脑自以为是的笨蛋坐上一整天辅修。我一脸迷离地奔向那个教室，进门的时候我看见一双双好奇的冷漠的警惕的探询的回避的贪婪的不屑的眼睛，看见了得意洋洋而自命不凡看见了愚蠢而又故作清高看见了一心想要超过别人的刻苦奸诈看见了努力掩饰骨子里卖弄天性的谦恭看见了假装热情而又极端的目中无人也看见了极度的厌恶之情和对一切空虚冷漠的无动于衷，小聂，我看见了这一切可是却毫无反应，即使当那个讲中国现代文学的老师说起有关鲁迅兄弟失和的一些八卦的流言而引得下面几个油头粉面的精致男生大笑不止时，我心里也没有一丁点厌恶的能量和情绪。我想，我是连厌恶也都厌恶了吧。

我想我是病了，小聂。

但这样也好，至少我不会感到很艰苦了，所以说，你晕啊晕的就习惯了。

我开始沉溺于图书馆，在散发着一股怪味的、发黄的图书中寻找着蛛丝马迹，我知道关于异族的事情绝对不会在人类的官方记载中留下任何痕迹，于是只能翻阅那些荒诞离奇的志怪故事，把自己埋进了历史的墓穴中，以打发掉我并不漫长的青春时光，结果是：除了诸多不靠谱的鬼怪传说和某些自以为是的人们在公共图书上写下的诸多愚蠢批语之外，我一无所获。

我知道，我的族类，已经无声地湮灭在岁月的长河中了。

功课的繁多也没有救得了我。某一天实习的时候，我看着堆积如山的垃圾忽然感到一阵强烈的震颤，回来之后我躺在床上动弹不得，脑袋里不住地追问自己为什么转了系却不去为什么留下来受罪，我没有问出答案，只觉得心里很憋闷想和什么人打一顿拳击，如果能被人打得鼻青脸肿倒在地上也许会舒服一些。当然，我没有打拳，所以去跑步。

晚上跑步的人很多，我混迹于这些呼哧呼哧喘气的人中间，好像一个热爱生活热爱生命的人一样一圈又一圈地跑着，大口喘气，两眼盯着前方，脑袋里什么也不想，只感觉到身体的颤动，前所未有强烈地意识到自己身上有百分之九十的肉体，我意识到我其实并不是什么精灵，我就是一堆肉而已，我跑着喘着挣扎着呼着气吐着气流着汗，我意识到我其实并不是什么精灵，我就是一堆肉而已，我跑着喘着挣扎着呼着气吐着气流着汗，一直跑到气喘吁吁双腿酸软无力才停下来，身体要散了而心里空空荡荡，好像所有的情绪都像热量一样被汗水带走了。

我身上有纯度十的轻盈，但它无法带我飞升。

一天就是这么过的：早上从宿舍出发去东南角的某个教室上一节课，然后奔到西北角再上一节课，接着奔向西南角的食堂往嘴里填一口饭，之后去中南地带上两节课，然后再填饭，然后再去西北角上自习，然后去操场跑上一二千米，最后回到宿舍睡觉，整个过程的位移为零而轨迹是一个错综复杂的不规则闭合曲线，我有时觉得自己好像一个土地测量员。

如同一个齿轮，我就这么一天地转个不停，不怎么用大脑思考。

有一次小聂问我最近忙什么呢，我说忙着转圈儿。

有时天气好得让人不忍心浪费，我就扔下手里正在瞎掰的一篇所谓的论文跑出去看夕阳。我坐在以前经常和小聂一块儿坐着的长椅上，松树依然苍翠，一对对儿的情侣从我身边走过，举动亲密异常，完全无视我的存在。我想小聂没准儿什么时候就会走过来。这么想着，小聂就走过来了，在我身边坐下来，双臂支在膝上，双手托着头，目视远方："听说你修双学位呢？"

我说是，不过现在想放弃了。

小聂点点头说看来老毛病又犯了，我说忙得要死没时间干自己喜欢的事儿而且看着那些人就烦所以不想修了，小聂转过头顽皮地笑着说你总是这么半途而废是不是脑袋有什么毛病啊，我笑着摇摇头。

"要是说我是精灵，你信么？"过了一会儿，我笑着问她。

小聂微微一笑："要是说我是猎灵师，你信么？"

我一愣，惊讶地闭不上嘴，我不知道她从哪儿听说这个词的。我开始迅速计算：平均来说，每一千个人中有一个纯度较高的异族，每十万个人中有一个猎灵师，那么随即地把两个人关在封闭的电梯空间里，其中一个是高纯度异族另一个是猎灵师的概率就是一亿分之一这大约相当于掷骰子时连续五次出现两个六……这可能么？

尽管小概率事件是一定会发生的，但沉默了一阵后，我仍笑着说："不信。"

　　　　　　　　　　　　四部半

"呵呵。"小聂笑了笑。

过了一会儿，她两眼炯炯有神地说："认识一年了，都。"

"是吗？一年可真长啊。"我叹了口气。

其实一年并不长。

"那女孩呢？"小聂饶有兴趣地问。

"不知道，好久没给我发短信了，估计也放弃了吧。"

"知道是谁吗？"小聂乐呵呵地问，露出两排小白牙。

"不知道。"我无所谓地摇头，然后假装有所谓地说："挺可惜。"

小聂撇撇嘴，然后一脸坏笑："从没想过有可能是我吗？"

我登时一愣，目瞪口呆，小聂开始咯咯咯地笑起来。

"不会吧。"我当时的感觉就只有一个词儿能形容：颠覆。

小聂还在乐个不停，我有点恼火："是你吗？"

"不是。"小聂连忙否认。

"真的？"我都不知道该不该相信她了。

"真的不是！我什么时候骗过你啦？"小聂小嘴又噘起来了。

"也是。"我终于放了心，差点就丧失了对生活最后那么一点毫无根据的信心了。

小聂又笑了一会儿，然后眼神突然黯淡下来，笑意从脸上消失了。我问："怎么了？和那个人吵架了？"

小聂抬起头，无奈地笑了："那倒不是，只是想起以前的事儿了。"

于是往事纷纷涌涌地向我们袭卷过来，我沉浸在岁月的浪涛之中，任由自己在逝去的时光中随波荡漾。

"算了，别提那个了。"我回过神，盯着夕阳，把腿搭在对面的椅子上，决心不再提起任何过往。

"说真的，和他吵架的时候第一个想到的就是你了。前两天大吵了一番，我当时感觉委屈死了，特想在你肩头上哭一场，差一点就来找你了，可是……"

我没吱声。

"后来想想，就算了。"

"开心吗，和他？"我不动声色地问。

"不开心。和一头猪在一起能开心吗？气都快被气死了。可是有时候又觉得离不开他……"

"少发点小脾气，好好过吧。"不知什么时候开始的，我也会说这种话了。

"嗯。"小聂点点头，"你呢？还那样？"

"比以前好点。"我转过头，看见小聂正在弯腰摆弄鞋带儿。

"怎么？"小聂歪着头问。

"看什么讨厌的事儿都不怎么烦了。"我笑了一下，龇了龇牙，"还有，比以前更帅了。"

"是更能吹了吧！"小聂撇嘴，然后一本正经地问，"有什么打算？"

"活下去。"

"跟你说正经的呢，严肃点！"小聂一脸正派的模样。

"考研。"我严肃地说，然后忍不住笑了，"你信吗？"

"不信。"小聂撇嘴。

"小聂，"我望着夕阳，"我报四级了。"

"呵呵，"小聂笑了，"怎么知道发奋了？记得以前你跟我说好像生活在黑洞里，看不见一点的亮。现在呢？看见希望了？"

一阵秋风吹过，树上的枯叶发出空灵的歌唱，那一刻我忽然觉得身体仿佛失去了重量，前所未有的轻盈。我闭上眼，感觉自己脱离了尘世，凉风如甘露一般贯穿我的身体，天地间弥漫了亘古不变的苦涩的甜蜜喜悦，在脑海中，我看见许多年以前，我迎着来自远方的遥远的忧愁，展开一对黑色的翅膀，在天空中御风翱翔。

片刻之后，全部的沉重都灌回到我的体内，我知道自己又回到了座椅上。我睁开眼，看见天边一片火红的彩云飘过，夕阳正好，落叶满地，我项链上的吊坠在胸膛上闪烁着金色的光芒。

而小聂就在我身旁，正好奇地看着我，我想起了刚才的对话。

"怎么说呢？给你讲个笑话吧。"我随手揪了一根松针，"有一天一个女生跑到教室里做问卷调查，我看她长得不错，就特配合她的工作，往纸上瞎写，最后一个问题是'你对本课程有什么希望和建议'，我提笔就写'希望'，结果发现写完这两个字后就写不下去了。"

"结果呢？"小聂眨着眼问。

"结果我就……"

"就那么交上去了？"小聂好奇地问。

"没。我在后面又添了一笔。"

"添的什么？"

"添了一个问号。"

"哈哈哈。"小聂笑起来，笑声依旧那么纯粹。我满意地把头靠在椅背上，微笑着看着我们的夕阳。

小贾飞刀

1

关于小贾飞刀的传闻，江湖上一直没有定论。

对此事，学术界有几种看法。考古派的人认为小贾飞刀乃是一把古剑，由一个叫小贾的剑师铸就，但是这个说法流于庸俗，且没有过硬的证据。注释派的人则认为是一个会使飞刀的人，名叫小贾，但是我们知道有李寻欢，没人听说过贾寻欢，相信这种没心肝的说法的人也不多。浪漫历史主义学派的人则认为是一种兵器的名字，它和小李飞刀一样出名，但是小李飞刀不管怎么邪乎，究竟还是一种刀，而小贾飞刀则只是一种说法，至于究竟是一种什么东西，这些人则回答不上来。

根据后面这种说法，因为小贾飞刀声名鹊起，小李飞刀很恼火，觉得自己好像吃了什么亏，现在我们管这叫知识产权受到侵犯。可惜在当时，大家普遍的意见是，只有皇帝才有权力，当然，皇帝的权力可以派生出许多次级的权力，次级权力还可以派生出三级的权力，就好比大河的支流一样，但是不管怎么说，权力最后还是皇帝的，至于什么别的权力，都是一些妖言惑众的说法，如果被官府知道了是要杀头的。由于这种历史的局限性，即使对于像小李飞刀这样造诣很高的武学知识分子来说，版权这个概念在当时也是完全不可思议的，因此他没有想过要去衙门里告状，而只是想找个机会和小贾飞刀比试一下然后打败他。不幸的是，大家连小贾飞刀究竟是一个使刀的人还是某人使的一种刀都没有弄清楚，更不用说去找谁比试了。据说小李同志为了这个很不悦，用现在时髦的话说叫"巨郁闷"，以至于决定放弃已经取得很高成就的飞刀杀伤学的研究工作，转向了飞镖动力学的研究领域，以便和小贾飞刀划清界限。

这个说法疑点重重，比如，像李寻欢这样的大侠竟然会跟一个后辈如此斤斤计较实在无法令人信服。又比如，谁都没有听说过小李飞镖这样古怪的东西。不过这个说法文学色彩比较浓重，人物的塑造也比较丰满，所以虽然在正统的学术界的地位日渐衰落，但仍拥有相当一部分的支持者，并且据说最近还引起了一种后起而风头正健的所谓新新新历史主义学派的关注。

除此以外，学术界还有一些非主流意见，有的人认为"小贾飞刀"其实应做"小贾·飞刀"，所以他其实是一个外国人，可能来自西域，到了中原之后取了个汉文名小贾，飞刀则可能是他原名的音译，或者是梵文什么的，不过对这种胡说八道，我们也不必相信。

以上是人间的各种说法。

事实上，据我考证，小贾和飞刀其实是两个人。小贾是个男人，而飞刀是个女人，飞刀在名义上是小贾的娘子，俗称老婆。之所以说名义上，是因为飞刀在成亲后的第二天就从家里面逃跑了。小贾想不到自己的娘子会来这么一着，于是只好也收拾了行囊，带了点盘缠，辞别了父母大人以及岳父岳母大人，就这样天南海北地找起了飞刀。

以上是就人世间的表面现象来说的。

而事情的真相其实是：小贾和飞刀其实是两个精灵，小贾是个男精灵，而飞刀是个女精灵，尽管如此，飞刀仍然在名义上是小贾的娘子，俗称老婆。不过为了方便，我们在这里有时候偶尔将精灵和人混用。

实际上，当时仍然存在着精灵、妖怪、鬼魂和神仙，只不过，自从上古时代的某次惨烈的混战之后，大家都没落了，代之而起的新贵，是人类，从此称霸三界，主宰万物，对其他种族实行强权政治，通过武力征服强制推行人类文明，还搞过一些统一文字度量衡之类的措施。尽管其他种族很不平，也没有别的办法。有些头脑灵活、思想开放的种族就主动迁移到了人间，化装成了人类，秘密地生活着，慢慢被人类同化，有一些则四处流窜，用法力妖术危害一方，直到被人类的公安干警捕拿并消灭。那时候还没有户籍制度，但是为了便于管理，来人间定居的妖魔鬼怪神仙精灵们都要去衙门里的指定部门登记注册，办一张绿卡，这样才享受一定的人间公民的待遇，如果是偷渡客或者黑户，则有随时被官方的羽灵军或者民间的猎灵师捕杀的危险。当然，在这件事上，朝廷还是比较开明的，对于那些有真才实学并且肯为皇上效劳的非人，则鼓励他们来人间居住，表现好的可以转正，甚至可以加官晋爵。

朝廷规定，非人族的各种行为必须在常人能够理解的范围内，比如，可以力拔垂杨、铁头撞墙，但决不可以腾云驾雾、分身有术，当然，如果用来变戏法来糊口是可以的，其他的一概禁止使用。为此，朝廷专门颁布了法令，详细地说明哪些可以使用，哪些遭到禁止。当然，有一些像轻功一类的招法虽然允许使用，但还是比较有争议的。总之，为了保护自己而又不触犯朝廷的律令，非人族们只好苦心钻研人间的武术，颇有成就，因此往往是武术世家甚或武林豪门，在民间话语方面颇有能量，朝廷方面只好采取既联合又斗争的策略。

当然，作为真相，这件事只有非人族自己以及人类中的少数高层权力机构的人知道，对于大多数老百姓们来说，圣人早已经不语

四部半

怪力乱神了，因此不知道世上还有这么一回事。

　　根据某个文人的笔记，小贾遇见飞刀的时候大约应该是某年的寒冬腊月。前一天的夜里刚刚下过一场百年一遇的大雪。小贾吃过了早茶之后闲着没有事做，于是一个人到外面打算做些诸如"踏雪寻梅"之类的很雅致的事。他刚走到一片空地，就看见一颗雪球从一棵大树后面飞了过来。小贾生于武林豪门，对于暗算一类的事习以为常，所以从容不迫地避开，不料又有两颗雪球嗖嗖地向他的眼睛打过来，小贾有点恼火，再次闪身避开，还没多想，就看见四颗雪球飞过来了。如此下去，我们将会得到一个等比数列。于是小贾一个飞身跳到了那棵树的后面。我们知道，小贾曾经获得过武林轻功锦标赛的冠军，所以身法之快，连那个偷袭的人都没有预料到。

　　树后藏着一个红衣女子，此人正是飞刀，也就是小贾未来的娘子，但是当时他并不知道这个，所以此刻飞刀对于他来说只是一个调皮的女孩子，手里拿着一把弹弓，正在那里发愣。小贾一时间也不知如何是好。他想一本正经地问她受何人指使，为何偷袭，有何目的，但是看见飞刀的脸好像苹果那样红红的很可爱，觉得自己这样问很没有情趣，于是两个人就站在那儿对视了几秒钟。后来还是飞刀先缓过神来，撇嘴说："不和你玩了。"说完转身就走。小贾不想就这么把她放走，但又不知道怎么处置她，感到十分无措，只好急忙问："你叫什么名字？"飞刀听见后回过头，冲着小贾做了一个鬼脸，然后一阵风一样的跑掉了，只留下他一个人站在那里发愣。

　　小贾遇见飞刀的情形，基本上就是如此。当时他还很年轻，年轻的人总有一些冲动的想法，比如小贾年轻的时候就想一辈子都不结婚，做一个浪迹天涯的少侠。当然再牛的人都不能永远做少侠，少侠胡闹了一阵子之后就会慢慢长出胡子来变成大的侠客，大侠客

小贾飞刀

东奔西跑地在江湖上搅和上一阵子就变成了大英雄，大英雄后来四处游荡干上几件影响江湖命运的事儿，偶尔提拔一下新人，就慢慢变成了老英雄，老英雄主持几年大局就到了退休的年纪，这时候老英雄就该及时地死掉，或者聪明一点的退隐，留下千古的芳名让后人歌颂。如果老了还在江湖上死缠烂打地穷折腾，人家新一代的少侠就会不耐烦，老英雄就变成了老鬼，甚至是老不死的。所以说干英雄这一行，需要对自己的命运有很清醒的认识。对此，小贾年轻的时候就已经明白了，这说明他是个懂历史的人。但是这种冲动的想法还有一个问题。在当时的历史条件下，对于一个正常的男人来说，结婚是一件很重要的义务。何况当时世界上不存在人口爆炸这种危机，相反的，常年的动乱兵祸天灾使大家一致同意一个家族应该人丁兴旺一些，这样遇到祸患的时候香火不灭的可能性会比较大一些，所以男人不服婚役乃是一种很严重的罪行，基本上会受到全社会的唾骂。相反，尽此义务的男人就能享受到公开嫖妓合法纳妾等特权，作为他们服婚役的补偿。小贾虽然骨子里可能还有点精灵的根子，但他们家已经在人世间生活了几十代，受人类主流价值观影响很深了。所以，小贾打算一辈子不结婚乃是一种不够成熟的表现，好在他后来遇到了飞刀，于是就改变了一辈子过独身生活的观点，打算放弃到江湖上胡闹的想法了。

不幸的是，小贾没有想到自己虽然成了亲，还是要浪迹江湖，因为飞刀跑掉了。

飞刀出走一事，乃是江湖上有名的"悬案 top10"之一。只过了一天公婆瘾的小贾的双亲认为自己的儿子太软弱，管不住老婆，而这位儿媳妇的性子也实在是太野了，成亲刚一天就离家出走，实在是有失体统，自己家娶了这么一个野丫头，实在是家门不幸。因为家丑是不能外扬的，所以若是有远房的亲戚来看望新人，就会被告知小两口出去度蜜月了，大家虽然对度蜜月这么新潮的事情不太理解，但都知道小贾公子和飞刀姑娘都是出了名的古怪，何况两家都是武林豪门，所以也就不便编造什么流言蜚语。

对于此事，飞刀的娘家人对于新娘子逃跑的行为表示了歉意，但内地里却认为问题一定是出在了姑爷身上，老夫人认定是姑爷在新婚之夜欺负了自己的宝贝女儿。不过女儿受了气不回娘家而是离家出走，也委实有点让当娘的不理解了。

况且，朝廷非常不喜欢非人族的任何高调行为，两大武林豪门结亲，本来就已经够敏感的了，而飞刀如此活泼顽皮，又一个人在江湖上行走，万一做了什么惊动朝廷或者民间术士的事，很可能给自己甚至家族招来大祸，即便没有闯祸，两家颜面上也不好看。

总之，本来有利于江湖各派大团结的一桩挺好的婚事，让飞刀这么一逃，就给逃出问题来了。于是双方家长都向小贾施加压力，所幸小贾并不是家里的长子，二老还有小贾的哥哥照料，于是小贾就揣了几张银票，骑上自己的白马，离开薄暮山庄，满世界地找开了。

讲到这里，小贾他们家住的地方突然有了名字，这件事史书上没有记载，这里只好由我代劳虚构一下。虚构就是说，事实上可能并非如此，但是既然时间是不断分岔的小路，小贾就可能在时间的迷宫里，走过不同的岔路口而来到同一个地点。换句话说，可能有无数个小贾、无数个山庄，但是在这里却只能有一个小贾从一个叫薄暮山庄的地方离开，然后上路。我们叙述的，只是无数次虚幻的历史中的某一次。

小贾刚一下山，就遇到了一个难题：前面有两条路，一条向东，一条向西，他不知自己应该何去何从。精灵们本来是有心灵感应的，但是住在人间之后渐渐退化了，所以小贾只能像个普通人那样来寻找飞刀。据当时的人认为，东边大概是海洋，西边大概是沙漠，中间是中原，中原是天下之中，四方皆是荒凉之地，是不开化的野蛮人居住的地方，这些地方不是好地方，那里的人也不是好的人民，因此有蛮夷鞑虏之类的说法，所谓"不毛之地"就是形容这些地方的。当然，凶险小贾倒是不在乎，问题是不管他走哪一条路，都会失去另外的一条，自己就可能离飞刀越来越远，所以小贾犯了难。

小贾犹豫了两个时辰，站在那里苦苦思索，直到太阳行将落山，晚风渐起，天都快黑了，乌鸦也飞回了巢。

2

在本节中出现了一个时间和一个地点，一般来说这是两个比较重要的参数，但是其实和我们的故事并无关系，因为精灵们的时间的概念并不很强。其实，不论是隋唐或者宋元还是明清，不论是天山或者雪林还是孤岛，小贾寻找飞刀这件事却都是一如既往的。

唐宋年间，小贾来到拉兹客栈，寻找飞刀。

客栈的老板娘名叫小凡，小贾向她询问有关飞刀的事，小凡摇摇头说不知道此人，小贾叹了口气，就在客栈住了下来。

这间客栈大约在玉门关一带，大概是因为文物保护工作不到位，现在已经找不到遗址了，但是在当时这间客栈地理位置很好，生意红火，在中原很有声望，一般行走江湖的人都知道这个客栈，好多去西域取经或者寻宝的人或者从西域来的商人都在这里住过，所以要是想打听什么消息，此地应该是个不错的地方。

我们知道，小贾下山那天面对岔路口不知所措，为了解决这个人生困境，小贾终于骑上马，装出一种很坚决的样子喊了一声

"驾"，小贾的马以为主人在命令自己朝着某个方向前进，于是按照自己理解的样子选了一条路跑了起来。如今小贾来到玉门关，说明那匹马走了向西的路。

在寻找飞刀的那些日子里，小贾不断遇上岔路。根据概率学的计算，小贾每做一次选择，他能追上飞刀的概率就变成了原来的二分之一，长此以往，小贾找到飞刀的可能性就趋近于零。这是一个不够积极的结论，所以每次小贾都要在岔路的地方驻留一段时间，希望能打听出一些飞刀的消息。可是，那年月里女孩子出门的时候都是流行女扮男装的，有些厉害的还会易容术，所以大家经常看到美少年，很少看到表里如一的少女，而小贾又不知道飞刀扮男人是什么样子，所以没办法向大家描述自己要找的人。另外，那年月对于失踪这件事，官府是不大过问的，你去报案人家也不给你立案，除非你说自己家有个精灵失踪了，朝廷可能会大动干戈，也可能不会，但肯定会惹来很多官僚机构造成一系列麻烦事，衙门会不时地传唤你，告诉你不要出境等候调查等等，所以要是谁家里丢了人或者妖怪，就只好像小贾一样，自己闷头去找。所以经常有人四处打探某某人的下落，大家见得多了，也就没有什么配合的热情了。因此小贾的驻留往往是白费时间，只好继续赶路。

通常，如果心情好，小贾就走左边的路，如果赶上心情不太好，就走右边的路。考虑到如果一直向左偏转，最后就会画出一个大圆圈，所以偶尔向右进行一下适当的校正还是有必要的。

小贾心情好的时候居多，心情不好通常是因为遇上了强盗。我们知道那时候虽然号称是天下太平的盛世，但是民间还是有不少的流寇，更有许多鲜为人知的妖魔鬼怪，社会治安的情况并不像舆论说的那么乐观。小贾一个人赶路，很容易招惹杀人不眨眼的匪徒或者饥肠辘辘的恶鬼。遇上这些，讲理是没有用的，只能动手。小贾本来是要寻找娘子的，结果娘子总是找不到，却找到了一群恶棍，所以心情就很糟。

　　小贾随身带着一颗定心珠，乃是飞刀带过来的贵重嫁妆，一共两颗，夫妻俩每人一个，戴在身上，一般的孤魂野鬼就不敢靠近，但对强盗是没有用的。小贾的剑虽然也随身带着，但是不轻易出鞘，一般他只是随便应付几下，只求能脱身。不过有时候被惹怒了，小贾也气得真动起手来，把流氓全部放倒然后闷闷不乐地离开。我们知道，有些大侠们放倒恶人之后总是喜欢说几句大义的话，再潇洒地扔下几块银子叫大伙回家做良民，但是小贾觉得这事应该是官府的责任，自己也没有多余的钱财可以乱扔，最主要的是这些流氓让人很扫兴，所以小贾总是一句话不说地开打，打完了就一声不吭地离开。因此，有些不服的人躺在地上问他名字想十年后报仇，有些服输的人想要让小贾做他们的头领，有些以结交些乱七八糟的人为人生乐事的家伙想要这位少侠留个大名，还有些刚烈的人要求小贾赐他们一死，但是所有这些人全都没有得到过回答。

　　有时候会遇见往自己家方向去的人，如果长得比较面善，小贾就说自己是薄暮山庄老庄主的远房亲戚，请这位好心的"兄台"给捎个口信，说很快就会登门拜访。

　　在寻找飞刀的那些日子里，小贾基本上不大过问江湖上的闲事。当然这倒不是因为他没有社会责任心，而是因为在当时的历史条件下，有些事是不能随便管的，这乃是临行时哥哥的叮嘱。哥哥年轻时胆大妄为，不但游荡于人间武林，还曾到已经堕落腐朽的天界和魔界混迹过，所以江湖经验丰富。他告诫小贾，倘若你去管闲事，很容易引起其中一方或者双方的不爽，万一不小心结了仇，人家就会千方百计地找你报复。你去天涯人家就铁了心地追着你去天涯，你去海角人家也至死不渝地跟着你去海角，这种海枯石烂报仇心不变的精神实在是可怕，人家一旦认定要追杀你，你就只好陪着他一起什么正经事都不做地亡命天涯。那时候又是不实行计划生育的，也就是说一旦得罪了一个人，就等于得罪了一个机构庞大成员复杂的家族，如果你在跑路的时候一时心态不够平和，失手把追杀你的人给结果了，于是人家的弟弟妹妹侄子侄女孙子孙女都要来和你纠缠，子又有子，子又有孙，这样你就只能像阿甘一样在前面带着头满世界地乱跑，身后像滚雪球一样跟着越来越多的子子孙孙，实在让人头疼想要死掉。果然如此，飞刀首先就不必找了，自己的家庭还可能受连累，最后搞不好还会像原子裂变一样搞出一场江湖大战甚至神魔大战，祸及武林流毒千古，这样的事，实在没有必要。

当然，最主要的一点在于，所谓是非曲直，绝不是轻易就能看得明白的。小贾认为自己在轻功这件事上是没得说的，但在判断是非一事上，自己还是不要随便乱讲话的好。

因此这一路上小贾通常是不声不响地赶路，在酒店里遇上有人喝酒打架时就和其他的老百姓们一起离开，绝不像有些自以为牛哄哄的人那样多管闲事，在街上碰见打把式卖艺的看也不看一眼，路过卖身葬父的扔下两个铜板就走人，在路上赶上黑社会火拼的就设法绕开。当然有时候实在看不下去也得出手管管，比如看见一帮人欺负一个弱者的，或者强盗劫了钱财还要杀人或者劫色的，此时小贾就掏出随身必备的蒙面头套，把脸遮住，然后一语不发地出去救人，救完了人马上离开现场。因为脸蒙着又不说话，并且他又从不施展独门武功，更绝不动用家传的法术，只采用一些常见的降龙伏虎拳什么的，所以别人就没办法辨别他的身份，省了许多麻烦。这个法子也是哥哥闯荡江湖时一边吃亏一边慢慢摸索出来的，所以说人若是有兄长是件很好的事。

在寻找飞刀的那些日子里，小贾大部分时间都是独来独往的，一路上没有结交什么朋友。我们知道当时人民群众的生活比较的枯燥，每日除了种地和生孩子以外，简直无事可干，更谈不上什么精神生活，所以一些年轻人由于精力过剩，整日混迹江湖四处结交些擅长惹是生非的朋友，管一些不清不白的闲事，动不动就要拉着别人结拜，有时候连别人的底细都不清楚就糊里糊涂地拜了关公，结果往往是日才发现人家是官府通缉的恶人或者罪行累累的妖怪，于是只能跟着一起被人追杀，还以贡献出自己的两肋给别人拿刀子插为乐事，插得越多就越觉得自己豪横，就越觉得刺激觉得爽。

但是小贾吃不消这一套，他要找自己的娘子，没兴致搞这些桃园结义的社交活动，所以不愿与陌生人攀谈太多，有时候路过庄稼地，也和田间的父老们聊聊收成和雨水的事，这些事小贾听不懂，但是总比听那些是非闲话要好得多。

在寻找飞刀的那些日子里，尽管小贾一直小心翼翼，但有些意外总是防不胜防。有时候会遇到拉帮结派的无赖的纠缠，若处理不妥，就有被捉到衙门里去给老爷下跪如果老爷不开心就要打板子的危险。下跪和被打这两件事小贾都不喜欢，所以只好再施展轻功逃掉。有时候会遇到相面算命的，有时候赶上官府搜查逃犯，还要接受盘问，甚至有时候还会碰到一两个疑心重重的猎灵师，用力盯着他看来看去，希望看得他原形毕露然后好借机过过屠戮的瘾，尽管小贾从来没有露出破绽，但这些事毕竟都很扫兴，却又避免不掉。

有一次是小贾在路上遇见一位老者，随便聊了几句，老者就热情非常地邀请他到府上一叙，小贾盛情难却，只好从命。这位老者乃是个酿酒大王，独家酿制一种名曰逍遥游的美酒。老者说自己和公子一见如故，膝下无儿，打算把酿酒之术传授给小贾。小贾这人天生厚道，对长者很恭顺，而那一阵子找了飞刀许久没有进展，听说前面又有一条岔路，想来想去就答应住了下来。

这一住不要紧，老者发现小贾很有学问人品也不错，突然提出要把女儿许配给他。我们知道，封建的时候女性是没有地位的，结婚这种事都是父母一句话，说是许给谁就是谁，两个毫不相干的男女往往忽然地成为夫妻，此事和爱情无关。通常一旦谈妥，男方下了聘礼，女方就把新娘连同嫁妆一同送过来，所以一个女子的价值大约等于聘礼减去嫁妆剩下的那部分。如今老者又多奉上一份酿酒

四部半

之法，说明这个女子一定很美。因为那时候天下不怎么太平，做女人很难，做美女就更难。一般来说，天下一流的美女都要被皇上召进宫里，进了宫基本就出不来了，有可能一直到死都见不着龙颜一回。这倒算是好的，命苦一些的有可能被送到边疆去和番，虽然后世会给你歌功颂德，可是成天和一些彪悍凶猛又不怎么洗澡的人生活在一起，吃些半生不熟的食物，不但消化不良，而且语言不通，难过的时候连个说话的人都难找，非常辛苦。剩下的要时刻准备着和嫔妃们钩心斗角争风吃醋下药投毒，万一圣上挂了，就有可能被活埋陪葬；万一圣上没挂，就有可能被赐死或者进冷宫；万一圣上的江山不保，就要背着"狐媚魅主"的恶名被杀掉。即使侥幸不必进宫，美女还要面临被大老爷逼着做姨太太，被有势力的恶少玩弄，被强盗捉到山上做压寨夫人等等危险。总之，如果哪家生了女孩子，心狠的就淹死在河里，心软的就盼着她长得丑一些，万一长得有些标致，爹娘就操碎了心，恨不能早日找个人家把她嫁出去免去一些祸端。

果然，这位姑娘亭亭玉立，诗辞歌赋琴棋书画样样精通，甚至有人说大雁迁徙的时候都不从她家上面经过，不然就会噼里啪啦地往下掉，总之是前途非常令人堪忧的那种极品美人。

当然，以上只是就人世间的表面现象，至于实际情况，也有其他可能。当时有些心理变态的猎灵师，虽然也有官府颁发的执照，但心术却不正，不以铲除恶灵为责，专以杀灵为乐，所以往往设下重重机关陷阱，遍布种种罗网诱饵，诱使人间的非人族们露出破绽，一时冲动下做出什么不轨之举，于是这些变态们就趁机动手，大开杀戒。因此，老者也可能是个阴险毒辣的变态，而那个美女则是用来迷惑人心的幻象。这样想很煞风景，却很务实。

总之，小贾闻听入赘一事，顿时吓了一跳，连忙说自己已经成了亲，老者叹了三叹方肯罢休。小贾向老者就此告辞，老者说不便强留，于是送给他一壶逍遥游，小贾谢过后就启程了。送别的时候小贾向那位姑娘说了声保重，姑娘咬着唇点点头，小贾便翻身上马，一路向西去了。

许多年以后，他偶尔还会想起这件事，还会依稀记得当年自己离开时，身后目送他离去的那双黯然伤神的眼睛。

3

在本节中，小贾陷入了回忆的迷宫，在往事的碎片所虚构出来的宫殿里久久地独自徘徊，在那些金碧不再辉煌的长廊里沉醉不知归路，并且一度相信只有这些逝去的事物才是真实的。诚然，我们对世界的全部自信都是建立在对过往的回忆之上，长久地迷恋那些一去不返的影像最终只能使我们在逆流而上的路上不停打转，最后精疲力竭。当然，这件事也有积极的一面：能平静地徘徊在记忆的迷宫里说明小贾还很年轻。在本节中，小贾还是很年轻的。

小贾来到拉兹客栈的时候，狂风大作天色阴暗，此事发生在他离家的四五年之后。

由于几十代都生活在人间，所以非人族的身体也变得容易衰老，生命和常人一样短促。过去的人们平均寿命是很短的，四五年可以说是一段很长的时间。不过我们也知道那时候的生活节奏是很慢的，苍生们不像现代人这么觉得时间不够用，大家该种地的种地该做官的做官，今天读的经书和昨天读的一样的不知所云，今年种的庄稼和去年种的一样的半死不活，甚至今天纳的小妾和去年娶的老婆也是一样的争风吃醋，每天都是差不多的样子，这就是所谓的天不变所谓的道亦不变所谓的万古纲常，人们都这么心安理得地活着，莫名其妙地重复着，不知不觉地老着，最后也都不情不愿地死掉了。这么说来，四五年的时间其实又并不长，于是我们就理解了为什么许多有毅力有恒心的人动辄就喜欢搞一个一别十几年不见，虽然听起来很凄凉很吓人，其实做起来并不很难。

不过岁月还是在小贾的脸上留下了一些到此一游的证据，比如他的嗓音变得更低沉，脸上的胡须也更坚硬了。本来按照第一个五年计划，此时的小贾应该由少侠成长为一个大侠了，但是由于小贾一路上的低调作风，所以客栈里虽然不乏一些牛×人物，但是没人知道这个骑白马穿白衣的年轻人是谁。

老板娘名叫小凡，头上总喜欢包一块青布头巾，据说是因为这里风沙大的缘故。但是据小贾看来，这块头巾应该另有用途。能在这种地方开客栈想必不是一般的买卖人，我们又知道武术本来是用来强身健体的，习武之人因为经常科学地锻炼身体，血液循环通畅，运动量大胃口好，睡眠质量也比较高，所以看起来比较神清气爽。而且，同样作为居住在人间的少数民族，非人族彼此遇见还是有些感觉的。因此小贾见了小狼和她手下的几名伙计，看得出来他们都不是一般人，当然这几位也看出小贾不是寻常的赶路人，不过彼此心照不宣。

小贾要了一间上房，小凡没问什么，只是叮嘱他这里鱼龙混杂要多留神。

至此，小贾已经到了中土文明的边缘地带，我们有必要对这件事解释一下。以前，小贾认为寻找飞刀是个数学上的追击问题，解题思路如下：把对飞刀的一般了解作为初始条件，然后四处搜寻有关飞刀的消息，尽力追踪飞刀在不同时刻留下来的蛛丝马迹，根据这些情况来建立一个表示飞刀轨迹的可能的方程，然后将其作为理想曲线并尽量使自己的行程与之较好地拟合在一起。可是他并没有找到有用的情报，自己只能信马由缰地找寻，而且随着岁月的流逝，他越发不能确定自己对飞刀的那些了解究竟是否可靠。最关键的是，用这个方法解决追击问题会产生一件非常让人困惑的事：如果飞刀到了某个地方，自己急忙追寻上去，那么在这段时间里飞刀已经到了另一个地方，他又必须立刻再追上去，如此一来，他就永远都落后飞刀一步，也就永远都追不上飞刀。

意识到这个芝诺悖论之后，小贾决定改变思路：自己驻留在某一点上，如果飞刀在不停地移动，那么就有可能某一天给他撞上。这听起来好像守株待兔很不积极，但是他可以借此记录下经过这一点的所有人的情况，那么其中就有可能有关于飞刀的信息。这其实就是流体力学里面的欧拉法，而之前的思路则是拉格朗日法，理论上两者都可以解决问题，但欧拉法通常容易求解，所以小贾守在拉兹客栈并非因为热情减退，而是有科学根据的。

能变换思路说明小贾很年轻。年轻是件美好的事，但也让人犯愁，因为它不会老老实实地待在那儿让我们从容不迫地想出珍惜它的办法，而是时时刻刻在逼着我们采取行动，最要命的是，不管你干了什么，最后你都得失去它，因此青年人往往不知该如何对待年轻这件事，以致产生许多困惑。小贾年轻的时候就有过许多困惑，比如会想人生的意义何在。本来，精灵们是不会想这个问题的，他们可以在自然界中不断地转化，不幸的是他们来到了人间，而且像人一样生老病死、悲欢离合，所以生死也就成为他们的困惑。圣贤们喜欢说什么事可以做什么不可以做，却不太高兴去充分地论证为什么可以做以及这样做对于人终有一死来说有什么帮助。有些怪人说活着就是为了受罪，这等于劝我们去死，这种没人性的说法简直令人发指。也有人说活着就为了来世，但对来世这种事谁都不太有把握。普通百姓则认为活着就是为了成家生子以便把香火传递下去，这等于说活着就是为了活下去，还是不能让人满意。甚至有人说活着就是为了死，这样奇妙的理论小贾也不能接受，因为虽然不

四部半

论是谁最后都只有死路一条，但是死对于年轻人来说只是故事的情节而非结局。

为此，小贾还曾经拜访过一位禅师，据说禅师都是智慧绝伦的人精，是人类中的精灵，那么想必关于死生之事也极为明了，可惜小贾刚要开口时，禅师却竖起了一根食指，意思是说这就是答案。可是小贾慧根太浅，不明白一根手指算是什么意思，于是带着困惑怏怏地离开了，禅师则摇摇头闭上了眼。

后来小贾遇上了飞刀，觉得与飞刀生活在一起会是一件有意思的事，只要有了意思，意义啊什么的问题就不必理会了。可是飞刀跑掉了，小贾觉得自己有责任把飞刀找回来，这件事不那么有意思，但是他至少在找到飞刀之前也无须追问人生的意义了。

通常小贾白天会去街上走走，四处转转，偶尔也去郊外蹓蹓。小镇虽然不大，但是还比较热闹，赶上集会的日子，就有点小繁华的意思了。碰上价钱公道的，小贾就买上两斤葡萄干拿回客栈和大家分享。而波斯商人的摊子总是最奇怪的，什么杂七杂八的玩意儿都有，不过小贾只对水晶球感兴趣。据说从这东西里面能看见你想要知道的东西，虽然有点心动，但是那东西要五百两白银，小贾身上的银子不多了，因此买不起。等他要走的时候，波斯人说五十两也可以商量，小贾觉得虽然可以商量，但是此人是个骗子，就转身走了。

晚上会有些无聊，报纸和广播还要等上几百年才出现。天黑以后，时光开始变得寂寞难耐。大家只能在昏黄的油灯下喝点小酒，嗑点瓜子，吃点葡萄干，漫无边际地聊着天，可是由于万古纲常天下没有新鲜事，又不能说皇上的坏话，所以聊来聊去，话题越来越少瓜子皮越来越多。瓜子嗑久了门牙上就会留下一道豁痕，因此那时候虽然没有良民证，但是只要门牙上有豁儿，就说明这个人很本分，只是嗑瓜子聊闲天而不干坏事，而据说那些造反的人通常都是

小贾飞刀

门牙上没有豁儿的人，因此官府很注意对于葵花的种植管理。由此推论，那时候打官司的话，门牙上没有痕迹的人也会比较的不利。当然瓜子嗑多了，嘴就会麻木，胃也很不舒服，如果瓜子炒得火大一些，那么嘴巴和手指还会变黑，所以大家嗑到一定程度，就只好去睡觉了。

睡觉的时候总难免做起梦来。小贾年轻的时候就经常做梦，后来大半忘却了。通常回房后他连灯都不掌，甚至一躺下去就沉入梦中。梦如此多，以至于使人神经衰弱，小贾偏又不是个诗人，所以拿这些梦很没有办法。这一路上，他总是梦见飞刀。没完没了地梦见。

他梦见在某个地方找到了飞刀，或者飞刀忽然在某个地方失踪了，然后醒来了，心里会有些难以排遣的惆怅，有些许的迷茫。这时总能听见外面刮着狂风，风声很凄凉，小贾心中一阵阵的不安，不知道飞刀一个人在这个人心险恶的世界上，在某个角落，是否安全，是否和他一样这样静静地、孤独地躺着。

有时候风很大，飞沙走石，石子撞在窗户上，塞外的孤魂野鬼抵挡不住肆虐的狂风，也想找个地方躲藏起来，小贾怀里揣着定心珠，鬼魂们不敢靠近，在他窗外良久徘徊，哀鸣不已。小贾就听着这些单调的声音，躺在床上发呆，辗转反侧，彻夜难眠。

有时，天色灰暗，空气中飘满了黄土，蔽日遮天。那时候没有沙尘暴这种说法，人们管这种天气叫作"霾"。每逢此时，为了稳定民心和维护社会治安，本地的老爷就下发临时的戒严令，然后看哪个差役长得不顺眼，就派出去巡逻。外面能见度非常低，两丈开外的东西完全看不清，巡逻的差役就很紧张，万一听到什么动静，就赶忙站住，手紧握着刀柄哆嗦，壮着胆子问："什么人？"那边儿赶紧回答："老实人。"这边儿喊道："天下太平。"那边儿对上："皇上圣明。"这样大家就知道是自己人，松了口气。普通百姓不知道这套暗语，回答不上来就要被当作居心叵测的强盗甚至胡人的奸细捉起来，所以大家都守在家里不出门。虽然是大白天，客栈也门窗紧闭，屋里点着油灯，和晚上没有两样。

这种时候，小贾干脆连房门也不怎么出，一个人盯着房顶发呆，想知道究竟哪些事情是真实的：是自己此刻躺在离家很远的地方发痴，还是在大雪中第一次遇见飞刀？自己的存在是否真实呢？是否闭上眼再睁开，自己就会在另一个地方，变成另一个人？小贾想知道自己如果没有活着会是什么样子，但这又是想象不出的，于是他就继续发呆。

只是到了吃饭的时候小贾才下楼，于是看见其他的客人聚在楼下的大厅里喝茶聊天，一副百无聊赖的样子；店里的伙计端茶倒水，一种心安理得的样子；小凡坐在柜台后面一只手支着头，头上包着那块青色的头巾，一种若有所思的样子。于是小贾在一个角落里坐下，要了一壶烧酒闷声喝起来，一种孤独的样子。

旁边的人会一边喝酒，一边谈论江湖上的传闻，内容离奇，语调低迷，表情诡异，一副神秘莫测的样子。那时候，消息主要是通过这些南来北往的旅客散播出去的，可惜的是有些人具有妄想狂的毛病，传播消息的时候总是喜欢加上一些他确信发生过的细节，但其实只是他的幻想。于是一件事从中央传到地方的时候往往面目全非，谁都不知道究竟发生了什么，因此对于这些传闻小贾是持保留态度的，即便那些关于人的鬼话可能无意中道出了某些人间的真相，却也可能是非人间的假象。不过他还是细心地听着，希望能有些关于飞刀的消息。可大家却热烈地谈论诸如江湖上一位声望很高的和尚办佛学研讨班或者英雄榜上目前人气最旺的大侠之类的事，对这些小贾都没有兴趣，所以喝了酒之后就晕晕乎乎地回房睡觉去了。

旅客们你来我走，彼此之间不太容易产生情投意合的感情。只有小贾这样的长客，才会和店家混熟。不忙的时候，小凡会请小贾喝一杯。这里的葡萄酒真是没得说，尤其是刚从酒窖里取出来，那

小贾飞刀

叫一个冰凉甘甜，口感极佳，喝了之后可以忘情，所以叫作"忘情酒"。这样的美酒不能多喝，因为喝多了就会醉，所以又叫"醉生梦死"。

　　小贾很感谢小凡，但是他不太擅长表露自己的感情，何况这一路上他见过的所谓世面，到底还是无聊的居多，因而没有什么话能说。小凡知道他还没有找到飞刀，因而也不多问，两个人只是喝酒，随便聊聊，然后就沉默了。

　　大部分时间小贾还是一个人度过的。通常一个人独处的时候有两种情况：一是自言自语，也就是和自己说话，于是慢慢地产生了人格分裂，成了疯子，这当然是件危险的事。另一种是只动脑不开口，于是慢慢地发生口腔肌肉萎缩，成了哑巴，这当然也是件不好的事。这说明任何事发展到极端都是危险的。不过相对来说，年轻人少说话比较好一些。小贾因为身边的面孔总在变化，所以做到沉默并不难。幸亏他生在古时候，不用面对大学生就业这一类问题，否则他这样寡言的人最后可能饿死街头。所以说，有些人之所以不幸，乃是由于他们生错了时代。

　　许多年以后，有些直肠子的人问小贾为什么不辞辛劳地要寻找飞刀，飞刀那么野，甚至连脚都没有裹过，有什么好的。小贾只是淡然一笑没有说什么，但是这个问题他在客栈独处的时候也想过。以前他的心态有点不平和，总想把飞刀从这个世界的某个角落里找出来，问问她为什么如此无情地离去，但是现在躺在客栈里，听着外面的凄厉的风声，小贾明白了：自己只是喜欢看见飞刀，喜欢和飞刀待在一起，除了这些，他不想再要别的。因此他要找到她，然后把这些话告诉她。至于飞刀是否愿意跟自己回去继续过日子，则是另一回事了。

　　小贾近来失眠的时候多起来，梦虽然做得更多，梦见飞刀的时候却渐少了。而且，虽然他确信梦见的是飞刀，却总是看不清飞刀的脸。有时候夜里醒来，想起刚才的梦，心里一阵的失落，就难以再入睡，只好静静地躺在床上。有时能听见隔壁的鼾声，或者床底下的老鼠不安分地跑动着，或者竟没有声音，于是在无声的寂寞中等待黎明。

躺着的时候小贾开始回想飞刀的模样：大大的眼睛，像苹果一样红红的脸，偶尔笑得太得意会忘形，结果会露出两颗精灵的犬齿，锃锃发亮……然而，到这里也就完了，他再也想不起别的内容了。飞刀的样子竟然就这样悄悄地流逝掉了。自己会这么慢慢忘记曾经喜欢过的人吗？这念头实在让人难过。

为了记起飞刀的脸，小贾坐起来，翻开行囊，找出随身携带的飞刀的画像。当初他还想过找人画几十张贴出去登个寻人启事什么的，不过那时候江洋大盗太多，官府捉拿不过来，就时常悬赏通缉，所以有些见钱眼红的人一看见张贴的画像就以为是通缉犯，也不问青红皂白就撕下去捉人。所以小贾就放弃了这个打算，只在想念飞刀的时候拿出来看一看。不过，这画像虽然出自名家之手，小贾却越看越觉得不像，虽然飞刀什么模样他已经记不清楚，但他确信飞刀并不是这样子的。

飞刀是什么样子这件事不太好说清楚，我们只知道，虽然这两口子都是熟读诗书的文化人，但小贾从未叫过飞刀"娘子"，飞刀也没肉麻地喊过"官人"。飞刀有时候也会害羞，虽然她伶牙俐齿，经常和自己的哥哥斗嘴，但是如果哥哥拿她和小贾开玩笑，飞刀的脸就会立刻红起来，好像小樱桃一样。

当然飞刀的脸并不总是红红的，有时候她会爬到屋顶上揭下几块瓦片，跑到河边打水漂。这时候在银色的月光下，飞刀的脸就变成了一种细腻的白色，不过她看起来仍然不像一个古典主义的娘子。

当然，和小贾成亲的时候飞刀又长大了一些，举止上有所改观，至少拜堂那天没有什么惊人之举。可是小贾还是不知道该如何称呼她，总觉得"娘子""夫人"之类的和飞刀联系在一起很别扭，结果两个人入了洞房之后坐在一起一声不吭，尴尬异常，最后飞刀实在忍耐不住了，一把将盖头扯下来，长出了一口气说："闷死我了！"

飞刀大概就是这个样子。提起这些的时候，正是午后，天气少有的晴朗温暖，小贾和小凡坐在菜园里聊天。客栈后面的这一小片菜园种了几棵菜，小凡时常地会来这里照料一下，有时小贾也被邀请来一起晒太阳。看着这些菜从泥土里长出来，一天天地长大，他能和小凡一起体会到一种莫名的快慰。阳光暖融融地照在脸上，舒服得很，小贾刚刚讲了飞刀的一些事，然后默默地打量那几棵菜，这时候小凡忽然打破沉默说："如果你一直找不到她……"小贾听见了，但是没有回答。这时候一阵秋风吹来，明朗的天空上飘过一片薄薄的白云，小贾望着天空发呆。

4

在本节，小贾寻找飞刀的事情是否会出现转机，仍然难以预料。不过有一点可以肯定：神仙也好，妖怪也罢，不论精灵还是凡人，我们的激情和力量，总会随着时间慢慢地消融掉。有一天我们会变得苍老无力，我们拥有的一切都会失去，于是我们会对年轻时候的爱和悲伤付之一笑。这样的一笑也许凄凉，也许有些难堪，但你总不能太苛责，因为你终究不能责难一个人的渺小。

小贾把目光从天上收回来的时候，一阵风袭来，有一种孤独的味道。小贾坐在山庄的凉亭里，望着那条通往山上的路。

　　　　　　　　四部半

有人根据上面的意象推测说小贾其实根本就不曾离开过薄暮山庄，而是一直守在凉亭等候飞刀的回来。这种说法固然浪漫凄美，但是听起来不够积极，何况世上只有望夫崖，没人听说过望妇亭，而且它无法解释小贾那经历了风吹日晒后疲惫的眼神。根据我的考证，实际情况是：小贾一路到了拉兹客栈，在客栈里一直住到了身上的银子大约刚好还够回家，仍然没见到飞刀可能会去那里的丝毫迹象，于是和小凡等人辞别，踏上归途。

如此，小贾寻找飞刀这事似乎以失败告终了。不过，他既然已经守了那么久，听了那么多过往旅人的闲言碎语和人来来往往，看过那么多塞外的日升日落朝阳如血夕阳如画，而仍然没有发现任何有用的情报，所以眼看着菜园的菜一茬又一茬，自己的小白马慢慢变成大白马以至于有点老白马的趋势，小贾就终于决定是时候回家了。

我们知道，小贾去的时候前面的路总在不断地分岔，而回来的时候，路却依旧在不断地分岔。这并不难理解：如果路的秘密在于"分岔"，那么就要求在任意方向上保证它的分岔性。从另一个角度来看：如今在他面前，一条是回家的路，另一条就是当年他所放弃的另一种可能，既然他现在目标明确地要回归到家这个状态上面，所以即使前面交错出千万个世界，他也只有一条路可以走了。这件事说明，人生在开始的时候是从一点扩散向无限的可能，而后来则从无限的可能收敛于一点。

小贾尽量谨慎地按照来时的路线往回走，好像一个在雪地上行走的人转过身踩着自己来时留下的脚印回去一样。这样，等他到了山庄，一切也许就会回到过去。但是，许多事却都和来的时候不一样了。近来不但风不调而且雨也不顺，乡间的小路旁许多蝗虫在蹦来蹦去，而朝廷的各种捐税却不见减少，百姓们愁眉苦脸的时候也就多起来了。各地寺庙的香火也不如从前旺盛了，酒店客栈里的人聊起天来声音也更低，听说各处的边关受到蛮夷的骚扰也多起来，不知小凡们的生意是否也比从前冷清；店铺的货物有时竟也会短缺，若是药材铺的老板为难地摇头，抓药的人就只好请郎中再另开一服药，或者只能挺着了。富人们依旧奢靡地过活，穷人的日子则比以往更艰难了。以前住着人家的地方不少都荒废了，长满了杂草。以前的荒野深山里强盗却多了起来，并且武功也比前辈们有了长进，大都会个三招五式的，因此倘遇上，也就比以前更难缠了，无怪乎圣贤们都在悲叹，说世风日下、人心也都不古了。虽然圣上有一年梦见了仙人因而改过一次年号，大赦过一次天下，百官交口称赞过，各地的祥瑞之兆不断出现过，万民也庆贺过，甚至传说神龙也在某处出现过，然而据小贾亲眼看来，国运究竟是有些衰微了。

回来的路上，小贾特意去拜访那位酿酒大王，然而却没有找到那处居所。小贾向周围的人打听这一家人的下落，却得到了不同的回答。有人说这家人因为开罪了县太爷，老人家被捉去蹲了大牢，女儿则沦为别人家的婢女。有的说是姑娘被强盗掠去做了压寨夫人，老头子伤心而死。也有人说老家伙经营不善欠了债，于是变卖家产带着闺女远走他乡。更有甚者，说这里根本就不曾有过什么酿酒大王，所谓的什么逍遥游更是闻所未闻。看来没有人真的知道发生了什么，也没人想要弄清楚事情的真相，大伙都陶醉在自己的编织出来的回忆里，并且深信不疑。总之，人们已经开始遗忘了。

如今不但人面不知何处去，桃花也不知哪里寻了，小贾虽还依稀记得那年桃花盛开的时节里，为他送行的那个白发老者和红颜少女，但那苍老的面孔和那多情的双眼，轻盈的春风和随风飘落的花瓣，似也都不太真实了。

这趟旅程虽然没有实现初衷，小贾倒也意外地领悟了一些东西。我在他的笔记中找到这样的话：

阴阳生四象，四象生八卦，八卦生万物。物本无灵，

四部半

人使之聚，列之以序，乃得其族，此谓之法也。然天意
无常，人力何微？于是法废而族衰，序乱而物散，则万
物复于八卦，八卦并于四象，四象终归于阴阳矣。

这意思是说，所谓人生，不过努力地去经营一些东西，使分散
于世间的物质按照某种秩序聚集在一起，成为财富，组合出家庭，
繁衍出家族，可是有一种外力在不断地拆解这种努力，由于人的力
量有限，因此渐渐力不从心，最后无力地撒手而去，于是有家道中
落，有人去楼空，万物又回到世间去了。也就是说所谓的"天意"
有把有序变为无序的倾向，这在热力学上叫作熵增原理。当然小贾
不是一个学者，不过是随便想想，随便写写，并没有深入地研究下
去，当然也就不必考虑热寂这个可怕的结论。因此我也不能说中国
早就有热力学第二定律的思想。

如今他终于回到了山庄，家里自然欢喜非常。老爷看到儿子终
于浪子回头，内心自然高兴，表面上却只是严肃地点点头，老夫人
则不免哭了一番。兄长不在，据说皇上为了加强边防，前一年大征
了一回兵，哥哥被召去做了教头，最近来过一封信说是升了参军，
这么说官运还算亨通。嫂子刚生下一个女儿，于是小贾发现自己刚
一回来就给人做了叔叔。侄女还不会说话，也没有正式取个名字。

如今小贾终于回来，两位老人多少有些安慰。不过小贾却倍感
责任重大：以前的老管家忽然得伤寒死了，新请的管家对山庄的事
务还不熟悉，哥哥又不在身旁，操持家业的重任自然由他来承担。
何况老夫人虽然从婆婆晋升为祖母，着实欢喜了一阵，只可惜到底
是个女孩，多少不能如意，抱孙子的热情自从小贾回家后就重新萌
生起来，所以也曾有两次暗示着要给小贾再择一门亲事，对此小贾
则一直不予表态。

回来后小贾也不时地去看望一下岳父岳母大人。两位老人这些
年来思念女儿，头发又比先前多白了几根，如今见小贾还肯不时地

来探望，心里既有些过意不去也很满意，偶尔也会说一两句委屈了贤婿之类的话。小贾照例恭敬地听着，并不说些什么，直到太阳沉沉地要落到山后面，屋子里终于慢慢暗了下去，多少有些要掌灯的样子，小贾才起身告辞。

现在小贾每日又按部就班地生活起来。早上起来先吃早茶，然后接着听听管家有什么事要汇报，小的事情就当即决断，比较重大的事就要和父母商量。当然多数的时候并没有什么事情发生，于是他到山庄的四处走走。父亲的哮喘时好时坏，因此虽然不能说那位面容和善的老大夫开的药有用，但也因此不敢说没有用，所以小贾定期地到山下的镇子上去抓药，顺便买些布匹和小玩意儿送给嫂嫂和侄女。母亲的身体很硬朗，只是心里总是寻思着要小贾给她生个孙子。嫂子每天想念着丈夫，看着女儿一天天长大，心里欢喜得丝毫没有察觉到自己的眼角上有了鱼尾纹。侄女已经会叫妈妈了，幸而她离着跟母亲要爸爸的年纪还早。新管家已经熟悉了山庄的事，媒人们隔三岔五地也会过来讲一些门当户对的富家小姐的情况，虽然不是精灵一族，但听说都是裹了脚的端庄女子，老夫人自然中意。小贾明白，即便将来的子孙身上流着更多的人类的血，母亲也不会在意的。流着哪种血不重要，重要的是怎样的活着。不管是精明的精灵最终得道成人，还是笨拙的精灵被人类赶尽杀绝，他们这个种族迟早是会灭亡的。然而小贾似乎并不动容，还是偶尔在书房里读读古书，给远方的朋友写写书信，并且每日依旧会去那个凉亭处守望，于是老夫人只好叹气。

过去，在寻找的路上，他也曾在客栈里守望过，如今他可以无所顾忌地一直守望了，也许某一天会放弃，也许一直到死。虽然活得无甚滋味，甚至夜里也已经不常做梦了，但是就像所有的平凡人一样，日子终于还是这样一天一天地过来了，一切也不过如此。

秋风是一天凉比一天了，小贾每日坐在山庄的凉亭里，也需

四部半

加件衣服了。不管庄稼的收成如何，一到了这个时候，地里的活儿忙完，大家都没什么事可以做了。有钱人穿上棉袄棉裤，在生了火炉的屋子里喝着热茶，一边流汗一边干些乌七八糟的什么事，无聊得要命。穷人们和苦命的孤鬼们只能全凭身体跟严冬死磕，一部分战斗力弱的就被某个冬天留下来，另一部分则有幸挺到春天，于是可以松口气，再想办法怎么活下去，这之前也比较的无聊。总的说来，所以除了一小撮从中央被贬到地方去的官老爷和不少被充军发配的犯人以及极个别斗胆敢上京城告御状的刁民还在路上奔波，全民都很无聊。就连那些喜欢四处乱跑凭吊古迹的骚人墨客们也都老实下来，固守在这个世界的某个小角落里，消磨时间。

盼了许久的雪终于下了起来。眼看到了年关，哥哥也快要回来了，家里上上下下一团喜气，忙忙乎乎准备过年。小贾望着窗外的鹅毛大雪，心血来潮，一个人披上大衣出了门。

漫天飞舞着雪花，天地之间飘满了白雪，似乎从盘古的时候这世界就一直在下着这样的雪。飞雪扑面而来，小贾眯着眼独自在雪地里走着。脚下的雪松松软软，踩上去发出咯吱咯吱的声音，小贾留下了一串长长的脚印。

也不知走了多远，也不知走了多久，小贾来到了一片开阔的空地。只有一棵老树立在那里，银装素裹的样子。小贾停下来，望着这棵老树，回忆起一些过去的事。人在尘世间来来往往，然而树却总要在一个地方生根的，并且永远不再离开。不管多少变故，只要这棵树还在这里，有些东西就能经得起时间的冲磨，即使褪了色，也不会被带向那遗忘的远方……雪就这么纷纷扬扬地下着，老树就这么一动不动地立着。小贾的思绪很乱，所以当一颗大雪球从树后面飞过来的时候，他竟然没有能躲开，结果鼻梁上结结实实地挨了那么一下。冰凉的雪水在脸上引起一阵热辣的痛楚，眼泪也被挤了出来，同时耳边响起一阵清脆的笑声："哈哈，打到你了！"小贾急忙伸手擦了擦眼睛里的泪水，睁开眼努力地望着前面，模模糊糊地看见树后面走出来一个红衣女子，正站在那里得意地欢笑，然而雪实在是太大了，眼睛里的泪水也没有擦干，小贾看不清她的脸。

5

　　由我考证出来的这个故事到这里就完了，像所有的故事一样，它也不能完全让人满意。虽然它曾一度按照作者的意图发展过，解决了一些问题，却同时也按照它自己的意愿制造了一些新的问题。比如说这个扔雪球的女子是否就是飞刀呢？如果不是，她又是什么人？飞刀为何出逃呢？精灵们最后灭亡了么？对那些喜欢问"后来呢"的人来说，这实在不能让人满意。为了避免不必要的麻烦和猜疑，我在此只想补充一件事，这件事小贾不愿意提起。

　　关于新婚之夜，前面已经说过，两个人进了洞房之后都不吭声，后来飞刀实在闷得透不过气来，于是自己把盖头扯了下来，长出了一口气说："闷死我了。"小贾看见飞刀终于露出了巾帼本色，于是就笑了，结果把飞刀笑得脸上一片红云。

　　飞刀作为新娘子，心跳得很快，往日的嚣张气焰暂时都不见了，只是低着头不言语。小贾看着她，想到以后自己就是飞刀的丈夫了，可以每天和她在一起过日子，感觉有点甜丝丝的，也有点怪怪的。两个人又干坐了半天，桌上的红蜡烛已经快要烧尽了，最后还是飞刀忍不住，说了一句"困了"，然后就躺在床上闭眼不看小贾。

　　外面的酒宴还没有散去，隐约听到几声喧闹，烛光摇曳，小贾有一种小时候过除夕夜的感觉。他恍惚着，一个人坐到蜡烛快要烧到桌子的时候，才站起身把它们吹灭，然后轻轻地走到床前，在飞刀身旁躺了下来。

　　小贾在黑暗中闻到飞刀身上有一股淡淡的香味，但是不敢翻身，怕惊动她。黑暗中只有两颗定心珠在幽幽泛光。其实飞刀根本没有睡着，心咚咚咚地乱跳，只是小贾没有听见。飞刀听不见什么动静，不知道这个笨蛋是不是一个人睡着了，但是又不敢睁眼看，所以心里有些生气了。忽然自己的手被小贾握住了，飞刀吓了一跳，于是转过身瞪着小贾幽怨地说："吓死人啊！"说着露出两颗精灵的犬齿，锃锃发亮，看上去很危险，但她的手却没有抽开。小贾没想到她还醒着，也愣了一下，却没有说话，只是呆呆地望着飞刀的双眼，忍不住伸手摸了摸她的脸。飞刀顿时安静下来，犬齿也不见了，心里扑通扑通地跳，呼吸也急促起来。两个人这么对视了几秒钟，小贾忽然笑了："真好。"飞刀愣愣地望着小贾，脑袋里一片空白，忽然间垂下眼，一头扎进小贾的怀里，抱着他轻声啜泣起来……

　　关于新婚之夜的事，大概就是这个样子了。也就是说，并不存在谁欺负了谁这个问题。飞刀后来哭累了，两个人就那么和衣而眠，整整抱了一夜。

　　后来的事大家都知道了：飞刀跑掉了，小贾去找她。再后来小贾没找到，就回家了。如果到了这里还有人要问飞刀为何离开，我就实在不知道该怎么给你解释了。至于再再后来的事，有人说小贾一辈子独身或者又娶了老婆，有人说几年后他又找了一次并且最后找到了飞刀，还有人说飞刀自己回来了。这些都是可能的，甚至有人说两个人不但最终团聚，飞刀还给小贾生了个儿子，这也是可能的。谁知道呢，谁在乎呢？反正那一夜，他们可是紧紧地抱着呢。

后　记

这是我的第 4.5 本书。

之前的短篇集，几乎没有重复收入的篇目，算是实实在在地出过四本书了。这次则是所谓的精选集，除了个别写作时间较晚的，余者皆从前四本书中抽选而来，因此算不得"一本新书"，充其量只能算半部。为了不让自己和读者产生"笔耕不辍"的错觉，因此取名为《四部半》。

自 2003 年发表第一篇小说起，十数载倏忽而逝，而令人满意的作品却不多。翻检文件夹，最后勉强挑出了十五篇，制造出了一种平均每年有一篇作品还可以的感觉。不过，其中一篇因未能完成等原因，只有存目而无正文。

除两篇早期的奇幻青春故事另行排列外，其余篇目均以写作时间为顺序。

自写作博士论文开始，人生好像从过去的松散而突然变为密实。这几年来，我始终怀有一种幻想：最近有要紧的任务，写论文啊，找工作啊，准备材料啊，申报项目啊，筹备会议啊，撰写报告啊，填表啊，填表啊，填表啊……尽管有些任务极无聊，在未来很可能由人工智能完成，也就是说，完全体现不出什么个人天赋和创造性，因此其最终的价值和意义是颇可怀疑的，但仍觉得需要认真对待，想要做得有点样子，以便对得起组织上的信任，或者为下一步的人生做好铺垫之类的，于是便产生焦虑，然后觉得，哪怕这段时间先不搞创作也可以。总之吧，就是一种"创作啊什么的是私事，工作是公事，既然自己不是三头六臂的能人，那就先把写作推一推吧"的觉悟。结果如你们所知，就是一推再推。曾经天真地以为，手头的事情总有处理完的一天。然后如所有成熟的人所知，其实并没有这样的一天了。事情看来总是一件挨着一件，直到退休。

然后就一边焦虑于没有新作品，一边安慰自己说：没关系吧，虽然没写小说，不是写了很多报告，填了很多表，办成了很多事吗？此外，还修改了那么多遍论文的格式和参考文献呀。不是不断解锁了新的学术期刊，发表了新的论文，实现了新的突破吗？反正，只要忙忙碌碌，没有浑浑噩噩地虚度，也就大概对得起自己和广大人民群众了吧。

于是就在这样的忙碌和充实中，暂时地安抚了良心上的不安。

然而，时不时地，会有某个自称看着我作品长大的人冒出来问："最近写什么了呀？等着你出新书呢。"

这时心里就会震一下，思考起过去所写的东西究竟有无价值。若说有，总觉得不该是现在这样子。若说没有，为什么还有几个人记挂着？也许只是客气话吧。或者虽有，但只有一点点？

震动完了，看看手上的多线程任务进度表，就又陷回到"我想写小说啊"和"实际上没有写小说"交缠的状态里了。偶尔被朋友问起，也只是习惯性地回答："近来杂事太多了……"

可没承想，有一天，韩松老师竟然说："这不是理由啊，我杂事也很多。"

一时间，我竟无以反驳，最后只好说："不过，您睡得少啊。"

"其实也不少。"

这是完全不给人退路啊。

"还是要坚持写呀。以前写的一些也很好，但应该还有一个东西，一个还没有写出来的东西。"

听到这种勉励，心里便充满了感动和惭愧。

说来也是，想写的话，总能抽出时间吧。地球上有很多作家，就算不睡觉、不吃饭、生病了、去旅游、坐火车、坐飞机、坐轮船、坐地铁、坐公交……也还是要写东西。这种人我就认识几个。那么，是我的写作激情消减了吗？这么一想，就又焦虑了。作家这行，真伤脑筋，完成一个作品后的成就感，也就够酸爽仨小时，然后，必须写出新作以证明自己创造力持续存在的新一轮焦虑，就又开始了。

这是不是对衰老和死亡的一种恐惧心呢？

年轻时想得挺好：只要有一腔热血，就可永葆少年之心。就仿佛苍老颓唐什么的，只属于那些庸常的人生，自己却属于另外的一群少数例外。然而就在那日与夜的延绵交替之中，生命就那样慢慢地变化了样貌。说到底，之前能那么信心百倍，恰是因为年轻啊。也正因为青春易逝，所以才宝贵。

不过，就算青春逝去了，又怎么样嘛。体会生命的各个阶段，感受它的流转和完成，不也是挺有意思的吗？那么，在新的情绪下，也可以尝试写点新的东西吧。虽然不敢保证越写越好，但是越写越多是一定的了。只要能坚持下去，就始终有机会去继续寻找那个还没有写出的东西来吧。把这条道路当做一场漫长的捉迷藏游戏，也是很鼓舞士气的。

就这么愉快地决定了。

那么，这半部书就算是对过去的告别。为此，要感谢过去的自己没有非常的倦懒，多少留下了一点生命流逝的痕迹，虽然不尽如人意，但它就是这样了。

此外，也要感谢这套丛书的主编杨庆祥和编辑李宏伟给了我一个契机来回望过去。感谢我的父母和亲友，你们的支持和鼓励，让我有幸能一直做着自己喜欢的事。感谢我最严格的读者妙苗，你总是在第一时间给我最中肯的意见和鼓励，并相信我能写得更好。

最后，感谢所有喜欢过我作品的读者，你们现在都长大了，而且没有长歪，这让我很欣慰。好在，我也长大了。

图书在版编目（CIP）数据

四部半／飞氘著. －－北京：作家出版社，2018.4
（2019.1重印）
（青·科幻丛书）
ISBN 978－7－5063－9914－2

Ⅰ.①四… Ⅱ.①飞… Ⅲ.①小说集－中国－当代
Ⅳ.①I247

中国版本图书馆 CIP 数据核字（2018）第 030452 号

四部半

作　　者：飞　氘
主　　编：杨庆祥
责任编辑：李宏伟　秦　悦
装帧设计：骨　头
出版发行：作家出版社有限公司
社　　址：北京农展馆南里 10 号　　邮　　编：100125
电话传真：86－10－65067186（发行中心及邮购部）
　　　　　86－10－65004079（总编室）
E－mail:zuojia@zuojia.net.cn
http://www.zuojiachubanshe.com
印　　刷：中煤（北京）印务有限公司
成品尺寸：145×210
字　　数：279 千
印　　张：11.25
版　　次：2018 年 4 月第 1 版
印　　次：2019 年 1 月第 2 次印刷
ISBN 978－7－5063－9914－2
定　　价：45.00 元